I0635192

Spielwende

Unterwerfung der Wirklichkeit
Buch 3

Wishing you safe travels on your fantasy journey,

Michael Atamanov

Roman von
Michael Atamanov

MAGIC DOME BOOKS

Spielwende: Unterwerfung der Wirklichkeit, Buch 3
Copyright © Michael Atamanov 2018
Cover Art © Vladimir Manyukhin 2018
Deutsche Übersetzung © Katharina Baxter de Aizpurua, 2020
Lektor: Lilian R. Franke
Erschienen 2020 bei Magic Dome Books
Alle Rechte vorbehalten
ISBN: 978-80-7619-115-0

INHALTSVERZEICHNIS:

PROLOG. FEINDLICHE PLÄNE   1
KAPITEL 1. TECHNISCHE SCHWIERIGKEITEN   20
KAPITEL 2. AUF DEM WEG ZU EINEM KOMETEN 35
KAPITEL 3. KOMET IN SICHT   54
KAPITEL 4. HERRSCHER DER ERDE   69
KAPITEL 5. DIE AUDIENZ   86
KAPITEL 6. AUF IN DEN KAMPF!   101
KAPITEL 7. MEUTEREI   120
KAPITEL 8. DAS WRACK DES SHIAMIRU   134
KAPITEL 9. RAUBZUG MIT HINDERNISSEN   148
KAPITEL 10. TARGETING   163
KAPITEL 11. DIE TOTE DIVISION   173
KAPITEL 12. EINE KLASSISCHE RAIMONDA   191
KAPITEL 13. EINE TRAURIGE FEIER   209
KAPITEL 14. BÖSES ERWACHEN   219
KAPITEL 15. TEAM NAT IST ZURÜCK   240
KAPITEL 16. EIN FREIER KAPITÄN   256
KAPITEL 17. GESCHÄFTSPARTNER   269
KAPITEL 18. PROPAGANDA UND DIPLOMATIE   282
KAPITEL 19. TEAM NAT IST STARTKLAR   299
KAPITEL 20. ABFLUG!   314
KAPITEL 21. DER AUßERIRDISCHE GAST   340
KAPITEL 22. FAMILIENANGELEGENHEITEN   357
KAPITEL 23. SCHON WIEDER AUF BESUCH BEI
DEN PIRATEN   372
KAPITEL 24. VERTRAUTE GESICHTER   382
KAPITEL 25. GEFAHRENSTUFE   401
KAPITEL 26. FORTSCHRITTSVEKTOR   423
KAPITEL 27. DES FEINDES FEIND   438
KAPITEL 28. EIN GUTES GESCHÄFT   459
KAPITEL 29. DER PIRATENTRESOR   473
KAPITEL 30. NACH DEM ANGRIFF   488
KAPITEL 31. DAS GROßE TREFFEN   509
KAPITEL 32. VERMITTLER ZWISCHEN FRAKTIONEN 527

Prolog

Feindliche Pläne

Pa-lin-thu, Hauptstadt der Ersten Präfektur
Palast des Mitregenten Thumor-Anhu La-Fin
Kleine Ratskammer

„DAHER, EHRENWERTER MITREGENT Thumor-Anhu La-Fin, hielten unsere Strategen auch diesen Plan für ungenügend. Unsere Truppen würden in den feindlichen Verteidigungsanlagen festsitzen und nicht in der Lage sein, ihre Ziele innerhalb eines vernünftigen Zeitrahmens zu erreichen. Das Überraschungsmoment ginge uns gänzlich verloren. Dann würde der Feind Verstärkung anfordern, und alles wäre vorbei."

Mit einer Handbewegung scheuchte der junge Magier-Wahrsager Mac-Peu Un-Roi die schwebende Hilfsdrohne weg, die ihm die Stichworte für seine Rede

1

geliefert hatte. Dann verbeugte er sich ehrerbietig vor seinem Anführer, setzte sich wieder zu den Dutzenden anderen Beratern und ließ dem Mitregenten Zeit, die Landkarte zu betrachten und in Ruhe nachzudenken. Der große Magier Thumor-Anhu La-Fin, einer der drei Mitregenten der Menschheit, war heute schlecht gelaunt, und mit jedem weiteren Bericht seiner Berater verfinsterte sich seine Miene mehr. Aber diesmal brachte er keine Kritik hervor. Trotz seines jugendlichen Alters galt Un-Roi als einer der begabtesten Wahrsager der Neuzeit. Seine detaillierten, komplexen Analysen der Schicksalslinien waren so bekannt, dass seine Vorhersagen meistens für bare Münze genommen wurden.

Der Mitregent brauchte nicht lange, um die Informationen auf dem taktischen Lagenbildschirm zu verdauen. Bald strich er sie mit einer Handbewegung aus dem Blickfeld und brachte die Landkarte in ihren ursprünglichen Zustand zurück. Mit offensichtlicher Anstrengung, die zitternden Hände um seinen magischen Stab geklammert, stand der alte Thumor-Anhu vom Stuhl des Vorsitzenden auf und schritt auf seinen steifen Beinen zum leuchtenden Bildschirm an der Wand. Der furchterregende Magier verbrachte drei Minuten damit, abwechselnd die Taktikkarte und seinen immer nervöser werdenden Beraterstab anzufunkeln, der sich vor Angst am liebsten unter den Tischen verkrochen hätte. Schließlich hob der große Magier zu sprechen an und verbarg dabei kaum seinen tiefen Groll.

„Das soll also heißen, dass meine Berater trotz dreifacher Überlegenheit unserer Truppen, einer Rapid-Response-Luftwaffenstaffel und eines Bataillons so gut wie unzerstörbarer, gepanzerter Fahrzeuge immer noch unfähig sind, auch nur eine einzige Siegesstrategie zu finden? Und das soll ich einfach so hinnehmen? Mir scheint, es ist an der Zeit, dass ich in diesem Kabinett einmal ordentlich aufräume! Schließlich scheint keiner meiner Berater die nötigen Qualifikationen für seine Aufgabe zu besitzen!"

Der mächtige Magier blickte grimmig von einem Berater zum nächsten und las ohne jede Anstrengung ihre Gefühle: Schrecken, Empörung über die ungerechtfertigte Kritik (das war Mac-Peu Un-Roi), Erschöpfung und Verärgerung über seine Launen, ja, sogar Hass. Das tat nichts zur Sache. Angst vor einem Vorgesetzten entsprach der natürlichen Ordnung der Dinge, sie war völlig normal. Untergebene durften ihren Herrn hassen und ihn für einen Despoten halten, solange sich diese Feindseligkeit nicht zu einem einschränkenden Faktor entwickelte. Vor allem aber spürte Thumor-Anhu keine Hinweise auf Verrat oder absichtliche Sabotage. Seine Berater gaukelten ihm nichts vor. Sie sahen wirklich keine Möglichkeit für einen schnellen Sieg über die Human-3-Fraktion.

Nachdem er sich etwas beruhigt hatte, kehrte Mitregent Thumor-Anhu an seinen Platz zurück und bat seine Berater, die von ihm am wenigsten kritisierten Szenarien zu überprüfen. Der Erste Berater näherte sich dem glimmenden Bildschirm und stützte sich dabei auf einen schiefen, knorrigen Stab. Der einst gefürchtete Kampfmagier Avir-Syn La-Pirez hatte seine besten Jahre längst hinter sich, aber er war immer noch die rechte Hand des Mitregenten, sowohl in der wirklichen Welt als auch im *Spiel, das die Wirklichkeit unterwirft.*

Der große Magier vertraute seinem Ersten Berater voll und ganz. Er erachtete ihn als seinen engsten Freund, als Familienmitglied. Thumor-Anhu La-Fins einzige Tochter, die wunderschöne Prinzessin Onessa-Rati, war mit Avir-Syns Enkel verheiratet gewesen. Beide waren bei einem Terroranschlag gestorben, der von feindlichen Magiern organisiert worden war. Das Paar hatte eine kleine Tochter hinterlassen, Prinzessin Minn-O La-Fin. Die La-Pirez-Dynastie war zwar nicht sonderlich reich oder mächtig, doch sie war uralt, und sie war stolz. Sollte Thumor-Anhu unerwartet sterben, so würde nur sie Prinzessin Minn-O Schutz und Unterstützung bieten können. Der Mitregent vergaß das nie und versuchte, gute Beziehungen zum Ersten Berater und seinen Verwandten zu pflegen.

Unterdessen hatte der tattrige Magier Avir-Syn zwei magische Kraftelixiere geschlürft, eins nach dem anderen. Er schämte sich nicht, das in aller Öffentlichkeit zu tun. Danach legte er seinen schweren Stab beiseite. Der alte Mann wusste mit den neumodischen Helferdrohnen nichts anzufangen, also nahm er, wie in früheren Tagen, eine Fernbedienung und einen Laserpointer zur Hand.

„Unter den von meinen Kollegen ausgearbeiteten Plänen sind nur zwei, bei denen sich weitere Überlegungen lohnen. Erstens, der Versuch eines weiteren Blitzkriegs durch den Morast und Dreck des Sumpfhexagons. Dies hat sich vor zehn Tagen als wirkungslos erwiesen, aber wir könnten ja aus unseren Fehlern lernen und uns, anstatt unsere Truppen auf die gesamte Front zu verteilen, auf die Zerstörung der feindlichen Zitadelle konzentrieren. Unsere 3.500 Soldaten würden sicherlich genügen, um die gestaffelte Verteidigung des Feindes zu durchschlagen und das Gebiet mit den vielen Ölvorkommen zu besetzen und …"

„Da muss ich dir bereits widersprechen", sagte der große Magier und unterbrach seinen alten Freund und Berater damit. „Wie ich schon sagte, werde ich nicht zulassen, dass alle unsere Truppen bei einem einzigen Angriff eingesetzt werden! Es ist undenkbar und wider jede Vernunft. Eine perfekte Möglichkeit für unseren Feind, daraus Kapital zu schlagen. Ich bezweifle, dass die militärisch geführte H3-Fraktion einfach nur seelenruhig zusehen wird, während wir ihr Hexagon zerstören. Wahrscheinlicher ist, dass sie unsere unbewachten Grenzen ausnutzen und einen Gegenangriff starten werden!"

„Ganz meine Meinung", warf ein geladener

Militärexperte ein und bekräftigte den Einwand des Führers. „Sobald wir versuchen, Pontons zu bauen, wird der Feind das Feuer auf uns eröffnen. Unsere Ausrüstung wird zerstört oder bleibt wie beim letzten Mal im Schlamm stecken. Und während Tausende unserer Spieler sich von Landmarke zu Landmarke durch hüfthohen Schlamm schleppen und sich verzweifelt bemühen, ihre Waffen sauber zu halten, wird der Feind ins Getreide- oder Haupthexagon vordringen und dort Infrastruktur zerstören, die zu verlieren wir uns nicht leisten können. Letztes Mal haben sie mit einem einzigen Stoßtrupp genauso viel Schaden angerichtet wie wir mit unserem ganzen Angriff. Aber diesmal hat der Feind Hunderte von wilden Zentauren auf dem Schlachtfeld und viele Stoßtrupps. Vielleicht nehmen wir das Sumpfhexagon ein, ja, aber es wird auf Kosten unserer produktivsten und am weitesten entwickelten Ländereien gehen. Dann wäre die Lage unserer Fraktion wirklich aussichtslos!"

„Die Höchstzahl der Soldaten, die wir ohne Katastrophenrisiko für einen Angriff einsetzen können, liegt bei 2.300 Mann", sagte Thumor-Anhu La-Fin und legte damit eine konkrete Grenze fest.

Die Berater verloren sich wieder in angestrengtem Nachdenken. Lange Zeit sprach niemand ein Wort. Sie waren zu sehr in Berechnungen und das Studium der Schicksalslinien vertieft. Schließlich wurde die anhaltende Stille durch den jüngsten Berater, den Magier-Wahrsager Mac-Peu Un-Roi, gebrochen.

„Bei einer Angriffstruppe dieser Größe liegt die Wahrscheinlichkeit, das Kornhexagon einzunehmen, bei nur 18 %. Da dies der vielversprechendste Angriffsvektor für uns ist, wird der Feind uns dort erwarten. Ich bin mir also sicher, dass nicht nur ihre früheren Befestigungen wiederaufgebaut wurden, sondern auch neue Verteidigungs- und Feuerlinien sowie Minenfelder entstanden sind. Es besteht eine Wahrscheinlichkeit von mehr als 80 %, dass wir bereits in unserer ersten Angriffswelle vernichtet werden. Außerdem, das muss ich zugeben, gibt es etwas in den Schicksalslinien, das ich nicht deuten kann. Ich schätze, dass der Feind uns eine Falle stellen wird. Die Wahrscheinlichkeit, dass unsere Fraktion das Sumpfhexagon länger als drei Tage hält, liegt bei exakt Null. Es ist nicht möglich, dort eine Garnison zu versorgen, und dieses Hexagon ist zu nahe an der feindlichen Hauptstadt. Ich fürchte, dagegen kann nichts unternommen werden."

Nach einer so eindeutigen Aussage schien es unsinnig, den offensichtlich hoffnungslosen Plan weiter zu diskutieren, und Thumor-Anhu befahl, die Alternative auf dem Bildschirm anzuzeigen. Der Erste Berater wechselte eifrig zu einem weiteren Szenario, und die farbigen Markierungen und Pfeile auf der Karte änderten die Position.

„Eine etwas aussichtsreichere Strategie ist es,

einen konzentrierten Massenangriff auf die unfertige feindliche Festung an der Felsküste zu starten. Dann könnten wir mit voller Geschwindigkeit in Richtung der feindlichen Hauptstadt vorstoßen und versuchen, so tief wie möglich einzudringen, bevor sie zur Besinnung kommen und unseren Fortschritt stoppen. Dieser Plan hat jedoch gewisse Nachteile. Vor allem nach unseren jüngsten erfolglosen Versuchen, NPCs gegen das feindliche Fort an der Felsküste einzusetzen, haben sie ihre Garnison aufgestockt und sind immer noch in höchster Alarmbereitschaft. Unser Angriff wäre außerdem keine Überraschung. Die Verluste in der ersten Phase des Kampfes wären beachtlich. Außerdem ist die gefürchtete Zweite Legion dort für die Verteidigung zuständig."

„Gerd Tamara", spuckte Thumor-Anhu verärgert aus.

„Ganz genau. Der feindliche Paladin wird dort sein, und auch die neuen Priester. Das bedeutet mentalen Schutz für ihre Soldaten. Magische Angriffe haben also so gut wie gar keine Wirkung. Rohe Gewalt und Feuerkraft werden entscheiden, aber zumindest haben wir ..."

Der Redner brach ab und verbeugte sich tief. Die Türen waren geöffnet worden, und Prinzessin Minn-O La-Fin hatte die Ratskammer betreten. Die Enkelin des Mitregenten zog es normalerweise vor, keine offizielle Kleidung zu tragen, da diese einen eindeutigen Hinweise auf ihre Mitgliedschaft in einer herrschenden

Magierdynastie gab. Bei offiziellen Anlässen musste sie diese Kleidung tragen, zog aber bei der ersten Gelegenheit meistens etwas weniger Buntes über. Wenn sie sich in ihrem persönlichen Stil kleidete, legte sie mehr Wert auf Komfort und Eleganz. Aber heute trug sie in ihrem eigenen Haus ein Kleid mit dem richtigen Schnitt und all den Insignien, die einer Prinzessin ihres Ranges entsprachen.

Alle, einschließlich des großen Magiers Thumor-Anhu selbst, waren beeindruckt von diesem seltenen Anblick. Er beobachtete mit Genugtuung, wie sich alle Mitglieder des Rates respektvoll und sogar unterwürfig vor seiner geliebten Enkelin verbeugten, obwohl sie keine magische Gabe hatte und somit keine hohe Stellung in der Gesellschaft für sich beanspruchen konnte. Diese Hochachtung war neu. Nun, wenn man es genau nahm, hatten sie Minn-O immer mit zurückhaltender Höflichkeit behandelt. Dies war das erste Mal, dass man ihr so etwas wie Wertschätzung entgegenbrachte. Das bedeutete, dass irgendjemand etwas ausgeplaudert haben musste. Alle Anwesenden schienen genau zu wissen, dass die schöne Prinzessin nun einen Ehemann mit magischen Fähigkeiten hatte, und erwarteten daher, dass Minn-O bald einen kleinen Magier als neuestes Mitglied des großen Herrscherhauses La-Fin zur Welt bringen würde. Oder vielleicht – der alte Magier seufzte traurig, denn er hatte sich daran erinnert, dass er bereits 180 Jahre alt war – wäre sie sogar Regentin, wenn ihr Kind vor der

Volljährigkeit auf den Thron erhoben würde.

„Ehrenwerte Magier, ich nehme eure Vorschläge für die bevorstehende Schlacht zur Kenntnis, doch nun benötige ich etwas Zeit, um sie zu überdenken und zu einer Entscheidung zu kommen. Und ich kenne genau die richtige Person, die mir dabei helfen kann. Man möge General Ui-Taka einladen, den selbsternannten Monarchen der Zweiten Präfektur! Ich möchte herausfinden, ob er wirklich ein so guter Stratege und Kommandant ist, wie man sagt."

„Hrmpf ..." Thumor-Anhus letzter Befehl verblüffte seine Berater. Sie tauschten verständnislose Blicke aus. „Aber General Ui-Taka ist ein illegitimer Heuchler, der vom Rat der Herrscher nicht anerkannt wird. Wünscht der ehrenwerte Mitregent Thumor-Anhu, dass der rebellische General mit Gewalt hierhergeschleppt wird?"

Minn-O kicherte ungeniert bei der Vorstellung, dass man versuchte, einen Kommandanten zu verhaften, der von Hunderten von unerschütterlich treuen Soldaten umgeben war. Mitregent Thumor-Anhu warf seiner Enkelin einen stirnrunzelnden Blick zu, und sie hörte sofort auf zu grinsen.

„Nein, wir dürfen nicht unhöflich sein. Der General ist bei der Armee beliebt, und wir wollen unsere Soldaten bei Laune halten. Ich möchte ihn als Gast und Militärexperten in meinen Palast einladen. Ich bin überzeugt, dass der erste Nichtmagier, der seit 800 Jahren an der Macht ist, begierig darauf sein wird, mir einen Besuch abzustatten. Er trachtet verzweifelt nach der Anerkennung der anderen Herrscher. Ui-Taka wird nicht nur kommen, sondern sich hier auch vorbildlich verhalten und alles tun, was ich verlange. Aber jetzt, verehrte Magier, bitte verzeiht mir, ich muss mit Prinzessin Minn-O sprechen."

Eine Minute später verblieben nur noch der alte Magier und seine geliebte Enkelin in der Kammer. Thumor-Anhu stand sogar von seinem Stuhl auf und ging hinüber, um die Türen zu schließen und sicherzustellen, dass niemand lauschte.

„Also, Minn-O, ich sehe, dass du Neuigkeiten hast. Erzähle mir alles! Der Feind Gerd Nat hat wieder deine Gefängniszelle besucht. Habe ich richtig geraten? Hat er konkrete Zusagen gemacht, dir gesagt, wann du befreit werden sollst?"

„Gefängniszelle?" Die Prinzessin täuschte Überraschung vor. „Thumor-Anhu, seit anderthalb Stunden fliege ich mit einem Geckho-Schiff durch den Weltraum!"

Der Ausdruck von Überraschung und Verwirrung auf dem faltigen Gesicht des weisen Magiers war so unnatürlich und albern, dass die Prinzessin nicht anders konnte und lachte. Er war es gewohnt, die Zukunft vorherzusehen und zeigte sich selten überrascht. Doch der alte Mann hatte sich rasch wieder gefasst und kombinierte klug.

„Nats Geckho-Freunde sind also gekommen, um ihn zu holen, und dein Mann hat dich mit ins All

11

genommen!"

„Ja! Großvater, du hast mir mehrmals gesagt, dass Nat außergewöhnlich ist, und die Geckho nur ihn mit in den Kosmos nehmen. Aber das ist nur teilweise wahr. Die Geckho verehren Nat und lesen ihm praktisch jeden Wunsch von den Augen ab. Wenn du nur wüsstest, wie glücklich die Crew war, ihn zu sehen! Die Geckho haben die Zähne gebleckt und so laut geknurrt, dass ich gedacht hätte, sie wollten meinen Mann verschlingen, hätte ich ihre Körpersprache nicht gelernt. Aber Gerd Nat ist nicht der Einzige. Dort gibt es eine ganze Reihe von Feinden. Mindestens vier. Nat selbst, dann einen Piloten, einen Weltraumkommandanten und einen Gladiator, angeblich Nats Freund. Die beiden kleinen Miyelonier nicht eingerechnet, die aus irgendeinem Grund nicht von Nats Seite weichen. Zusammen mit ihnen ist es eine ganze Staffel. Tatsächlich fand ich es seltsam, dass er seine Geliebte nicht mitgebracht hat."

„Nun, Anya, die Heilerin, wäre nie mitgekommen …" Der alte Magier unterbrach sich plötzlich mitten im Satz. Er sah davon ab, seiner Enkelin diese Feinheiten zu erklären, und wechselte abrupt das Thema. Nein, das ging weit über den Horizont eines einfachen Sterblichen hinaus. „Anya ist in einer interessanten Position. Die erste Person, die der misstrauische Nat an sich heranlässt. Wir werden sehen, was daraus wird. Die Miyelonier darfst du auch nicht außer Acht lassen. Weißt du, was dieses kleine Mauerblümchen von Übersetzerin gestern getan hat?"

Minn-O schüttelte den Kopf. Sie hatte die letzten beiden Tage in einer Gefängniszelle verbracht und wusste nicht, was draußen vor sich gegangen war.

„Ein Kampftraining für die Erste und Zweite Legion veranstaltet! Ich weiß nicht, wie dieses widerliche Stinktier es geschafft hat, aber meine Informanten bestätigen alle, dass sich die Elitetruppen danach deutlich verbessert haben. Sogar ihr höchstrangiger Spieler, Gerd Tarasov, hat zweimal gelevelt! Es ist einfach unglaublich. Und ich? Ich werde hier beinahe wahnsinnig bei dem Versuch, die Armee auf die Schlacht vorzubereiten und zumindest den Level- und Skillmangel etwas zu beheben. Nun hat diese kleine Übersetzerin auch diese Bemühungen zunichtegemacht!"

Der alte Mann raufte sich die Haare. Die Spitze seines magischen Stabes leuchtete und brodelte. Sicherheitshalber trat die Prinzessin einen Schritt zurück. Falls irgendein Todeszauber hervorbrach, würde er sie zumindest nicht treffen. Ihr Großvater liebte sie und würde ihr nie absichtlich wehtun, doch der gefürchtete alte Mann war berüchtigt dafür, versehentlich Löcher in Wände zu ätzen oder wutentbrannt ihm zufällig in die Quere gekommene Diener und Roboter mit bösen Flüchen zu belegen.

Um ihren Großvater von seinem Zorn abzulenken, erzählte Minn-O ihm von ihrer bisherigen Reise durch den Weltraum. Sie wohnte nicht in der gleichen Kabine wie Nat, wie sie zunächst angenommen hatte, sondern teilte sich den Schlafplatz mit einem Geckho-Händler, dessen dickes, schwarzes Fell mit unnatürlichen weißen Flecken gesprenkelt war. Nach ihrer Entlassung aus der Gefängniszelle waren Minn-Os einzige Kleider ein Trainingsanzug und ein Paar Pantoffeln gewesen.

„Nat bemerkte das und hat mir vor dem Start einen Damen-Raumanzug mitgebracht. Er hat ihn mir angehalten, den Kopf geschüttelt, mich eine Giraffe genannt und gesagt, dass er den Raumanzug dem Schiffsmechaniker geben würde, um ihn anpassen zu lassen. Und er hat mir Waffen gegeben, eine unserer gewöhnlichen Laserpistolen, vielleicht sogar meine alte, und ein rückständiges Jagdgewehr. Und ob du es glaubst oder nicht, es schießt immer noch Kugeln, keine Laserstrahlen! Aber es hat einen kunstvoll geschnitzten Schaft, eine Reihe von Modifikationen und einen eigenen Namen, *Krechet*. Oh, ich hätte es fast vergessen, Nat hat seine Spielerklasse von Prospektor auf Zuhörer geändert."

Der große Magier, der dem Geplapper seiner Enkelin bisher mit mäßigem Interesse zugehört hatte, richtete sich ruckartig auf und starrte Minn-O an.

„Du bist so ein Dummkopf! Das hättest du gleich am Anfang sagen sollen, nicht den Unsinn mit den Pantoffeln. Erkläre mir sofort, was das für eine Klasse ist! Welche Boni bietet sie? Und warum hat er sie angenommen? Finde auch heraus, wohin das Schiff unterwegs ist und warum. Und was deine Rolle in der ganzen Sache ist. Auf jeden Fall solltest du versuchen, auch ein paar Informationen über die Miyelonier zu sammeln. Warum begleiten sie Nat, kann man ihre Dienstleistungen erkaufen, und wie viel würde das kosten?"

Minn-O verzog unglücklich das Gesicht und nahm, indem sie den Saum des unbequemen Rockes anhob, an einem Ende des hohen Tisches Platz. Sie überkreuzte die langen Beine.

„Und warum sollte ich das tun? Ich bin jetzt Nats *Wayedda*, er ist nun nicht mehr mein Feind. Und nicht nur das! Ich bin jetzt verheiratet, und ich werde mich wahrscheinlich bald mit den Geckho und Nats Kollegen anfreunden. Du hast mich in seine Arme gedrängt, also wundere dich nicht, wenn sich meine Einstellung zu diesem ganzen Krieg ändert. Ich werde nicht für dich spionieren!"

Das war eine unangenehme Überraschung für den alten Magier. Mitregent Thumor-Anhu La-Fin kannte die Prinzessin jedoch gut genug, also fand er schnell die richtigen Worte.

„In deren Welt bist du ein Schmarotzer, angewiesen auf einen mittellosen Studenten. Und er wird dich sein ganzes Leben lang mit Argwohn behandeln. Du wirst dort nie wirklich hingehören, und niemand wird dir jemals vertrauen. Hier bist du eine stolze Prinzessin, Mitglied eines Herrscherhauses, und du wirst von allen respektiert! Wenn du deine Karten

15

richtig ausspielst, kannst du dich hocharbeiten und in unserer Gesellschaft eine wichtige Rolle einnehmen. Vielleicht bringst du es eines Tages sogar zum Herrscher über die Menschheit. Kannst du den Unterschied in deiner Position zwischen hier und dort sehen? Und du würdest die gleiche Entscheidung für deine zukünftigen Kinder treffen. Sie können entweder Kronprinzen und -prinzessinnen sein, die zukünftigen Herrscher der Menschheit, oder ihr Leben als Ausgestoßene, Unwürdige, als fremdartige Monster am Rande der Gesellschaft verbringen."

Wahrscheinlich hätte er es dabei belassen sollen. Der erfahrene Psioniker Thumor-Anhu konnte spüren, dass er bereits ins Schwarze getroffen hatte. Aber dieses Problem war zu ernst, um es unter den Tisch fallen lassen zu können, also dachte er, er müsste ein wenig Gedankenkontrolle anwenden. Die Prinzessin schniefte, sprang auf und fiel, wie damals, als sie ein kleines Mädchen gewesen war, in die Arme ihres mächtigen Großvaters und suchte Trost.

„Es tut mir leid, Thumor-Anhu, ich war im Unrecht! Natürlich werde ich dem Haus La-Fin immer treu bleiben und alles mir Mögliche tun, um unserer Fraktion und Welt den Sieg zu bringen! Aber Nat ist mir nicht mehr fremd. Ich denke die ganze Zeit an ihn und kann nichts dagegen tun. Zwing mich nicht, ihn auszuspionieren! Du bist ein mächtiger und weiser Magier, also finde eine Möglichkeit, Nat in unsere Welt zu bringen. Das ist der beste Weg, um das alles zu lösen!"

Der alte Mann umarmte seine geliebte Enkelin und beruhigte sie, doch innerlich war er besorgt. Prinzessin Minn-O distanzierte sich von ihm. Ein immer größerer Teil ihres Herzens wurde von diesem anderen Mann eingenommen. Natürlich, heute vermochte er noch Gedankenkontrolle gegen sie anzuwenden, doch das würde immer schwieriger werden. Eines Tages würde Minn-O ein für alle Mal mit ihm brechen. Der kleine, in rosa Windeln gewickelte Wonneproppen, verschnürt mit blumengemusterten Bändern, den er seiner tödlich verwundeten Tochter Onessa-Rati abgenommen hatte, das Mädchen, das er von Geburt an aufgezogen und das er immer für klein und naiv gehalten hatte, war plötzlich erwachsen geworden.

Gleichzeitig brauchte es für den erfahrenen Psioniker nur ein klein wenig Vertrauen und Offenheit, um alle Informationen, die er benötigte, im Kopf der Prinzessin zu lesen. Minn-O wusste wirklich nicht, wohin das Schiff unterwegs war, und verstand keine Silbe der auf Geckho geführten Gespräche. Die einzige merkwürdige Information war ein Streitgespräch zwischen vier Mitgliedern der H3-Fraktion im Nebenraum, das sie mitangehört hatte.

Wie sich herausstellte, waren Nat und seine Gefährten nicht gerade erpicht darauf, ins All zu fliegen, sondern wollten am nächsten Tag in der großen Schlacht gegen den Dunklen Bruch kämpfen, die sie

17

nun für unvermeidlich hielten. Die Feinde respektierten seine Fraktion, fürchteten sie sogar ein wenig, doch sie waren bereit, bis zum Tod zu kämpfen, zu respawnen und sofort in die Schlacht zurückzukehren. Alles, nur kein Rückzug. Ah ja. Den Sieg zu erringen würde also nicht einfach werden.

Doch was hatte der Magier-Wahrsager vorhin prophezeit? Die Erfolgsaussichten lagen bei nur 18 %, und der Sieg würde nur eine vorübergehende Verlagerung der Grenzen bedeuten, keinen wirklichen Fortschritt im Krieg gegen die H3-Fraktion? Das war ein ernsthaftes Problem. Außerdem erwartete der Feind einen Angriff, hatte sogar Verbündete gefunden und war mehr denn je auf den Kampf vorbereitet. Es war, gelinde gesagt, nicht der beste Zeitpunkt, um in die Offensive zu gehen.

Andererseits würde ein Nichtangriff als Mangel an Selbstvertrauen betrachtet werden, und das könnte der entmutigenden Propaganda zuwiderlaufen, die er mit allen Mitteln im Lager der Feinde vorantrieb. Was sollte er also tun? Sie brauchten Zeit, um ihre Truppen zu trainieren. Und Thumor-Anhu selbst würde sich eingehend mit General Ui-Taka, dem erfahrensten und nicht zuletzt erfolgreichsten Strategen der magischen Welt, beraten müssen. Hoffentlich würde er gemeinsam mit ihm den Schlüssel zum Durchschlagen der Verteidigung des Feindes finden. Aber wie sollte er das erreichen, ohne die eigene Autorität zu schädigen?

Der große Magier gab seiner geliebten Enkelin

eine weitere warme Umarmung und sah der Prinzessin lächelnd direkt in die feuchten Augen.

„Minn-O, geh zurück ins Spiel und sag Gerd Nat, dass ich eurem Bund meinen Segen gebe. Wenn dein Mann hier in unserer Welt wäre, würde ich ihm den alten Palast des Hauses La-Fin und 200 Diener zur Verfügung stellen. Aber Nat existiert für uns vorerst nur im Spiel, also gewähre ich seiner erbärmlichen Fraktion zu Ehren der Hochzeit meiner Tochter weitere fünf Tage Waffenruhe!"

Kapitel 1

Technische
Schwierigkeiten

DIE LETZTEN STUNDEN über waren immer wieder Nachrichten in der alten Reliktiker-Sprache auf der Innenseite meines Helms erschienen. Ich konnte sie nicht entziffern, aber alles glühte in einem alarmierenden Rotton. Einige der Symbole blinkten, andere leuchteten hell und wieder andere etwas schwächer. Und jetzt war gerade ein weiterer Textblock aufgetaucht. Die mysteriösen, unverständlichen Zeichen beeinträchtigten zwar nicht meine Sicht, aber allein ihre Existenz nervte mich. Und das wiederum störte meine Konzentration. Zuvor war es mir irgendwie gelungen, die Nachrichten verschwinden zu lassen, allerdings erst nach einigen frustrierenden Minuten. Mir waren auch noch keine Logik und kein Muster dahinter aufgefallen, wie ich sie loswerden konnte. Vielleicht hatte es auch gar nichts mit mir zu tun, und die Nachrichten verblassten nach einiger Zeit von selbst. Oder, was noch schlimmer wäre, das System traf automatisch wichtige Entscheidungen für mich, weil ich selbst dies nicht rechtzeitig tat.

Ich testete alle möglichen Befehle in jeder mir bekannten Sprache, wobei ich versuchte, meine miyelonischen Kojengenossen nicht aufzuwecken. Eigentlich nur Ayni, denn Tini befand sich gerade in der wirklichen Welt. Ich versuchte, mentale Befehle zu benutzen und meine Pupillen so zu bewegen, dass die lästigen roten Symbole verschwanden. Eine Minute lang passierte gar nichts, dann entdeckte ich etwas, das ich lesen konnte.

Einbruchsfähigkeit wurde zum Löschen vorgemerkt. Bestätigen? (Ja/Nein)

Das hatte mir gerade noch gefehlt! Ich nahm eilig den Helm meines Zuhörer-Anzuges ab und hielt ihn einfach nur in den Händen. Mir war bereits aufgefallen, dass die Worte deaktiviert wurden, wenn ich den Helm nicht trug. Sie lösten sich dann in dem mattschwarzen Glas auf. Und auch diesmal flackerte der Bildschirm des Visiers ohne Strom aus der Kernbatterie in meinem Rucksack und wurde dunkel. Mit einem Seufzer legte ich den Helm beiseite.

Oh, Mann, was für ein Tag. Alles war drunter und drüber gegangen. Erst mein Streit mit Anya. Dann war ich mit einer Geckho-Crew auf eine Reise in einen Krieg aufgebrochen, der nichts mit der Menschheit zu tun hatte. In dieser Angelegenheit war mir keine andere Wahl geblieben. Es war „ein Angebot, das man nicht ablehnen konnte", genau wie in *Der Pate*. Selbst meine engsten und treuesten Freunde waren nicht gerade begeistert davon, ins All zu fliegen. Immerhin ließen wir unsere Kameraden kurz vor einer ungemein wichtigen Schlacht im Stich. Was musste der Rest der Fraktion denken? Das war wohl auch der Grund für den schmerzhaften Absturz meiner Autorität um drei Punkte.

Selbst unser neuer Führer Ivan Lozovsky hatte sich einige bissige Kommentare nicht verkneifen können, und das, obwohl er mir völlige Handlungsfreiheit versprochen hatte. Allerdings vermutete ich, dass der frischgebackene Gerd sich eher darüber ärgerte, dass ich die hochlevelige Morphähe mitgenommen hatte, und weniger über mein Fehlen bei der Schlacht mit dem Dunklen Bruch. Lozovsky hatte darauf gezählt, dass Ayni feindliche Anführer töten würde. Die Dinge waren schlecht gelaufen. Alle waren sauer auf mich.

Außerdem benahm sich meine Wandergeliebte Minn-O seltsam arrogant. Sie vermied nicht nur jedes Gespräch mit den Geckho und Menschen, sondern zog sich sogar vor mir zurück. Alles an ihrem Verhalten zeigte mir, dass sie sich auf diesem Schiff fremd und unwohl fühlte. Der leichte Raumanzug, den ich bei Uraz Tukhsh als Leihgabe für Minn-O La-Fin erbeten hatte, war ihr zu klein gewesen. Ich hatte alle meine restlichen Kristalle ausgeben und sogar ein paar von meiner Freundin Uline borgen müssen, damit ich den Schiffsmechaniker bezahlen konnte, der den Anzug an Minn-Os gertenschlanken, hochgewachsenen Körper anpassen sollte.

Captain Uraz Tukhsh war ebenfalls wie ausgewechselt. Entweder war er verlegen oder er bewunderte mich. Jedenfalls war er in den vielen Stunden, die der Shiamiru auf der Erde verbracht hatte, kein einziges Mal zu mir gekommen, um mit mir zu sprechen, und hatte es stattdessen vorgezogen, Uline als Botin einzusetzen. Der Kapitän hatte sich sichtlich unwohl gefühlt, als ich zu ihm gegangen war, um nach dem Raumanzug zu fragen, und er hatte schnell allem zugestimmt, nur, um mich wieder aus seiner Kabine zu bekommen. Der sonst so hochmütige Aristokrat benahm sich sehr merkwürdig, um es gelinde auszudrücken. Ich konnte mir keinen Reim darauf machen.

Und jetzt spielte auch noch mein Raumanzug verrückt. Was für eine Katastrophe. Wie sollte ich spielen oder irgendetwas Nützliches tun, wenn all dieses unverständliche Gekrakel meine Sicht blockierte? Und ich wusste nie, wann noch mehr dieser Nachrichten auftauchen würden. Ob der Klassenwechsel das alles wert war? Verzagt blickte ich auf den vermaledeiten Helm. Ich fragte mich, ob ich es geschafft hatte, den Helm davon abzuhalten, meine Einbruchsfähigkeit zu löschen. Leider waren auch die

Spielinformationen keine Hilfe. Es war rätselhaft. Einige meiner Fähigkeiten fehlten einfach, ebenso wie Treffer- und Magiepunkte. Meine Spielklasse wurde als „in Bearbeitung" angezeigt.

Gerd Nat. Mensch. Fraktion H3.	
Level 61 ???	
Klasse in Bearbeitung ???	
Statistik:	
Stärke	13
Geschicklichkeit	17
Intelligenz	23 + 3
Wahrnehmung	26
Konstitution	15
Glücksmodifikator	+3
Parameter:	
Trefferpunkte	1.704 von ????
Ausdauerpunkte	861 von 958
Magiepunkte	237 von ????
Tragfähigkeit	26 kg
Ruhm	49
Skills:	
Elektronik	41
&6%%##@@!	49
Kartografie	52
Astrolinguistik	67
Einbruch [inaktiv]	0 von 23
Gewehre	45
Mineralogie	???

[Bestätigung ausstehend]	
Mittlere Rüstung	44
Adlerauge	59
Scharfschütze	28
Targeting	18
Gefahrensinn	28
Psionik [inaktiv, kritisch niedriger Wert, nicht kompatibel mit der Spielklasse]	36
Mentale Stärke [inaktiv, kritisch niedriger Wert, nicht kompatibel mit der Spielklasse]	27
Maschinensteuerung [inaktiv, kritisch niedriger Wert, nicht kompatibel mit der Spielklasse]	12
ACHTUNG! Du hast 9 ungenutzte Fähigkeitspunkte.	

Na wunderbar, mein Charakter war buchstäblich in Stücke gerissen worden. Das Erste, was mir ins Auge fiel, war, dass die Scan-Fähigkeit durch eine Reihe von Symbolen ersetzt worden war. Und das Scan-Symbol, das ich seit meinen allerersten Minuten im Spiel benutzt hatte, war verschwunden. Mir schwante nichts Gutes. Wer war ich? Oder wer würde ich werden? Was waren die Merkmale meiner neuen Klasse?

Die Informationen über die Zuhörer-Klasse, die vorher nicht verfügbar gewesen waren, konnten ich nun zwar sehen, aber nur in Form von unverständlichen Symbolen, als hätte der Tech Support (wenn es so etwas überhaupt gab) seit der Zeit der Reliktiker nichts davon übersetzen lassen. Ich hatte niemanden, bei dem ich mich beschweren konnte, also blieb mir offenbar nichts anderes übrig, als alles durch Ausprobieren herausfinden. Und das beinhaltete diverse Klassenfähigkeiten, wie man meinen Anzug benutzte, fehlende Fähigkeiten reaktivierte und die Reliktikersprache entzifferte. Doch ich musste von vorne beginnen und retten, was zu retten war.

„Kritisch niedriger Wert, nicht kompatibel mit der Spielklasse." Vielleicht gelang es mir, herauszufinden, welcher Wert nicht mehr als „kritisch niedrig" galt. Also steckte ich einen Punkt nach dem anderen in meine inaktive Psionik-Fähigkeit. Eins, zwei, drei. Ich machte mir schon Sorgen, dass alles umsonst war, und ich nicht genug Punkte haben würde. Doch als die Fähigkeit 40 erreichte, wechselte die Farbe der Skill von grau zurück zu normal.

Psionik	*40*

Wenigstens ein Problem weniger. Jetzt wäre es noch schön, auch Mentale Stärke und

Maschinensteuerung zu reaktivieren. Ich betrachtete meine fünf verbleibenden Punkte mit Bedauern. Ich ging davon aus, dass auch die anderen Fähigkeiten 40 brauchten, also würden meine Punkte nicht ausreichen. Und das erwies sich als richtig. Ich platzierte alle fünf verbleibenden Punkte in Mentale Stärke und erhöhte sie auf 32, aber nichts änderte sich.

Also gut, ich hatte keine Punkte mehr, also würde ich mir ein anderes Problem vornehmen müssen. Was bedeutete zum Beispiel „Einbruchsfähigkeit [inaktiv]"? Wahrscheinlich lag es daran, dass diese Fähigkeit gerade im Begriff war, gelöscht zu werden. Aber wie war ich in der Lage gewesen, eine Fähigkeit zum Löschen auszuwählen? Bisher war ich der Meinung gewesen, dass das theoretisch unmöglich wäre, und jede Fähigkeit, die ein Spieler annahm, für immer in seinem Besitz blieb. Im Spielmenü gab es keine Option zum Löschen einer Fähigkeit. Soviel war klar. Ich hatte mir alle Einstellungen sorgfältig angesehen und keinen derartigen Button entdeckt.

Was war überhaupt der Unterschied zwischen Einbruch und Mittlere Rüstung? Warum störte sich das Spielsystem an Ersterem, fand Letzteres aber in Ordnung? Vielleicht durfte ein Zuhörer nirgends einbrechen, da das seiner Berufung zuwiderlief. Ich wusste bereits, dass einige Berufe bestimmte Fähigkeiten nicht nutzen konnten. Ein Prospektor durfte zum Beispiel kein Fluggerät steuern, und ein Weltraumkommandant konnte nur schwere Waffen benutzen. Wenn ich das Thema also rein von einem technischen Standpunkt aus betrachtete, versuchte das Spiel dann, eine nun inkompatible Fähigkeit aus meinem Repertoire zu löschen? Dafür gab es jedoch keine Option in den Einstellungen ...

Mürrisch betrachtete ich meinen schwarzen Helm. Die Systemmeldungen erschienen nur, wenn ich den vollen Zuhörer-Anzug trug. Offensichtlich hatte es bei den Reliktikern eine Möglichkeit gegeben, das Spielmenü in die Helmbildschirme zu duplizieren. Vielleicht gab es damals, als diese alte Rasse noch existierte, keine andere Möglichkeit, auf das Spielmenü zuzugreifen. Ob es mir nun gefiel oder nicht, ich würde den Helm wieder aufsetzen, durch die verwirrende Flut unverständlicher Symbole navigieren und nach einer Möglichkeit suchen müssen, die jetzt inaktive Fähigkeit zu löschen.

Mist. Es war eine Schande, denn meine Einbruchfähigkeit hatte mir so viele interessante Perspektiven gegeben. Ein alter russischen Gamer-Witz fiel mir ein. „Wenn du einen Magier spielst und die Quest bekommst, einen zweihändigen Kriegshammer mit Boni für Taschendiebe zu finden, hast du wohl deinen Charakter falsch gelevelt." Das war genau ein solcher Fall.

Zuhörer, Entscheidung akzeptiert. Einbruchfähigkeit gelöscht.

Die Hälfte der Punkte in dieser Fähigkeit kann neu verteilt werden.

Du hast 11 Fähigkeitspunkte erhalten!

Was, einfach so? Ich hatte den Helm kaum aufgesetzt, da war schon alles für mich entschieden, und ich hatte gar keine Möglichkeit mehr, einzugreifen. Und wieder verstand ich nicht, ob ich eine bewusste Entscheidung getroffen hatte oder einfach ein bestimmter Zeitraum verstrichen war.

Zuhörer, deine neue Klasse erfordert die Scan-Fähigkeit.

Du hast die Fähigkeit Scanning Level 1 angenommen.

Verdammter Mist! Was sollte denn das nun wieder? Was hatte dem Spielsystem an meiner bereits vorhandenen Level-49-Scan-Fähigkeit, oder „&6%%##@@!", wie sie jetzt genannt wurde, nicht gefallen? Ich war sauer, dass sie durch die gleiche Fähigkeit, nur auf Level 1, ersetzt worden war!

Als könnten die Spielalgorithmen meine wütenden Gedanken lesen, schienen sie in der Sekunde zu erkennen, dass ich die Scan-Fähigkeit doppelt besaß, und eine neue Nachricht leuchtete vor meinen Augen auf.

&6%%##@@!-Fähigkeit wurde zum Löschen vorgemerkt. Bestätigen? (Ja/Nein)

Ich hob nur hilflos eine Hand. Ein kopfloser Mann muss nicht fürchten, eine Glatze zu bekommen, wie das russische Sprichwort so schön sagte. Was sollte ich sonst tun? Bei dieser Fähigkeit gab es offensichtlich einen Glitch, und ich musste sie loswerden. Kaum hatte ich diesen Gedanken zu Ende gebracht, da war es schon geschehen.

Zuhörer, Entscheidung akzeptiert. &6%%##@@!-Skill gelöscht.

Die Hälfte der Punkte in dieser Fähigkeit kann neu verteilt werden.

Du hast 25 Fähigkeitspunkte erhalten! (Gesamtpunktzahl: 36)

36 Punkte. Also gut. Konzentriere dich, Nat. Ich brauchte acht Punkte, um Mentale Stärke auf 40 zu bringen, und 28 für die Maschinensteuerung, was insgesamt nicht mehr und nicht weniger ergab als genau 36 Punkte. War das nur ein Zufall? Sollte ich es mal versuchen? Ich verteilte die Punkte erst auf die eine Fähigkeit, dann auf die andere.

Mentale Stärke	*40*
Maschinensteuerung	*40*

Beide Fähigkeiten wurden aktiviert, und die Linien leuchteten wieder auf. Gleich danach stürzte wieder eine Flut an unverständlichen Symbolen vor meinen Augen herab, doch dann verschwand der lästige Text plötzlich, und ich sah tatsächlich lesbare Systemmeldungen. Was für eine Erleichterung!

Herzlichen Glückwunsch! Klassenwechsel auf Zuhörer abgeschlossen!

Trefferpunkte von 1.704 auf 1.278 reduziert.

Magiepunkte wurden von 237 auf 555 erhöht.

ACHTUNG! Im Moment bist du der einzige Zuhörer im Spiel, das die Wirklichkeit unterwirft.

Ruhm auf 50 erhöht.

Ruhm auf 51 erhöht.

Ich nahm den Helm ab und wischte das Kondensat von der Scheibe. Ich hatte es geschafft! Nicht nur das, es war mir auch gelungen, fast alle Probleme, die der Klassenwechsel mit sich gebracht hatte, zu lösen. Obwohl ich eine Skill löschen und eine andere auf Anfängerlevel hatte zurücksetzen müssen. Genau genommen sagte das System mir immer noch, dass mein Mineralogie-Level unbekannt wäre, aber ich hoffte, das bald ändern zu können.

Mit dem Wiederauftauchen der Scan-Fähigkeit war der Button auch wieder verfügbar, obwohl er die Farbe auf grün geändert hatte. Worin bestand der Unterschied zwischen diesem und dem alten lila Button? Natürlich musste ich das sofort testen.

Mein Manabalken fiel ziemlich ab, und meine Mini-Karte zeigte nur eine schematische Darstellung der nächstgelegenen Wände und Charaktere. Wie ich vorhersehen hätte können, war mein Scanradius wieder winzig und meine Fähigkeiten so schwach, dass auf den Scans kaum etwas auszumachen war. Da entdeckte ich ein interessantes Detail. Ich zoomte hinein und sah einige unbekannte Markierungen. Als ich den Text entziffert hatte, war ich begeistert.

Luftschleusen-Steuereinheit.
Schnittstellenwahrscheinlichkeit: 17 %
   Gesamtkontrollwahrscheinlichkeit: 2 %
   Kontrollsystem für die rechte
Manöversteuerrakete. Schnittstellenwahrscheinlichkeit:
4%
   Gesamtkontrollwahrscheinlichkeit: 0 %
   Laser-Kanonen-Steuereinheit.
Schnittstellenwahrscheinlichkeit: 1 %
   Gesamtkontrollwahrscheinlichkeit: 0 %
   Navigationssystem.
Schnittstellenwahrscheinlichkeit: 0 %
   Gesamtkontrollwahrscheinlichkeit: 0 %
   Tini Wi-Nat. Level-48-Miyelonier. (inaktiv)
   Level-279-Morphähe.
Schnittstellenwahrscheinlichkeit: 12 %
   Gesamtkontrollwahrscheinlichkeit: 0 %

Als ich sah, dass ich die Kontrolle über ein Lebewesen übernehmen konnte, war ich verwirrt. Viel interessanter für mich war allerdings, dass ich jetzt eine andere Art des Scannens ausführen konnte. Zuerst einmal verbrauchte dieses Scannen Mana, und zwar jede Menge. Zweitens aber zeigte es mir Computersysteme und Kreaturen, mit denen ich mich verbinden oder die ich sogar kontrollieren konnte. Und selbst auf Level 1 zeigte es mir die wahre Natur der Morphähe, nicht etwa ihre Tarnung als miyelonische Übersetzerin. Das war besser als die alte Scan-Funktion!

Anscheinend verstand ich die Aufgabe des Zuhörers allmählich. Diese Klasse hatte eine ausgeprägte Anlage zur Magie und war auf Scannen, aber auch auf Maschinensteuerung spezialisiert. Sie konnte sogar Lebewesen kontrollieren. Das machte den Zuhörer zu so etwas wie einer Mischung aus einem Prospektor und einem psionischen Magier. Zwar war ich nicht ganz so gut in der Magie der Gedankenkontrolle, aber es gab da für mich durchaus Möglichkeiten. Außerdem besaß ich nun auch noch viel mehr Magiepunkte, und das war sehr gut. Was allerdings die Trefferpunkte anging, so hatte ich eine ganze Menge weniger. Das war natürlich ein Nachteil. Alles hatte seinen Preis, auch der Wechsel in eine einzigartige Klasse.

Ob ich die Prospektor-Ausrüstung jetzt überhaupt noch benutzen konnte? Die Antwort auf diese entscheidende Frage musste ich sofort wissen, also nahm ich den Prospektorenscanner und einen geologischen Analysator zur Hand. Ich konnte den „Laptop" und die Metallstative nach wie vor greifen und in die dafür vorgesehenen Slots ziehen, aber ich konnte sie nicht benutzen. Glücklicherweise hatte ich dafür nur einfach nicht genug Fähigkeitspunkte.

Scan-Fähigkeit deines Charakters reicht nicht aus, um diesen Gegenstand zu verwenden. Mindestlevel: 19

Einerseits war das seltsam. Ein Gegenstand, den ich vorher benutzt hatte, war nun für mich nicht

33

mehr verfügbar. Andererseits durfte ich mich nicht allzu sehr darüber aufregen, denn ich hatte gerade noch so Schwein gehabt. Es wäre viel schlimmer gewesen, wenn das System ihn nicht als mit meiner neuen Fähigkeit kompatibel erkennen und nur die Art des Scannens, also „&6%%##@@!", akzeptieren würde.

Gerade, als ich glaubte, nun alle Änderungen verdaut zu haben, sah ich einen weiteren Schwall unverständlicher roter Symbole, die sich glücklicherweise gleich in eine lesbare Nachricht verwandelten.

Zuhörer, Zugang bestätigt.

Suche nach verfügbaren Einheiten.

Ich erstarrte, las die Zeilen immer wieder und verstand nicht, was geschah, oder wonach die Algorithmen des *Spiels, das die Wirklichkeit unterwirft*, suchten. Eine Minute verging, dann eine weitere. Ich vermutete schon, dass das System überlastet war, da wurde meine Geduld großzügig belohnt.

Geeignetes Gerät gefunden.

Du hast eine Kleine Reliktiker-Wachdrohne erhalten.

Kapitel 2
Auf dem Weg zu einem Kometen

EINE KLEINE KAMPFDROHNE einer alten Rasse! Genau wie die tödliche, blitzschnelle Drohne, die das halbe Team des Shiamiru auf der Reliktikerbasis auf dem Gewissen hatte. Genial! Eine tolle Ergänzung für mein Team. Aber meine Freude war von kurzer Dauer. Der Rest des Textes war unleserlich. Ich fand nicht heraus, wie man die Drohne steuerte und wo sie sich befand. Die Algorithmen hatten mit der Suche sehr lange gebraucht. Die Drohne musste also sehr, sehr weit weg sein. Wenn sie sich überhaupt im bekannten Teil des Universums befand, könnte ich mich glücklich schätzen.

Um Antworten auf diese Fragen zu finden, würde ich die alte Reliktikersprache lernen müssen. Ohne dieser Sprache mächtig zu sein, tappte ich völlig im Dunkeln, taumelte nur chaotisch durch die Gegend und stolperte über Objekte, ohne wirklich zu wissen, worum es sich handelte. Aber wie lernte man eine längst tote Sprache? Es gab keine Wörterbücher und schon gar keine Lehrer. Zumindest keine, die für mich verfügbar waren.

Ich würde mit dem Studium der Klassenbeschreibung der Zuhörer beginnen. Diese Texte waren immer ähnlich strukturiert. Zuerst der Name, dann eine kurze Beschreibung, die erforderlichen Fähigkeiten und schließlich die Einschränkungen. Ich konnte auch sicher sein, dass der Text das Wort Zuhörer enthalten würde, wahrscheinlich mehr als einmal. Ich würde höchstwahrscheinlich auch das Wort Scannen sehen, immerhin war diese Fähigkeit für den Beruf erforderlich. Also sah ich mir den unsinnigen Buchstabensalat an und versuchte, ihn zu entschlüsseln.

Ich wusste jedoch gar nicht, wo ich anfangen sollte, zu lesen. War es von links nach rechts, von rechts nach links oder vielleicht sogar vertikal? Immerhin verwendeten die Reliktiker getrennte Symbole oder Buchstaben, nicht geschwungene, durchgehende Linien wie die Geckho.

Oh! Ein vertrautes Symbol. Konzentrische Kreise wie Wellen auf einer ruhigen Wasseroberfläche. Genau wie auf dem Button für Scannen. Ich vermutete also, dass dieses Zeichen „Scannen" bedeutete. Ein Symbol pro Wort. Die Reliktiker benutzten also kein

Alphabet, sondern Logogramme.

Astrolinguistik auf Level 68 erhöht!

Das Zeichen für Scannen kam einige Male vor, und damit kam ich langsam weiter. Anscheinend las man die Schrift in Spalten vertikal von oben nach unten und von rechts nach links.

Wieder liefen einige Textzeilen über den Visierbildschirm, und ich wollte sie wie gewohnt abweisen, entdeckte aber plötzlich einige vertraute Symbole. Da dämmerte es mir! Dieser mysteriöse Text war nur die Klasseninformation in der Reliktikersprache.

Dann musste dieses komplexe Doppelzeichen mein Status und Name sein: Gerd Nat! Hier wäre es natürlich interessant gewesen, zu wissen, was die Nat-Glyphe bedeutete. War dieses Symbol eine phonetische Darstellung? Gab es vielleicht ein Tier oder einen Gegenstand mit meinem Namen auf dem Heimatplaneten der alten Rasse? Das würde ich wohl nie herausfinden. Dafür entdeckte ich immerhin das Wort für Zuhörer in den Informationen. Es hatte eine Ähnlichkeit mit dem Symbol für Scannen, war aber faltig, wie leicht plattgedrückt. Ich schaffte es, den neuen Text mit mentalen Befehlen zu verschieben und neben die Klasseninformationen zu platzieren, um die beiden Texte miteinander zu vergleichen. Die Zuhörer-Glyphe wurde wahrscheinlich auch einige Male in beiden Texten verwendet. Wenn diese Beschreibung nach dem üblichen Muster aufgebaut war, musste das nächste Textsegment Level-61-Zuhörer bedeuten. Und hier meine Rasse: Mensch.

Astrolinguistik auf Level 69 erhöht!

Elektronik-Skill auf Level 42 erhöht!

Du hast Level 62 erreicht!

Du hast 3 Fähigkeitspunkte erhalten!

Perfektes Timing! Vor meinen Augen verschoben sich meine Charakterinformation, sodass ich die Zahlen 1, 2, 4, 6, 8 und 9 identifizieren konnte, außerdem die Zahl 3, die sich in einer neuen Zeile befand, was wohl bedeutete: „Achtung! Du hast 3 ungenutzte Fähigkeitspunkte." Mein Wortschatz erweiterte sich rasant, und ich konnte immer mehr Zeichen entschlüsseln. Ich grinste stolz und tanzte aufgeregt auf der Stelle. Das waren definitiv Schritte in die richtige Richtung.

Aber dann wurde ich abgelenkt. Minn-O La-Fin war wieder im Spiel. Die Prinzessin des Dunklen Bruchs klopfte höflich an den Rahmen meiner offenen Kabinentür. Sie trat nicht ein, sondern blieb im Türrahmen stehen und starrte Ayni und Tini an, die mir gegenüber im oberen Stockbett schliefen. Ich rutschte ein wenig zur Seite und machte auf meiner Bank Platz für sie. Doch die stolze Prinzessin wollte sich nicht setzen.

„Nat, ich gern wissen, warum du mich allein in Zimmer mit großem Schwarzfell-Händler gesteckt hast? Du willst nicht bei mir wohnen, und sprechende Kätzchen nehmen meinen Platz?"

In Minn-Os Stimme schwangen Kränkung und ein wenig Eifersucht mit. Ich konnte nicht anders und lachte vergnügt. Dann bemühte ich mich rasch um Schadensbegrenzung bei der verärgerten Prinzessin.

„Dieser furchterregende Händler mit dem schwarzen Fell ist eine Geckho-Frau namens Uline Tar, und sie gilt nach deren Schönheitsidealen als sehr hübsch. Und nur damit du es weißt, verrate niemandem, dass du sie für einen Mann gehalten hast. Uline wäre zutiefst beleidigt. Glaub mir, ich habe diesen Fehler schon einmal gemacht. Tatsächlich wurde dir eine große Ehre zuteil. Trotz der engen Verhältnisse auf dem Shiamiru haben sie dich in einer weniger überfüllten Koje nur für Frauen untergebracht."

Die Dame des Dunklen Bruchs dachte eine Sekunde lang nach und nickte dann still in Aynis Richtung. Offenbar wollte sie wissen, warum die Miyelonierin nicht auch bei den Frauen schlief. Ich ahnte, dass die scharfsinnige, neugierige Morphähe wahrscheinlich schon aufgewacht war und nur so tat, als würde sie schlafen, um unser Gespräch zu belauschen. Ich streckte eine Hand aus und kraulte der flauschigen Kreatur freundlich das gepflegte Halsfell.

„Ayni ist eine Ausnahme. Sie ist ein sonderbares und sehr treues Wesen, dem ich blind vertrauen würde. Sie hat unglaubliche Reflexe und bewegt sich so schnell, dass man sie kaum sehen kann. Ihre

Intuition ist ebenfalls erstaunlich, und sie verfügt über einen reichen Erfahrungsschatz. Sie kennt die obskursten Rassen. Bereits dreimal hat sie mir in harten Schlachten das Leben gerettet, und ich bin ihr sehr dankbar."

Ohne ein Auge zu öffnen begann die flauschige Übersetzerin zufrieden wie eine Hauskatze zu schnurren, drehte dann den Kopf und ließ sich den Hals und die Wangen streicheln. Ich war mir nicht sicher, ob sich ein echter Miyelonier, eine Rasse, die für ihre unterkühlten Emotionen bekannt war, so gebart hätte. Die Morphähe nahm wahrscheinlich eher meine Erwartungen wahr und reflektierte sie in ihrem Verhalten.

Minn-O seufzte tief. „Nat, ich zugeben, ich komme aus anderem Grund als diesem. Ich gerade mit dem regierenden Großvater Thumor-Anhu La-Fin gesprochen. Er freut sich sehr für uns und bietet zu Hochzeit fünf weitere Tage Waffenstillstand. Er fragt auch nach Miyeloniern, besonders nach Ayni. Mein Leng sehr beeindruckt von miyelonischer Übersetzerin, die schnell und einfach Soldaten trainiert. Er fragt mich sogar, finde heraus, wie viel sie kostet."

In diesem Moment öffnete Ayni plötzlich die Augen und bestätigte meine Vermutung, dass sie bereits seit einiger Zeit nicht mehr schlief. Sie schenkte uns ein zähnefletschendes Lächeln. „Meine Dienste sind teuer. Deine Fraktion hat nicht genug Kristalle."

„Aber ..." Minn-O warf mir einen kurzen Blick zu

und schwieg, doch ich verstand ihren unausgesprochenen Einwand. Wenn die H3-Fraktion die nötigen Mittel hatte, so besaß der reiche Dunkle Bruch ein Vielfaches davon.

„Ich habe das nur für Nat getan. Er ist mein einziger Freund im Universum. Und da du Nats *Wayedda* bist, bin ich bereit, dich weiter auszubilden. Und dich, Gerd Nat. Dir und deinen Freunden wird etwas Training nicht schaden. Wir haben noch anderthalb Ummi, bis wir auf der Geckho-Basis ankommen, und ich schlage vor, dass wir sie nutzen."

„Weißt du, wohin wir unterwegs sind?", fragte ich überrascht, denn ich selbst hatte noch keine Ahnung.

Ayni nickte wie ein Mensch, lächelte und wechselte nach einem kurzen Blick auf Minn-O in die miyelonische Sprache. „Es war nicht schwer zu erraten. Die Geckho haben nur eine Militärbasis in diesem Teil der Galaxie, auf dem Kometen Un-Tesh. Hier gibt es nur meleyephatianische und miyelonische Stationen. Es ist erstaunlich, dass die Geckho diejenigen waren, die deinen Heimatplaneten zuerst gefunden haben."

Ich nutzte sofort die seltene Gelegenheit, über intergalaktische Politik zu sprechen und fragte die Morphähe, was passiert wäre, wenn die Meleyephatianer unsere Erde zuerst gefunden hätten.

Ayni überlegte und sagte dann ehrlich, dass sie es nicht wusste. „Wie du weißt, wurde meine Rasse von der Meleyephatianischen Horde unterworfen, und unsere Geschichte endete in einer Tragödie. Es ist möglich, dass deine Art ein ähnlich schreckliches Schicksal erlitten hätte. Andererseits gehören der Horde Dutzende von Rassen an, darunter einige, die deiner nicht unähnlich sind, aber eben von anderen Sternen. Daher ist es schwer zu sagen. Die Meleyephatianer sind hartherzig und dulden keine andere Denkweise als ihre, aber die von ihnen unterworfenen Rassen lernen meistens, mit der Situation zu leben und sich sogar weiterzuentwickeln. Ja, sie verlieren sämtliche Freiheiten, zahlen einen hohen Tribut, unterliegen der totalen Kontrolle über Geburtenraten, Wissenschaft und Industrie und werden ohne Vorwarnung zum Kriegsdienst einberufen. Aber einige Rassen entscheiden sich bewusst für ein solches Leben und sind sogar stolz darauf, dass sie es geschafft haben, Teil einer so mächtigen Vereinigung wie der Meleyephatianischen Horde zu werden, vor deren Gewalt das halbe Universum zittert."

„Sind die Geckho ein besserer Oberherr für die Menschheit? Und wer ist mächtiger, die Meleyephatianer oder die Geckho?", hakte ich nach. Ich wusste, dass meine Fragen sehr wichtig sein könnten, vielleicht sogar lebenswichtig.

„Nat, verwechsle Vasallen nicht mit Sklaven!", antwortete Ayni aufgebracht. Ihre Pupillen verengten sich zu winzigen Punkten. Mir war schon einmal aufgefallen, dass das passierte, wenn ein Miyelonier wütend wurde oder sich konzentrieren musste. „Du und dein Volk müsst zu allen höheren Mächten beten, dass die Geckho gewinnen, sonst wird sich eure Situation drastisch verschlechtern! Aber ich stehe in diesem Krieg auf niemandes Seite. Die Beziehung zwischen Meleyephatianern und Geckho gleicht seit Langem einem Pulverfass. Dies ist nicht mein Krieg. Mir ist der Komet Un-Tesh gut bekannt. Ich war dort schon ein paar Mal in verschiedenen Formen und kenne die Gegebenheiten. Dort werde ich dich verlassen, Nat. Es war schön, deine Bekanntschaft gemacht zu haben. Ah, und der Schwanz der Priesterin Leng Amiru U-Mayaoo? Ich weiß, dass du ihn in deinem Inventar versteckst. Du kannst ihn behalten, ich schenke ihn dir. Betrachte es als Entschädigung für die Strapazen, denen ich dich ausgesetzt habe."

ABGESEHEN VON MIR, Minn-O und einigen anderen Leute der H3-Fraktion wollten drei Geckho ihre Kampfkünste und Fitness trainieren, die Zwillingsbrüder Basha und Vasha Tushihh und, sehr zu meiner Überraschung, Uline Tar. Es war für eine so große Gruppe unmöglich, im engen Korridor oder in den winzigen Kabinen zu trainieren, also bat Uline den

Kapitän, den Frachtraum zu öffnen.

Nach der Umwandlung des Shiamiru von einem friedlichen Fracht- und Passagiershuttle in ein Kampfraumschiff war die Größe des Frachtraums stark reduziert worden. Die Hälfte davon war nun mit zusätzlichen Kraftfeldgeneratoren belegt, aber es gab noch genügend Platz für unsere Zwecke. Uraz Tukhsh stimmte unserer Bitte sofort zu, was mich noch mehr überraschte. Der Kapitän verhielt sich so umgänglich, dass er mir schon komisch vorkam und mich sogar ein wenig misstrauisch machte. Etwas stimmte nicht mit unserem aristokratischen Verlierer von Kapitän, aber ich fand keinen passenden Augenblick, um Uline zu fragen, warum er sich so bizarr verhielt.

Ich hatte Eduard Boyko gebeten, in die wirkliche Welt zu gehen und Lozovsky über Leng Thumor-Anhus Angebot einer fünftägigen Verlängerung der Waffenruhe zu informieren, also warteten wir mit dem Trainingsbeginn darauf, dass er zurückkehrte. An meinem allerersten Tag im Spiel hatte Svetlana, die Assassine, uns durch eine Trainingseinheit geführt. Die heutige Session glich Svetlanas insofern, dass Ayni uns alle in einer großen Gruppe zusammenfasste, um unsere Ausdauer und Trefferpunkte zu verfolgen. In jeder anderen Hinsicht war sie völlig anders. Laut Ayni bestand die Grundidee ihres Trainingsstils darin, dass sich Fähigkeiten schneller verbesserten, wenn ein Spieler kurz vor dem Tod stand. Wenn also ein gezielter Schuss oder erfolgreiches Ausweichen die Gesundheit in den roten Bereich drücken und möglicherweise zum Respawnen führen könnte.

„Aber wir sind auf einem Raumschiff!", bemerkte ich nüchtern und fügte hinzu, dass alle unsere Respawn-Punkte sehr, sehr weit entfernt waren. Diese Art von Extremtraining könnte dazu führen, dass wir durch die halbe Galaxie zurückkehren mussten, um unsere Crew abzuholen.

„Umso besser, dann seid ihr wenigstens motiviert", sagte die Miyelonierin mit einem spitzbübischen Grinsen und zeigte ihre kleinen, scharfen Zähne. „Und wenn ihr euch nicht sicher seid, ob ihr überleben werdet, ändert ihr eben die Respawn-Punkte auf den Shiamiru. Obwohl das natürlich ein großes Risiko ist. Wenn das Schiff explodiert, stirbst du, sowohl im Spiel als auch im wirklichen Leben."

Auf keinen Fall! Diese schmerzhafte Lektion hatte ich ein für alle Mal gelernt. Nachdem der Shiamiru der Explosion auf der Reliktikerbasis gerade noch entkommen war, hatte ich es nur wie durch ein Wunder lebend aus der Situation herausgeschafft. Ich weigerte mich kategorisch, meinen Respawn-Punkt auf den Shuttle zu verschieben und verbot auch meinen Freunden, dies zu tun.

„Dann legen wir los", verkündete unsere frischgebackene Trainerin. Damit begann eine schier endlose Sparring-Session mit Kampfwaffen, die erst endete, als jeder einzelne von uns völlig fertig war und sogar Schusswunden erlitten hatte. Es war schmerzhaft und unangenehm, aber wir levelten rasant Rüstung, Ausweichen und andere Fähigkeiten.

Ich musste oft an Anya denken. Sie hätte dieses Training geliebt. Wir wurden regelmäßig bewusstlos geschlagen und verloren zusammen literweise Blut. Unsere Heilerin hätte mit Wiederbelebungen jede Menge Levels dazugewinnen können, wenn sie nicht so ein sturer Bock wäre. Ohne Anya blieb uns nur der Schiffsheiler. Ich sah und fühlte sogar, wie er seine Magie benutzte.

Aber das störte mich nicht. Bevor Ayni überhaupt mit dem Training begonnen hatte, hatte sich bereits ein kleines Publikum um uns versammelt. Drei große, hochlevelige Geckho aus dem Waideh-Tukhsh-Clan, die Leibwächter des Kapitäns, waren in den Frachtraum gekommen, um uns zu beobachten. Sie quatschten lautstark, stichelten und verspotteten die kleine, friedfertig aussehende Übersetzerin, die sich ihrer Meinung nach zu viel zumutete. Ayni setzte sich schließlich verbal zur Wehr. Leider wurde ich in dem Moment von einer neuen Nachricht in meinem Helm abgelenkt, also hörte ich nicht, was sie den Grobianen antwortete. Vielleicht hatte sie sie zum Kampf herausgefordert, ganz sicher war ich mir aber nicht.

Ich bekam nur noch mit, wie die Miyelonierin die drei Idioten fragte, wo sich denn ihre Respawn-Punkte befänden. Auf der Un-Tesh-Militärbasis befänden die sich, schnaubten die Geckho. Ayni hielt das anscheinend für angemessen und weidete alle drei innerhalb von 15 Sekunden aus. Und das im wahrsten Sinne des Wortes. Sie schlitzte Brustkörbe auf, grub Innereien hervor und durchtrennte Arterien. Sogar die Schädel durchbohrte sie, auf welche Weise auch immer. Wir hatten plötzlich drei pulsierende Geckho-Gehirne vor uns. Und noch dazu dokumentierte die Übersetzerin alles, was sie tat, in Echtzeit für uns. Seelenruhig und konzentriert zeigte Ayni uns drei verschiedene Methoden, einen Geckho schnell und effektiv, bewaffnet nur mit einem Messer oder scharfen Krallen, zu neutralisieren.

Sogar ich war beeindruckt, obwohl ich vor nicht allzu langer Zeit Zeuge geworden war, wie die Morphähe auf genau dieselbe blitzschnelle, raffinierte Art und Weise vor Tausenden Pilgern die Hohepriesterin der miyelonischen Rasse niedergemetzelt hatte. Meinen Gefährten klappten die Kinnladen herunter. Dieses kaltblütige Abschlachten von drei hochleveligen Geckho-Hünen kam etwas überraschend für sie. Uline fiel geradewegs in Ohnmacht, und Minn-O lief grünlich an. Dann verdrehte die edle Prinzessin die Augen und musste sich zwingen, sich nicht zu übergeben. Der Dreifachmord hatte auch seine positiven Seiten. Wir konnten unsere Trainingseinheit nun in Ruhe fortsetzen, und die Autorität unserer Trainerin schoss in unvorstellbare Höhen.

Alles in allem erlebten wir eine denkwürdige Session. Zuerst entwickelte sich ein intensives

Sparring zwischen Imran und Eduard. Beide Gegner zogen ihre Hemden aus und enthüllten vor Muskeln strotzende Körper. Der Dagestani-Athlet war etwas größer und flinker als Eduard, doch der Weltraumkommandant erwies sich als beinahe unverwüstlicher Gegner. Alle Hiebe und Versuche des Sambo-Experten, ihn festzunageln, prallten einfach von ihm ab. Eduards Hände pfiffen durch die Luft wie Metzgerhaken und hätten den Gladiator umreißen können, wenn er unvorsichtig genug gewesen wäre, seinen Gegner auch nur einmal in seine Nähe kommen zu lassen. Wie eine Manguste und eine Kobra! Alle verfolgten wir wie gebannt ihren Kampf. Selbst andere einander gerade umtänzelnde Sparringpartner konnten nicht widerstehen und legte eine Pause ein, um zuzusehen. Und obwohl der Gladiator seine Schnellsprung-Fähigkeit nutzte, sich aus jeder noch so gefährlichen Situationen herauswand und immer wieder hinter seinem Gegner landete, siegte am Ende die rohe Gewalt. Nachdem er Imran zum x-ten Mal in die Ecke gedrängt hatte, erwischte der Weltraumkommandant seinen wendigen Gegner und versetzte Imran eine Reihe brutaler Hiebe, die ihn niederstreckten.

Nachdem der Schiffsheiler Imran wieder wachgerüttelt und seine Trefferpunkte wiederhergestellt hatte, analysierte Ayni den Kampf und wies die beiden auf ihre Fehler hin. Der Gladiator hatte einen fast perfekten Start hingelegt, aber nachdem er die Hälfte von Eduards Trefferpunkten vernichtet hatte, war er berechenbarer geworden und hatte sich zu sehr auf seine Klassenfähigkeiten verlassen. Die Fähigkeit Schnellsprung vergeudete Ayni zufolge zu viele Ausdauerpunkte und hatte eine zu lange Abklingzeit.

„Hätte ich meine Messer gehabt, hätte ich gewonnen", widersprach der heißblütige Dagestani, dem seine Niederlage sehr nahe ging. Doch Ayni wies ihn darauf hin, dass das schwere Exoskelett des Weltraumkommandanten Imrans Klingen nutzlos gemacht hätte, wenn beide Soldaten vollständig ausgerüstet gewesen wären.

Mein Teil des Trainings war nicht minder spannend. Wenn ich ehrlich war, sah ich im Vergleich zu diesen schnellen, muskulösen Kriegern anfangs erbärmlich aus. Eduard, Imran und sogar Dimitri, der seinen Abschluss an einer Militärakademie gemacht hatte, waren mir alle haushoch überlegen. Von dem kräftigen Geckho ganz zu schweigen, der in jeder Hinsicht stärker war als ich und mir keine einzige Chance ließ. Die Prinzessin besiegte ich nur zweimal. Beim ersten Mal lag es allein an meinem Rüstungsvorteil. Das Kraftfeld meines Anzugs absorbierte mühelos alle Hiebe und Schläge der Kartografin. So konnte ich nahe genug an sie herankommen, konnte meine ganze Stärke ausnutzen und zerquetschte sie wie einen Käfer. In unserem zweiten Kampf aber waren wir endlich auf Augenhöhe.

Ich trug nur einen Trainingsanzug, und das machte das Duell für uns beide schwierig.

Zum ersten Mal duellierten Minn-O und ich uns unter exakt denselben Voraussetzungen, und beide wollten wir nur eins: siegen. Ich beschloss, fair zu kämpfen, und setzte meine psionischen Fähigkeiten nicht ein, obwohl ich das natürlich nicht laut sagte. Ohne Magie kam ich ganz schön ins Schwitzen. Das flinke Mädchen bewegte sich mit unvorhersehbarer, beinahe überirdischer Geschwindigkeit und kämpfte mit Händen und Füßen. Selbst vor den billigsten und hinterlistigsten Manövern schreckte sie nicht zurück. Intuition und Glück allein verhalfen mir zum Sieg. Im Laufe unseres Duells levelte ich meinen Gefahrensinn um vier Punkte, und ich vermutete, dass Minn-O ebenso erfolgreich war. Wenn meine *Wayedda* nicht solche Angst gehabt hätte, mir in die Augen zu sehen, hätte sie mich schlagen können. Aber sie erwartete ständig, dass ich Magie benutzte, also mied sie meine Blicke und verpasste dadurch mein scheinbar ganz simples Beinmanöver. Das war jedoch kein einfacher Trick. Es war beinahe unmöglich, einen Leg Sweep durchzuführen, ohne kurz darüber nachzudenken. Und so gewann ich ein zweites Mal. Ich hielt die Prinzessin im Schwitzkasten und brach ihr den Arm. Sie konnte sich kaum noch bewegen und musste sich geschlagen geben.

Gegen Ende der Trainingseinheit erlaubte Ayni mir, Magie einzusetzen. Plötzlich war ich ein neuer

Mensch. So ging kämpfen also! Es war beinahe ein Gefühl der Allmacht. Endlich konnte ich mich für meine Niederlagen und Demütigungen rächen! Keiner meiner Gegner kam an mich heran. Sobald der Einzelkampf begann, übernahm ich die Kontrolle über meinen Gegner und zwang ihn, Fehler zu machen, nicht mehr konzentriert zu kämpfen oder gar aufzugeben. Am Ende gelang es mir, mein Autoritätslevel, das in der ersten Hälfte der Session gefallen war, nicht nur wiederherzustellen, sondern sogar leicht zu erhöhen. Die Tatsache, dass ich zuvor ständig einem Gegner unterlegen und bewusstlos beim Schiffsheiler abgeliefert worden war, tat ein Übriges.

Nach sechs Stunden Training konnte ich zweimal leveln, Stärke und Konstitution um jeweils einen Punkt erhöhen und jede Menge Fähigkeiten deutlich verbessern. Ich musste mir meine wunderbare neue Statistiktabelle wieder und wieder ansehen.

Gerd Nat. Mensch. Fraktion H3.	
Level-64-Zuhörer.	
Statistik:	
Stärke	14
Geschicklichkeit	17
Intelligenz	23 + 3
Wahrnehmung	26 + 2
Konstitution	16
Glücksmodifikator	+3
Parameter:	

Trefferpunkte	317 von 1.420
Ausdauerpunkte	61 von 1.050
Magiepunkte	7 von 582
Tragfähigkeit	28 kg
Ruhm	51
Skills:	
Elektronik	44
Scannen	7
Kartografie	52
Astrolinguistik	69
Gewehre	48
Mineralogie [Bestätigung ausstehend]	???
Mittlere Rüstung	49
Adlerauge	60
Scharfschütze	32
Targeting	19
Gefahrensinn	38
Psionik	47
Mentale Stärke	45
Mechaniksteuerung	41
ACHTUNG! Keine Skill gewählt	
ACHTUNG! Du hast 9 nicht verbrauchte Fähigkeitspunkte	

Zwar beseitigte das nicht mein Mineralogie-Problem. Doch sobald ich meine geologischen Analysatoren nicht mehr als Dietriche zweckentfremdete, um damit Schlösser zu knacken oder Dinge kurzzuschließen, würde es sich hoffentlich auch in Wohlgefallen auflösen. Zuerst würde ich meine Scan-Fähigkeit aber auf 19 bringen müssen. Das sollte nicht allzu schwierig sein. Die ersten paar Levels waren immer einfach, dann wäre ich schnell auf 10 und erhielt Punkte, die ich investieren konnte.

Ich musste nicht lange darüber nachdenken, was ich als meine 15te Fähigkeit wählen sollte. Nach dem letzten Klassenwechsel brauchte mein Charakter nun extrem viel Mana. Selbst das Scannen kostete mich nun Magiepunkte, vom enormen Verbrauch, den die Psionik an den Tag legte, einmal ganz zu schweigen. Meine Manareserven und wie schnell ich diese wieder füllen konnte waren also von entscheidender Bedeutung.

Du hast die Fähigkeit Mystik Stufe 1 angenommen.

Die Fähigkeitsbeschreibung besagte, dass sich meine Magiepunkte sowie deren Regenerationsgeschwindigkeit mit jedem neuen Mystiklevel um ein Prozent erhöhten. Das war jetzt noch nicht viel, sogar fast verschwindend wenig, doch mit zunehmendem Fortschritt würde Mystik an Bedeutung gewinnen.

Kapitel 3

Komet in Sicht

ICH KEHRTE IN meine Koje zurück und entdeckte Tini, der wieder ins Spiel gekommen war und nun auf einer Bank in unserem Schlafbereich saß. Das Kätzchen sprang sofort in höchster Aufregung auf, als es mich entdeckte.

„Meister Nat, in der wirklichen Welt wurde ich von der miyelonischen Dame kontaktiert, die Ayni spielt! Sie ist ganz verwirrt, weil ihr Ruhm immer wieder in die Höhe schießt. Und auf uns ist sie sauer, weil wir die Medu-Ro-IV-Basis ohne sie verlassen haben. Aber, Meister, das bedeutet dann, dass unsere Ayni, also, diejenige, die hier auf dem Schiff ist ... sie ist nicht, wer sie zu sein behauptet! Ich denke, sie könnte sogar ...“

Hier machte das Kätzchen eine Pause und seufzte tief. Tini wagte kaum weiterzusprechen, also beendete ich seinen Satz.

„Sie könnte sogar eine Morphähe sein. Und nicht irgendeine Morphähe, sondern diejenige, die die große Priesterin Leng Amiru U-Mayaoo getötet hat."

Offenbar hatte ich die schlimmsten Befürchtungen des kleinen Miyeloniers bestätigt. Er machte sich ganz klein vor Angst und legte die Ohren an. Ich beeilte mich, ihn zu beruhigen.

„Keine Sorge, Tini, deine Herrscher wissen das schon seit einiger Zeit, und sie haben kein Problem damit. Oder meinst du, eure Behörden sind so dumm, eine Attentäterin in die Nähe ihrer heiligen Priesterin zu lassen? Ich persönlich bezweifle das. Waren ihre Leibwächter nur kurz abgelenkt und haben das Attentat einfach verpasst? Sehr unwahrscheinlich, wenn du mich fragst, aber wer weiß? Wenn das so wäre, hätten sie dann nach dem Angriff nicht die Sicherheitsmaßnahmen verstärkt? Haben sie aber nicht. Sie haben der Morphähe erlaubt, in der Form eines Kriegers des Ersten Rudels frei herumzulaufen! Diese Elitesoldaten kennen einander sehr gut, sie arbeiten wahrscheinlich schon lange zusammen. Meinst du, dass ein neuer Soldat, der einfach so auftaucht, keinen Verdacht erregen würde? Undenkbar! Deine Herrscher haben die Morphähe ihre Arbeit verrichten lassen, den vollen abgemachten Preis gezahlt und dann einfach weggeschaut, als sie die Basis ungehindert verlassen hat."

„Aber wie kannst du dir da so sicher sein, Gerd Nat?", fragte Tini, der offenbar an meiner Erklärung zweifelte.

„Komm schon, selbst mir mit meinem niedrigen Psioniklevel war gleich klar, dass das Ding nicht Ayni sein konnte, bei dem, was in seinem Kopf vorgegangen ist. Es ist mir ein paar Mal aufgefallen. Aber die Wahrheitssucher sind Profis. Ich war ein offenes Buch für sie. Sie hätten eine falsche von einer echten Wache in der Sekunde unterscheiden können. Das war aber nicht der Moment, in dem ich es bemerkt habe. Nach dem Verhör der Wahrheitssucher mussten wir durch einen Kontrollgang zwischen der Hauptbasis und der Raumhafenzone gehen. Nun, das Erste Rudel, das eindeutig den Befehlen der Wahrheitssucher Folge leistete und unter Bruch jedes Sicherheitsprotokolls handelte, hat Ayni und mich um den Checkpoint herum geführt, wodurch wir weder gescannt noch durchsucht wurden. Warum? Weil sie nicht wollten, dass die Morphähe entdeckt wird! Zuerst habe ich mir nicht viel dabei gedacht, aber irgendwann habe ich eins und eins zusammengezählt, und mir wurde alles klar. Soll ich dir sagen, was wirklich auf Medu-Ro IV passiert ist?"

Tini, der immer noch verängstigt die Ohren angelegt hatte, blinzelte ein paar Mal langsam, was bei den Mieloniern einem Nicken gleichkam.

„Leng Amiru, oder ein anderer hochrangiger Miyelonier, hat die Morphähe angeheuert, um die Priesterin zu töten", erklärte ich begeistert. „Vor den Augen Tausender von Pilgern sollte die böse Morphähe die Priesterin auf grausame Weise ermorden und in der gesamten miyelonischen Gesellschaft für Aufruhr sorgen. Schließlich war das eine Liveübertragung in die ganze Galaxie! Die geballte Wut von Milliarden sollte sich auf die Drahtzieher des Verbrechens richten, die bald von Wahrheitssuchern enthüllt werden würden, die den Mord untersuchen. Der Mord an der Inkarnation des Großen Ersten Weibchens wäre ein legaler und unbestreitbarer Kriegsgrund, und das Opfer dieser geheimen Operation war niemand Geringeres als die Meleyephatianische Horde."

„Ah, na klar!", sagte Tini, dem es langsam dämmerte. „Mir ist aufgefallen, dass alle Nachrichtensender kurz vor dem Mord an der Inkarnation des Großen Ersten Weibchens anti-meleyephatianische Propaganda gezeigt haben. Du hast recht, Meister Nat. Jetzt ergibt alles Sinn!"

„Ja. Die Morphähe sollte sich als Meleyephatianer tarnen, sich mit irgendwelchen beliebigen Mitgliedern dieser Rasse auf der Basis treffen und vor möglichst vielen Sicherheitskameras einige Zeit mit ihnen verbringen, bevor sie den abscheulichen Mord beging. Und nur für den Fall, dass die Meleyephatianer, die mit der Morphähe gesprochen hatten, irgendwie ihre Unschuld beweisen konnten, gab es auch einen Plan B. Schließlich hätten sie ja eine Aufzeichnung des Geschehenen und des gesamten langweiligen Gesprächs machen können. Das würde den Krieg jetzt wahrscheinlich nicht aufhalten, aber die

Union der Miyelonischen Rudel in ein sehr ungünstiges Licht vor den Geckho, Trillianern und so weiter rücken."

Hier musste ich eine kurze Pause einlegen, da Minn-O in die Kabine kam. Sie trug nun den neu angepassten Raumanzug. Sie wartete offensichtlich auf Kommentare zu ihrem neuen Look. Ich überschüttete sie sicherheitshalber mit Komplimenten. Aber es waren nicht nur Floskeln. Minn-O sah beeindruckend aus, sogar stilvoll, wie eine wahre Weltraum-Amazone! Sie war sichtlich zufrieden mit meiner Reaktion, kehrte aber nicht in ihre Koje zurück, sondern ließ sich gemütlich auf eine Bank fallen. Aber sie sprach kein Miyelonisch, also setzte ich die Geschichte für Tini fort.

„Was ich über den Plan B noch sagen wollte. Wie du weißt, gibt es in der Meleyephatianischen Horde viele Rassen, darunter auch einige menschliche Gruppierungen. Die Miyelonier haben auf Medu-Ro IV einige Menschen gefunden, auf die diese Beschreibung perfekt passte. Sie kamen aus Tailax, und der Morphähe wurde gesagt, sie sollte auch einige Zeit mit ihnen verbringen. Dann aber ging einiges schief. Anstelle der Menschen aus Tailax hat die Morphähe mich getroffen und jede Menge Hinweise hinterlassen, die Nat und seinen Herkunftsplaneten in Bedrängnis bringen könnten. Aber schließlich wurde klar, dass meine Fraktion den Geckho, nicht den Meleyephatianern, untersteht. Die Miyelonier haben keinen Streit mit den Geckho, also mussten die Wahrheitssucher ein wenig improvisieren. Sie mussten das Beweismaterial der Kameras beseitigen und den ganzen Zirkus mit Gedankenlesen und dergleichen veranstalten. Trotzdem war die Mission ein Erfolg. Sie haben den Meleyephatianern die Schuld gegeben, dann hat die Morphähe ihre Belohnung erhalten und sich an Bord des Tiopeo-Myhh II aus dem Staub gemacht. Also mach dir keine Sorgen wegen der falschen Ayni, Tini. Freu dich stattdessen über die einmalige Chance, von einem ausgezeichneten Krieger und Lehrer ausgebildet zu werden! Sei nicht schüchtern, geh in den Laderaum, solange Ayni noch bei uns ist. Und komm nicht zurück, bis du Level 50 erreicht hast."

KAUM WAR MEIN Schützling gegangen, erhob sich die edle Prinzessin und zog ratternd den metallenen Sichtschutz zum Flur herab.

„Gerd Nat, ich will reden. Erstens, Lob. Du bist unglaublich! Wenn du nicht aufgibst, sondern nutzt alle Fähigkeiten, ist Unterschied zwischen einfachem, muskulösem Krieger und wahren Magierherrn offensichtlich!"

Nach einer Sekunde des Zögerns setzte sich Minn-O auf die Bank neben mich und faltete ihre

Hände bescheiden zwischen den Knien. Sie versuchte eindeutig, mir auf ihre schüchterne Art und Weise näherzukommen. Da ich Angst hatte, die ohnehin schon zurückhaltende Prinzessin zu erschrecken, verhielt ich mich ruhig. Eine gute halbe Minute lang saßen wir nur still nebeneinander, dann wandte sie sich mir entschlossen zu und sah mir direkt in die Augen.

„Nat, nach allen Traditionen und Bräuchen aus Minn-Os Welt bist du schon ganzen Tag mein rechtmäßiger Ehemann, aber immer noch keine Zuneigung. Ich bin deine *Wayedda*. Deine engste Person sollte ich sein. Aber trotzdem ich weiß nicht viel über dich, deine Vergangenheit und Gegenwart, deine Ziele und Wünsche. Und habe ich keine Ahnung von deinen Plänen über mich. Das schmerzt und sogar mich etwas verängstigt macht."

Mir fiel auf, dass Minn-O meine Sprache immer besser beherrschte. Sie sprach sie immer noch nicht perfekt, aber bereits fließend. Dieser rasante Fortschritt deutete nicht nur darauf hin, dass sie Astrolinguistik mehrmals gelevelt hatte, sondern bewies auch ihre besonders hohe Intelligenz. Ich wusste nicht recht, wo ich anfangen sollte, also lobte ich ihren Fortschritt in meiner Sprache und fragte nach den Statistiken ihres Charakters im *Spiel, das die Wirklichkeit unterwirft.*

Das hatte ich für eine einfache und sogar banale Frage gehalten. Aber Minn-O wandte sich unerwartet ab und weigerte sich, zu antworten. Jede Dame habe ihre Geheimnisse, sagte sie. Sie wollte diese Geheimnisse wahren. Die Enthüllung ihrer Charakterstatistiken käme einem Striptease vor meinen Augen gleich.

„Die Geheimnisse einer Frau sind kleine Tricks wie Push-ups, die die Brüste größer erscheinen lassen", befand ich. „Kleine Details, die ein Mann nicht zu hinterfragen hat. Aber ich bitte dich nicht, deine weiblichen Geheimnisse zu enthüllen. Mich interessieren nur die grundlegendsten Spielinformationen. Mir als Kommandant würde das Aufschluss darüber geben, ob ich mich in einem ernsthaften Kampf auf deine Level-55-Kartografin verlassen und wie ich dich in Friedenszeiten einsetzen könnte."

Minn-O senkte den Blick und sah verlegen aus. Ihre aschgrauen Wangen röteten sich sogar ein wenig. Ich verstand, dass ich wohl versehentlich ein moralisches Tabu ihrer Welt gebrochen und Dinge ausgesprochen hatte, die die Grenze des Erlaubten überschritten. Ihre nächsten Worte bestätigten meine Vermutungen.

„Darüber zu sprechen, gilt als unkultiviert. Außerdem sind die weiblichen Geheimnisse, die du beschrieben hast, im Spiel nicht notwendig. Was die Statistiken und Fähigkeiten von Kartografin betrifft ... nein, ich kann nicht, zu persönlich. Dann muss ich erklären, warum ich mich für dieses oder jenes entschieden habe, was diese Entscheidung beeinflusst hat. Wenn es wirklich notwendig ist, lies eben meinen Gedanken. Schließlich hast du psionische Magie."

Minn-O sah mir dann in die Augen, als wollte sie mich zu einem Gedankengespräch einladen. Ich musste zugeben, dass ich von der Aura des Geheimnisvollen, die Minn-O umgab, und nicht minder von ihrer Hartnäckigkeit fasziniert war. Also sah ich ihr in die Augen und wurde sogleich von einem Schwall ihrer Gedanken überwältigt.

„Wie kann ich Nat zeigen, dass ich ihn mag? Ich werde noch wahnsinnig bei all diesen fruchtlosen Versuchen, seine Aufmerksamkeit zu erregen. Und er sieht mich so distanziert an, dass ich nicht einmal weiß, ob er mich mag oder nicht. Ich habe sogar die Liebhaberin-Fähigkeit für ihn angenommen. Schließlich will ich einen so weltgewandten und süßen Jungen mit so vielen Ex-Freundinnen nicht enttäuschen. Aber das Wichtigste ist, wie ich meinen Mann in meine Welt bringen kann. Großvater sagte, es sei möglich. Seine rückständige H3-Fraktion ist zum Scheitern verurteilt. Und wenn der legendäre General Ui-Taka erst in den Kampf eingetreten ist, sind ihre Tage endgültig gezählt. Ich muss Nat retten und ihn in unsere Welt bringen, bevor seine Fraktion ausgelöscht wird. Versteht Nat denn nicht, dass ein Magier wie er in unserer Welt ein besseres Leben hätte?"

Ich wandte meinen Blick ab und unterbrach den mentalen Kontakt. So funktionierte das nicht. Ich brauchte echte Informationen, nicht diese halbherzig verschleierte Propaganda.

Psionik-Skill auf Level 48 erhöht!

Mystik-Skill auf Level 2 erhöht!

Mystik-Skill auf Level 3 erhöht!

Ich war ihr trotz des eklatanten Versuchs, mich auf ihre Seite zu locken, nicht böse. Stattdessen lächelte ich liebevoll und schlug vor, einfach wie ganz normale Menschen zu reden und einander besser kennenzulernen. Ich schlug sogar vor, eine zwanglose Konversation mit etwas Sprachunterricht zu kombinieren. Minn-O könnte so die Sprachen meines Volkes und der Geckho-Rasse lernen und mir im Gegenzug die Sprache des Dunklen Bruchs beibringen.

Das stellte sich bald als eine gute Idee heraus. Minn-O beruhigte sich. Dann begann sie, mir von der Magiokratie, den herrschenden Familien und den zwölf Präfekturen ihrer Welt zu berichten und spickte ihre Erzählungen dabei mit Wörtern aus ihrer eigenen Sprache. Ich hörte aufmerksam zu, ohne sie zu unterbrechen. Nur gelegentlich bat ich sie, die Bedeutung eines bestimmten Wortes zu erklären oder mir weitere Informationen über ein Thema zu geben, das ich nicht verstand. Irgendwann rückte Minn-O ein wenig näher, und ich nahm all meinen Mut zusammen und umarmte die Prinzessin zärtlich. Sie protestierte nicht. Ganz im Gegenteil. Sie schmiegte sich an mich und legte ihren Kopf an meine Schulter.

Das Eis zwischen uns brach schnell. Auch ich

entspannte mich ein wenig, und als ich ihr von meiner Welt und meinem früheren Leben erzählte, riss ich einen Witz nach dem anderen, benahm mich albern, und die Prinzessin brach mehrmals in ansteckendes Gelächter aus. Wie sich herausstellte, hatte Minn-O ein schönes, wohlklingendes Lachen, das an helle Silberglöckchen erinnerte. Wer sich zuerst zum anderen hin gelehnt hatte, wusste ich nicht, aber plötzlich trafen sich unsere Lippen.

„Ich hatte bereits aufgehört, zu hoffen, dass du den Mut dazu aufbringst", lächelte Minn-O mit einem schelmischen Funkeln in den Augen. „Du hast mir ja das Blaue vom Himmel herunterversprochen, als ich nackt und gefesselt auf der Geckho-Fähre saß. Du hast gesagt, wenn du mich noch einmal erwischst, werde ich nicht nur mit Küssen davonkommen. Ich hätte mir keine Sorgen machen müssen, du warst ja richtig zahm. Ganze zwei Tage musste ich auf einen einzigen Kuss warten!"

Ich verstand sehr wohl, dass die Prinzessin nur scherzte, und dass ich sie verschrecken würde, wenn ich zu aufdringlich würde. Das Vertrauen, das sich zwischen uns aufgebaut hatte, war noch zerbrechlich. Wie man es auch drehte und wendete, war unsere Beziehung schicksalhaft, und irgendwann würden wir wohl oder übel an den Punkt kommen, an dem Minn-O die Liebhaberin-Skill leveln konnte. Was wohl die Besonderheiten dieser Fähigkeit waren? Ich versuchte, die Beschreibung zu öffnen und erhielt nur die folgende

Nachricht:

Informationen nicht verfügbar. Diese Fähigkeit ist mit deinem Charakter nicht kompatibel.

Darum fragte ich Minn-O, und meine *Wayedda* gab mir bereitwillig Auskunft.

Liebhaberin. Diese Fähigkeit ist nur für weibliche Charaktere verfügbar und ermöglicht es ihnen, für das andere Geschlecht* (sowohl NPCs als auch lebende Spieler) attraktiver zu wirken. Die Fähigkeit hilft Frauen dabei, ihre Männer zu befriedigen und stärker an sich zu binden. Das Leveln dieser Fähigkeit setzt neue Gesprächs- und Verhaltensoptionen frei, verbessert den Beziehungsmodifikator und erhöht die Ausdauerpunkte. Hauptfähigkeit für die Klassen Prostituierte, Liebling und Matriarchin.

* Bei Rassen mit wandelbarem Geschlecht kann die Fähigkeit Geliebte vorübergehend inaktiv werden.

** Bei Rassen mit mehr als zwei Geschlechteroptionen (z.B. Meleyephatianern oder Kleopiern) ist die Liebhaberin-Fähigkeit nur zwischen Partnern aktiv, die in der Lage sind, Junge zu zeugen.

„Oho!" Ich konnte mir den überraschten Ausruf nicht verkneifen. „Es sieht so aus, als hätte ich die Waffen der Frau ernsthaft unterschätzt. Wendest du die Fähigkeit bereits an mir an?"

„Ich habe diese Fähigkeit auf der Geckho-Fähre angenommen und sogar damals versucht, sie bei dir einzusetzen", gab Minn-O mit einem zufriedenen Lächeln zu. „Aber sie schien keinen Effekt zu haben.

Auch nicht im Gefängnisblock. Es war einfach unmöglich, zu dir durchzudringen."

Wir küssten uns wieder, diesmal mutiger und mit weniger Zurückhaltung. Ich überlegte sogar, ob ich ein bisschen weiter gehen und sie berühren sollte. Meine Gefährtin schien in einer neckischen Stimmung zu sein. Unser spielerisches Geturtel wurde aber jäh durch ein lautes Klopfen an der Tür unterbrochen, und ich beeilte mich, den Vorhang zu öffnen, bevor er von dem offenbar kräftigen und ungeduldigen Besucher niedergerissen wurde. Draußen stand die Geckho-Händlerin Uline Tar.

„Nat, da bist du ja! Wir sind fast da. Un-Tesh ist bereits in Sichtweite. Aber das ist nicht der Grund, warum ich nach dir gesucht habe. Wir haben eine Nachricht von der Basis erhalten, dass unser Shuttle von einer Gruppe Geckho-Soldaten geentert und inspiziert werden wird. Du und die Miyelonierin Ayni sollen auf Befehl von Kung Waid Shishish höchstpersönlich verhaftet werden. Raus mit der Sprache, Nat. Was hast du diesmal angestellt?"

Ich war stumm vor Schrecken. Kung Waid Shishish war ein furchterregender, gnadenloser Militärführer der Geckho, der riesige Territorien in der gesamten Galaxie kontrollierte, einschließlich meiner Erde. Und er hatte befohlen, mich zu verhaften? Aber warum? Mein Nat war nicht gerade ein Unschuldslamm, und sein Gameplay hatte die Geckho bereits mehrmals verärgert. Mir fielen spontan mindestens zehn Gründe ein, warum unsere Oberherren wütend auf mich waren. Allein die Einladung der miyelonischen Schmuggler in die exklusive Zone der Geckho wäre mehr als genug. Doch das war jetzt alles Vergangenheit. Ich hatte dem Geckho-Diplomat Kosta Dykhsh darüber bereits Bericht erstattet. Seitdem hatte ich mir keine Übertretung mehr geleistet. Zumindest konnte ich mich an nichts erinnern.

Uline hatte auch keine Ahnung, warum Kung Shishish wütend war, und Kapitän Tukhsh, der diese beunruhigende Information an die Händlerin weitergegeben hatte, wusste auch nicht mehr. Obwohl es nicht der beste Moment war, fragte ich die pelzige Dame dann, ob sie vielleicht eine Ahnung hätte, warum der Kapitän mich so überfreundlich behandelte.

„Willst du damit sagen, dass ich das vielleicht nicht weiß?", erboste sich Uline, als hätte ich sie mit meinen offenbaren Zweifeln an ihrer Allwissenheit beleidigt. „Unser junger, gut aussehender Aristokrat hat es sich in den Kopf gesetzt, zu heiraten! Und zwar nicht irgendjemanden, sondern eine anständige, hübsche Geckho-Dame aus einem reichen Clan, dem ein Netz galaktischer Schnellstraßen und eine ganze Flotte von Handelsschiffen gehört. Reines Kalkül, diese Ehe. Der Bräutigam ist ein berühmter Aristokrat aus einer inzwischen mittellosen Familie, und die Braut stammt aus einer reichen Handelsdynastie ohne Titel. Aber die hartnäckige Dame hat unserem Kapitän eine klare, eindeutige Bedingung gestellt. Er müsse Ruhm erlangen und ein Gerd werden, dann alle seine freien Statistikpunkte in Glück investieren und sich so von dem Fluch befreien, der auf ihm lastet. Jeder weiß, dass er ein Pechvogel ist. Das gehört zum intergalaktischen Allgemeinwissen."

Ich dachte ein wenig nach, und plötzlich fiel es mir wie Schuppen von den Augen. „Hübsche Geckho-Dame", „reiche Handelsdynastie", „Handelsschiffe" und „Fluch" – das konnte nur eines bedeuten.

„Die hartnäckige, hübsche Braut bist also du, Uline!"

„Nat. Scharfsinnig wie eh und je", knurrte meine riesige, pelzige Freundin beifällig. „Mein werter Verlobter betrachtet dich, nicht zuletzt auf mein Geheiß, als Glücksbringer und seine beste Chance auf eine gute Ehe. Deshalb ist er so nervös, wenn du in der Nähe bist. Er hat Angst, dich zu verlieren. Und ich teile diese Überzeugung, also werde ich versuchen, dir mit diesem seltsamen Verhaftungsbefehl zu helfen, obwohl ich nicht weiß, welche Laus dem Führer des Clans Waideh-Tukhsh diesmal über die Leber gelaufen ist."

Kapitel 4

Herrscher der Erde

ASTEROIDEN WAREN FÜR mich kein unbekanntes Terrain. Ich war nun kein galaktischer Grünschnabel mehr und hatte bereits mehrere Asteroiden besucht. Auch Sternenpanoramen hatte ich schon viele gesehen. Trotzdem überraschte und begeisterte mich die Aussicht von der Oberfläche des Kometen Un-Tesh. Es gab unzählige Schiffe hier, sowohl auf dem Rollfeld des Raumhafens als auch im umliegenden Weltraum. Abfangjäger, Angriffsfregatten, schwere Kreuzer, Landungsschiffe ... Hunderte verschiedene Modelle! Und obwohl die örtliche Sonne genau gegenüber lag, wir uns also auf der dunklen Seite des Kometen befanden, funkelte das riesige Eisfeld des Weltraumhafens wie eine Million Sterne, spiegelte die vielen Schiffslampen wider und unterstrich noch die militärische Stärke der großen Geckho-Rasse. Was für ein schöner Anblick!

Außerdem hatte dieser Komet eine Atmosphäre. Keine besonders dichte, aber immerhin. Dahinter sah der schwarze Sternenhimmel ausgebleicht, fast schmutzig aus. Ein riesiges Kampfraumschiff, das ein paar Kilometer über der Oberfläche schwebte, war nur schemenhaft zu erkennen. Es war so verschwommen, dass ich nicht einmal seine Klasse oder andere Details ausmachen konnte. Wahrscheinlich war es das riesige Schlachtschiff, von dem Dimitri Scheltow mir erzählt hatte, aber ich wusste es nicht genau. Ich konnte nicht weiter als einen guten Kilometer sehen, und es gab auch keinen klaren Horizont hier. Nichts als wabernder, aschgrauer Dunst, wie Nebelschwaden, die mit dem dunklen Himmel und dem strahlend blauen Untergrund des eisigen Raumhafens verschmolzen.

Das Barometer am Ärmel meines Anzugs bestätigte meine Beobachtungen über die Atmosphäre. Es zeigte einen Druck von 9.000 Pascal, ziemlich viel also. Ein Zwölftel des durchschnittlichen Werts auf der Erde. Für einen Himmelskörper, der kein Planet war und nicht massiv wirkte, war der Druck sehr groß. Die Zusammensetzung der Atmosphäre bedeutete, dass man hier nicht frei atmen konnte.

Anscheinend war die Substanz auf dem Boden auch kein Eis im eigentlichen Sinne. Der Boden war zu bröckelig und leicht, um normales gefrorenes Wasser zu sein. Wahrscheinlich enthielt er etwas Wasser, aber es bildete nicht die Hauptkomponente. Ich betrachtete den dunkelvioletten, gefrorenen Boden und dachte nach. Es sah nicht aus wie gefrorener Sauerstoff oder Stickstoff, die auch nicht häufig auf Kometen vorkamen. Außerdem war die Temperatur gerade mal -55 Grad Celsius, was nicht ausreichte, um Stickstoff oder Sauerstoff in einem festen Zustand zu halten.

Ich kam zu dem Schluss, dass dieser Boden in erster Linie aus gefrorenem Ammonium bestehen musste, Milliarden oder wahrscheinlich sogar Billionen von Tonnen davon. Logischerweise wäre die Seite des Kometen, die zur Sonne zeigte, heiß genug, damit es sich sublimieren konnte. Wahrscheinlich gab es dort drüben jede Menge Ammoniumgeysire. Vielleicht war die Oberfläche auf der Seite sogar flüssig. Ich malte mir ein Meer aus giftigem, brodelndem Ammonium aus. Aufgrund seiner Masse behielt der Himmelskörper den größten Teil des sublimierten Gases, das wiederum die lokale Atmosphäre ausmachte. Ein wenig Ammonium entwich in den Weltraum und bildete den Schweif des Kometen.

Adlerauge-Skill auf Level 61 erhöht!

Mineralogie-Fähigkeit bestätigt. Erkanntes Level: 49

Du hast Level 65 erreicht!

Du hast 3 Fähigkeitspunkte erhalten! (Gesamtpunktzahl: 12)

Oh! Mineralogie „aktivierte" sich also nicht nur, sondern erhöhte sich auch merklich von 23 auf 49. Anscheinend war das die Bewertung, die die Spielalgorithmen meinem bisherigen Fortschritt in dem Bereich gaben. Na wunderbar. Wenn ich nur gewusst hätte, dass das passieren würde, hätte ich mich zu Universitätszeiten in der Bibliothek verbarrikadiert und tagelang Geologie und die Zusammensetzung verschiedener Himmelskörper gepaukt.

Ich hatte genug freie Punkte, um Scannen auf 19 zu erhöhen und mir die Fähigkeit zurückzuholen, den Prospektorenscanner zu benutzen. Aber ich hatte es nicht eilig. Anhand von Punkten könnte ich Scannen jederzeit verbessern. In diesem frühen Stadium levelte Scannen ohnehin sehr schnell von selbst. Ich konnte es mir leisten, die Punkte einstweilen zu behalten.

Aber wo war der Landungstrupp? Wo waren die Soldaten, die an Bord unseres Shuttles kommen und mich und Ayni verhaften sollten? Wie lange musste ich noch hier auf der Gangway stehenbleiben?

Ayni hatte die Nachricht von ihrer bevorstehenden Verhaftung seelenruhig aufgenommen. Sie sagte mir und allen auf dem Shuttle, dass sie nicht den Wunsch hatte, mit dem Geckho-Militärführer zu sprechen. Lieber würde sie Selbstmord begehen und an einem sicheren Ort respawnen. Keines der Besatzungsmitglieder wagte es, der Miyelonierin zu widersprechen, geschweige denn, sie aufzuhalten. Ayni verabschiedete sich von uns allen, ging in den Frachtraum - und ward nicht mehr gesehen.

Ich aber war davon überzeugt, dass die

Morphähe nicht die Wahrheit gesagt hatte. Zumindest nach der Landung des Shiamiru auf der Oberfläche des Kometen war die Morphähe noch an Bord gewesen. Ich hatte ihre Markierung gesehen, als ich einen Scan durchführte. Fox versteckte sich wohl in irgendeinem Lagerraum und plante, sich unter die Einheimischen zu mischen, sobald sich die Gelegenheit dazu bot. Es würde ihr leichtfallen, sich als Mitglied einer der vielen Raumschiffbesatzungen auszugeben, oder so zu tun, als hätte sie einen Job auf der Basis. Ich hatte keine Ahnung, wie sie, selbst mit verändertem Aussehen, ohne Raumanzug in einer so toxischen Atmosphäre wie der dieses Kometen überleben wollte. Aber meine Freundin war schon ein paar Mal auf dieser Basis gewesen, was bedeutete, dass sie die örtlichen Gegebenheiten kannte und auf sie vorbereitet war.

„Nat, verlasse das Schiff nicht! Das Antigrav mit Kung Waid Shishishs Soldaten ist auf dem Weg und wird bald in der Nähe landen."

Die Stimme in meinen Kopfhörern gehörte Captain Uraz Tukhsh. Ich schüttelte tadelnd den Kopf. Wie es sich mit Ruhm verhielt, wusste ich nicht. Dieser stieg manchmal auch dank eines schlechten Rufs oder offensichtlicher Dummheit. Doch mehr Autorität würde der junge Aristokrat so nie erlangen. Ich war der Meinung, dass jeder mehr oder weniger verantwortungsbewusste Kapitän zumindest versuchen würde, herauszufinden, warum eines seiner Besatzungsmitglieder dem Kommandanten vorgeführt werden sollte. Ein richtig guter Kapitän würde wohl sogar persönlich vor seinem Vorgesetzten auftauchen und seinen Untergebenen verteidigen. Das wäre der logische und richtige Schritt. Wer wollte schon einem Captain dienen, der sich einen Dreck um seine Crew scherte? Doch Uraz Tukhsh tat nichts dergleichen. Er wollte sich nicht mit seinem hochdekorierten Verwandten anlegen. Also trat er einfach zur Seite und überließ mich meinem Schicksal.

Die Einzige, die mir helfen und mich sogar beschützen wollte, war Uline Tar. Die Händlerin wollte sogar selbst zum Treffen mit Kung Waid Shishish kommen, um alles herauszufinden und „für Gerechtigkeit zu sorgen", wie sie sagte, aber ich hielt sie davon ab. Ich brauchte Uline auf dem Schiff. Sie war die Einzige, der ich meine wertvollsten Objekte anvertrauen konnte: den Annihilator, den Schwanz der Priesterin und meine Brieftasche mit einer großen Anzahl von Krypto.

Schließlich sah ich ein kleines, sich schnell bewegendes Antigrav am Himmel. Es raste beinahe an unserem Shiamiru vorbei, der im Vergleich zu den anderen Raumschiffen wohl so gut wie unsichtbar war. In letzter Sekunde machte es eine abrupte Kehrtwende und setzte zum Landemanöver an. Die seitlichen Luken öffneten sich, und zehn Geckho-Soldaten in identischen schweren, roten Rüstungen trabten heraus. Mit den Waffen im Anschlag umzingelten sie den Shiamiru und verharrten in dieser Position. Erst dann tauchte ihr Kommandant auf und schritt langsam und würdevoll aus dem Antigrav.

Gerd Ost Rekh. Geckho. Clan Waideh-Rekh. Level-156-Shocktroop.

156?! Ein knallharter Typ. Mit dem war bestimmt nicht gut Kirschen essen. Da wurde ich vom Zischen einer Luftschleuse hinter mir abgelenkt. Ihre Augen mit einer Hand gegen das helle Scheinwerferlicht schützend lief Minn-O in ihrem neuen Raumanzug die Gangway herab. Was zum Teufel hatte sie vor? Oder war das etwa ...? Ich aktivierte das Scanning-Symbol. Nein, es handelte sich tatsächlich um die echte Minn-O La-Fin.

Ich kam der Prinzessin entgegen und überprüfte zuerst die Luft in ihren Tanks, dann stellte ich sicher, dass sie alle richtig angeschlossen und die Batterien geladen waren. Das Letzte, was ich brauchte, war eine bewusstlose *Wayedda* in dieser Atmosphäre voll korrosivem Ammonium. Während ich die Gurte ihres Raumanzugs neu einstellte und ihren Gewehrriemen festzurrte, erklärte die Prinzessin, warum sie hier war.

„Nat, der Pilot hat mir gesagt, dass mein Mann in Schwierigkeiten steckt, sie wollen dich sogar verhaften? Ich habe beschlossen, in diesem schwierigen Moment an deiner Seite zu sein und dein Schicksal zu teilen!"

Sieh einer an! Ein unerwarteter Zug meiner Wandergeliebten, über den ich mich aufrichtig freute. Ich hatte Minn-Os Raumanzug gerade fertig angepasst, als der wuchtige Shocktroop die Gangway heraufkam und einen Schritt von uns entfernt anhielt.

„Kento duho, Gerd Nat! Mir wurde gesagt, dass auch ein Miyelonier hier sein würde."

Meine Erleichterung nach diesen ersten Worten in der Geckhosprache musste mir anzusehen gewesen sein. Mir fiel ein großer Stein vom Herzen. Der Gruß „Kento duho" bedeutete, dass der Geckho mir freundlich gesinnt war. So durfte man definitiv keinen Kriminellen oder Verhafteten ansprechen. Ich begrüßte den Geschwaderführer und erklärte höflich, dass sich die Miyelonierin Ayni auf die Nachricht hin, dass unser Shuttle zu einer Militärbasis der Geckho fliegen würde, selbst getötet hatte. Sie hätte gesagt, dass die für sie nicht auf dem Weg läge und es für sie besser wäre, auf Medu-Ro IV zu respawnen. Das war genau das, was Ayni der Crew gesagt hatte. Ich wiederholte einfach nur Wort für Wort ihren Plan.

„Schade. Kung Waid Shishish wollte wirklich mit der Miyelonierin sprechen", sagte der Shocktroop, wobei er das Wort „wirklich" extra betonte. Ich verstand jedoch nicht, was er mit dieser Intonation meinte. Entweder wollte er zum Ausdruck bringen, wie wütend sein Führer war, oder sein ehrliches Interesse betonen. Vielleicht befürchtete er auch Konsequenzen, da er den Auftrag des Kung nicht vollends würde ausführen können.

Ich musste meine Rolle in all dem herausfinden und fragte den Shocktroop direkt, was der

Militärführer von mir wollte.

„Kung Waid Shishish ist verärgert und möchte dich persönlich sehen. Er hat viele Fragen an dich, Gerd Nat. An deiner Stelle würde ich den Kung nicht warten lassen. Er ist nicht gerade für seinen starken Geduldsfaden bekannt."

Also doch nicht alles eitel Sonnenschein ... Ich hatte den großen, mächtigen Geckho-Kung scheinbar verärgert. Also wurde ich jetzt zwar nicht verhaftet, aber Grund zum Feiern hatte ich auch nicht gerade. Es führte kein Weg daran vorbei. Ich musste so schnell wie möglich den Geckho aufsuchen, der theoretisch die Macht hätte, meine gesamte Erde in die Knie zu zwingen. Hoffentlich konnte ich zumindest ein paar Wogen glätten und ein feindseliges Verhör in einen offiziellen Besuch umwandeln. Also stellte ich Gerd Ost Rekh meine Gefährtin vor.

„Minn-O ist meine Ehepartnerin und eine Prinzessin meiner Rasse, die Enkelin eines Mitregenten der Menschheit. Es wäre angebracht, wenn sie mitkommt, um Kung Waid Shishish ihren Respekt zu zollen."

Der Geckho hatte nichts dagegen, und bald saßen wir im Antigrav, das auf ein im wolkigen Nebel kaum sichtbares Eismassiv in der Ferne zusteuerte. Es war ein regelrechter Bergrücken aus gefrorenem Ammonium. Aus der Nähe konnte ich eine ganze Kette eisiger Gipfel erkennen, die beinahe 1.000 Meter hoch waren. Dann bemerkte ich, dass unser Fluggerät mit enormer Geschwindigkeit direkt auf eine senkrecht emporragende Eiswand zusteuerte. Minn-O neben mir zitterte wie Espenlaub, also ergriff ich ihre Hand, um sie zu beruhigen. Ich selbst machte mir keine Sorgen. Mein Gefahrensinn verhielt sich ruhig, was bedeutete, dass dieses Manöver nicht riskant war. Und tatsächlich glitt unser Antigrav ohne jeden Widerstand durch die scheinbar harte Wand. Einige Sekunde lang stoben bunte Funken auf, und Blitze entluden sich an der Außenwand. Das hatte ich jedoch schon einmal gesehen, nämlich als wir die illegale Platinmine auf dem Asteroiden entdeckt hatten. Es handelte sich lediglich um einen Tarnschirm.

Ruhm auf 52 erhöht.

Autorität auf 31 erhöht!

„Dir jagt man wohl so schnell keine Angst ein, Gerd Nat", rief der Anführer der Geckho-Gruppe anerkennend, nahm den Helm ab und präsentierte ein Paar vergilbte Stoßzähne. „Nicht viele reagieren beim ersten Mal so gelassen. Sind sogar schon einige ohnmächtig geworden oder haben versucht, aus dem Fenster zu springen."

Zu diesem Zeitpunkt hatte das Antigrav einen zweiten Verteidigungsschild passiert und war in einen kugelförmigen Raum gelangt, der eine Luftschleuse zu sein schien. Danach bestanden die Wände des Tunnels nicht mehr aus Eis, sondern aus einer Art grauer Keramik-Metall-Verbindung. Die Luft hier war nun nicht mehr tödlich, also folgte ich dem Beispiel der

Geckho, nahm meinen Helm ab und klemmte ihn unter den Arm.

Als Gerd Ost meine Tapferkeit gelobt hatte, sagte ich ihm nicht, was ich dachte oder fühlte. Ich meinte nur, dass ich dem Piloten vertraute und nicht besorgt war.

„Einwandfreie Logik", grummelte der Shocktroop zufrieden. „Zu meiner Division gehören nur die besten Piloten, ihr Können steht außer Zweifel. Außerdem würde Kung Waid Shishish uns buchstäblich bei lebendigem Leib häuten, wenn wir dich nicht heil zu ihm bringen würden. So, wir sind da! Von hier aus geht es geradeaus den Flur hinunter. Im hintersten Raum wartet eine kleine Nervenprobe auf dich. Enttäusche unseren furchterregenden Boss nicht!"

NACHDEM MINN-O UND ich außer Hörweite der Geckho waren, fand ich die Gelegenheit, ihr für ihren Mut zu danken, der an Selbstaufopferung grenzte. Die Prinzessin verstand den Grund für meine Dankbarkeit offensichtlich nicht. Nach den strengen Gesetzen ihrer Welt hatte eine *Wayedda* ihrem Ehepartner in den Krieg, ins Exil und sogar das Treppchen eines Galgens hoch zu folgen. Und das war übrigens einer der Hauptunterschiede zwischen einer „Junior"- und einer „Senior-Wandergeliebten". Eine ältere Frau galt als

Hüterin des Heims und war mit der Kindererziehung beauftragt. Sie hielt sich im Allgemeinen aus gefährlichen Unternehmungen heraus.

„Nicht in meiner Welt. Frauen folgen in der Regel nie ihren Männern in den Krieg. Ausnahmen sind sehr selten. Das Gleiche gilt für das Exil. Nun gut, da waren natürlich die Dekabristenfrauen, die ihren Männern nach Sibirien folgten ..." Hier musste ich mich unterbrechen, weil meine Gefährtin eindeutig den Überblick verloren hatte. Ich versuchte mich in einer kurzen Zusammenfassung dieser geschichtlichen Begebenheit. „Vor 200 Jahren kam es zu einer Rebellion einer großen Gruppe von Aristokraten gegen ... wie soll ich sagen ... einen der Mitregenten meiner Welt, quasi den Herrscher der größten Präfektur. Der Aufstand wurde brutal niedergeschlagen, fünf der Anführer wurden hingerichtet und etwa 400.000 enteignet und in ferne Länder verbannt."

„Das versteht man in eurer Welt unter ‚brutal'?", fragte Minn-O und lachte laut. „Gerd Nat, vor einem Jahr befahl mein Großvater zur Unterdrückung eines Hungeraufstands in der Neunten Präfektur die Hinrichtung von mehr als sechs Millionen Rebellen, damit nicht mehr so viele Mäuler zu stopfen waren. Und Thumor-Anhu ist keine Ausnahme. Jeder Mitregent seit Menschengedenken hat sich so verhalten. Und was die Gefährdung des Lebens eines Mitregenten betrifft, so würde jeder, der verrückt genug ist, so etwas zu versuchen, zusammen mit drei

Generationen seiner Familie so brutal wie möglich getötet werden. Wow! Nat, sieh dir das an!"

Ihr letzter Satz bezog sich auf die riesige Halle, die durch ein ovales Fenster sichtbar geworden war. Darin befanden sich Tausende Geckho-Soldaten in Exoskelett-Rüstungen, alle in Reih und Glied. Ich vergaß sofort den bissigen Kommentar, den ich zu Minn-Os Heimatwelt und dem Regierungsstil ihres Großvaters hatte abgeben wollen. Was für ein erstaunliches Schauspiel!

Reihe um perfekte Reihe von stocksteif verharrenden Soldaten in identischen silberschwarzen Rüstungen wie die, die ich für Eduard gekauft hatte. Zwischen den einzelnen Infanterieregimenten entdeckte ich diverse Kommandanten in noch fortschrittlicheren und teureren orangefarbenen Shock-Rüstungen, und dahinter? Die Kinnlade klappte mir förmlich hinunter, als ich die hinteren Bereiche des Raumes spähte. Dort befand sich eine Gruppe von 30 bis an die Zähne bewaffneten Titanen, von denen jeder einzelne neun Stockwerke hoch aufragte!

Adlerauge-Skill auf Level 62 erhöht!

Greiss Ukhkhkh-Tor. Schwerer Geckho-Shock-Mech.

Was für ein Ausdruck absoluter Macht! Ja, es gab hier genügend Kämpfer, um nicht nur eine Raumbasis, sondern einen ganzen Planeten von der Größe meiner Erde zu vernichten! Die Menschheit, selbst wenn alle gemeinsam kämpften, hatte keine

Chance gegen eine solche Armee. Und dabei blickte ich gerade wahrscheinlich auf nicht einmal annähernd alle Soldaten unter der Kommandantur unserer Oberherren, denn wenngleich Kung Waid Shishish ein einflussreicher „Anführer vieler Divisionen" war, der für einen bestimmten Sektor der Galaxie verantwortlich zeichnete, so war er eben nur einer von vielen solcher Geckho-Kommandanten.

Sicher, ich hatte gewusst, dass die Geckho eine große, mächtige Weltraumrasse waren. Aber es war eine Sache, das auf der Grundlage abstrakter Daten anzunehmen, und eine ganz andere, diese Macht mit eigenen Augen zu sehen. Nachdenklich schlich ich zum nächsten Raum, wo Kung Waid Shishish anscheinend eine Art Test durchführen wollte.

Heilige Scheiße. Da war wohl eine Besprechung im Gange. 15 pelzige Geckho in roter Rüstung saßen halbkreisförmig auf kleinen Kissen vor einem größeren Geckho in einer schimmernden, blütenweißen Rüstung, der es sich auf einem Thron gemütlich gemacht hatte und gebieterisch in die Runde blickte. Und diesen mit Edelsteinen verzierten, prunkvollen Sessel konnte man nicht anders bezeichnen. Dieser Thron ließ alle anderen Throne, die mir jemals untergekommen waren, wie Campingstühle aussehen.

Es wäre logisch gewesen, zu meinen, dass das weiß gepanzerte Individuum der Kung war. Doch es war unverkennbar ein Geckho-Weibchen, wenn auch ein sehr großes! Groß war eine Untertreibung, die

Dame war gigantisch. Selbst als Männchen hätte sie alle anderen überragt. Sie wies weder ein besonders feminines Fellmuster auf, noch trug sie irgendeinen Schmuck, aber ich hatte genug Zeit mit Uline Tar verbracht, um selbst die winzigsten anatomischen Unterschiede zwischen den Geschlechtern der Geckho zu erkennen. Die Arme waren im Vergleich zum Körper etwas anders proportioniert, die Ohren zurückgedreht, und die Augen waren zitronengelb im Gegensatz zu jenen der Männer. Ja, das war definitiv eine Frau! Was war hier los? Wo war Kung Waid Shishish? Oder verwechselte ich etwas und der berühmte Verwandte meines Kapitäns war tatsächlich eine Frau? Unwahrscheinlich. Uraz Tukhsh hatte stets mit männlichen Pronomen von seinem Verwandten gesprochen.

Verwirrt blieb ich am Eingang stehen und sah mich um. Ich konnte keine Charakterinformationen über die Geckho lesen. Gemäß jeder Anstandsregel und nicht zuletzt dem diplomatischen Protokoll musste ich mich jedoch zuerst Kung Waid Shishish nähern, auf ein Knie fallen und mich tief verbeugen, um meinen Respekt vor dem Herrn der Erde auszudrücken. An wen sollte ich mich wenden? Das war eindeutig der Test, von dem Gerd Ost Rekh gesprochen hatte.

Die Dame auf dem Thron musste eine Falle sein. Wenn ich sie nicht von dem echten Kung unterscheiden konnte, würde ich große Schande über mich bringen. Selbst in 100 Jahren würde ich sie nicht tilgen können. Aber wer von den 15 Geckho war der Kung? Ich hatte eine Vermutung. Einer der Krieger schien meine Blicke zu meiden und zu versuchen, sich möglichst unauffällig zu verhalten. Außerdem blieb mir immer noch die Möglichkeit, ein wenig mit meinem Gefahrensinn zu spielen, um den richtigen zu finden. Doch ich riskierte nichts und benutzte meinen Scanner.

Scanning-Skill auf Level 8 erhöht!

Alles wurde auf einmal klar. Mein Verdacht erwies sich als richtig. Ein vergleichsweise bescheiden aussehender Geckho erschien auf der Minikarte als:

Kung Waid Shishish. Geckho. Klan Waideh-Tukhsh. Level-279-Weltraumkommandant.

Ich zögerte keine Sekunde länger. Mutigen Schrittes näherte ich mich dem angesehenen Führer meines Planeten und verbeugte mich zum Gruß. Minn-O tat dasselbe und ging neben mir auf ein Knie. Die Reaktion des Kung fiel jedoch ganz anders als erwartet aus. Anscheinend hatte er gehofft, sich mit uns Außerirdischen einen kleinen Scherz erlauben zu können.

„Hey, das ist nicht fair! Hat es dir jemand gesagt? Nein? Ach so! Du hast mich wahrscheinlich auf Bildern gesehen! Oder war das nur dein Glück?"

„Nein, mein Kung, Glück hatte nichts damit zu tun. Ein Blinder könnte einen männlichen von einem weiblichen Geckho unterscheiden, sogar von einem, der so Ehrfurcht gebietend und stark ist. Der Rest war ganz einfach. Alle anderen hatten offensichtlich Angst, dass sie mit dem großen, legendären Geckho-Kommandanten verwechselt werden könnten. Nur Kung Waid Shishish hat sich locker verhalten und sichtlich das Spiel genossen."

Ja, ich erzählte ihm eine Geschichte, die wenig mit der Realität zu tun hatte, aber noch glaubte ich, damit ganz gut zu fahren. Seinen Vorgesetzten etwas Honig um den Bart zu schmieren, konnte nie schaden.

Aber Kung Waid Shishish brummte ungehalten und erhob dann drohend die Stimme. „Nat, meinst du, ich könnte auf einen Berater sauer sein, nur, weil er mit mir verwechselt wird? Hältst du mich für einen grausamen Despoten?"

Mir rutschte das Herz in die Hose. Anscheinend hatte ich mich geirrt. Ich hatte mir kaum alle nur möglichen Gefahrenszenarien ausgemalt, da stellte der nächste Satz des Militärführers alles wieder auf den Kopf.

„Nun, du hast völlig recht, Gerd Nat. Wenn du dich vor einem der anderen Geckho verbeugt hättest, hätte ich denjenigen sofort erschossen und ihm verboten, jemals wieder vor mir zu erscheinen. Was nützt mir ein Berater, der mich mit seiner Anwesenheit in den Schatten stellt? Nun, Nat, dein Ruf eilt dir bereits voraus. Du hast mich nicht enttäuscht und dir das Recht verdient, mit mir zu sprechen."

Psionik-Skill auf Level 48 erhöht!
Ruhm auf 53 erhöht.

Kapitel 5

Die Audienz

DAS „GESPRÄCH", WENN man den Schwall von Fangfragen, den der Kung auf mich einprasseln ließ, so bezeichnen konnte, begann mit der Beschwerde, dass ich sein Eigentum aus der Reliktikerbasis geschmuggelt hatte. Offensichtlich irritierte mein ausgefallener Zuhörer-Anzug den furchterregenden Militärführer besonders. Schließlich hatte er alle Rechte an der Basis der alten Rasse für eine erhebliche Summe gekauft und stand dennoch mit leeren Händen da. Ich musste den Geckho-Führer so behutsam wie möglich daran erinnern, dass ich und drei weitere Shiamiru-Crew-Mitglieder die Basis ohne Hilfe betreten hätten. Außerdem erklärte ich ihm, dass wir keine Ahnung gehabt hätten, dass die Rechte an der Basis verkauft worden wären, bis der (damalige) Leng aufgetaucht wäre, woraufhin wir die alte Basis sofort verlassen hätten. Dann erzählte ich ihm von meinem Vertrag mit Captain Uraz Tukhsh und dass ich dazu berechtigt gewesen wäre, von der Basis mitzunehmen, was ich tragen konnte.

Damit es nicht so aussah, als versteckte ich mich hinter verzerrten und banalen Ausreden, sagte ich dem Kung, dass ich die Rüstung bereits an menschliche Verhältnisse hatte anpassen lassen und einiges an Zubehör ergänzt hatte.

„Die Installation eines Armbandes in diesem speziellen Schlitz hat geholfen, die Elektronik des alten Gerätes zu aktivieren. Das hat zu einem spontanen Klassenwechsel und anderen technischen Problemen geführt. Aber insgesamt hat es gezeigt, dass ich auf dem richtigen Weg bin. Hier zum Beispiel", sagte ich und zeigte auf einen ringförmigen Hohlraum in der Brust meines Zuhörer-Anzuges, „gibt es eindeutig einen Schlitz für etwas anderes, entweder eine kuppelförmige Scheibe oder einen Ring. Ich meine, mich zu erinnern, dass ich solche Scheiben auf der Basis gesehen habe. Mitgenommen habe ich jedoch keine, da ich zu dem Zeitpunkt bereits den Befehl von Leng Waid Shishish erhalten hatte, den Außenposten zu verlassen. Und ich habe es nicht gewagt, mich einem Befehl meines Oberherrn zu widersetzen. Die Artefakte, die meine Geckho-Freunde mitgenommen hatten, und darunter waren definitiv einige dieser Scheiben, wurden von Weltraumpiraten gestohlen."

Kung Waid Shishish hörte aufmerksam zu. Er sagte kein Wort. Egal, wie gern der furchterregende

Geckho meine Trophäen konfiszieren wollte, er musste zugeben, dass ich im Recht war. Die nächste Frage hatte ich bereits kommen sehen. Der Kung wollte mehr über die Zuhörer-Klasse wissen. Ich wählte meine Worte mit Bedacht und antwortete, dass ich selbst noch nicht alles verstanden hatte.

„Alle Informationen, die das Spiel mir bisher gegeben hat, sind in Reliktiker-Logogrammen verfasst. Daher bleibt mir vorerst nichts als reines Ausprobieren. Ein Zuhörer und ein Prospektor weisen große Ähnlichkeiten auf. Zumindest das weiß ich, und es mag auch der Grund dafür gewesen sein, dass die Änderung relativ reibungslos verlaufen ist. Außerdem spielen Wahrnehmung und Intelligenz eine große Rolle für diese Klasse, und sie nutzt das Scannen, aber nicht so sehr zum Auffinden von Erzvorkommen und Anomalien, sondern für die Suche nach versteckten Geräten und Lebewesen. Meine Trefferpunkte sind gefallen, aber ich habe mehr Magiepunkte erhalten, die jetzt beim Scannen verwendet werden. Insgesamt finde ich also allmählich mehr über meine neue Klasse heraus, und ich werde es meinen Kung sofort wissen lassen, wenn weitere Informationen verfügbar werden."

Der hitzköpfige Kommandant, der die riesige Geckho-Dame bereits vom Thron verscheucht und seinen Platz dort eingenommen hatte, gab ein zufriedenes Brummen von sich. Ich dachte schon, der schwierigste Teil des Gesprächs wäre geschafft, als plötzlich eine weitere Anklage kam.

„In Ordnung, wir werden das Thema Artefakte und deine neue Klasse begraben. Das ist alles längst Geschichte und hat auf die Gegenwart keinen Einfluss mehr. Deine jüngsten schlecht überlegten Handlungen sind es, die meine Autorität um zwei ganze Punkte haben fallen lassen! Wie erklärst du mir das, Nat? Ich habe schon aus nichtigeren Gründen engste Berater und Freunde getötet. Nur damit du es weißt!"

Hier blieb ich mit offenem Mund stehen, denn ich wusste nicht, worauf er hinauswollte. Auf der einen Seite wagte ich es nicht, dem großen Kommandanten zu widersprechen. Aber andererseits, was hatte ich bitte mit dem Autoritätsverlust des Kung zu tun? Also bat ich ihn möglichst diplomatisch, und ohne meine mögliche Komplizenschaft explizit abzustreiten, mir zu klären, wann und unter welchen Umständen es zu diesem Autoritätsverlust gekommen war.

„Vor kaum einer Ummi hat ein Nichtkampfcharakter drei gute Soldaten des Waideh-Tukhsh-Clans, die ich persönlich als Leibwächter für meinen Verwandten Uraz Tukhsh ausgewählt habe, im Kampf geschlagen und getötet. Die Geschichte hat sich hier auf der Basis wie ein Lauffeuer verbreitet und den Clan Waideh-Tukhsh und mich als seinen Anführer in ein sehr unvorteilhaftes Licht gerückt. Wie, meinst du, ist es um die Glaubhaftigkeit eines mächtigen Clans bestellt, wenn mehrere vom Clan-Führer höchstpersönlich ausgewählte Krieger von irgendeinem letztklassigen Koch oder Übersetzer besiegt werden können?"

Gefahrensinn auf Level 39 erhöht!

Waid Shishish hatte sich mittlerweile in Rage geredet, tobte und spuckte dabei und schüttelte seinen riesigen, pelzigen Kopf vor Wut. Minn-O warf mir panische Blicke zu, ohne ganz zu verstehen, was geschah. Sie sah nur, wie ein hünenhafter, wütender Geckho ihren Mann in Grund und Boden brüllte. Trotz aller Warnsignale und trotz des aggressiven Verhaltens des Kung stellte ich mich diesen Anschuldigungen mit übertriebener Ruhe entgegen.

„Ah, diese Sache. Nun, die Autorität des ehrenwerten Clan Waideh-Tukhsh hätte auf jeden Fall gelitten, und ich hatte damit gar nichts zu tun. Deine Autorität ist in dem Moment gefallen, als drei deiner Krieger die Professionalität eines Nahkampftrainers infrage gestellt haben, der von einem Kapitän deines Clans ausgewählt worden war, um seine Besatzung auszubilden. Tatsächlich vermute ich, dass die Autorität des Clan Waideh-Tukhsh noch mehr gefallen wäre, wenn der angesehene Trainer den Kampf gegen diese Raufbolde verloren hätte."

„Raufbolde? Du hast wohl nicht mehr alle Antigravs im Hangar, Nat! Die drei, die getötet wurden, waren keine unbedeutenden Raufbolde oder Banditen, sie waren Waideh-Tukhshs Bodyguards! Level über 90!"

Gefahrensinn auf Level 40 erhöht!

Der Kung würde gleich vor Wut explodieren, und

die zweite derartige Systemmeldung in Folge bezeugte dies. Dennoch blieb ich hart und sah dem Kung ruhig in die Augen. Dann gab ich einen verächtlichen, beinahe ehrbeleidigenden Kommentar zu den Kampfkünsten der „professionellen" Leibwächter ab.

„Sie sind mir nicht gerade wie ehrenwerte Bodyguards vorgekommen. Sie haben gepöbelt, waren streitsüchtig und haben der Autorität des Clans Waideh-Tukhsh geschadet, den ich unermesslich respektiere. Ich weiß nicht, was sie vorhatten. Haben sie geglaubt, sich gegen eine Morphähen-Kriegerin mit jahrhundertelanger Kampferfahrung behaupten zu können, die mit ihrem Level 279 wohl einem angesehenen Kung ebenbürtig ist?"

Sämtliche Geckho im Raum schnappten kollektiv nach Luft. Der cholerische Kommandant hatte bereits eine höchst aggressive Antwort parat gehabt und dafür bereits extra tief Atem geholt. Nach meinem letzten Satz verschlug es ihm die Sprache. Er atmete merklich aus, und ich hörte beinahe, wie seine Gehirnwindungen auf Hochtouren arbeiteten. Kung Waid Shishish setzte sich wieder auf seinen Thron, von dem er in der Hitze des Gefechts aufgesprungen war, und warf der Prinzessin hinter mir neugierige Blicke zu. Anscheinend hielt er sie für die Morphähe. Leider musste ich meinen gerühmten Oberherren korrigieren.

„Nein, das ist meine Frau Minn-O, die Enkelin eines der Herrscher der Menschheit. Sie spricht kein Wort Geckho, aber ich habe es für meine Pflicht gehalten, sie zu meinem großen Anführer und dem Entdecker unserer Rasse zu bringen, damit Minn-O dem mächtigsten Herren unseres Planeten ihre Treue schwören kann. Die Morphähe wollte nicht auf diesen Kometen kommen und hat Selbstmord begangen. Leider hatte ich keine Möglichkeit, diese mächtige Kreatur davon abzuhalten."

Minn-O, die ihren Namen gehört hatte, fand ihren Platz und verbeugte sich anmutig vor dem hohen Geckho. Kung Waid Shishish bedachte die Prinzessin mit einem abwesenden Nicken und winkte mit einer Krallenpfote halbherzig in ihre Richtung. Dann wandte er sich wieder mir zu.

„Schade. Ich hätte gern mit einer Morphähe gesprochen. Man denke nur an all die Möglichkeiten der Zusammenarbeit."

Waid Shishish beruhigte sich bemerkenswert schnell. Von Aggression und Hitzigkeit blieb keine Spur mehr. Nun hatte sich der vor mir aufgebaute Geckho in den weisen Militärstrategen einer großen Weltraumrasse verwandelt.

Psionik-Skill auf Level 50 erhöht!
Psionik-Skill auf Level 51 erhöht!
Mystik-Skill auf Level 4 erhöht!

Das war ja sehr interessant! Also war das Ganze doch nicht ohne ein bisschen psionische Manipulation abgelaufen. Mein Selbstvertrauen selbst in den prekären Momenten erklärte sich also unter anderem dadurch, dass ich sein Verhalten etwas beeinflusst hatte. Übrigens hatte ich kaum noch Mana übrig, nur noch 83 von 615 Magiepunkten.

„Gerd Nat, erzähle mir alles, was du über die Ermordung von Leng Amiru U-Mayaoo durch die Morphähe und den Beginn des Krieges zwischen den Miyeloniern und Meleyephatianern weißt", bat der Kung in einem ruhigen Ton, und die Anspannung der vergangenen Minuten war wie weggeblasen.

Ich atmete erleichtert auf und erzählte dem Geckho-Führer genau das, was ich Tini vorhin gesagt hatte. Kung Waid Shishish hörte aufmerksam zu und versank, nachdem ich die Geschichte beendet hatte, einige Zeit in nachdenklicher Stille. Schließlich schüttelt der riesige Geckho den Kopf.

„Das ist eine ganz andere Geschichte als die, die die Große Miyelonische Priesterin mir erzählt hat. Aber deine ist plausibler. Die Miyelonier treiben sich schon lange am Rande des Spielfelds herum, sammeln ihre Kräfte und bereiten sich darauf vor, ihre Macht in der Galaxie zu erweitern. Und als die Union der Miyelonischen Rudel dachte, sie wäre bereit für den Krieg, mussten sie nur noch einen anzetteln. Übrigens war Leng Amiru U-Mayaoo voll des Lobs für dich und nannte dich einen klugen, hilfsbereiten Menschen."

Ruhm auf 54 erhöht.

Kung Waid Shishish schwieg, und seine wachen, schwarzen Augen blieben lange Zeit auf mich gerichtet. Er schien wieder scharf nachzudenken. Dann fuhr er fort.

„Ich weiß nicht wirklich, was du getan hast, um die miyelonische Priesterin so sehr zu beeindrucken, aber ich mag keine abenteuerlustigen Kerle, die dort eindringen, wo sie nicht eingeladen sind und keinen Respekt vor der bestehenden Ordnung haben. Obwohl ich Leng Amiru zustimme, dass solche Störenfriede manchmal nützlich sind - meistens bringen sie Schaden. Aber einer meiner Untertanen hält dich für einen Glücksbringer. Er denkt, dass die ganze Operation ohne dich zum Scheitern verurteilt ist. Und wenn das so ist, was machst du dann in dem kleinen Shiamiru? Hol deine Freunde und meldet euch an Bord der *Grokh-Uvach*, dem größten und mächtigsten Schiff der Militärbasis. Dieses Schiff ist der Beitrag des großen Ashdeh-Wayn-Clans zu unserer gemeinsamen Sache." Bei diesen Worten zeigte der Militärführer auf die riesige Geckho-Dame in der schimmernd weißen Rüstung. Ihre Markierung auf der Minikarte sagte mir, wer sie war.

Leng Amothy Yore. Geckho. Clan Ashdeh-Wayn. Level-221-Raumschiffpilot.

Der Kung musste von dem gigantischen Schlachtschiff gesprochen haben, das in der Nähe des Kometen im Weltraum schwebte. Natürlich wäre es interessant, Zeit auf einem echten Geckho-Militärraumschiff zu verbringen. Doch noch bevor der Militärführer seinen Satz beendet hatte, wusste ich bereits, dass das eine weitere Falle war. Kung Waid Shishish sprach so oft mit seinem Verwandten Uraz

Tukhsh, dass er sogar von dessen „Glücksbringer"-Idee gehört hatte, also musste er wissen, dass ich einen Vertrag für eine weitere Expedition mit Tukhsh hatte. Wollte er mich zu einem Vertragsbruch anstiften? Ich konnte mir vorstellen, dass es dafür schwere Bußgelder und Strafen gab, von denen die offensichtlichste die Beschlagnahmung allen Eigentums war. Hätte er wohl gern!

Ich wählte meine Worte sorgfältig und lehnte die „große Ehre" ab, mit der Begründung, dass ich noch beim Clan Waideh-Tukhsh unter Vertrag stand. Richtig geraten! Der Kung grummelte. Er war eindeutig zufrieden mit meiner Entscheidung.

„Nun, Gerd Nat, du stehst zu deinen Prinzipien, und das gefällt mir. Uraz Tukhsh kann einen Glücksbringer jedenfalls gebrauchen. Obwohl ich nicht glaube, dass dieser Einsatz meinem Verwandten oder seiner Crew viele Trophäen oder Ruhm bringen wird. Nichtkampfschiffe werden in der dritten Angriffswelle eingesetzt, wenn die Weltraumschlacht bereits längst vorbei ist und der Landungstrupp alles Wertvolle von den Kampfschiffen mitgenommen hat. Dennoch freue ich mich, dass du meiner Familie hilfst. Und wenn du, Gerd Nat, irgendwelche Wünsche hast, ist es jetzt an der Zeit, sie zu äußern."

Ich fiel wieder auf ein Knie und erzählte ihm von dem Problem, das mich am meisten beschäftigte. „Aufgrund des unerwarteten Eintreffens des Shiamiru und der extremen Eile beim Packen habe ich nicht nur vergessen, ein Geschenk vorzubereiten, das meinem großen Kung würdig ist, was mir unermesslich peinlich ist, sondern ich habe es auch nicht geschafft, jedes Mitglied meines Teams mit Raumanzügen auszustatten. Mir fehlt nur noch einer, für einen Gladiator. Wenn es welche hier auf der Basis gibt, die ich mitnehmen könnte, oder solche, die für eine große Person nachgerüstet werden könnten, bitte ich Kung Waid Shishish untertänigst um eine Ausstellung derselben. Aber das Problem ist, dass ich im Moment nicht dafür bezahlen kann, außer in miyelonischen Krypto. Oder ich brauche einen Geldwechsler, obwohl ich weiß, wie illegal das ist."

Ruhm auf 55 erhöht.

Ruhm auf 56 erhöht.

Aus irgendeinem Grund belustigte den Geckho-Führer diese Bitte. Der furchterregende Kung Waid Shishish bleckte die Zähne, schnitt eine unmögliche Grimasse, brummte sein tiefes Lachen und verlor dann sogar den Halt und rutschte von seinem Thron auf den Boden. Seine Berater lachten auch, vielmehr grummelten sie laut, ihre Reißzähne blitzten und die buschigen Augenbrauen hüpften unkontrolliert auf und ab.

Schließlich kriegte sich der Militärführer wieder ein. „Selbst, wenn wir keinen Raumanzug für ihn auf der Basis haben, werde ich sofort einen bestellen. Es wäre nicht geziemend, eine so ungewöhnliche Bitte auszuschlagen, oder einen großen Krieger damit daran zu hindern, das Schiff zu verlassen und am Kampf teilzunehmen. Und ich werde versuchen, ohne dein Geld auszukommen, Erdling. Ja, es wird mich fast in den Ruin treiben!", frohlockte er, und die umstehenden Geckho, die sich gerade erst wieder beruhigt hatten, brüllten erneut vor Lachen. „Aber ich denke, ich werde es irgendwie ohne deine Krypto schaffen. Betrachte es als ein Geschenk an dich und deine Begleiterin als Dank für die Erheiterung. Und dein Geschenk an mich, Gerd Nat, wird unser gemeinsamer Sieg im Großen Krieg sein! Beweise uns allen, dass du wirklich Glück bringst!"

Damit war die Audienz beendet. Einer der Berater des Kung rief mich zu sich und sagte, dass der Angriff in anderthalb Ummi beginnen würde. Captain Uraz Tukhshs Shiamiru war in die 18. Reserveflottille versetzt worden und würde in der dritten Angriffswelle zum Einsatz kommen. Aus Geheimhaltungsgründen war es jedem Besatzungsmitglied strengstens verboten, das Spiel vor der Schlacht zu verlassen. Auf Befehl des Kung musste außerdem jeder, der am Kampf teilnehmen würde, seinen Respawn-Punkt an einen sicheren Ort hier auf der Basis verlegen, damit von einem zentralen Stützpunkt aus neue Teams gebildet und an die Front geschickt werden konnten.

Ich bestätigte, dass ich alle Sicherheitsregeln verstanden und akzeptiert hatte und meine Begleiter keine Verstöße begehen würden. Danach machten Minn-O und ich uns auf den Weg zurück zum Antigrav.

Als wir weit genug vom Ratssaal entfernt waren, stellte meine Gefährtin eine unerwartete Frage.

„Wenn es kein Geheimnis ist, wer bitte war dieser Clown? Ich meine denjenigen, der den Krieger in der schönen, weißen Rüstung vom Thron verjagt hat. Der, der ständig geschnaubt, die Zähne gefletscht, dich angebrüllt und mit den Füßen aufgestampft hat wie ein Hampelmann."

Ich hielt abrupt an und machte mich schon mal bereit, zu sterben. Minn-O hatte diese Worte in ein funktionierendes Mikrofon gesprochen. Dieses aufwieglerische Verhalten würde nicht unbemerkt bleiben. Und wahrscheinlich wurden hier auch Aufnahmen gemacht. Wir befanden uns schließlich auf einer streng geheimen Militärbasis. Später wurde mir klar, dass sie ja eine Sprache benutzte, die nur auf der Erde gesprochen und von den Sicherheitsgeckho hier wohl kaum verstanden wurde. Auf jeden Fall musste ich meiner *Wayedda* eindringlich klarmachen, dass sie ihr loses Mundwerk zu hüten hatte.

„Nur zu deiner Information, das war Kung Waid Shishish, der Herrscher der riesigen Gebiete im All und der allmächtige Oberherr unseres gemeinsamen Planeten Erde. Hat dir dein Großvater nie von unseren Oberherren erzählt?"

Minn-O stolperte und fiel beinahe hin. Im letzten Moment erwischte ich sie am Arm. Innerhalb weniger Sekunden wurde die Prinzessin aschgrau, dann kreidebleich, ihre Lippen zitterten vor Schreck.

Vielleicht war das, was ich als Nächstes sagte, zu viel, und ich hätte Minn-O nicht so sehr in Panik versetzen sollen, aber ich konnte nicht anders.

„Ich habe versucht, um fünf dieser großen Roboter zu bitten." Wir waren gerade wieder in Sichtweite der Halle voller Geckho-Truppen gekommen, und ich zeigte auf die bewegungslosen Titanen in der Ferne. „Nicht für lange, nur für ein paar Tage. Ich denke, das wird ausreichen, um unser Problem mit der Fraktion deines Großvaters ein für alle Mal zu lösen. Was meinst du?"

„Und … und was hat der Kung gesagt?" Meine *Wayedda* schluckte einige Male entsetzt. Ich hatte Mitleid mit ihr und gab zu, dass ich nur einen dummen Witz gemacht hatte. Schließlich mischten sich die Geckho nie in Streitigkeiten zwischen ihren Vasallen ein.

„In jedem Scherz steckt ein Funken Wahrheit", hauchte Minn-O, der das blanke Entsetzen immer noch ins Gesicht geschrieben stand. Offenbar gab es in ihrer Welt ähnliche Weisheiten wie in meiner.

Dann blickte meine Gefährtin mich lächelnd an und bat um Verzeihung. Ich sah der Prinzessin in die Augen, und ohne es zu wollen, las ich ihre Gedanken. Natürlich hätte ich den Gedankenkontakt auch unterbrechen können, aber …

„Das muss man sich auf der Zunge zergehen lassen. Mein Großvater Leng Thumor-Anhu La-Fin, der große Herrscher, macht all diese Pläne, lädt die besten

Strategen ein und hält ein Treffen nach dem anderen ab. Er denkt, dass er die Situation vollständig unter Kontrolle hat und die Tage seines Feindes gezählt sind. Dabei ist der Leng nicht einmal annähernd in der Lage, die Macht zu verstehen, mit der er es zu tun hat! ‚Mittelloser Student‘, so nennt er ihn. Das werden wir schon noch sehen! Dieser ‚mittellose Student‘ wurde gerade von einem großen Herrscher der Geckho-Rasse empfangen! Mit einem wohlplatzierten Satz hat mein Mann den Kung in der Hand. Und der muss nur mit einer Klaue winken, und alles, was von meiner Fraktion übrigbleibt, sind Erinnerungen … Was für ein hirnloser Idiot ich bin! Sobald ich meinen Mund öffne, rede ich mich um Kopf und Kragen. Zum Glück habe ich einen gutherzigen Mann, der mir kleine Fehler durchgehen lässt."

Anstelle einer langatmigen Verteidigungsrede sagte meine *Wayedda* dann nur wenige Worte. „Nat, ich kann es gar nicht verbergen, ich stehe unter Schock!"

Kapitel 6

Auf in den Kampf!

„**K**REUZ-ACHT!"[1]

„Passe!"

„Ich habe auch eine Acht, Trumpffarbe! Passe trotzdem!"

„Nicht fair! Ihr drei macht Team gegen mich Mädchen! Und Kätzchen wieder betrügen!"

„Iiiich nicht betrügen! Verschiebe einfach Deck ohne Spielkarte! Uline Fettarsch bewegen und ablegen."

„Wer fett hier, Scheißgesicht?"

„Hört auf, zu streiten! Und du spiel dich nicht auf! Du hast in der letzten Runde eine Zehn abgehoben, spiel sie!"

---

[1] Anmerkung des Übersetzers: In dieser Szene spielt die Crew das russische Kartenspiel *Durak* (wörtlich „Dummkopf"). Das Spiel ist vergleichbar mit dem deutschen Kartenspiel *Arschloch*. Das Ziel des Spiels ist es, alle Karten loszuwerden.

Seit geraumer Zeit hörte ich diese Sprüche im Schlaf. Zuerst hielt ich die vielen zankenden Stimmen für ein Element meines wirren Traums. Darin wanderte Nat durch eine endlose, düstere Wüste, deren schwarze, steinige Oberfläche mit blinkenden, rot gestrichelten Linien bis zum Horizont gefüllt war. Und sie bildeten alle möglichen Sätze in Geckho. Ich schritt die blinkenden Linien entlang, sprang von Satz zu Satz und fand mich manchmal auf den verschachtelten, geometrischen Formen der miyelonischen Sprache wieder. Während ich durch diese linguistische Einöde wanderte, versuchte ich, die Sprachen meiner Erde, des Dunklen Bruchs, die Reliktikerglyphen und aus irgendeinem Grund auch die Sprache der Prekursoren miteinander zu verbinden. Nur sehr wenige kannten diese Sprache. Und dabei sah ich die seltsame Botschaft, dass sich meine Astrolinguistik verbessert hatte. Daraufhin wurden mir plötzlich einige für mich bisher nicht erkennbare Verbindungen zwischen den verschiedenen Sprachen des Universums klar.

Es war ein interessanter Traum und hatte wahrscheinlich eine tiefere Bedeutung, doch die schwarze Symbolwüste erhellte sich langsam und schien sich aufzulösen. Und das aufgeregte Geplapper meiner Freunde wurde nun noch lauter und übertönte alles andere. Es wurde immer schwieriger, ihre Stimmen zu ignorieren, und irgendwann wachte ich schließlich auf. Ich schlug langsam die Augen auf und sah mich verwirrt um. Mein Traum schien im wirklichen Leben weiterzugehen! Was zum Teufel ging hier vor? Ich musste wohl mit dem Zuhörer-Helm auf dem Kopf eingeschlafen sein, und die ganze Zeit hatten leuchtend rote Symbole vor meinen Augen geblinkt. Das erklärte zumindest den seltsamen Traum. Benommen ließ ich einen langsamen Blick über die Systemmeldung schweifen.

Astrolinguistik auf Level 78 erhöht!

78? Aber Moment mal! Was war mein Level gewesen, bevor ich eingeschlafen war? War ich nicht bei 69 gewesen? Oder 70? Ganz genau wusste ich es nicht, aber mein Level war viel niedriger gewesen als jetzt. Hatte ich im Schlaf Sprachen gelernt? War das überhaupt möglich? Eilig öffnete ich meine Statistik und vergewisserte mich, dass ich nicht halluzinierte. Die Astrolinguistik war wirklich stark gestiegen!

Und dabei kam der größte Fortschritt offenbar durch die Dekodierung einer großen Anzahl von Reliktikerglyphen. Das Studium der Glyphen in der unbekannten Sprache, das ich gestern begonnen hatte, hatte sich im Schlaf fortgesetzt. Mein Wissen über die Sprache der mysteriösen, alten Rasse hatte sich in rasantem Tempo erweitert, und jedes neue Logogramm, das ich lesen konnte, diente als Katalysator und beschleunigte meinen Lernfortschritt noch mehr. Tatsächlich konnte ich meine Klassenbeschreibung jetzt fast vollständig lesen!

Zuhörer. Diese Klasse entspricht der zweiten Stufe der Reliktikerpyramide und ist darauf spezialisiert, computergestützte Systeme jeglicher Art mithilfe von mentalen Fähigkeiten oder Scan-Systemen zu erkennen und zu verstehen. Mit fortschreitendem Level und zunehmenden Fähigkeiten werden die Entdeckungswahrscheinlichkeit, das übertragene Datenvolumen [unbekanntes Logogramm], die Schnittstellenentfernung und die Gesamtkontrollwahrscheinlichkeit erhöht. Nach Erreichen eines entsprechenden Levels kann die Klasse von Zuhörer auf [unbekanntes Logogramm], Denker oder Administrator geändert werden.

Primäre Fähigkeiten: Scannen, Maschinensteuerung, Psionik.

Klasseneinschränkungen: Darf nicht mit leichter oder Kampfpanzerung ausgestattet werden. Darf keine mentalen Booster zur Verbesserung von Reflexen und Statistiken verwenden. Darf in diesem Entwicklungsstadium das Geschlecht nicht ändern, reduzierte Regeneration und Verlust der Flügel.

Der Verlust irgendwelcher Flügel machte mir keine Sorgen, da ich keine besaß, und die Tatsache, dass ich mein Geschlecht nicht ändern konnte, würde ich auch verschmerzen können. Das Letzte, was ich brauchte, war eine weitere unvorhersehbare Veränderung, wie sie schon mit meiner letzten Klasse passiert war.

Ich verstand nicht jedes Wort in der Beschreibung, und besonders der Teil über die Reliktikerpyramide und den weiteren Fortschritt verwirrte mich. Trotzdem war alles ziemlich interessant. Der Zuhörer schien nur eine Zwischenstufe in meiner Entwicklung zu sein. Ich war ganz in Gedanken versunken und bemerkte nicht sofort, dass das Schiff leicht vibrierte und die Hauptsteuerraketen ein monotones Summen von sich gaben. Anscheinend war der Shiamiru in Bewegung. Wunderbar! Offenbar war es mir gelungen, ein Startmanöver zu verschlafen. Wir waren allerdings ja nur vom kleinen Un-Tesh-Kometen abgehoben, auf dem minimale Schwerkraft herrschte. Es war wohl kaum zu Turbulenzen gekommen.

„Das ist für dich, Tini. Da kommen die Sechsen raus!", rief Minn-O freudig aus, woraufhin meine Freunde alle fröhlich zusammen lachten und grummelten.

Ich schwang die Beine von der Pritsche und blickte hinaus in den Flur. Das Bild, das sich mir bot, war nicht viel weniger skurril als mein deliriöser Traum von eben. In der gegenüberliegenden Kabine spielten meine Freunde alle begeistert *Durak*. Die riesige, fellbedeckte Uline in ihrem kurzen, bunten Morgenmantel nahm fast eine ganze Bank allein ein. Ihr gegenüber, alle auf eine weitere Bank gezwängt und quietschvergnügt, saß der kleine Tini, der seine Karten unordentlich in beiden Krallenhänden hielt, mit Imran, Eduard und Minn-O. Nur Dimitri Scheltow fehlte. Unser Pilot befand sich wahrscheinlich auf der Brücke.

„Ah, Nat ist wach!", riefen meine Freunde und

hießen mich strahlend willkommen. Ich begrüßte sie alle und wollte wissen, wie sie alle gelernt hätten, miteinander zu sprechen und in welcher Sprache.

Sie tauschten verwirrte Blicke aus. Scheinbar fiel ihnen das selbst zum ersten Mal auf.

Uline Tar antwortete für alle auf Geckho. „Was gibt es da großartig zu verstehen? Das ist ja keine Quantenphysik oder eine wissenschaftliche Abhandlung in einer toten Sprache, es ist nur ein einfaches, kleines Spiel. Dafür brauchst du vielleicht 20 Wörter. Dmmmitri saß erst noch hier und hat uns beim Übersetzen geholfen, dann musste er den Shiamiru auf den Start vorbereiten. Ab da hatten wir schon alles fest im Griff, oder, Leute? Aber Tini schummelt ständig und redet sich darauf hinaus, dass er die Regeln nicht kennt. Kein Wunder, bei seiner Klasse!"

„Uline lügt wie gedruckt! Es waren nur Fehler, nicht mit Absicht", protestierte mein Kätzchen in seiner Muttersprache Miyelonisch. Offenbar hatte er tatsächlich das auf Geckho Gesprochene verstanden!

Tini hatte wohl meinen Rat befolgt und auf Level 50 Astrolinguistik angenommen. Sein aktuelles Level 52 hatte er bestimmt unter anderem deswegen so schnell erreicht, da er seine sprachlichen Kenntnisse ständig verbesserte. Da winkte Imran mir zu, bat Uline, ihm ein wenig Platz zu machen und schlüpfte an ihr vorbei in den Flur des Shuttles. Dort legte er den himbeerroten Geckho-Offiziersanzug an, der an menschliche Maße angepasst worden war.

„Sieh dir das an!" Der Dagestani-Athlet demonstrierte mir die Flexibilität des hochmodernen Rüstungsanzuges, hockte sich hin, sprang in die Höhe, winkte mit Armen und Beinen und war überhaupt außer sich vor Aufregung. „Er ist komplett versiegelt, bequem und stark! Genug Luft für ganze vier Stunden! Es gibt einen Slot auf beiden Schultern für zusätzliche Ausrüstung, aber meine Klasse ist nicht kompatibel mit dem Avashi-Shock-Plasma-Granatensystem, das mitgeliefert wurde, also habe ich es an die Jungs verkauft", sagte Imran und zeigte auf die Zwillingsbrüder Vasha und Basha Tushihh. „Aber Dimitri Scheltow meint, ich könnte stattdessen etwas anderes anbringen, einen Jet- oder Gravitationsbooster oder einen Entfernungsmesser oder sogar ein mobiles interstellares Kommunikationssystem oder ..."

„Zeig Nat, was auf der Rüstung steht", unterbrach Eduard Boyko die begeisterten Ausführungen des Gladiators, und Imran drehte sich um und demonstrierte die kompliziert aussehende, krakelige Linie, die in die rechte Schulterplatte eingraviert worden war.

„Diese Rüstung ist mein Geschenk an einen großen Krieger der menschlichen Rasse. Möge sie ihm lange, treue Dienste leisten, ihrem Träger in den wütendsten Kämpfen Schutz bieten, und der Krieger selbst möge diesem Geschenk gerecht werden! Kung

Waid Shishish, Kommandant der Dritten Geckho-Angriffsflotte."

„Wir haben es bereits übersetzt", sagte Imran glücklich und wurde dann ernst. „Diese Rüstung ist unheimlich selten, aber auch eine ziemliche Verantwortung. Wenn ich diese Rüstung trage, bin ich verpflichtet, ein Beispiel für Ehre und Tapferkeit zu sein, damit ich den großen Kung nicht beschäme. Mein Ruhm ist von zwei auf fünf Punkte gewachsen, als ich diesen tollen Anzug bekam!"

„Und, Nat, sie haben versucht, mich zu vergiften!", mischte sich Minn-O, die scheinbar eifersüchtig war, dass ich mit meinen Freunden sprach und ihr keine Aufmerksamkeit schenkte, in unser Gespräch ein. „Sie haben mir etwas zu essen gegeben, da war irgendetwas drin, und jetzt will meine Kehle nicht mehr aufhören zu brennen!"

„Komm schon, es war nur Suppe", widersprach Imran der Prinzessin. „Ich hätte sogar etwas mehr Knoblauch und Pfeffer hinzugefügt. Schmeckte fast wie Lamm-Shurpa, ganz wie in meiner Heimat."

Die Diskussion über gastronomische Vorlieben verschiedener Kulturen blieb mir erspart, denn über eine Lautsprecherdurchsage bat Uraz Tukhsh mich, zur Brücke zu kommen. Und er nannte mich höflich bei meinem Namen und knurrte nicht wie übliche das langgezogene „Nnnat!" ins Mikrofon, das ich normalerweise zu hören bekam, wenn etwas Schlimmes auf dem Raumschiff passiert war.

Auf der Brücke befanden sich abgesehen von Uraz Tukhsh in seiner luxuriösen, perlen- und edelsteinbesetzten Robe auch alle drei Leibwächter des Kapitäns, Dimitri Scheltow am Steuer, der alte Navigator Ayukh und der Leiter der Boarding-Crew. Ich hatte noch nicht die Gelegenheit gehabt, letzteren kennenzulernen. Der große, schwere Geckho war erst kürzlich an Bord des Shiamiru gekommen, hatte seine Kabine praktisch nie verlassen und nur mit seinen zehn Untergebenen gesprochen.

„Gerd Nat, bitte setz dich", sagte der Kapitän und wies auf einen Stuhl, der langsam durch den Raum driftete, und ich nahm eilig Platz. „Sieh mal, was für ein Wunderwerk der Technik sich uns angeschlossen hat!"

Ich verstand nicht sofort, wonach ich suchen sollte, dann wurde mir klar, dass er auf den großen Monitor vor dem Navigator wies, auf dem Bilder unserer externen Kameras gezeigt wurden. Anscheinend war da draußen eine Art scheibenförmiges Objekt, das um den Shiamiru herumwirbelte. Es bewegte sich so schnell, dass es schwierig war, seine tatsächliche Größe festzustellen. Es war jedenfalls viel kleiner als unser Shuttle. Eine Drohne? Ein externes Modul? Ich wandte mich fragend an den Kapitän.

„Eine seltene, mysteriöse Erscheinung. Niemand weiß genau, was es ist, aber solche Objekte tauchen manchmal aus dem Nichts auf und begleiten

Schiffe für eine Weile. Vielleicht sind es automatische Aufklärungsdrohnen aus einer noch unbekannten, hoch entwickelten Zivilisation. Oder vielleicht ist es die Technologie einer längst ausgestorbenen Rasse, die noch in gutem Zustand ist. Zum Beispiel könnte es von den Prekursoren, Reliktikern oder Mechanoiden stammen. Auf jeden Fall meiden sie jeden Kontakt und verschwinden sofort, wenn jemand versucht, sie sich genauer anzusehen. Sie werden allgemein als Satelliten oder Symbionten bezeichnet."

„Symbionten?" Dieser Begriff war mir aus der Biologie bekannt. „Also helfen sie den Schiffen?"

Der Kapitän schwieg, und die Frage wurde stattdessen vom alten Navigator Ayukh beantwortet.

„Als ich jung war, habe ich genau das von Weltraumveteranen gehört. Sie können sich irgendwie mit den Systemen eines Schiffes verbinden und mit ihm interagieren - um den Energieschild zu aktivieren, die Rüstung und externe Module zu reparieren oder sogar Feinde anzugreifen. Obwohl ich noch nie auf handfeste Beweise dafür gestoßen bin. Es sind nur alte Geschichten. Vielleicht ist das alles blanker Unsinn. Aber auf jeden Fall gilt die Ankunft eines Satelliten als ein gutes Omen, das interessante Ereignisse und große Reichtümer voraussagt."

„Ja, ich habe auch gehört, dass Symbionten Glück bringen!" Uraz Tukhsh schenkte großzügig irgendeinen alkoholischen Cocktail in sein Glas, füllte dann ein weiteres Glas und hielt mir den Drink hin.

Ich lehnte ab, denn mir war klar, dass der Kapitän mich nicht zu sich gerufen hatte, nur, um mir den Symbionten zu zeigen. Ich konnte spüren, dass Uraz Tukhsh nervös war. Anscheinend ging es bei diesem Gespräch um etwas Ernstes, also brauchte ich einen klaren Kopf.

„Wie du willst." Uraz Tukhsh bestand nicht darauf, dass ich mit ihm trank, und stellte das Glas beiseite. Dann lehnte er sich zu mir. „Es ist so, Gerd Nat, ich habe die Entscheidung getroffen, deinen Vertrag nicht zu verlängern."

Ach, Scheiße. Gut, dass ich bereits saß. Ich war auf alles Mögliche vorbereitet gewesen, als der Kapitän mich zu einem ernsten Gespräch einlud, aber das hatte ich definitiv nicht erwartet. Tausende alarmierende Gedanken schossen mir zugleich in den Kopf. Und nun? Wie sollte ich zur Erde zurückkehren? Wie würden meine Freunde die Nachrichten aufnehmen? Was würden meine Fraktionsvorsitzenden sagen? Aber, vor allem, warum hatte er eine so seltsame Entscheidung getroffen? Was hatte sich in den letzten Stunden geändert? Es war noch gar nicht so lange her, dass Uraz Tukhsh den weiten Weg zur Erde in Kauf genommen hatte, nur, um mich abzuholen!

Aus dem Augenwinkel sah ich, dass Dimitri Scheltow nicht weniger schockiert war und sogar seine Kopfhörer abgenommen hatte, um das Gespräch belauschen zu können. Ich hätte auch gern eine Erklärung gehört. Aber Uraz Tukhsh war offensichtlich verlegen, druckste herum und sah sogar den mächtigen Geckho hilfesuchend an. Dann setzte er zu einer Erklärung an.

„Siehst du, Nat, du bist ein guter Prospektor ... nun, du bist jetzt nicht mehr wirklich ein Prospektor, sondern ein Zuhörer. Das spielt aber keine Rolle. Es ist nur so, wir brauchen jetzt niemanden mehr, der Mineralien findet, also der Job, für den ich dich eingestellt habe, den gibt es nicht mehr. Und im Krieg ... Ich meine, was für einen Krieg wird das schon für den Shiamiru, wenn wir nur Teil der dritten Angriffswelle sein sollen? Ich bezweifle, dass wir heute überhaupt Meleyephatianer sehen werden."

Und wenn schon! Den Zusammenhang zwischen der unwichtigen Rolle seines Shiamiru-Cargo-Shuttles und dem Ende meines Vertrages verstand ich nicht. Dass sein hastig umgerüstetes Frachtschiff nicht an der Front gegen mächtige feindliche Kreuzer und Schlachtschiffe kämpfen durfte, kam bestimmt nicht überraschend für den Captain. Wahrscheinlich hatte er das bereits gewusst, und doch war er eilig weggeflogen, um mich zu holen.

Er sagte mir nicht die Wahrheit, soviel war klar. Und er wusste, dass ich das wusste. So folgte eine weitere Erklärung, die nicht weniger dumm war als die erste.

„Zur gesamten Dritten Geckho-Angriffsflotte gehören nur eine Handvoll Mitglieder anderer Rassen, die auf wenige Schiffe verteilt sind. Darunter ein besonders talentierter trillianischer Gunner, den kein Geckho ersetzen könnte. Und ein legendärer kleopischer Navigator. Waid Shishish selbst hat auf seinem *Tinakuro*-Kreuzer zwei Ingenieure vom Volk der Crystalliden, beide unverzichtbare Verteidigungsexperten. Aber auf meinem Schiff gibt es diesen bunt zusammengewürfelten Haufen Menschen, dann einen miyelonischen Dieb und anscheinend sogar eine Morphähe ... Die anderen Kapitäne behaupten hinter vorgehaltener Kralle schon, ich befehlige hier eine Gruppe von Weltraumvagabunden ..."

Mystik-Skill auf Level 5 erhöht!

Ich bemerkte die Skill-Verbesserung und hob den Blick. Aus irgendeinem Grund erzählte Uraz Tukhsh mir hier Märchen, anstatt eine ehrliche Antwort zu geben. Immerhin hatte er ganz genau gewusst, dass ein Miyelonier und meine menschlichen Gefährten mit an Bord gehen würden, als er mich von der Erde abgeholt hatte. Damals hatte ihn das noch nicht gestört.

Mit einem schweren Seufzer setzte der Kapitän seine Rede fort. Ich spürte, dass er langsam mit der Sprache über seine wahren Motive herausrückte.

„Die Anwesenheit eines so bemerkenswerten Spielers auf meinem kleinen Schiff bringt die Macht- und Autoritätsverhältnisse ganz durcheinander und schwächt die Position des Kapitäns. Die Hälfte meiner Crew behandelt dich mit Bewunderung und Ehrfurcht, sie alle hängen bei jedem deiner Worte an deinen Lippen. Für sie bist du hier der, der das Sagen hat. Sie hören dir mehr zu als ihrem Kapitän. Und viele autoritäre Geckho in dieser Flotte, darunter auch der Kommandant selbst, bezeichnen den Shiamiru der 18. Flottille schon als ‚den mit dem Menschen Gerd Nat‘, nicht als ‚den unter Captain Uraz Tukhsh‘. Das kann ich nicht zulassen. Lange Zeit schon bin ich nun unschlüssig und warte auf irgendein Zeichen. Und hier ist es endlich", sagte der Kapitän und wies auf den Symbionten, der immer noch auf dem Bildschirm herumgeisterte. „Das ist das Zeichen, dass es für mich an der Zeit ist, eine Entscheidung zu treffen, und alles wird gut!"

Immer noch fühlte ich, dass auch das nicht die ganze Geschichte war und der Kapitän wahrscheinlich noch andere Motive für seine plötzliche Entscheidung hatte. Aber mir reichte bereits das Gesagte. Ich bemühte mich erst gar nicht, ihm noch mehr aus der Nase zu ziehen. Ich unterließ auch jeden Versuch, in Uraz Tukhshs Gehirn herumzustochern, obwohl ich jede Möglichkeit dazu hatte. Schließlich hatte der Kapitän nicht umsonst seine Vollstrecker mitgebracht und mir anfangs so geschmeichelt. Er musste das Ende des Trainings im Frachtraum beobachtet haben und wusste wahrscheinlich von meinen psionischen Fähigkeiten. Also hatte er sich wohl dazu entschlossen, einige Vorsichtsmaßnahmen zu treffen.

„Keine Sorge, Captain, ich werde diese Reise

beenden und meine Vagabunden bei der ersten Gelegenheit mit von Bord nehmen, damit die anderen Kapitäne aufhören, schlecht über dich zu reden. Ich weiß zwar nicht, wie ich zu meinem Heimatplaneten kommen soll, aber ich bin schon mal heil aus einer ähnlichen Situation herausgekommen."

„Aber, Nat, so hartherzig bin ich nun auch wieder nicht. Ich werde dich nicht einfach auf dem erstbesten Asteroiden aussetzen und dich deinem Schicksal überlassen", sagte der deutlich erleichterte Aristokrat, der nun um Schadensbegrenzung bemüht war.

Er forderte den Navigator dazu auf, den großen Bildschirm einzuschalten und mir die Sternenkarte zu zeigen.

„Sieh her, Nat. Unsere Dritte Angriffsflotte wird den Planetoiden Ursa-II-II hier einnehmen. Er ist der einzige Trabant des dicht besiedelten, meleyephatianischen Planeten Ursa-II und beherbergt die Schildgeneratoren des Planeten. Wahrscheinlich ist der Trabant bereits besetzt, immerhin kann er kaum ernsthaften Widerstand leisten. Die Meleyephatianer haben alle ihre Kampfschiffe aus dem System abgezogen, um die Miyelonier zu bekämpfen, und die Unterwerfung terrestrischer Batterien dauert nicht lange. Unmittelbar nach dem Abbau des Schildes wird es das traditionelle Ultimatum für die Bewohner geben. Sie werden sich kampflos ergeben, um Bombardierungen aus dem Orbit und der totalen

Zerstörung ihrer Welt zu entgehen. Ich denke, es wird alles innerhalb einer Ummi vorbei sein. Jedenfalls gibt es sowohl auf dem Planeten selbst als auch auf seinen Satelliten einige kleine, aber stark frequentierte Weltraumhäfen. Ich bin sicher, dass wir viele Kapitäne finden, die mit großer Freude das Kriegsgebiet verlassen werden, und ich bin bereit, einen kleinen Shuttle mit meinem eigenen Geld zu mieten, der dich nach Hause bringt."

Ein sehr nobler Zug des Kapitäns, und das sagte ich ihm auch. Uraz Tukhsh machte eine kleine Verbeugung und wollte gerade antworten, da wurde er vom alten Navigator unterbrochen.

„Captain, wir nähern uns dem Ursa-System. Die Computer haben bereits mit dem Countdown begonnen, bis wir aus dem Hyperraum kommen. 47, 46, 45, 44 ...“

„Ausgezeichnete Nachrichten", dröhnte der Kapitän, vollzog eine verwegene Drehung mit seinem Schwebestuhl und glitt zum Steuerfeld hinüber. „Ich wette, der Waideh-Tukhsh-Landungstrupp war der erste, der auf dem feindlichen Planetoiden gelandet ist. Mein großer Verwandter Waid Shishish lässt keine Möglichkeit aus, unserem Clan Ehre zu erweisen."

Diese Wette sollte ich eigentlich mit ihm eingehen. Ich befürchtete nämlich, dass der Captain diesen blutigen Weltraumkrieg durch eine rosarote Brille betrachtete. Solche Manöver gelangen niemals so einfach, und bei einem so groß angelegten

Unternehmen konnten selbst die genialsten Pläne schiefgehen. Außerdem fühlte ich eine immer stärker werdende Anspannung in der Brust. Ich konnte die ungute Vorahnung oder sogar Warnung vor einer Katastrophe nicht abschütteln. Auf mein Bauchgefühl konnte ich mich stets verlassen. Trotzdem schwieg ich. Ich wollte nichts verschreien und dann zur Verantwortung gezogen werden.

„Fünf, vier, drei, zwei ..." Ayukh setzte den Countdown fort. Aber ich konnte mich nicht beruhigen.

Gefahrensinn auf Level 41 erhöht!

„Dimitri, biege scharf nach links ab und dreh dich spiralförmig", schrie ich, noch bevor der Countdown vorbei war. Der Hauptbildschirm aktivierte sich flackernd.

Und der Pilot gehorchte! Der plötzliche Ruck ließ mich das Gleichgewicht verlieren. Ich fiel aus dem Stuhl und rollte über den Boden, als das Schiff nach links umkippte und sich um seine Längsachse drehte. Ohne das Kraftfeld meiner Zuhörer-Rüstung, das den größten Teil des Falls abfederte, hätte ich mir bestimmt irgendetwas gebrochen. Mein Kopf und meine rechte Schulter waren mit ungeheuren Kräften gegen eine Metallwand gedrückt worden und schmerzten stark.

Einen Moment lang sah ich vor Schmerzen kaum etwas. Trotzdem erkannte ich auf dem Bildschirm unser kleines Raumschiff, das sich erstaunlicherweise genau zwischen zwei riesigen, grotesk verbogenen Metallteilen durchgefädelt hatte. Was für ein Glück! Dann wich der Shuttle einem schlimm verrenkten, Funken sprühenden Greiss-Ukhkh-Tor-Angriffsroboter wenige Meter vor uns aus. Der Assault Mech war, genau wie die, die ich zuvor bewundert hatte, doppelt so groß wie unser Shuttle, und ein Zusammenstoß mit hoher Geschwindigkeit hätte sehr schwerwiegende Folgen haben können. Wieder Glück gehabt ...

Adlerauge-Skill auf Level 63 erhöht!

Ein weiteres Wrackteil flog direkt an uns vorbei und wurde von dem uns begleitenden Symbionten buchstäblich zerstückelt. Nun folgten schwere Salven gegen Energieschild und Rüstung. Nicht tödlich, aber deutlich zu spüren.

„Was ist das?", rief der Kapitän, der endlich wieder zur Besinnung gekommen war und mit zitternden Händen die Schnallen im Stuhl des Copiloten festzurrte, in den er sich gerettet hatte.

Ich war bereits wieder auf den Beinen und aktivierte den Schiffsscanner, wobei ich mich an dem schief stehenden Monitor festhielt. Ich stellte die Suche auf geringe Entfernung mit maximalen Details und Schwerpunkt auf Metall ein. Unser Schiff zitterte wieder heftig, als ein großes Stück galaktisches Treibgut an uns vorbeischrammte, aber am Energieschild abprallte. Da sprang das Scan-Ergebnis auf dem Bildschirm vor mir auf. Meine Stimme war rau und panisch, als ich dem Rest der Crew sagen musste:

„Das war ein Stück der *Grokh-Uvachch*, Captain Leng Amothy Yores Schlachtschiff! Und der Scan zeigt noch viele andere Schiffe der Dritten Angriffsflotte, die hier ihr Ende gefunden haben …"

Kapitel 7

Meuterei

ICH WAR FROH, dass ich Verstand genug gehabt hatte, nicht mit dem Kapitän zu wetten, wessen Clan als erster auf dem Planetoiden gelandet war! Anscheinend war es doch kein Zuckerschlecken gewesen, wie alle Geckho behauptet hatten, und der Plan war schiefgelaufen. Viele Raumschiffe, die in der ersten Angriffswelle gekämpft hatten, waren der meleyephatianischen Flotte in einer erbitterten Schlacht unterlegen. Unter den Opfern befanden sich sogar Kung Waid Shishishs wichtigste Schiffe, etwa sein einziges Schlachtschiff und ein paar schwere Kreuzer. Um das zu sehen, hatte schon eine flüchtige Überprüfung der Daten auf dem Schiffsscanner genügt. Es musste ein Leak gegeben haben, einen Verräter in den eigenen Reihen, denn die Meleyephatianer hatten ein dichtes Netz aus Schwerkraft- und thermonuklearen Minen genau dort gelegt, wo die gewaltigen Schiffe der Dritten Angriffsflotte aus dem Warp gekommen waren. Einige Blindgänger schwebten immer noch zwischen den Schiffswracks im Weltraum.

Auch die Meleyephatianer hatten schwere Verluste erlitten. Unzählige Bruchstücke ihrer kleinen Fregatten trudelten zwischen den großen Wrackteilen umher. Die Überreste dieser Flotte, kaum mehr als 200 kleinere Raumschiffe, schmiegten sich nun eng an den Planetoiden Ursa-II-II und versteckten sich hinter dem Energieschild der Raumfestung. Sie wurden durch seine vielen terrestrischen Batterien geschützt. Der größte Teil der meleyephatianischen Flotte, darunter einige schwere Kreuzer, zu ungewöhnlichen Grüppchen zusammengeschlossene Schiffe und Hilfsschiffe, war gerade in einen erbitterten Kampf mit den vereinigten Flottillen der Geckho verwickelt. Sie versuchte, die Geckho mit ihren tödlichen Kanonenbatterien vom Planetoiden fernzuhalten.

Scanning-Skill auf Level 9 erhöht!

Du hast Level 66 erreicht!

Du hast 3 Fähigkeitspunkte erhalten! (Gesamtzahl der Punkte: 15)

Was die Punkte anging ... Ich überlegte, ob schon 24 Stunden vergangen waren, seitdem ich die ersten dieser Punkte erhalten hatte. Mit anderen Worten, riskierte ich es, welche zu verlieren, wenn ich starb, oder gab es nichts, wovor ich Angst haben musste? Seit meiner erfolgreichen Klassenänderung in einen Zuhörer hatte ich keine Fähigkeitspunkte mehr ausgegeben, das wusste ich mit Sicherheit, sondern sie angespart, um irgendwann Scannen zu verbessern. Eigentlich wollte ich alle Punkte in die Scan-Fähigkeit stecken, aber erst, nachdem ich die ersten, einfachen Level hinter mich gebracht hatte. Das Leveln machte mir schon seit einiger Zeit Sorgen, aber ich war überzeugt, dass es bestimmt rechtzeitig passieren würde. Aber der Shiamiru hatte es gerade um Haaresbreite unbeschadet durch ein fliegendes Trümmerfeld geschafft, das uns andernfalls alle ins Grab gebracht hätte. Ich musste mich dringend um meine Punkte kümmern. Also, war nun ein ganzer Tag vergangen oder nicht?

Ich dachte scharf nach. Alle meine Berechnungen ergaben, dass nicht mehr als 20 Stunden verstrichen waren. Mein Herzschlag beruhigte sich etwas. Der Tod konnte Nats Fortschrittsbalken höchstens wieder auf null setzen. Dennoch wollte ich es nicht riskieren. Ich steckte alle verbleibenden Punkte in Scannen und brachte die Fähigkeit auf 24. Irre! Sofort machten sich die ersten Verbesserungen bemerkbar. Das Bild auf dem Schiffsscanner-Bildschirm wurde viel verständlicher und deutlicher. Ich konnte sogar Echtzeitinformationen über die Raumschlacht um den Planetoiden sehen.

Die Geckho hatten offenbar gerade die Oberhand. Der Flotte der großen meleyephatianischen Schiffe hatten mindestens drei Flottillen von Geckho-

Kreuzern schwere Verluste zugefügt. Sie war gezwungen worden, sich aus dem Schutz des Planetoiden zurückzuziehen. Unzählige schnelle Geckho-Abfangjäger duckten sich zwischen den feindlichen Raumschiffen hindurch und blockierten die Elektronik- und Navigationssysteme der Meleyephatianer, damit die nicht flüchten konnten. Ich sah auch, dass der schwere *Tinakuro*-Kreuzer die Schlacht überlebt hatte. Die Dritte Angriffsflotte besaß also immer noch ein Flaggschiff, und Kommandant Kung Waid Shishish hatte immer noch das Sagen.

Ich teilte meine Beobachtungen mit den Geckho auf der Brücke. Der alte Navigator trug riesige Kopfhörer auf seinem pelzigen Kopf und lauschte aufmerksam dem Geschwätz auf dem Flottenkanal. Er bestätigte meine Beobachtungen.

„Das ist korrekt. Trotz der schweren Verluste auf unserer Seite zu Beginn der Schlacht haben wir praktisch schon gewonnen. Unser Hauptziel ist es jetzt, die wertvollsten Schiffe der Meleyephatianer nicht entkommen zu lassen. Der Kung kocht vor Wut, flucht unablässig und droht, alle Abfangjägerpiloten zu töten, wenn auch nur ein einziges meleyephatianisches Schiff entkommt."

„Aber es gibt Gerüchte, dass die Meleyephatianer bald Verstärkung bekommen werden", fuhr Dimitri Scheltow fort, der ebenfalls gespannt die Stimmen auf dem Flottenkanal verfolgte. „Außerdem fordert Leng Uravi Tor, Kommandant der

18. Flottille, auf dem Gruppenkanal, dass wir die Flugbahn ändern und zur Formation zurückkehren, da wir zu weit von der Hauptgruppe entfernt sind."

„Dann mach schon!", befahl der Captain. „Das Letzte, was wir brauchen, ist, der Befehlsverweigerung bezichtigt zu werden!"

„Ich kann nicht! Sieh dir die Kette dort an! Vier meleyephatianische Fregatten!" Der Pilot zeigte auf eine Ansammlung roter Markierungen auf der taktischen Karte. „Sie haben sich vom Planetoiden gelöst und versuchen jetzt, uns den Weg zur Hauptflottille abzuschneiden. Und ich kann nicht ausweichen, sonst fliege ich in eine Trümmerwolke, und wir sind nicht mehr in Reichweite der Festungsbatterien. Wir haben nur eine Möglichkeit, nämlich mit voller Geschwindigkeit davonzufliegen, den kaputten Schiffen auszuweichen und zu hoffen, dass die Fregatten das Interesse an uns verlieren."

Gesagt, getan. Nach einer kurzen, fruchtlosen Verfolgungsjagd wandten sich die gegnerischen Fregatten ab und machten sich auf den Weg zurück zum Planetoiden mit seinem Energieschild und seinen defensiven Batterien. Das Manöver katapultierte unseren Shiamiru weiß die Hölle wohin, mitten in ein Trümmerfeld und sehr weit weg von den nächsten verbündeten Schiffen. Sowohl die Feinde als auch der Kommandant verloren jegliches Interesse an uns und richteten ihre Aufmerksamkeit auf andere Raumschiffe und wichtigere Ereignisse.

Der Kapitän, der Pilot und der Navigator verfolgten weiterhin die Diskussionen auf dem Flottenkanal. Plötzlich stießen alle drei ein schockiertes Keuchen aus. Dann riefen sie, wobei sie einander unterbrachen und vor Schreck jedes zweite Wort verschluckten, dass Kung Waid Shishish gerade den überraschenden Befehl erteilt hatte, die noch nicht beschlagnahmten, schweren, meleyephatianischen Schiffe ziehen zu lassen und sich auf den entscheidenden Angriff auf den Planetoiden vorzubereiten.

Laut dem Kommandanten hatte unser Aufklärer bestätigt, dass die Meleyephatianer in weniger als einer Viertelummi Verstärkung bekommen würden. Rund 40 Kreuzer und mehr als 300 kleinere Schiffe waren *in diesen Minuten bereits unterwegs*! Diese Flotte würde vielleicht nicht genügen, die Geckho in einem ehrlichen Kampf zu besiegen. Aber dafür, um neben dem Planetoiden unter dem Schutz der schweren Festungsbatterien durchzuhalten und einem Landungsteam den Zutritt zu verwehren, reichte es allemal.

„Verdammte Scheiße! Ist dem Kung klar, dass das das reinste Massaker wird?", fluchte ein wütender Dimitri Scheltow und ließ eine Faust auf das Steuerfeld niedersausen. „Die meleyephatianischen Abfangjäger und andere kleine Schiffe sind immer noch im Spiel. Die können unsere schweren Schiffe einkesseln und sie in Ziele für die terrestrischen Batterien verwandeln.

Ein Angriff auf den Planetoiden wird zu großen Verlusten führen!"

„Dem Kommandanten bleibt keine andere Wahl", sagte der alte Ayukh und senkte betrübt den Kopf. „Entweder wir landen und erobern die feindliche Festung, koste es, was es wolle. Oder wir drehen um und fliehen. Das würde bedeuten, dass sich der Kung in seiner allerersten Schlacht als Kommandant vieler Divisionen geschlagen gibt. Und wie ich Kung Waid Shishish kenne, würde er lieber alle verbündeten Schiffe verlieren als zu kapitulieren."

Da musste ich dem erfahrenen, weisen Navigator zustimmen. Der Kommandant würde nicht zögern, alle seine Untertanen zu opfern, wenn ihm das auch nur eine geringe Chance auf diesen für ihn so wichtigen Sieg geben würde. Und während alle im Raum in nachdenklicher Stille dasaßen und die beunruhigenden Informationen verdauten, ging ich zum Schiffsscanner.

Ich zoomte auf den Planetoiden hinein, den wir um jeden Preis einnehmen sollten, und tüftelte an den Einstellungen herum. Im Prinzip verfolgte ich dasselbe Ziel wie einst im Dienst von Uraz Tukhsh, als er mich gebeten hatte, die wertlosen Asteroiden auszusortieren. Nur stellte ich den Scanner nun etwas anders ein. Diesmal konzentrierte ich mich auf Quellen erhöhter Strahlung, auf die Dichte der elektromagnetischen Felder, die Struktur der Himmelsobjekte, aber auch auf Temperaturverläufe und Dichte. Ich musste die Ergebnisse verschiedener Analysen kombinieren und noch ein paar weitere Scans an Orten durchführen, die ich für verdächtig hielt. Erst dann konnte ich mir ein mehr oder weniger vollständiges Bild der feindlichen Basis machen.

Scanning-Skill auf Level 25 erhöht!

Elektronik-Skill auf Level 45 erhöht!

Elektronik-Skill auf Level 46 erhöht!

Was hatten wir denn hier? Ein unregelmäßig geformtes Objekt, das jedenfalls nicht als kugelförmig beschrieben werden konnte. Es sah eher aus wie ein längliches, ungleichmäßiges Polygon, das an seinem längsten Punkt etwa 38 Kilometer maß und voller Krater und Spalten war. Es gab auch ein paar erhöhte Auswüchse, die kilometerweit aus der Oberfläche ragten. Die meleyephatianische Festung selbst befand sich tief unter der Erde und war durch eine viele Kilometer dicke Kruste sicher vor Angriffen aus dem Orbit geschützt. An der Oberfläche zählte ich sechs gigantische Generatoren für das riesige Kraftfeld des Planetoiden und etwa 170 Batterien mit riesigen mobilen Türmen. Es sah richtig einschüchternd aus. Also, wie knackte man diese harte, kleine Nuss?

Ich drehte das Bild erst auf diese, dann auf jene Weise und betrachtete es aus jedem Blickwinkel. Nachdem ich dem Computer befohlen hatte, die Schussreichweite jeder der 170 Batterien zu überlagern, kam ich zu einem Schluss. Die terrestrischen Batterien erreichten einander sehr gut.

Ihre Bereiche überkreuzten sich oft sogar, doch aufgrund der unebenen Landschaft hatte die Verteidigung der Planetoiden einige Schwachstellen. Zum Beispiel blockierten die turmartigen Auswüchse für ein paar Batterien relativ große Flächen. Dann entdeckte ich einen schmalen, kreisförmigen Sektor, der nur von einer einzigen Batterie abgedeckt war. Wenn diese einzige Abwehrbatterie irgendwie zerstört werden könnte, würde nichts die Geckho davon abhalten, dort eine Truppe landen zu lassen, die groß genug war, um jedem Widerstand am Boden standzuhalten.

Aber wie könnte man die riesige und wahrscheinlich sehr starke Laserkanone zerstören, die noch dazu von einem Kraftfeld umgeben war? Es gab eindeutig nicht genug Kanonen hier auf dem Shiamiru, wir brauchten etwas noch Gewaltigeres, noch Mächtigeres ...

Mein Blick fiel auf die Minen, die zwischen den Trümmern der *Grokh-Uvachch* und anderer Schiffe schwebten. Eine solche thermonukleare oder eine hochleistungsfähige Gravitationsmine würde wahrscheinlich für diese Mission ausreichen. Der Rest war nur ein logistisches Problem. Obwohl ... gab es einen Grund, warum unser Shuttle diesen höchst explosiven Botendienst nicht erfüllen konnte? Sich eine der Bomben mit einer Klaue oder einem Schwerkraftkran schnappen, herausfinden, warum sie nicht explodiert war, dann mit voller Geschwindigkeit zum Planetoiden rasen und in einen Kanonenturm krachen lassen! Die Verteidiger der Festung würden so etwas definitiv nicht von einem einsamen, aus der Formation fallenden Frachtschiff erwarten. Aufgrund des Überraschungselements allein könnte dieser Plan funktionieren. Gut, wir würden unser Shuttle verlieren. Aber das war ein kleiner Preis dafür, dass dann die gesamte Dritte Angriffsflotte die feindliche Verteidigung durchbrechen und die meleyephatianische Festung einnehmen konnte!

Auch im wirklichen Leben gab es immer Helden, die bereit waren, sich zu opfern, um ihre Kameraden zu retten und einen Sieg zu erringen, wenn in einer sehr wichtigen Schlacht alles auf dem Spiel stand. Und dies war nur ein Spiel. Der Tod hatte hier keine schlimmeren Konsequenzen als eine 15-minütige Auszeit und die Rückkehr zu unseren Respawn-Punkten. Der Flottenkommandant würde ein solch siegbringendes Opfer wahrscheinlich zu schätzen wissen und den Shuttle-Besitzer für sein verlorenes Eigentum großzügig entschädigen. Die Entscheidung, das Schiff zu opfern und den Weg für die Angriffstruppen freizumachen, war damit nicht nur gerechtfertigt, sondern die einzig richtige.

Als ich den anderen jedoch von meiner Idee erzählte, stieß ich auf unerwarteten, beinahe hysterischen Widerstand von Captain Uraz Tukhsh.

„Du hast wohl den Verstand verloren, Nnnat. Mein Shiamiru hat sieben Millionen Kristalle gekostet, plus vier Millionen in Tuning-Arbeiten! Du kennst meinen Verwandten Waid Shishish nicht so gut wie ich, das ist ein alter Geizkragen. Er würde nie zustimmen, solche Verluste zu kompensieren. Ich wäre pleite! Ich würde es vorziehen, wenn sich unsere Flotte zurückzieht und dieser idiotische Krieg so früh wie möglich aufhört. Nie und nimmer lasse ich mir von euch mein letztes Hemd ausziehen! Also nein, nein, nein, nein, und noch einmal nein!"

Ruhm auf 57 erhöht.

Autorität auf 32 erhöht!

Diese Meldungen bestärkten mich in der Annahme, dass nicht jedes Besatzungsmitglied, das diesen Streit mitverfolgte, den Standpunkt des Kapitäns teilte. Meine selbstmörderische Idee traf zumindest den Geschmack von manchen. Dimitri Scheltow etwa schlug vor, nachdem er seine Kopfhörer abgenommen und ins Russische gewechselt hatte, dass wir beide alle Geckho auf der Kommandobrücke abknallen, die schweren, gepanzerten Türen von innen verriegeln und die Sache selbst in die Hand nehmen sollten. Ohne den sturen Aristokraten und seine Gefolgsleute.

Das lehnte ich natürlich ab. Ich hatte die Ermordung der vier Geckho auf der Frachtfähre durch den Dunklen Bruch nicht vergessen und wusste genau, dass eine ähnliche Aktion mit unserer Hinrichtung in der wirklichen Welt und hohen Geldstrafen für unsere Fraktion enden würde. Ich hegte keinerlei Todessehnsüchte, also bat ich Dimitri, sich zu beruhigen und solche aufrührerischen Gedanken besser nicht zu äußern.

Da sah ich, wie sich eine wütende Uline Tar vom Korridor aus mit erhobenen Fäusten auf unseren Kapitän stürzte, wobei sie wüste Beschimpfungen und Flüche ausstieß. Die Hälfte dieser Schimpfwörter hatte ich noch nie gehört. Erstaunt beobachtete ich den Gefühlsausbruch der sonst so ruhigen, besonnenen Händlerin. Der verblüffte Kapitän verstand wohl auch nicht sofort, warum seine Braut so wütend war. Uline kreischte hysterisch, warf die Arme hoch, stampfte mit den Füßen und schrie, dass sie sich weigerte, einem so feigen, erbärmlichen Kapitän zu gehorchen! Es stellte sich heraus, dass jemand auf der Brücke die Lautsprecher eingeschaltet und die Crew unseren Streit mitgehört hatte. Die Geckho hatten lautstark protestiert, als Uraz Tukhsh sagte, er wollte sein Schiff nicht für den gemeinsamen Sieg opfern. Tatsächlich prasselten bald nicht nur Ulines Flüche auf den Kapitän ein. Die gesamte Besatzung forderte ihn dazu auf, nicht länger untätig zu sein.

Ich vermutete, dass die ohnehin schon mickrige Autorität des Kapitäns nun noch tiefer abstürzte und Uraz Tukhsh wieder etwas weiter vom Gerd-Status entfernt war. Mit einiger Mühe drückte der Kapitän die immer noch tobende Uline von sich weg und schob sie aus dem Raum. Dann schloss er die Tür von innen ab und drehte sich um. Aus irgendeinem Grund richtete sich sein Zorn nun auf mich.

„Nnnat! Ich weiß genau, dass du das absichtlich getan hast, um mich dumm dastehen zu lassen. Du kannst mir nicht verzeihen, dass ich deinen Vertrag nicht verlängert habe! Das ist es doch, oder?"

Hä? Was hatte ich damit zu tun? Außer mir vor Entrüstung holte ich tief Luft, um dem Captain gehörig die Meinung zu sagen. Glücklicherweise musste ich mich aber nicht rechtfertigen. Der alte Navigator Ayukh machte einen Schritt nach vorne und stellte sich schützend vor mich.

„Beruhige dich, Uraz. Der Erdling hatte nichts damit zu tun. Ich war derjenige, der es getan hat."

„Was? Du?" Unser pechgeplagter Aristokrat machte einige stolpernde Schritte nach hinten. Dieses Geständnis des angesehenen Navigators hatte er nicht erwartet. „Aber warum, Ayukh?"

„Ich wollte dich davor bewahren, den größten Fehler deines Lebens zu begehen. Du hast mir so viel über deine Pläne erzählt. Du wolltest dich in dieser Welt behaupten, Ruhm und den Respekt der Gesellschaft erlangen. Du wolltest der ganze Stolz des Clan Waideh-Tukhsh werden. Hier kam nun die Chance, auf die du gewartet hast. Und du hast sie verpasst! Jetzt ist deine Verlobte von dir enttäuscht ... und du hast den Respekt deiner Crew verloren. Ich für meinen Teil werde im nächsten Raumfahrthafen von Bord gehen!"

Uraz Tukhsh zeigte eine Reihe furchterregender

Reißzähne und durchbohrte seinen aufmüpfigen Untertan mit Blicken wie Giftpfeile. Dann wandte er sich der versperrten Tür zu, gegen die Uline immer noch wie besessen hämmerte, schüttelte den pelzigen Kopf und gab ein lautes Brummen von sich, das von den Wänden widerhallte.

„Gar nichts habe ich verpasst! Schon gar nicht meine Chance, ein Held zu werden. Ich habe nur eine andere Idee. Wir werden diese meleyephatianische Batterie in die Luft jagen, einen Weg für die Angreifer öffnen und uns profilieren, aber wir werden dafür nicht den Shiamiru opfern! Wir werden auf dem Planetoiden landen und die Mine dort mit dem Lader abliefern, dann segeln wir in aller Ruhe aus dem Sprengradius heraus. Dmmmitri, dreh das Schiff um!"

Kapitel 8

Das Wrack des Shiamiru

ICH ERWARTETE NICHT, dass sich Captain Uraz Tukhsh entschuldigte, und ich verspürte nicht das Bedürfnis, darauf zu bestehen und meine Beziehung zu dem engen Verwandten des Kommandanten weiter zu strapazieren. Betont ruhig führte ich einen weiteren Scan auf dem Planetoiden durch, um eine detailliertere Karte des Gebietes rund um unseren geplanten Landeplatz zu erhalten. Dann schaltete ich den Monitor aus, verließ die Brücke und kehrte zu meiner Koje zurück. Das Letzte, was ich auf der Kapitänsbrücke anmerkte, war, dass der Symbiont aufgehört hatte, unserem Schiff zu folgen und in den Tiefen des Kosmos verschwunden war. Ein einziges Mal sah ich ihn noch auf meiner Mini-Karte, wo er als „Plasma-Cluster" bezeichnet wurde, dann kam er nie wieder in den Scanradius. Außer den Kameras war kein anderes Instrument des Schiffes in der Lage gewesen, nähere Infos zum Satelliten zu erhalten. Meinen Prospektorenscanner und die geologischen Analysatoren konnte ich natürlich auch nicht benutzen, um das zu klären.

Wenn der Symbiont ein Glücksomen war, wie unser Navigator behauptet hatte, dann war es wohl kein gutes Zeichen, dass er sich entschieden hatte, uns vor dieser hochsensiblen Operation zu verlassen. Sofort schwirrten allerlei üble Gedanken durch meinen Kopf. Ich musste zugeben, dass auch ich keinerlei Vertrauen in unsere Fähigkeit hatte, auf dem Planetoiden zu landen und mit dem Schwerlaster eine thermonukleare Mine zu den Laserkanonen zu transportieren.

Unser Feind war schließlich nicht schwer von Begriff. Ganz im Gegenteil: die Meleyephatianer waren berüchtigt für ihre Gerissenheit und Erfahrung. Außerdem würde die plötzliche Ankunft eines feindlichen Frachtschiffs, das auf ihrem Planetoiden landete, ganz bestimmt ihre Aufmerksamkeit erregen. Vorausgesetzt, der Shiamiru kam überhaupt zu einer Landung, während er von der Oberfläche aus beschossen wurde. So ein Landemanöver würde garantiert nicht unbemerkt bleiben. Darauf konnten wir Gift nehmen. Und wenn sie uns nicht schon während des Anfluges abschossen, so würden sie wahrscheinlich eine mobile Division schicken, um unser Landungsteam freundlichst in Empfang zu nehmen, und gleich ein paar Fregatten dazu, die uns zu Staub zermalmten. Mit solchen düsteren Gedanken kehrte ich in den Schlafbereich zurück und fiel erschöpft auf meine Pritsche.

„Nat, wir haben alle über den Lautsprecher gehört, was Dimitri Scheltow gesagt hat." Mit diesen Worten begrüßte Minn-O mich, die in voller Kampfmontur in meiner Koje stand. „Eduard und Imran auch. Wenn du zugestimmt hättest, den Kapitän mit Dimitri anzugreifen, hätten wir dich alle unterstützt!"

Ich wollte meiner *Wayedda* einen misstrauischen Blick zuwerfen, doch ihr Gesichtsausdruck spiegelte aufrichtige und grenzenlose Loyalität wider. Sie sah beinahe wie ein Welpe aus. Minn-O hatte kein bisschen übertrieben. Sie war bereit, die Geckho anzugreifen, sobald ich den Befehl dazu gab. Das hatte mir gerade noch gefehlt! Natürlich bedankte ich mich bei meiner Frau und meinen Freunden für ihre Bereitschaft, für mich durchs Feuer zu gehen. Doch dieses blinde Vertrauen hatte ich mir nicht verdient. Ich war ein ganz normaler Mann aus Fleisch und Blut, der auch Fehler machte oder Chancen verpasste. Ziemlich oft sogar. Jetzt gerade bereute ich beispielsweise, dass ich keine Gedankenkontrolle gegen Uraz Tukhsh angewendet hatte. Vielleicht hätte ich den Kapitän dazu bringen können, zu denken, dass sein Plan ohnehin zum Scheitern verurteilt war. Dann hätte er die dumme Idee aufgegeben, unsere gesamte große Operation zu riskieren, nur, um sein Frachtschiff zu retten.

„Lieber Mann, du siehst nicht aus wie du selbst! Du siehst geschlagen und apathisch aus, als ob es dir egal wäre, was passiert. Doch egal, was auch geschieht, mach dir keine Sorgen. Du hast mich! Ich werde immer an deiner Seite sein." Minn-O nahm neben mir auf der Bank Platz und umarmte mich, dann legte sie ihren Kopf an meine Schulter.

Ich drückte die Prinzessin an mich. Da ertönte ein seltsames, mechanisches Quietschen aus dem Shuttle, und meine *Wayedda* schreckte hoch.

„Was ist das?"

Ich antwortete, dass der Kapitän befohlen hatte, den Fangkran zu aktivieren, um eine der herumtrudelnden Minen aufzunehmen und sie in den Frachtraum zu ziehen. Ich warnte Minn-O, Imran und Eduard, dass der Shiamiru bald wieder scharfe Ausweichmanöver würde fliegen müssen, um auf dem Planetoiden zu landen, während wir von der Oberfläche aus beschossen wurden. Also empfahl ich meinen Freunden, schnell ihre Raumanzüge zu überprüfen und ihre Lufttanks so weit wie möglich zu füllen. Das war besonders wichtig für Eduard, dessen riesiges Weltraumkommandanten-Exoskelett in eine Nische im Frachtraum gestopft worden war und der Zeit zum Anziehen und Hochfahren brauchte. Auch mein Kätzchen und die Geckho in den benachbarten Kabinen warnte ich vor und riet ihnen, ihre Raumanzüge vorzubereiten.

Der Schiffsingenieur ging an uns vorbei zum Frachtraum, begleitet von zwei Leibwächtern des Kapitäns. Zwei oder drei Minuten vergingen, und dann dröhnte Uraz Tukhshs Stimme durch das Schiff.

„Techniker, den schweren Lader bereitmachen! Alle anderen, bereitet euch auf eine Notlandung vor! Unmittelbar nach der Landung öffnen die Techniker den Laderaum. Danach passen sie die Landestützen an und bringen uns in eine aufrechte, stabile Position!"

Uraz Tukhsh hatte seine Durchsage kaum beendet, da jaulten die Triebwerke in einem ungewöhnlich schrillen, hysterischen Ton auf. Trotz der funktionierenden Schwerkraftkompensatoren spürte ich den Druck im Rücken- und Kopfkissen meines Sitzes. Eilig senkte ich die weichen Haltegriffe von den Wänden und schnallte mich an. Ich war bereit für eine harte Landung. Tini und Minn-O auf der gegenüberliegenden Bank taten es mir gleich. Unser Schiff wurde schneller und immer schneller, drehte sich dann um seine Längsachse und ruckte scharf von einer Seite zur anderen. Der Pilot versuchte eindeutig, dem Beschuss von der Oberfläche auszuweichen.

Der Andruck war bald unerträglich, dabei funktionierten unsere Schwerkraftkompensatoren. Das Bild vor meinen Augen verschwamm. Mein Gehirn schien zu Matsch zerfließen, und meine Ausdauerpunkte stürzten in den Keller. Trotz meiner Benommenheit öffnete ich eilig das Inventar und tauschte meine beiden Intelligenz-Ringe gegen ein Paar aus, das mir zusätzliche Konstitution verlieh. Die Morphähe hatte sie mir hinterlassen, ehe wir uns getrennt hatten. Ich machte mir Sorgen um Minn-O und hätte ihr sogar meine Ringe überlassen, aber die Prinzessin des Dunklen Bruchs sah überraschenderweise putzmunter aus. Offensichtlich war ihre Konstitution deutlich höher als meine.

Die Triebwerke heulten unerwartet noch schriller auf. Das ohrenbetäubende Pfeifen schien sich dem Ultraschall zu nähern. Ich machte mich bereit für den Aufprall. Touchdown! Da war er. Ich wurde so heftig durchgeschüttelt, dass mir die Zähne klapperten und ich mir beinahe die Zunge abbiss. Meine Trefferpunkte fielen um ein Viertel. Was für eine harte Landung! Offenbar war eine der Landungsstützen dabei gebrochen, denn der Boden des Raumschiffes neigte sich in einem abenteuerlichen Winkel. Das war aber nun nebensächlich.

„Dmmmitri, ich gratuliere zu einer so guten Landung unter diesen schwierigen Bedingungen!", keuchte Uraz Tukhsh aus dem Lautsprecher. Dann räusperte er sich umständlich und bellte die nächsten Befehle, nun wieder mit seiner üblichen, polternden Stimme: „Ich werde der Erste sein, der den Planetoiden betritt. Wer versucht, sich vorzudrängen, wird sofort erschossen! Nur Crewmitglieder, denen ich voll und ganz vertraue, kommen auf dem Lader mit zur Batterie: der Landungstrupp, der Ingenieur und meine Leibwächter. Der Rest bleibt auf dem Schiff und wartet auf unsere Rückkehr. Der Heiler übernimmt während meiner Abwesenheit das Kommando. Dmmmitri, die Triebwerke laufen lassen und den Shiamiru bereit für einen schnellen Start machen!"

Der Landungstrupp machte sich geräuschvoll bereit, und sein Kommandant stampfte donnernd den Flur hinunter zum Frachtraum. Die Techniker schlossen sofort die Passage in den Hauptgang. Dann hörte ich den Schwerlaster beim Anfahren, das Öffnen der äußeren Tür und das Pfeifen der ausströmenden Luft.

Wahrnehmung auf 27 erhöht.

Sieh einer an! Die kurze Nachricht, die durch mein Blickfeld schoss, weckte mich endgültig aus der seltsamen Benommenheit, die ich seit dem Gespräch mit dem Kapitän nicht hatte abschütteln können. Meine Wahrnehmung war zum zweiten Mal seit Beginn des Spiels gestiegen. Und das, obwohl ich mit halb offenen Augen dasaß und weder Gehör- und noch Sehsinn aktiv benutzte. Vielleicht sollte ich versuchen, andere Sinne einzuschalten, um Wahrnehmung erneut zu leveln, etwa Geruch- oder Tastsinn.

Minn-O, die mir gegenübersaß, setzte plötzlich einen wachsamen Blick auf, öffnete die Haltegriffe und flüsterte mir panisch zu, dass sie gar kein gutes Gefühl bei der Sache hätte. Auch ich spürte immer deutlicher, dass eine Katastrophe unmittelbar bevorstand. Worauf wartete ich also noch? Schließlich wusste ich ganz genau, dass Uraz Tukhsh kläglich scheitern würde. Ich musste sofort etwas unternehmen!

Ein Blick auf die Minikarte verriet mir, dass der Lader mit dem Landungstrupp das Shuttle bereits verlassen hatte, also stand ich entschlossen auf und ging zur Brücke. Unter den überraschten und angespannten Blicken des Raumschiffpiloten und des Navigators ging ich zum Steuerfeld, schaltete den Lautsprecher ein und wandte mich auf Geckho an die gesamte Crew.

„Achtung, hier ist Gerd Nat! Wahrscheinlich habt ihr schon viel darüber gehört, wie meine Intuition und mein Glück mir geholfen haben, einer Reihe von heiklen Situationen zu entkommen. Um gleich auf den Punkt zu kommen, ich habe praktisch keine Zweifel daran, dass wir alle dem Tod geweiht sind, wenn wir hier im Shuttle bleiben. Die Meleyephatianer werden ihn und alle an Bord vernichten. Also schlage ich vor, dass jeder, der nicht dumm und ohne Ruhm sterben will, meinem Beispiel folgt und so schnell wie möglich nach draußen geht. Wir verlassen das Schiff durch den Frachtraum. Die Außentür dort ist bereits offen, also wird es auf diese Weise viel schneller gehen."

Autorität auf 33 erhöht!

Ich musste diese Botschaft in meiner Muttersprache wiederholen, damit auch meine Freunde, die wie angewurzelt im Korridor standen und nicht wussten, worum es bei der ganzen Aufregung ging, ebenfalls die Beine in die Hände nahmen. Keiner der Geckho traute sich, den Grad der Bedrohung anzuzweifeln oder mir zu widersprechen. Ich sah, wie die Zwillingsbrüder Vasha und Basha eilig die Rüstungen anzogen. Der Ladungsoffizier, der alte Ayukh und zu meinem Erstaunen sogar Dimitri Scheltow machten sich ebenfalls bereit, obwohl der Kapitän ihnen befohlen hatte, zu bleiben und den Shiamiru für einen raschen Start bereit zu halten. Der Raumschiffpilot hörte meinen überraschten Ausruf, drehte sich um und legte mir lächelnd eine schwere Pranke auf die Schultern.

„Nat, nach allem, was wir zusammen durchgemacht haben, denkst du wirklich, ich würde dich verlassen, nur, um diesem dummen Captain die Stange zu halten?"

Ich dankte meinem Freund für sein Vertrauen und eilte zum Ausgang. Dort traf ich auf Uline. Die Händlerin verhielt sich eigenartig. Sie schlich gerade in entgegengesetzte Richtung zu Uraz Tukhshs persönlicher Koje. Ich öffnete den Mund und wollte die Geckho-Dame gerade fragen, was sie vorhatte, aber sie legte eine Hand auf die Lippen. Stumm blieb ich stehen und beobachtete, wie Uline sich dem in die Wand eingebauten Safe näherte und blitzschnell und geschickt eine komplexe, ihr eindeutig bekannte Kombination eingab. Die schwere, gepanzerte Tür schwang auf.

„Du hast nichts gesehen", warnte die Händlerin mich ernst und entnahm mit ein paar schnellen Handgriffen zahlreiche Säckchen mit wertvollen roten

Kristallen und ein paar Metallbarren. „Eigentlich ist es ohnehin mein Geld, das meiner Familie. Nach dem Angriff der miyelonischen Piraten auf den Shiamiru waren die Taschen von Uraz Tukhsh wieder einmal leer. Er konnte es sich nicht mal leisten, die Crew zu bezahlen. Aber mein Clan Tar-Layneh hat ihm ausgeholfen und ihm eine anständige Summe für meine arrangierte Ehe geliehen. Der Kapitän hat das Geschenk angenommen und bereits einen Teil davon ausgegeben, um die Crew zu bezahlen und den Shiamiru umzubauen. Aber es wird jetzt keine Hochzeit mehr geben. Ich habe diesem leichtsinnigen Idioten von Aristokraten eine Absage erteilt, als er dich allein gelassen hat, um mit Flottenkommandant Kung Waid Shishish zu sprechen. Das Geld, das ich mir jetzt nehme, wäre so oder so weg. Zumindest hat so jemand etwas davon. In Ordnung, Nat, ich bin hier fertig. Lasst uns abhauen, wir haben schon genug Zeit verschwendet!"

War das also der Grund, warum der Captain seine Meinung über mich geändert hatte? Mir fiel wieder ein, wie nervös Uline nach der Ankündigung meiner Verhaftung gewesen war. Sie musste dem Kapitän gründlich die Meinung gesagt und ihn wegen seiner Passivität und Willensschwäche, als es um die Verteidigung eines Teammitglieds ging, an den Pranger gestellt haben. Anscheinend hatte dieser Streit zu ihrer Trennung geführt. Jetzt wusste ich auch, warum der Captain mich wirklich gefeuert hatte.- All das Gefasel von wegen „die anderen Rassen", „ein so bemerkenswerter Spieler" und „wir brauchen nun keinen Prospektor mehr" war nur ein Vorwand gewesen.

Wir befanden uns bereits draußen und hatten unsere Plätze auf den vier Levitatoren erklommen, als der Schiffsheiler unerwartet als letztes Crewmitglied das Shuttle verließ. Ich war davon ausgegangen, dass er bleiben würde, denn der Kapitän war so überzeugt von seiner Loyalität, dass er ihm sogar die Verantwortung übertragen hatte.

„Uraz Tukhsh ist tot. Er ist zusammen mit all seinen Soldaten auf dem Lader gestorben", erklärte der Heiler, als er meinen erstaunten Blick bemerkte. „Sie wurden von den automatischen Verteidigungssystemen in der Nähe der Laserkanonen erschossen. Ich war mit ihnen in einer Gruppe und habe den Ernst der Lage sofort erkannt, als sich ihre Icons verdunkelten. Wie dem auch sei, Gerd Nat, ich sehe keinen Grund, allein im Shuttle zu sitzen. Ich möchte dich bitten, mich mitzunehmen!"

Ich verbeugte mich leicht vor dem Nachzügler, um ihm zu sagen, dass er mitkommen konnte, und zeigte auf den Levitator, den der alte Ayukh steuern würde. Dort gab es noch einen freien Platz. Aus meinen Kopfhörern ertönte ein Geräusch, das verdächtig nach Ulines Zähneknirschen klang.

„Also ist er sinnlos verreckt", knurrte die Händlerin. „Wie vorhersehbar! Und wie dumm! Die endlose Gier dieses egoistischen Idioten war der Untergang dieser Mission. Dabei hätte sie für die gesamte Dritte Angriffsflotte so viel bedeutet. Er ist der einzige Grund, warum die Bombe es nicht bis zu den feindlichen Kanonen geschafft hat. Wir sind die letzten, die versuchen können, das Ruder noch herumzureißen. Gerd Nat, wir warten auf dein Kommando! Wohin fliegen wir?"

Autorität auf 34 erhöht!

Ich zeigte auf einen niedrigen Bergkamm. Laut der Karte, die ich dank meines Scans erhalten hatte, befand sich dahinter ein weitläufiges Labyrinth von Klüften und tiefen Spalten, durch die ich unbemerkt zur Batterie vordringen wollte. Eine dieser Spalten verlief glücklicherweise geradewegs zu den Kanonen hin. Vom Boden aus würden sie uns nicht sehen können. Aber aus der Luft ... Ich sah abrupt hoch und erstarrte, abgelenkt von der Schlacht, die oben im Weltraum tobte. Hunderttausende helle, schnelle Punkte bewegten sich chaotisch hin und her, verstrickt in ein erbittertes Gefecht. Funken flogen, Explosionen blitzten in weiter Ferne. Beinahe konnte man die Laserstrahlen sehen. Dann schmetterte eine Raketensalve von den nächsten Klippen gegen den dunklen Horizont. Und einige der Raketen fanden ihre Ziele im Weltraum.

Bei näherer Betrachtung gab es tatsächlich etwas wie eine Ordnung im Wirbel der hellen Lichter. In den Gruppen der beweglichen Punkte konnte ich unsere Flottillen vage von den feindlichen Schiffen unterscheiden. Wenn ich alles richtig deutete, war Kung Waid Shishishs Entscheidung, von der noch freien Flotte schwerer meleyephatianischer Schiffe abzulassen und sich dem Planetoiden zuzuwenden, nach hinten losgegangen. Die schweren Schiffe des Feindes waren nicht geflohen, als sie die Gelegenheit dazu gehabt hatten, sondern hatten sich den Planetoidenverteidigern angeschlossen, was die Mission der Dritten Angriffsflotte ernsthaft erschwerte.

Adlerauge-Skill auf Level 64 erhöht!

Aber genug in den Himmel gestarrt. Zeit zu handeln! Unsere vier Levitatoren sprengten mit zunehmender Geschwindigkeit auf den dunkelbraunen Bergkamm zu. Wir schafften es vielleicht knappe 800 Meter vom Shuttle weg, als plötzlich Minn-O La-Fins ängstliche Stimme alle aufschreckte.

„Gefahr! Schiff von rechts!"

Tolili-Ukh X. Meleyephatianische Modulare Fregatte. Konfiguration: Nahraum/Atmosphäre.

Das riesige und auf den ersten Blick plump aussehende, dunkle, dreieckige Schiff stieg langsam hinter einem Hügel hoch. Was sich dort hinten wohl befand? Wir hatten stets in den Lüften nach Feinden gesucht und nicht einmal in Erwägung gezogen, dass sie auch aus anderen Richtungen kommen könnten.

Auf meinen Befehl hin wendeten alle vier Levitatoren scharf und suchten in einer nahegelegenen Felsspalte Zuflucht. Ich befahl allen, sich zu verstecken und ihre Funkkommunikation einzuschränken. Dann schnallte ich mich von meinem Levitator los und lief, nachdem ich mich davon überzeugt hatte, dass meine Magnetsohlen auch auf dem Eisen-Nickel-Boden haften blieben, den Hang hoch auf einen großen, eisigen Felsbrocken zu, von dem ich eine gute Aussicht hatte. Ich spähte vorsichtig über den Felsrand.

Und gerade rechtzeitig. Ein Funke, und genau dort, wo unser Shuttle gerade noch zu sehen gewesen war, stieg eine purpurrote, mächtige Feuersäule hoch. Die dunkle Fregatte näherte sich in aller Ruhe der Explosionsstelle, schwebte dann 45 Meter über den lichterloh brennenden Trümmern und feuerte, um das Maß vollzumachen, eine weitere Rakete oder einen Torpedo hinterher. Der Boden verwandelte sich in einen brodelnden See aus geschmolzenem Stein.

Kapitel 9

Raubzug mit Hindernissen

KEINE FLUCHTMÖGLICHKEIT VOM Planetoiden. Keine Waffen, die die feindliche Batterie zerstören hätten können. Keine Kommunikation mit dem Flottenkommando und nur ein paar Stunden Luft für zwei von uns, Minn-O und Tini, auch wenn der Rest viel mehr hatte. Wir hätten der Verzweiflung nahe sein sollen. Doch unsere zwölfköpfige Staffel aus drei verschiedenen Rassen war guter Dinge und voller Elan. Trotz aller Herausforderungen und Gefahren waren wir noch am Leben. Wir würden uns nicht kampflos geschlagen geben!

Kurz nach der Zerstörung des Shiamiru schoss die meleyephatianische Fregatte in den Himmel wie ein Römerlicht und schloss sich den Verteidigern des feindlichen Planetoiden an. Danach hielt ich eine

Teambesprechung ab, bei der wir natürlich das brennendste Thema diskutierten - was sollten wir tun? Wir hatten keine thermonukleare oder irgendeine andere Art von Bombe, die die terrestrische Batterie zerstören und damit den Weg für die Landungsschiffe der Geckho frei machen könnte. Außerdem befürchtete ich, dass, selbst wenn wir den Laserturm tatsächlich irgendwie zerstören konnten, der Kommandant der Dritten Angriffsflotte und seine Militärberater die Gelegenheit, die wir ihnen damit boten, nicht verstehen würden, und all unsere Sabotageversuche umsonst wäre.

Warum hatten wir uns nicht mit dem Kommando in Verbindung gesetzt und ihnen von dem Schwachpunkt in der Verteidigung erzählt, als wir noch auf dem Shiamiru gewesen waren? Gute Frage. Ich für meinen Teil hatte keine Ahnung, warum Captain Uraz Tukhsh das nicht getan hatte. Vielleicht hatte er Angst gehabt, dass sie die Mission jemand anderem übertragen würden, der dann den ganzen Ruhm einheimsen würde. Oder vielleicht war er davon ausgegangen, dass dem Schiff nach der Landung nichts passieren würde und er genügend Zeit hätte, die Informationen weiterzuleiten? Aber was, wenn wir bei der Landung abgeschossen worden wären?

Es war natürlich möglich, dass ich den Kapitän zu Unrecht verteufelte. Möglicherweise war Uraz Tukhsh, der nicht viel Erfahrung in militärischen Angelegenheiten hatte, einfach nicht auf den

Gedanken gekommen. Oder vielleicht war es umgekehrt, und er hatte gute Absichten gehabt. Zum Beispiel, weil er Angst gehabt hatte, dass die wichtigen Informationen von den Meleyephatianern abgefangen und sie Maßnahmen ergreifen und die Lücke in ihrer Verteidigung würden schließen können? Wer wusste das schon?

Wie man es auch drehte und wendete, das Problem mit der Informationsübertragung an das Flottenkommando war ein wesentliches. Ayukh sagte, dass er eine Nachricht abschicken könnte, wenn er Zugang zu meleyephatianischen Kommunikationsgeräten bekäme. Der alte Navigator konnte ihre Sprache nicht, aber er hatte in seiner langen beruflichen Laufbahn in der Galaxis schon einmal mit meleyephatianischen Raumschiffen, Navigationssystemen und Kommunikationsgeräten zu tun gehabt. Damit blieb nur ein klitzekleines Problem. Wir brauchten einen funktionierenden feindlichen Sender. Aber woher sollten wir den nehmen?

„Alarm! Schon wieder ein Raumschiff!", rief Imran. Wir krabbelten den Hügel hoch und suchten hinter Felsbrocken und in Mulden an der Oberfläche Schutz. So verharrten wir, versteckt und stumm.

Es war die gleiche Art von Fregatte, eine Tolili-Ukh X, und sie schien von hinter dem benachbarten Hügel hochzusteigen. Vielleicht dieselbe, die wir vorhin schon gesehen hatten? Möglich, aber nicht sehr wahrscheinlich. Das erste Schiff hatte blitzschnell von dem Planetoiden abgehoben, und niemand hatte gesehen, dass es umgedreht hätte und wieder gelandet wäre. Dieser Tolili-Ukh X tat es der ersten Fregatte nach, glitt über den noch immer schwelenden See aus geschmolzenem Gestein, den sterblichen Überresten unseres Shiamiru, und schoss dann senkrecht in den Sternenhimmel.

„Vielleicht haben sie dort eine Reparaturbasis", schlug Vasha Tushihh vor und blickte unruhig auf die schnell verschwindende feindliche Fregatte, die sich mühelos in den Strudel der fernen Raumschlacht einfügte. „Also landen beschädigte meleyephatianische Schiffe irgendwo hinter den Hügeln, werden schnell zusammengeflickt, mit Raketen bestückt und ziehen wieder in den Kampf?"

„Warum nicht? Und wir könnten unserer Flotte helfen, wenn wir diese ständige Verstärkung unterbrechen", sagte der Ladungsoffizier.

Dieser Ladungsoffizier, Avan Toi, war eine Klasse für sich. Ich hatte noch nie zuvor ein so mächtiges, korpulentes Mitglied seiner Rasse getroffen. Der Level-80-Geckho sah aus wie eine Kugel, die jemand in eine Exoskelett-Rüstung gepresst hatte. Ohne Rüstung war er tatsächlich eine pelzige, gleichmäßig runde Kugel auf dicken Säulenbeinen. Oben auf dieser Kugel saß ein Kopf mit kleinen Ohren, und links und rechts steckte je ein stummeliger Vorderarm. Trotz seiner Körperfülle bewegte sich Avan Toi anmutig und graziös. In meiner ganzen Zeit auf dem Shiamiru wäre mir nie aufgefallen, dass dem Ladungsoffizier sein Gewicht peinlich gewesen wäre. Und niemand in der Crew hänselte ihn deswegen. Tatsächlich genoss Avan Toi großen Respekt auf dem Schiff, und auch jetzt wurde seine Idee sofort von Uline und den Zwillingsbrüdern aufgenommen.

„Wenn wir es nicht schaffen, die Batterie in die zu Luft jagen", sagte Uline, „könnten wir wenigstens versuchen, den Meleyephatianern auf andere Weise zu schaden, indem wir ihre Reparaturbasis angreifen und sie zumindest für eine Weile lahmlegen."

Im Grunde genommen waren sich alle Geckho einig, dass sie es vorzogen, das Ziel zu ändern und die Reparaturbasis anzugreifen. Wahrscheinlich hätte ich mich auf meine Autorität stützen oder sogar meine psionischen Fähigkeiten anwenden können, um die Geckho wieder zum ursprünglichen Plan zurückkehren und die Kanonenbatterie angreifen zu lassen. Aber das tat ich nicht. Das neue Ziel lag viel näher. Angesichts unserer begrenzten Zeit und des Sauerstoffmangels ein wichtiger Faktor. Außerdem waren die Reparaturwerkstatt und die dort beschäftigten Techniker und Mechaniker garantiert ein günstigeres Ziel für unsere spärlichen Kräfte. In erster Linie aber war ich auf der Hut, nachdem ich gehört hatte, dass es neben den terrestrischen Batterien automatisierte Verteidigungsstrukturen gab. Wenn schon Uraz Tukhshs gut ausgebildete und entsprechend vorbereitete Truppe von

Weltraumkommandanten innerhalb von Sekunden vollständig ausgelöscht worden war, wer konnte dann garantieren, dass wir nicht dasselbe Schicksal erleiden würden?

„In Ordnung, dann ist es entschieden. Wir ändern unser Ziel!" Ich zeigte auf den Ort, von dem aus die feindlichen Fregatten aufstiegen. „Neue Mission: Lahmlegung der Reparaturwerkstatt! Auf zu den Levitatoren!"

WIR HATTEN UNS geirrt. Da unten befand sich keine Reparaturbasis, sondern ein verschlossenes, gepanzertes Tor, etwa 27 Meter breit, das den Eingang zu einem unterirdischen Komplex verbarg. Direkt vor unseren Augen glitt das Tor zweimal zur Seite und ließ eine Tolili-Ukh-X-Fregatte aus dem Inneren des Felsens heraus.

„Sie kommen so schnell raus! Gießen die die Teile aus einer Form?", stöhnte Dimitri Scheltow in Geckho. Er lag neben mir, scheinbar genauso fassungslos von unserer Entdeckung wie ich.

„Höchstwahrscheinlich haben sie ein Modullager unter den Felsen und ein automatisches Montagewerk", erklärte der weise Ayukh. „Der Tolili ist eine modulare meleyephatianische Fregatte, die von Robotern für verschiedene Zwecke schnell zusammengeschraubt werden kann. So können sie beispielsweise in kürzester Zeit einen Hochgeschwindigkeitsabfangjäger bauen. Oder wenn sie einen schweren Langstreckenjäger oder ein Angriffsflugzeug brauchen, dann setzen sie eben die zusammen. Stabilisatorflügel dran und schon kann das Schiff auf einem Planeten mit einer dichten Atmosphäre landen. Wenn sie andere Systeme einsetzen, kommt ein tarnfähiges Aufklärungsschiff oder sogar ein Nicht-Kampfschiff zum Abbau von Mineralien raus."

„Früher, vor langer Zeit, hat diese Idee eines universell einsetzbaren, modularen Schiffes auch uns Geckho fasziniert", sagte Uline Tar, die sich an den Hang schmiegte und zur zusätzlichen Tarnung kleine Felsklumpen auf ihren Körper drapiert hatte, „aber dann hat sich meine Rasse doch besonders spezialisierten Schiffen zugewandt, die man bevorzugte. Es war einfach zu verschwenderisch und ineffizient, stapelweise Module zu produzieren und zu lagern, die vielleicht nie verwendet wurden."

Ich lauschte dem Gespräch, beobachtete dabei aufmerksam den feindlichen Komplex und versuchte, Verteidigungssysteme zu finden, die uns daran hindern könnten, in den Komplex vorzudringen. Soweit ich das beurteilen konnte, gab es keine. Auch meine IR-Linse konnte nichts erkennen. Außerdem funktionierte sie nicht richtig, denn die abfliegenden Raumschiffe ließen die Temperatur des Eingangsbereichs zu hoch ansteigen. Selbst ein Scan brachte keine brauchbaren Ergebnisse. Ich sah nur glühende, geschmolzene Steine, ausgehärtetes Glas, das zu dunklen Blasen an der Oberfläche aufgequollen war. Schon von Weitem begann mein Strahlungsmessgerät in einem irritierenden Ton zu piepen, sobald ich es auf das geschmolzene Steinmaterial in der Nähe des Eingangs zum feindlichen Komplex richtete. Irgendetwas hatte dort definitiv vor nicht allzu langer Zeit ordentlich Staub aufgewirbelt. Vielleicht war das der Grund für den Mangel an Verteidigungsstrukturen – waren sie von einer mächtigen Explosion weggefegt worden?

Ich wandte mich dem stillen Ayukh zu und teilte ihm meine Überlegungen mit, ehe ich fragte: „Habe ich das richtig verstanden? Die Meleyephatianer haben Schiffe mit kleinem Radius, damit sie mehr Waffen anbringen, die Verteidigung stärken und mit einer möglichst kleinen Crew schnell in den Kampf ziehen können?"

„Das ist richtig, Gerd Nat", stimmte Ayukh zu und holte eifrig zu einer Erklärung aus. „Anstelle von teuren Hyperraumtriebwerken, die nur Energie fressen, fügen sie zusätzliche Schilde und Waffen hinzu, weil diese Schiffe nie die Grenzen des Sternensystems verlassen müssen. Was die Crew angeht, das ist umstritten. Wenn sich die Respawn-Punkte der Meleyephatianer auf der Basis befinden, haben unsere Feinde im Grunde unbegrenzte Reserven zur Verfügung und können je

Vierundzwanzigstelummi ein neues Schiff durch dieses Tor schicken. Schau, da kommt schon wieder eins!"

Und tatsächlich glitt die gepanzerte Tür nach links und spuckte eine weitere identische, dreieckige Tolili-Ukh-X-Fregatte aus dem unterirdischen Komplex aus. Unsere Gruppe drückte sich zwischen die Felsen und erstarrte bewegungslos, bis das Schiff vorbeigezogen war. Wenn es uns entdeckte, waren wir ihm chancenlos ausgeliefert. Aber sobald das feindliche Schiff hinter einem Hügel verschwunden war, sprang ich aus unserem Versteck.

„Los! Schnappt euch die Levitatoren! Wir müssen in die Basis, bevor das nächste Schiff rauskommt!"

Wir legten die knapp 300 Meter zwischen unserem Versteck und dem Eingang der Basis in Sekundenschnelle zurück. Wagemutig schnallte ich mich vom noch schwebenden Levitator ab und rannte als Erster zu einem seltsamen Wandpaneel aus geschwärztem Stein, das bereits aus der Ferne meine Aufmerksamkeit erregt hatte. Es war eine Steinscheibe von einem halben Meter Durchmesser. An der Oberfläche befand sich eine sorgfältig herausgearbeitete, flache Spirale mit zahlreichen Windungen. Puh! Das sah nicht gerade nach einem Steuerfeld für dieses Tor aus, aber wer wusste schon, wie die Technik der Meleyephatianer tatsächlich funktionierte? Zumindest gab es nichts anderes, was auch nur entfernt an ein Sensorpanel oder eine

Fernbedienung erinnerte. Ich strich mit meinem behandschuhten Finger über die Spirale, reinigte sie vom Staub und Sand und versuchte herauszufinden, wozu sie diente.

Deinem Charakter fehlt die Einbruch-Fähigkeit.

Ach ja, das hatte ich ganz vergessen. Was hatte ich auch anderes erwartet? Ich mit meinem Fähigkeiten-Chaos würde hier unmöglich etwas erreichen. Ich hätte einem Dieb den Vortritt lassen sollen. Zum Glück hatte ich genau den richtigen Spezialisten für diese Aufgabe, der wusste, wie man alle Arten von Schlössern und Sicherheitssystemen knackte.

„Los, Tini, zeig, was du drauf hast!" Ich zeigte meinem Kätzchen die seltsame Spirale und ließ ihn dann machen.

Der miyelonische Teenager hatte sofort seine Diebeswerkzeuge in der Hand - einen Codebrecher, eine verwickelte Drahtspule mit Verbindungselementen und eine Art elektronisches Messgerät mit einem Bildschirm, auf dem ein Pfeil zu sehen war. Tini stand auf und betrachtete die Steinscheibe nachdenklich. Dann senkte er niedergeschlagen den Kopf.

„Meister Nat, meine Fähigkeiten reichen nicht aus! Ich brauche Einbruch auf Level 70 und Elektronik auf über 50!"

Verdammt aber auch! Obwohl, vielleicht konnte ich die Elektronik selbst knacken, wenn ich alle

Schaltkreise sah. Ich bat Imran, die Steinplatte mit seiner Klinge aus der Wand zu brechen. Einen Moment später reichte der Gladiator mir eine flache Steinscheibe. Und auf der Rückseite war nichts! Keine Drähte, keine Computerchips oder Schaltkreise, nur nackter Stein und Spuren von Zement oder eine Art ausgehärteter Klebstoff. Was zum Teufel ...?

Ich kam mir ziemlich dumm vor. Als Nächstes fiel mir ein, das Scan-Symbol zu aktivieren. Doch auch nach dem Scan verstand ich nur Bahnhof. Zwar gab es tatsächlich eine Art Elektronik im Inneren des Spiralsteins, aber ob diese in irgendeiner Weise für das massive Tor relevant war, das den Eingang zum unterirdischen Komplex blockierte, konnte ich nicht sagen. Vielleicht war es eine Uhr. Oder einfach ein Dekorationselement, das unter bestimmten Bedingungen leuchtete, vibrierte oder piepte. Selbst bei maximalem Zoom wurde ich aus der Minikarte nicht schlauer. Vielleicht war dieses Gerät auch einfach defekt. Immerhin hatte die jüngste Explosion rund um den Komplex auch der restlichen Umgebung zugesetzt.

Es gab jedoch noch einen anderen Weg, das Tor zu öffnen. Auf der anderen Seite des Tors, innerhalb der Felswände, konnte ich ein Gerät auf der Karte sehen.

Externes Torsteuerungssystem. Schnittstellenwahrscheinlichkeit: 7 %

Gesamtkontrollwahrscheinlichkeit: 0 %

Ich stieß ein paar ausgesuchte Kraftausdrücke

aus. Nur eine Wahrscheinlichkeit von 7 %, das System mental zu hacken oder zu zerstören, und absolut gar keine Wahrscheinlichkeit, es mit meinen aktuellen Fähigkeiten zu öffnen. Mir wurde klar, dass ich immer noch die Konstitutionsringe trug, also öffnete ich mein Inventar und zog die Intelligenzringe wieder an. Aber das änderte nicht viel. Es brachte nur die Schnittstellenwahrscheinlichkeit auf 12 %. Das war also auch nicht der richtige Weg.

Uns blieb nur, zu warten, bis sich das Tor wieder öffnete und ein weiteres Raumschiff herausließ. Und zu hoffen, dass wir nicht auf der Stelle mit den glühenden Steinen verschmolzen oder an der extremen Strahlung starben, dann könnten wir vielleicht unbemerkt hineinschlüpfen (ich machte mir nichts vor, die Chancen standen schlecht.) Oder dass die Raumfregatte durch die Enge des Tunnels in ihrer Reichweite beengt war und uns nicht mit ihren Kanonen pulverisieren konnte.

Moment mal! Das war ja interessant! Auf meiner Minikarte sah ich eine Kreatur auf der anderen Seite des Tors, die das Spielsystem als Feind identifiziert hatte. Offensichtlich war unsere Ankunft nicht unbemerkt geblieben und jemand hatte sich entschieden, zu einem Sichtfenster oder Überwachungssystem zu kommen und herauszufinden, warum es auf dieser Seite der Tür Aktivität gab. Ich konnte den Namen der Kreatur nicht auf der Karte sehen, nur die Rasse und Klasse:

Meleyephatianer. Level-45-Techniker.

Ich ließ den Feind näher kommen und streckte meine rechte Faust aus. Geschafft! Jetzt hab' ich dich, du überdimensionale Spinne! Und während ich dich unter meiner Kontrolle habe, wie wäre es, wenn du uns das Tor öffnest?

Psionik-Skill auf Level 52 erhöht!

Mentale Stärke auf Level 46 erhöht!

Ich warnte meine Freunde davor, was nun passieren würde, und befahl ihnen, die Waffen bereitzuhalten und sich auf einen ernsthaften Kampf einzustellen. Die funkensprühenden Klingen erschienen in Tinis und Imrans Händen. Basha, Vasha und Eduard zückten ihre schweren, mehrläufigen Waffen und aktivierten die Plasma-Granatenwerfer auf ihrer Exoskeletträstüng. Auch die anderen zogen ihre Waffen. Basha Tushihh reichte mir sogar ein Zielsystem und schlug vor, dass ich unsere Ziele markierte, genau wie damals auf dem Reliktiker-Außenposten, doch ich schüttelte den Kopf. Ich kontrollierte nun einen feindlichen Spieler, also hatte ich Angst, die Konzentration zu verlieren und die ganze Operation zu ruinieren.

Sobald sich das mehrfach verstärkte und wahrscheinlich sehr solide Tor bewegte, stürmte unsere Staffel in den dahinterliegenden Raum und schoss sofort auf jeden Feind, den wir erspähten. Ich folgte meinen Freunden und schaffte es, einige Schüsse aus meiner Waffe, dem Pulsgewehr des

Dunklen Bruchs, abzufeuern. Einmal traf ich sogar.

Gewehr-Fähigkeit auf Level 49 erhöht!

Sechs oder sieben Meleyephatianer hatten sich hinter dem Tor befunden, und ihnen war nicht einmal Zeit geblieben, auf unseren Angriff zu reagieren. Der Techniker, der uns das Tor geöffnet hatte, starb zusammen mit seinen Verbündeten. Fast die gesamte ovale Halle, in die wir vorgedrungen waren, wurde von einer weiteren meleyephatianischen Fregatte eingenommen. Sie schien startklar zu sein, doch anscheinend war die Mannschaft noch nicht eingetroffen. Meine Minikarte zeigte keine Markierungen. Ich schickte Imran und Tini aus, um das zu überprüfen, und sie kletterten beinahe sofort wieder aus dem feindlichen Raumschiff. Es war leer.

Es gab einen langen, breiten Korridor, der tief unter die zerklüfteten Felsen führte. An dessen Ende sah ich einige blinkende Lichter. Etwas dort hinten bewegte sich, und ich erkannte das Glühen eines Kraftfeldes, das den Weg blockierte. Sogar die Silhouette der nächsten unfertigen Fregatte konnte ich ausmachen. Anscheinend befand sich dort die automatische Raumschiff-Montageanlage, in der immer noch eifrig gearbeitet wurde. Aber warum hatte die Fregatte direkt neben uns keine Crew? Ich fragte das laut, und Minn-O klärte mich auf.

„Was hat eine Crew in einer Fabrik zu suchen? Die Crew taucht auf, wenn das Schiff bereit ist. Da drüben ist ein Loch in der rechten Wand, und laut meiner Karte gibt es dort einen Aufzugsschacht. Anscheinend kommen die Crews von irgendwo tief in der unterirdischen Basis mit dem Aufzug hoch, steigen in ihre Fregatte und ziehen in die Schlacht."

Na klar! Ich sagte den beiden Geckho-Brüdern und Eduard, dass sie keine Zeit verschwenden und ihre schweren Waffen benutzen sollten, um den Aufzug zu stoppen. Alle Steuerfelder, Stromquellen, Schwerkraftplattformen, Kabinen und Kabel zertrümmern, ein paar Zielgranaten rein in die Schächte, kurzum: zerstören, was sie nur konnten, und im Idealfall den Schacht selbst zum Einsturz bringen.

Autorität auf 35 erhöht!

„Ayukh, Dimitri, ihr übernehmt die Fregatte! Überprüft, ob die Systeme bereit sind. Ich würde gern wissen, ob wir damit fliegen können. Aber zuerst nehmt Kontakt mit dem Kommandanten auf und setzt ihn von unserem Überfall in Kenntnis. Ayukh, ich beauftrage dich mit dieser Mission! Du kennst die Frequenzen und Codes. Erkläre den Landungsteams der Dritten Angriffsflotte, wie man mit minimalem Risiko hier landet. Alle anderen, mir nach! Wir kümmern uns um das Montagewerk!"

Kapitel 10

Targeting

DAS KRAFTFELD, DAS ich am Ende des Korridors gesehen hatte, ließ uns ohne den geringsten Widerstand passieren. Wie Uline Tar erklärte, handelte es sich um ein Einwegfeld, das nur die Luft daran hinderte, aus den bewohnbaren Räumen auszutreten. Die Räume dahinter waren mit einem Luftgemisch gefüllt, das Menschen, Miyelonier und Geckho atmen konnten. Ich befahl Tini und Minn-O La-Fin, sofort ihre Raumanzugsluftpumpen einzuschalten, um den Druck in den Tanks zu erhöhen.

Ich gab diesen Befehl nur dem Kätzchen und der Prinzessin, aber auch der Ladungsoffizier, der Heiler und die Händlerin pumpten Luft in die Behälter ihrer Raumanzüge. Der Heiler nutzte die kurze Pause und teilte ein paar Anti-Strahlungs-Pillen an alle aus, denn nach seinen Berechnungen hätte die Strahlendosis, der wir während unserer Zeit außerhalb des unterirdischen Komplexes ausgesetzt gewesen waren, tödlich sein müssen, auch wenn sie durch die Anti-Strahlungseigenschaften unserer Raumanzüge reduziert wurde. Ich schluckte auch gehorsam eine Anti-Strahlungs-Pille, obwohl ich mir weder um Strahlung noch um Sauerstoffreserven Sorgen machte. Schließlich war meine Zuhörer-Rüstung extrem strahlungssicher und erlaubte es mir, genug Sauerstoff für viereinhalb Stunden zu speichern. Mir würde also hoffentlich nichts passieren.

Uline, die ebenfalls eine Anti-Strahlungspille geschluckt hatte, kam auf mich zu. „Nat, es wäre gut, jetzt einen kleinen Clip zu drehen, um zu zeigen, dass wir die ersten Soldaten der Dritten Angriffsflotte waren, die in den feindlichen Untergrundbunker eingedrungen sind. Das würde sowohl einen Ruhmgewinn für alle Gruppenmitglieder als auch Autorität für dich als Kommandanten bedeuten. Dann könnten wir den Clip an Nachrichtensender verkaufen."

„Ausgezeichnete Idee. Nur zu!" Ich nickte der Händlerin aufmunternd zu und sammelte dann von jedem meiner Begleiter je eine Taschenlampe ein, um für eine gute Beleuchtung zu sorgen, damit die Aufnahmen möglichst klar wurden.

Während die anderen Besatzungsmitglieder an ihren Raumanzügen herumnestelten oder mit dem Videoclip und der medizinischen Versorgung beschäftigt waren, gingen Imran und ich durch die riesige Fabrik. Es gab etwas Licht, aber dennoch war es düster in dem großen Raum. Trotz meiner hohen Wahrnehmung musste ich eine Taschenlampe einschalten. Imran konnte ohne eine zusätzliche Lichtquelle nichts sehen. Hier im Montagewerk gab es keine Feinde, nur Roboter, die in festen Bahnen flogen oder rollten. Sie bedienten Schwerkraftkräne, sammelten Montageelemente zusammen und bauten sie Stück für Stück in die sich langsam auf dem Förderband bewegenden Fregattenskelette ein. Das Raumschiff, das sich dem Ausgang am nächsten befand, war fast fertig. Die Roboter brachten gerade die Waffensysteme an. Weitere drei Fregatten des Typs Tolili-Ukh X in verschiedenen Montagephasen befanden sich bereits auf dem Band.

Wir hielten neben dem Lastenaufzug. Dort wurden auf Hebebühnen regelmäßig alle möglichen Module aus dem tiefsten Inneren des Planetoiden transportiert und sofort von den umhereilenden Robotern in Empfang genommen. Ich musste die Fließbandproduktion irgendwie anhalten. Aber wie? Es kam mir die Idee, mit meinem Prospektorenscanner alle Geräte zu blockieren und detaillierte Scans von den meleyephatianischen Fregatten und anderen komplizierten Geräten zu machen. Immerhin waren sie wahrscheinlich auch für die Menschheit von großem Interesse.

Nachdem ich meine Freunde gewarnt hatte, ihre

Levitatoren auszuschalten und in Deckung zu gehen, nahm ich einen der geologischen Analysatoren heraus und bereitete meinen Scanner vor. In den Einstellungen setzte ich die Hohlraum-, Metall- und Strukturanalyse auf ein Maximum. Mineralien und organische Materialien waren für mich jetzt nicht relevant, also zog ich diese Regler praktisch auf null. Also dann! Das Stativ gab den mir so vertrauten Klick von sich, dann zog ich die Metallfüße aus und legte den Analysator auf den Boden.

Scanning-Skill auf Level 26 erhöht!

Kartografie-Skill auf Level 53 erhöht!

Elektronik-Skill auf Level 47 erhöht!

Die Lichter gingen wie geplant aus, ebenso wie meine Taschenlampe, die Montagegeräte und das Förderband. Die fliegenden Roboter krachten zu Boden. Der Luftstrom aus dem Aufzugsschacht war so stark, dass ich mich kaum auf den Beinen halten konnte. Das Kraftfeld hatte sich abgeschaltet, und die Atemluft verflüchtigte sich geräuschvoll aus dem unterirdischen Komplex. Doch zwei oder drei Sekunden später kam alles wieder online und die Arbeiten gingen weiter, als wäre nichts passiert. Wie konnte das sein? Alles sollte doch komplett ausfallen, wie immer!

„Dieser Komplex wird wahrscheinlich von irgendwo unten, in den Tiefen des Planetoiden, angetrieben. Es wird alles auch von dort aus gesteuert", meinte Imran.

Ja, danach sah es jedenfalls aus. Hier gab es nur ein Montagewerk, und es wurde alles von woanders aus gesteuert. Von dort aus konnten sie auch alle defekten Geräte wieder aktivieren.

„Verdammt, ich würde gern wissen, wie das alles funktioniert", sagte ich nachdenklich, wobei ich mich suchend nach irgendwelchen Steuer- oder Bedienfeldern umblickte. „Am liebsten würde ich richtig tief in das Gehirn dieses ganzen Komplexes eindringen und das Schiff meiner Träume bauen. Groß und geräumig, schnell, wendig und mit dem perfekten Antrieb für lange Hyperraum-Sprünge. Und ich will mächtige Waffen und die Möglichkeit, auch auf Planeten zu landen. Stell dir die Gesichter unserer Fraktion vor, wenn ein solches Schiff mitten in der Zitadelle unserer Hauptstadt landen würde!"

„Oh ja!" Mein Freund lächelte glücklich und stellte sich die Szene vor, aber er wurde schnell wieder ernst. „Aber dein Raumschiff würde sofort zu Forschungszwecken konfisziert werden, und ich bezweifle, dass sie es jemals zurückgeben würden ..."

Damit hatte Imran unwissentlich gerade meine eigenen Zweifel und Ängste ausgesprochen. Selbst wenn ich ein Raumschiff bekäme, die Fraktionsvorstände würden wahrscheinlich ihre eigenen Pläne dafür haben, und die hätten wenig mit meinen zu tun. Könnte ich mich wirklich weigern, meiner Fraktion eine so wertvolle Trophäe zu überlassen? Nein, natürlich nicht. Selbst meine engsten Freunde würden das nicht nachvollziehen können. Es der Fraktion freiwillig übergeben? In diesem Fall würden sie Nat wohl ihre Dankbarkeit für ein Artefakt von solch unvorstellbarem wissenschaftlichen Wert zeigen. Vielleicht eine Art Anerkennungsschreiben und eine Entschädigung von ein paar tausend Kristallen, da die Fraktion ja nichts anderes hatte, aber dennoch würden sie das Raumschiff für sich behalten …

Mit einem tiefen Seufzer ließ ich diese frustrierenden Gedanken für den Moment ziehen. Ich hatte jetzt keine Zeit, mich bei meinem Gladiatorenfreund auszuheulen. Denn in dem Moment erzitterte der Boden unter unseren Füßen spürbar, und ich hörte die aufgeregte Stimme von Eduard Boyko in meinen Kopfhörern: „Kommandant Nat, Mission erfüllt! Wir haben den Aufzug in die Luft gejagt, und es sieht so aus, als hätten wir eine Gruppe von Feinden unschädlich gemacht, die auf dem Weg nach oben waren. Es hat endlos Erfahrung geregnet! Drei Level auf einmal!"

„Großartig! Jetzt kommt hoch zu uns ins Montagewerk. Hier ist auch ein Aufzug, da könnt ihr denselben Trick gleich noch einmal versuchen. Oder nein, warte! Sperre zuerst den äußeren Eingang in die unterirdische Anlage ab. Wahrscheinlich haben wir mittlerweile die Aufmerksamkeit der Verteidiger der Festung erregt. Die Meleyephatianer werden bestimmt bald versuchen, uns hier rauszuwerfen."

Eine Minute später hörte ich erneut die verzerrte Stimme des Weltraumkommandanten aus meinen Kopfhörern. Er gab ehrlich zu, dass er nicht wusste, wie er meinen Auftrag erfüllen sollte. Eine Sicherheitsstation mit einem Haufen Spiralhebel schützte den Ausgang. Sie hatte einen großen, runden Bildschirm, aber die Bildfrequenz war zu hoch, und als ich endlich etwas erkennen konnte, waren es mehrere überlagerte Bilder. Dieser Bildschirm war eindeutig nicht für das menschliche Auge bestimmt. Aber welches der Instrumente schloss die Tür? Der Weltraumkommandant hatte keine Ahnung und wollte es auch nicht durch Herumprobieren herausfinden.

„Gerd Nat, lass ihn die Tür noch nicht schließen. Wir haben immer noch keinen Kommunikationskanal online bekommen. Ayukh und ich werden sie später selbst schließen." Das war Dimitri Scheltow in meinen Kopfhörern. „Wir haben die meleyephatianische Fregatte gleich geknackt. Die Steuerungssysteme sind natürlich ungewöhnlich, aber ich glaube, wir können sie aus dem Schacht holen. Ayukh hat die Kommunikationssysteme bereits aktiviert und tüftelt gerade an den diversen Einstellungen rum. In ein paar Minuten werden wir in der Lage sein, dem Flottenkommando unsere Nachricht zu übermitteln."

„Nat, Feinde!" Minn-O lief laut rufend auf mich zu und zeigte nach unten. „Jede Menge meleyephatianische Soldaten! Dort, auf den Ladeflächen, sie kommen auf uns zu! Sie sind noch ziemlich weit unten, aber es ist eine ganze Truppe. Da sind mehr als 100 Marker!"

Ich befahl Vasha, Basha und Eduard, sofort auf die Levitatoren zu springen und zu mir zu kommen. Kaum 20 Sekunden vergingen, und die drei kräftigen Soldaten sprangen neben mir zu Boden. Ich zeigte auf den noch funktionierenden Aufzug, den ich mit meiner Scan-Aktion nicht hatte anhalten können. Auf seiner oberen Plattform befanden sich nun zahlreiche Kisten. Ich bellte meine Befehle.

„Feinde sind hinter uns her, und zwar viele! Eure Mission ist es, den Lastenaufzug hochzujagen, die Feinde zu töten, die Lieferung der Einzelteile zu stoppen und den Schacht komplett zu blockieren. Sobald ihr fertig seid, gehen wir alle zum Schiff! Hier in diesem Montagewerk zu sitzen, das komplett abgeschnitten vom Rest des Komplexes ist, ergibt wenig Sinn. Ayukh und Dimitri, sobald ihr herausgefunden habt, wie man die Fregatte steuert, kommt ihr zu uns. Dann warten wir auf die Befehle des Kommandanten und schließen uns den Geckho-Truppen an!"

Fast alle stimmten diesem Plan begeistert zu. Nur Eduard Boyko hatte seine Zweifel. „Das klingt alles schön und gut, und Raketen in den Schacht eines Lastenaufzugs zu feuern, ist nicht schwer. Aber, ähm, was ist, wenn das auch uns in den Arsch beißt?"

Ich sah Eduard in gespielter Entrüstung über seinen Ausdruck an.

„Mir macht diese Markierung Sorgen", sagte er und zeigte auf die nächste Ladung von Containern, die entladen wurde, und die vielen Kisten. „Ich habe sie schon einmal auf den Munitionskisten für meine Weltraumkommandant-Rüstung gesehen. Ich bin mir ziemlich sicher, dass es ein Warnhinweis ist. ‚Vorsicht, Sprengstoff!'"

Mir war klar, dass ich auf meinen Freund hören sollte. Aber die Zeit drängte. Die Feinde kamen immer näher. Die ersten paar waren bereits auf meiner Minikarte zu sehen. Ich hatte keinen anderen Plan, also versuchte ich, ihn zu beruhigen.

„Genau das wollen wir ja, Eduard. Je größer die Explosion, desto besser! Hoffentlich reicht das aus, um unsere Feinde zu töten, unten alles zu blockieren und den Meleyephatianern so viel Schaden wie möglich zuzufügen. Gib mir das Zielsystem. Ich werde dafür sorgen, dass deine Granaten ankommen."

Der Weltraumkommandant zuckte nur mit den Schultern und positionierte sich gehorsam mit den beiden Geckho-Brüdern neben dem Aufzugsschacht. Basha überreichte mir ein Zielsystem, und kurz nachdem die beladene Plattform zur Seite geglitten war, lehnte ich mich über den Schacht und zielte. Mein Gefahrensinn durchzuckte mich wie ein Blitz, und ich hatte auch schon gesehen, warum. Verdammter Mist! Während wir uns noch gezankt hatten, hatte die erste der feindlichen Angriffstruppen bereits das Montagewerk erreicht. Sie waren weniger als 30 Meter entfernt. Zehn riesige Spinnen in Metallrüstungen. Sie krabbelten über Kisten und bereiteten ihre Waffen für den Kampf vor.

„Feuer!", schrie ich mit einer Stimme, die nicht meine eigene zu sein schien, Millisekunden, nachdem das Targeting-System auf ein Ziel ausgerichtet war. Und das Ziel war ein Stapel der Kisten mit der Aufschrift „Vorsicht, Sprengstoff!".

Alle drei meiner Soldaten in Exoskelettrüstungen feuerten gleichzeitig Zielsuch-Granaten ab. Ich sah sogar, wie die Kugeln eine langgezogene Rauchwolke hinter sich ließen und den Schacht hinunterzogen.

Targeting-Skill auf Level 20 erhöht!

Gefahrensinn auf Level 42 erhöht!

Und dann ... wurde die Welt plötzlich dunkel. Vor meinen Augen sah ich eine Reihe von Botschaften, deren Existenz ich beinahe vergessen hatte:

Dein Charakter ist gestorben. Respawn in 15 Minuten möglich.

Möchtest du deine Statistiken für diese Spielsitzung einsehen?

Kapitel 11

Die tote Division

ICH WOLLTE UNBEDINGT die Statistiken meiner Spielsitzung sehen, in der Hoffnung, eine Antwort auf die Frage zu finden, die mich logischerweise am meisten beschäftigte: Was in aller Welt war gerade passiert? Es war offensichtlich, dass unsere vorschnellen Aktionen zur Explosion vieler Munitionskisten geführt hatten, die im Aufzugsschacht hochgegangen waren. Ich beispielsweise war sofort getötet worden, trotz meines Kraftfeldes und der alten Reliktikerrüstung. Wahrscheinlich war es auch meinen Freunden, die sich in der Nähe befunden hatten, ähnlich ergangen, und sie waren von der mächtigen Explosion mitgerissen worden und mussten respawnen. Aber vielleicht waren einige von ihnen geflohen? Hatten wir es geschafft, die ankommenden Meleyephatianer zu stoppen? Und was war mit dem Schiff passiert?

Leider waren die Informationen sehr dürftig und enthielten keine weiteren Erklärungen: 32 Stunden und 10 Minuten im Spiel, 5 neue Levels, 92 Skillverbesserungen, nicht schlecht ... 1 Spieler getötet ... Hm, ich fragte mich, wer das wohl gewesen war. Hatte mein einziger genauer Schuss aus dem Impulsgewehr tatsächlich einen der Verteidiger des unterirdischen Komplexes getötet? Das schien sehr unwahrscheinlich, es sei denn, dieser Meleyephatianer war von meinen Freunden bereits schwer verletzt worden. Fast eine halbe Million Erfahrungspunkte! Aber wofür, und wozu wurden sie im Spiel verwendet? Ich las weiter. Wachstum von Statistiken wie Stärke, Konstitution und Wahrnehmung ... diese wiederum waren sehr wichtig im *Spiel, das die Wirklichkeit unterwirft*. Meine Fortschritte in Sachen Ruhm und Autorität waren bemerkenswert. Wirklich nicht schlecht. Leider aber hatte meine Session in einer Katastrophe geendet.

Sitzung beendet durch: Tod

Entschlossen öffnete ich den Deckel meines Virt Pods und setzte mich auf. Da entdeckte ich zwei Personen in meinem Raum. Imran war da, den hatte ich erwartet. Er war ja ebenfalls gestorben. Zu meiner Überraschung fiel mein Blick auch auf Roman Pavlovich von der Zweiten Legion, Gerd Tamaras Stellvertreter. Er spielte einen hochleveligen Grenadier. Im echten Leben war er groß und kräftig gebaut, ein Mann mittleren Alters mit einer dicken, grauen

Strähne in seinem kurzen, dunklen Haar. Er hielt einen schönen Strauß leuchtend purpurroter Rosen in den riesigen, schwieligen Händen. Er war offensichtlich erfreut, mich zu sehen. Verblüfft sah ich von den Rosen zu Pavlovich. War er hier, um mich zu begrüßen? Die ersten Worte des strengen Soldaten belehrten mich eines Besseren.

„Beeil dich, Kirill. Die Party hat vor einer Stunde begonnen. Sie hat bereits dreimal nach dir gefragt. Nimm! Ich habe mal angenommen, du hattest keine Zeit ein weiteres Geschenk zu besorgen, also kannst du ihr die hier geben."

Zum Glück wurde mir sofort klar, wer *sie* war, und ich musste mich nicht zum Deppen machen und fragen, wem genau ich die Rosen überreichen sollte. Aber zu meiner großen Schande fiel mir erst in dem Moment ein, dass heute Gerd Tamaras Geburtstag war. Und ich hatte der berühmten Anführerin der Zweiten Legion versprochen, dass ich auf die Party kommen würde. Allerdings wurden meine Pläne nun mehrfach durchkreuzt. Ich hatte kein Geschenk für das außergewöhnliche Mädchen vorbereitet, also nahm ich gehorsam den Blumenstrauß.

Aber, Moment! Ich sah den wortkargen Imran an, der sich in eine Ecke des Raumes drückte. Er machte kein sehr fröhliches Gesicht. Und wahrscheinlich war er nicht der einzige meiner Soldaten, der nicht in bester Verfassung war. Bestimmt machte sich meine gesamte Truppe große

Sorgen und wartete ungeduldig darauf, dass sie das Spiel wieder betreten konnten und ihr Kommandant ihnen alle Details und Folgen des Vorfalls von eben erzählen würde. Also gab ich dem Grenadier den Blumenstrauß wieder zurück.

„Roman Pavlovich, meine Truppe mit zwölf Soldaten drei verschiedener Rassen ist gerade auf dem Planetoiden Ursa-II-II bei einem Angriff auf eine unterirdische meleyephatianische Basis ums Leben gekommen. Und wir haben ein Raumschiff verloren, vielmehr zwei, und in zehn Minuten werden wir auf einem Kometen mit einer giftigen Ammoniumatmosphäre respawnen. Außerdem ist noch nicht klar, wie wir dort jemals wieder wegkommen sollen. Ich kann meine Soldaten unmöglich warten lassen und stattdessen Party machen. Was für ein Kommandant wäre ich, wenn ich so etwas täte?"

Der strenge Grenadier überlegte und wollte mir die Geschichte anscheinend nicht recht glauben, denn er wandte sich unerwartet an meinen Dagestani-Freund und bat ihn um Bestätigung. „Ist es wirklich so passiert, wie Nat sagt?"

Als hätte er genau diese Frage erwartet, grinste Imran breit. „Ich schwöre beim Leben meiner Mutter, es ist alles wahr! Und nicht nur das. Nat hat es nicht erwähnt, aber das im Weltraum, das war ein echtes Gemetzel. Hunderte von Geckho- und Meleyephatianerschiffen wurden zerstört. Was da draußen abgeht, ist cooler als *Star Wars*, ich hatte

Gänsehaut! Und wir waren die ersten der gesamten Dritte-Geckho-Angriffsflotte, die auf dem meleyephatianischen Asteroiden gelandet sind. Dimitri Scheltow ist einfach fantastisch, er hat eine meisterhafte Landung hingekriegt, und zwar während wir unter feindlichem Beschuss standen. Wie ein waschechter Dschigite![2] Dann haben wir uns auf fliegenden Skateboards davongemacht. Anschließend sind wir in die feindliche Basis eingebrochen und haben eine Raumschiff-Fabrik eingenommen. Aber die Meleyephatianer haben uns schlussendlich doch erwischt. Wir konnten die Position nicht halten."

„Klingt, als hättet ihr den Feinden einen ordentlichen Arschtritt verpasst!", sagte Roman Pavlovich anerkennend und pfiff durch die Zähne. Dann betrachtete er unschlüssig den Blumenstrauß in seinen Händen und legte ihn neben meinen Virt Pod. „Ich werde Tamara sagen, dass du nicht gleich zu ihrer Party kommen kannst. Aber trotzdem, ich flehe dich an, Nat, versuche es wenigstens! Mach das Mädchen nicht unglücklich. Sie bereitet sich schon den ganzen Tag auf diese Party vor und ist ganz aufgeregt. Sie hat sich ein und dieselbe Frisur viermal neu gemacht. Dann hat sie mindestens eine Stunde vor dem Spiegel zugebracht und lächeln geübt. Sie hat sogar versucht, zu lachen - zum ersten Mal in meiner Erinnerung. Natürlich würde sie es nie zugeben, aber die ganze

---

[2] Anmerkung des Übersetzers: So etwas wie ein tapferer Ritter in den Kulturen des Nordkaukasus.

Zweite Legion weiß genau, für wen sie das macht. Ich habe selbst drei erwachsene Töchter. Ich kenne dieses Funkeln in ihren Augen. Tamara ist wie eine vierte Tochter für mich, ich liebe sie wie ein eigenes Kind. Also respektiere die Gefühle meiner Tochter und versuche, auf ihre Party zu kommen!"

ZEIT ZU RESPAWNEN! Das Spiel wurde geladen. Das Erste, was mir auffiel, war, dass sich weder mein Ruhm noch meine Autorität erhöht hatten. Das war ein schlechtes Zeichen. Es bedeutete, dass das Kommando von unserem heldenhaften Überfall auf den feindlichen Untergrundkomplex nichts mitbekommen hatte, und wir dort umsonst gestorben waren.

Ich erschien auf der Militärbasis der Geckho auf dem Un-Tesh-Kometen in einem vor der korrosiven Atmosphäre geschützten Innenraum. Dort hatten ich und der Rest der Shiamiru-Crew zuvor unsere Respawn-Punkte gesetzt. Als Erstes überprüfte ich meine Ausrüstung. Mein Zuhörer-Anzug war noch in perfektem Zustand und an meinem Körper. Das war das Wichtigste. Auch alle meine Waffen waren noch an Ort und Stelle. Nur das Targeting-System konnte ich nicht finden. Es muss wohl dort, wo ich gestorben war, als Loot liegengeblieben sein. Hoffentlich würde das meiner Freundschaft zu Basha Tushihh keinen

Abbruch tun. Schließlich hatte es ihm gehört.

Ah, und da war er auch schon. Sowohl Basha als auch sein Zwillingsbruder Vasha erschienen ein paar Meter entfernt und sahen sich im grellen Licht blinzelnd um. Uline Tar tauchte neben ihnen auf, und zwei weitere meiner Freunde direkt hinter ihr, Minn-O und Tini. Mein miyelonisches Kätzchen lief schnurstracks auf mich zu, fiel mir in die Arme und wollte festgehalten und beruhigt werden. Der kleine Miyelonier hatte offenbar große Angst gehabt, dass er allein gestorben war und sehr weit weg von all seinen Freunden respawnen würde.

„Ich hätte auch nichts gegen ein paar liebe Worte und etwas Zuneigung", sagte die Prinzessin des Dunklen Bruchs und beobachtete eifersüchtig, wie ich meinen Schützling fest umarmte und ihm ein paar aufmunternde Worte zuflüsterte. „Meinen Raumanzug habe ich auch verloren. Bin ich also der einzige Verlierer in der Staffel?"

Minn-O La-Fin stand da in Pantoffeln und einem Trainingsanzug, über dem sie ein Bandelier für Waffen trug. Alles, was von dem Raumanzug übriggeblieben war, war der Helm. Ein harter Schlag. Nun galt es, herauszufinden, wie wir Minn-O aus dieser unterirdischen Basis auf die Oberfläche des giftigen Kometen bringen konnten.

Wir mussten 20 Sekunden auf den Heiler und den Ladungsoffizier warten. Aus irgendeinem Grund waren sie nicht in Eile, ins Spiel zurückzukehren.

Dann kam Imran, der offensichtlich noch mit Roman Pavlovich von der Zweiten Legion gesprochen hatte. Und zu guter Letzt Eduard Boyko. Der Weltraumkommandant war in bester Laune und jauchzte, gleich nachdem er mich erblickt hatte, vor Freude auf.

„Ich habe 174 Frags! Nat, stell dir das mal vor, 174! Davor habe ich fast sieben Monate lang gespielt und nur einen Feind getötet, einen Spion des Dunklen Bruchs, den ich neben dem Prometheus erwürgt habe. Und jetzt über 100! Sicher, einen großen Teil der Erfahrung habe ich wieder verloren, weil ich auch gestorben bin, aber …"

Die Geckho wollten wissen, wovon der Mann so begeistert erzählte, und ich übersetzte Eduards Worte für sie. Basha Tushihh besah sich den Weltraumkommandanten von oben bis unten, machte dann eine verächtliche Geste mit der Pfote und bleckte zufrieden die Zähne.

„Du Rotzlöffel! Ich hatte in dieser Spielsitzung 203 Frags. Aber keine Erfahrung für die letzten paar. Und mein Bruder Vasha hat ganze 400 Kills hingelegt. So wie es aussieht, haben wir den Meleyephatianern richtig eingeheizt!"

Ich addierte schnell all die Kills, mit denen meine Freunde gerade prahlten. Fast 800 tote Feinde! Irre! Wir hatten die Verteidiger des Planetoiden bestimmt in Aufruhr versetzt. Aber wo war der Rest meines Teams? Warum kamen sie nicht ins Spiel?

Wir warteten noch zehn Minuten, aber es geschah nichts. Dimitri Scheltow und Ayukh tauchten nicht auf. Beim alten Navigator wusste ich es nicht, denn ich kannte ihn nicht gut genug, um seine Handlungen vorherzusagen. Mein Freund Dimitri aber wäre definitiv direkt nach dem Respawnen wieder ins Spiel gekommen. Und das bedeutete …

„Das ist ein sehr gutes Zeichen." Basha Tushihh war der Erste, der einen Kommentar zu diesem Thema abgab und genau das sagte, was ich dachte. „Ich wette, die beiden in der Fregatte sind nicht gestorben!"

„Und das bedeutet, dass das Schiff es wahrscheinlich auch geschafft hat", sagte Uline und rieb sich wie ein Mensch die Hände. „Nach allen Geckho-Gesetzen ist das unsere gemeinsame Trophäe, und eine solche Fregatte muss 18 bis 20 Millionen Kristalle wert sein, mindestens!"

„Und fair aufgeteilt sind das jeweils anderthalb Millionen", fügte der Ladungsoffizier hinzu, der offenbar ein guter Kopfrechner war. Alle um uns herum lächelten und knurrten aufgeregt.

Sieh einer an! Ich hätte nicht gedacht, dass unsere Trophäe so viel wert sein könnte, aber ich vertraute der Einschätzung der erfahrenen Händlerin. Hoffentlich hatte sie recht. Ich brauchte dringend Geld, und zu meiner eigenen intergalaktischen Fregatte würde ich nicht nein sagen. Allerdings sollte man den Tag bekanntlich nicht vor dem Abend loben. Immerhin berechneten wir gerade den Anteil jeder Person am

Wert der Fregatte Tolili-Ukh X, die weiß der Geier wo war und es vielleicht nicht einmal überstanden hatte.

Jetzt war außerdem nicht der richtige Zeitpunkt, um den Kopf in die Wolken zu stecken und Tagträumen nachzuhängen. Wir hatten dringende Probleme, mit denen wir uns befassen mussten: die Situation an der Front und unsere Position hier auf dem Militärstützpunkt. Wohin sollten wir gehen, wo die Respawn-Punkte setzen, und was war als Nächstes zu tun? Ich teilte meine Überlegungen mit den anderen, und der Ladungsoffizier Avan Toi versprach, Antworten auf all diese Fragen zu finden, da er die Struktur der Basis kannte. Er bat uns, zu warten, und verschwand dann.

Er war eine ganze Weile lang weg, mindestens 20 Minuten. Wir streiften währenddessen durch die benachbarten Räume und konnten sogar mit Soldaten von anderen abgeschossenen Raumschiffen sprechen. Die meisten von ihnen lungerten herum und warteten auf weitere Befehle. Wir fanden heraus, dass sehr viele von ihnen zum Landungstrupp gehört hatten. Die Meleyephatianer hatten sich mit den Landungsschiffen der Dritten Angriffsflotte eine aggressive Verfolgungsjagd geliefert.

Schließlich kehrte Avan Toi zurück und verkündete lautstark die frohe Botschaft: „Wir haben gewonnen! Der Feind hat sich ergeben, die Schilde um den Satelliten Ursa-II-II und den Planeten Ursa-II wurden deaktiviert. Wir landen nun auf dem Planeten und erfassen strategisch wichtige Ziele. Es werden keine Verstärkungen mehr benötigt und keine neuen Staffeln gebildet. Sie brauchen niemanden von der Basis mehr." Dann grummelte er, zeigte seine Reißzähne und verkündete seufzend sein Fazit: „Die Flottenführung hat auch keine Zeit für Spieler, die hier respawnen. Die haben jetzt jede Menge andere Probleme. Wir sind also erst mal auf diesem Kometen gestrandet und ..."

„Was ist mit der gekaperten Fregatte, hast du etwas herausgefunden?", unterbrach Uline, der diese Frage offenbar unter den Krallen brannte, ihren Kollegen mitten im Satz.

Der dicke Ladungsoffizier sah niedergeschlagen aus und verkündete mit einem tiefen Seufzer die schlechte Nachricht: „Soweit ich weiß, hat die Dritte Angriffsflotte schwere Verluste erlitten. Kaum mehr als ein Drittel unserer Raumschiffe hat es geschafft. Trophäen gehen also an die Besitzer von Schiffen, die im Kampf gefallen sind. Als Entschädigung. Trophäen und Auszeichnungen werden von Kung Waid Shishish persönlich vergeben. Und da es mehr Verluste gab als das Kommando geplant hatte, werden die Mittel kaum ausreichen, um alle zufrieden zu stellen. Anscheinend wird uns der heutige Tag nicht viel Glück bringen ..."

Rundum ertönte ein kollektiver Seufzer der Enttäuschung. Avan Toi beeilte sich, rasch einige aufmunternde Worte hinzuzufügen: „Wir wissen jedenfalls noch nichts mit Gewissheit. Dafür ist noch zu wenig Zeit vergangen. Außerdem hatte Waid Shishish noch keine Zeit, sich mit uns zu befassen. Vielleicht wird sich der Kommandant ja erkenntlich zeigen, wenn er von unserer Razzia erfährt ...“

„Mhm, na klar. Ich würde mir mal keine zu großen Hoffnungen machen. Eher überlässt er unsere Fregatte seinem Verwandten Uraz Tukhsh, um ihn für sein verlorenes Schiff zu entschädigen, als Belohnung für seine Tapferkeit“, meckerte Vasha bissig.

„Eher als Belohnung für Dummheit und Feigheit!“, ätzte Uline. „Uraz Tukhsh war ja nicht bereit, sein Schiff zu opfern. Man muss sich schon wirklich ins Zeug legen, um so sinnlos zu sterben!“

„Aber egal, wie man es dreht und wendet, es war unser Kapitän, der den feindlichen Planetoiden zuerst betreten hat“, warf der Heiler ein. Alle um ihn herum schwiegen plötzlich verlegen, denn sie hatten sich daran erinnert, dass der Kapitän dem Heiler ja die Verantwortung für das Schiff übertragen hatte, was bedeutete, dass er ihm voll vertraute.

Um die angespannte Stille zu durchbrechen, merkte ich an, dass Waid Shishish mittlerweile wahrscheinlich eine ganze Liste von Untergebenen vorliegen hatte, die eine Entschädigung für Verluste benötigten, und er würde sicherlich nicht die Zeit haben, sich auch noch um uns zu kümmern. Und wie sollte der Kommandant überhaupt jemals von unserer Heldentat erfahren? Hatten es Dimitri Scheltow und Ayukh rechtzeitig geschafft, eine Nachricht über einen

Angriff auf die meleyephatianischen Verteidigungslinien auszusenden? Eher unwahrscheinlich. Meines Wissens hatten sie die Kommunikationssysteme der fremden Fregatte noch nicht verstanden, ehe es zur Explosion gekommen war.

Außerdem hatten Dimitri und Ayukh ohnehin nicht gewusst, was wir im unterirdischen Komplex taten, da sie sich die ganze Zeit im Inneren des meleyephatianischen Schiffes befunden und daher nichts von der ganzen Aktion mitbekommen hatten. Sie wussten wahrscheinlich nicht einmal, was die Explosion verursacht hatte. Ohne diese Informationen war es kaum möglich, die gewaltige Explosion im meleyephatianischen Komplex, bei der fast 800 Verteidiger getötet worden waren, mit unseren Taten in Verbindung zu bringen. Obwohl ... Ich zog Uline beiseite und fragte sie leise, ob sie es geschafft hatte, einen Videoclip zu drehen.

Die kräftige Händlerin rollte entnervt die Augen. „Gerd Nat, da ist leider alles schiefgelaufen. Ich wollte alles so professionell wie möglich machen, aber die Beleuchtung war schlecht, und dein Scan hat die Kamera im ungelegensten Moment deaktiviert. Ich musste die Lichter und die Kamera wieder aufbauen, und das hat viel Zeit gekostet. Ich habe es nur geschafft, die ersten Zeilen meines kurzen Skripts abzulesen und einen Teil des Hintergrunds mit all den herumfahrenden Maschinen und Fregatten auf dem Förderband zu filmen. Das Material, das ich habe, ist unbrauchbar. Keine Nachrichtenagentur wird das kaufen wollen."

„Stell trotzdem sicher, dass du das Material gut aufbewahrst", sagte ich. „Ob Nachrichtenagenturen etwas dafür hinlegen oder nicht, ist zweitrangig. Dieses Video ist der einzige Beweis für unsere Leistungen auf dem Planetoiden. Außerdem haben wir damit zumindest ein Alibi, falls jemand auf die durchaus plausible Idee kommen sollte, uns vorzuwerfen, dass wir den Befehl des Captains missachtet haben und mitten in einer Schlacht von unserem Kampfschiff desertiert sind."

„Glaubst du, sie werden uns das vorwerfen?", fragte Uline besorgt.

Ich zuckte ratlos mit den Schultern. „Wer weiß? Uraz Tukhsh hat mich ja auch beschuldigt, den Lautsprecher im Shiamiru aktiviert zu haben, nur, um ihn schlecht dastehen zu lassen. Mich überrascht nichts mehr."

Ich musste zugeben, dass ich in einer sehr schlechten Stimmung war, und dafür gab es jede Menge Gründe. Ich war von einem engen Verwandten des Kommandanten gefeuert worden und saß nun mittellos am Arsch des Universums, sehr weit weg von den Gebieten meiner Heimatfraktion. Ich hatte die winzige Hoffnung, eine gekaperte Fregatte behalten zu dürfen, aber selbst die schwand mit jeder Sekunde mehr. Selbst wenn das Schiff die Explosion überstanden hatte, war die Wahrscheinlichkeit, dass sie mir und meinen Freunden zugesprochen werden würde, gering. Das ärgerte mich maßlos. Die Ungewissheit machte mich verrückt, besonders, da ich mir in den nächsten Stunden bestimmt keine Neuigkeiten in dieser Angelegenheit erhoffen durfte.

Selbst ich musste mir nun eingestehen, dass ich eine Pechsträhne hatte und die ganze Reise bisher nur Frust und Verlust gebracht hatte. Aber, Moment! Hier bemerkte ich plötzlich, dass alle um mich herum still waren, mich beobachteten und offensichtlich irgendeinen Kommentar zu unserer Lage oder sogar Befehle erwarteten. Ich durfte es mir nicht erlauben, niedergeschlagen auszusehen! Meine Freunde wollten Zuversicht und Ruhe in meinem Gesicht lesen, und sie verdienten die Gewissheit, dass ihr Anführer einen durchdachten Aktionsplan für alle Fälle hatte.

Ob ich nun wollte oder nicht, ich musste diesen Erwartungen und der Rolle, die ich als Truppenführer übernommen hatte, gerecht werden.

„Uline, versuche, das Filmmaterial trotzdem an die Nachrichtensender zu verkaufen, vielleicht beißen sie ja an. Wenn sie nicht bezahlen wollen, stellst du es ihnen eben kostenlos zur Verfügung. Wir könnten alle ein wenig mehr Ruhm gebrauchen. Aber besprich dich erst mit der Militärführung hier, damit wir nicht versehentlich Militärgeheimnisse preisgeben und sie dann deswegen hinter uns her sind. Avan Toi, du kennst dich am besten mit solchen Dingen aus, also bitte geh Uline zur Hand."

Psionik-Skill auf Level 53 erhöht!
Autorität auf 36 erhöht!

Ich wandte mich an den Heiler und bat ihn, unseren ehemaligen Kapitän aufzuspüren. Mir war wieder eingefallen, dass Uraz Tukhsh versprochen hatte, nach dem Ende der Schlacht mit den Meleyephatianern ein Shuttle zu mieten, der meine Freunde und mich dorthin bringen würde, wo wir hinwollten. Die Zeit war gekommen, um den Aristokraten an sein Versprechen zu erinnern, denn wir mussten unbedingt von diesem tödlichen Kometen wegkommen.

Ich gab Basha und Vasha die Mission, in die wirkliche Welt zu gehen und zu versuchen, Kontakt mit dem alten Navigator Ayukh aufzunehmen, falls auch er das Spiel verlassen haben sollte. Er stammte aus einem berühmten Clan. Sein Name war bekannt, und es sollte nicht schwierig sein, mit ihm in Kontakt zu treten. Ich bat die Brüder, herauszufinden, wo im Spiel sich Ayukh befand, und auch die Situation mit der meleyephatianischen Fregatte zu klären.

Zu guter Letzt fiel mein Blick auf Tini. Ich rief meinen Schützling herbei und sah ihm direkt in die Augen. Dann wechselte ich in die Sprache des kleinen Miyeloniers, damit die anderen uns nicht verstehen konnten.

„Du erhältst die wichtigste Mission von allen. Ich möchte, dass du dich in der wirklichen Welt mit Leng Amiru U-Mayaoo in Verbindung setzt."

„Mit wem?!" Das Kätzchen legte vor Angst die Ohren an, machte sich ganz klein und bedeckte seinen Kopf mit den Pfoten. Viel fehlte wohl nicht und er hätte sich angepinkelt.

„Du hast richtig gehört, Tini. Die Große Priesterin deiner Rasse. Wenn du sie nicht direkt erreichen kannst, kontaktiere ein Mitglied des Ersten Rudels und sage ihm, dass du eine Nachricht von einem Menschen namens Gerd Nat für die Inkarnation des Großen Ersten Weibchens hast, die persönlich überbracht werden muss. Ich bin sicher, dass Leng Amiru dich anhören oder die Informationen aus deinen Gedanken herauslesen wird, was auch kein Problem wäre. Also, hör zu. Ich habe einen sehr seltenen und gefährlichen Gegenstand und möchte versuchen, ihn ihr zu verkaufen. Es ist der Schwanz der Großen Priesterin! Ich bin sicher, sie wird nicht wollen, dass er in die Hände ihrer Gegner fällt und ihr Ruf beschädigt wird. Sag ihr, dass mein Preis eine Million Krypto ist."

Die Augen des Kätzchens weiteten sich, aber Tini wagte es nicht, sich meinem Befehl zu widersetzen. Großartig! Nachdem ich meinen Freunden gesagt hatte, dass wir uns in genau einer Ummi wieder hier oben treffen würden, bat ich Eduard und Imran, mich zu begleiten, und wollte gerade das Spiel verlassen. Da hielt die Prinzessin mich plötzlich auf.

„Und was ist mit mir? Nat, du hast allen eine Mission gegeben, aber mich vergessen! Was soll ich jetzt machen?"

„Du ..." Ich wollte Minn-O einen Auftrag geben, der wie eine ernste Aufgabe aussah und gleichzeitig nicht dazu führen würde, dass der Dunkle Bruch meine *Wayedda* der Spionage beschuldigte. „Ach ja, das hatte ich ganz vergessen! Ich habe von dir und deinem Großvater Regent Leng Thumor-Anhu La-Fin gehört, dass ein Spieler Fraktionen wechseln und sogar in die Parallelwelt gebracht werden kann. Nun denn, ich möchte, dass du alle Einzelheiten über diesen Prozess herausfindest. Ich möchte meine schöne *Wayedda* nicht nur in der virtuellen Welt, sondern auch im wirklichen Leben bei mir haben."

Minn-O sah mich nachdenklich an, dann schlich sich ein Funkeln in ihre Augen. Die Prinzessin lächelte zufrieden und wechselte in die Sprache des Dunklen Bruchs. „Sehr (unverständlich) Schachzug, mein lieber Mann. Ich befürworte ihn! Das (unverständlich) funktioniert in beide Richtungen, und du (unverständlich) könntest in meiner Welt bei mir sein. Ich kann das bestimmt für dich herausfinden."

Astrolinguistik-Skill auf Level 79 erhöht!

Kapitel 12

Eine klassische Raimonda

DAS HERRLICHE AROMA von gegrilltem Fleisch und Gemüse umgab mich, sobald ich den Maiskolben verlassen hatte, also folgte ich einfach meiner Nase. Die Geburtstagsfeier der Anführerin der Zweiten Legion fand auf einer großen Lichtung in einem Park unter der Kuppel statt, gleich neben den Volleyball- und Tennisplätzen. Heute hatte man hier Zelte aufgestellt und sogar eine von Tischen umgebene Bühne. Nicht weit entfernt qualmten und zischten tragbare Grills.

Imran und Eduard begleiteten mich zu einem Absperrband, das rund um den Partybereich gezogen worden war, und nachdem sie mich bei den Soldaten der Zweiten Legion abgeliefert hatten, verabschiedeten sie sich für die nächsten fünfeinhalb Stunden und gingen ihren eigenen Beschäftigungen nach. Ich stieg über das Band und ging mit dem riesigen Strauß knallroter Rosen in der Hand in die Mitte der freien Fläche. Die Musik dröhnte und die Feierlichkeiten waren in vollem Gange.

„Nat, warte." Ein mir unbekannter dunkelhaariger Soldat asiatischer Abstammung klopfte mir auf die Schulter und reichte mir ein orangefarbenes T-Shirt mit dem Emblem seiner Legion – ein altgriechischer Helm mit einem hohen Kamm in einem weißen Kreis, umgeben von den Worten „Zweite Legion". „Heute soll jeder Gast ein T-Shirt mit unseren Symbolen tragen. Es war die Idee der Kommandantin."

Ah, eine Party für den engsten Kreis. Offensichtlich hatte Tamara das getan, um die Einzigartigkeit ihrer Soldaten noch einmal zu betonen und ihr Ego und ihr Ansehen unter der Kuppel ein wenig zu streicheln. Ich widersetzte mich nicht und schlüpfte, nachdem ich mein Polo mit der Nummer 1470 abgestreift hatte, in das orangefarbene T-Shirt. Die Soldaten ließen mich gehen, zumal Roman Pavlovich bereits geschäftig auf uns zukam.

„Er ist hier? Großartig! Er soll schnell zum gestreiften Zelt kommen. Tamara ist mit ihren Freundinnen da drin und probiert verschiedene Outfits an, bevor sie auf die Bühne gehen. Wir dürfen uns auf eine kleine Show freuen. Wir wollen hier mal ein bisschen frischen Wind in die Bude bringen. Jeder Soldat der Zweiten Legion hat eine Rolle in diesem berühmten Bühnenstück."

Ich stellte mir vor, welche Szene mich erwartete,

wenn ich ohne anzuklopfen in einem Zelt voller Mädchen auftauchte, die sich gerade umzogen. Wahrscheinlich würden sie erschrocken protestieren und mir dann mit meinem Strauß dorniger Rosen eins überziehen. So wollte ich die Party nicht beginnen lassen.

„Roman Pavlovich, wenn sich deine Tochter gerade umzieht und sich fertig macht, sollte ich sie vielleicht nach der Vorstellung besuchen. Und ich kann ihr den Blumenstrauß auch dann geben."

„Nein, lass es uns jetzt tun. Hab Mitleid mit dem armen Mädchen. Sie ist ganz aufgeregt", befahl der gestrenge Soldat und führte mich an der Hand durch die Menschentraube vor der Bühne. „Tamara wartet schon lange auf dich und ist sehr besorgt. Sie fragt alle zwei Minuten nach dir. Sie sollte eigentlich jederzeit auf die Bühne, aber du bist einfach nicht aufgetaucht!"

Ich musste mich dem Befehl des respektierten Veteranen beugen und direkt ins Zelt gehen. Und zum Glück hatte ich mir die Szene im Inneren des Zelts auch ganz falsch ausgemalt. Keine Spur von schreienden oder halbnackten Mädchen. Außerdem bestanden die Kostüme der meisten Schauspielerinnen nur aus einer Pappkrone, einem Umhang aus Vorhangstoff und einem über Jogginghosen oder Jeans gestreiften Papierrock. Alle sahen so aus, außer einem Mädchen. Tamara trug ein blütenweißes Ballettkleid mit Mieder und mehrschichtigem, flauschigem Rock, dünnen, weißen Leggings und sogar echten

Ballettschuhen! Und auf ihrem Kopf saß ein elegantes, kleines Diadem, das mit schimmernden Edelsteinen besetzt war. Es sah aus, als wäre es aus echtem Gold und Silber gefertigt. Von wegen Amateuraufführung. Anscheinend hatte die Zweite Legion für dieses Outfit, das ihre geschätzte Anführerin wohl nur einmal tragen würde, keine Kosten und Mühen gescheut.

„Tamara, vergib mir, dass ich zu spät gekommen bin. Herzlichen Glückwunsch zum Geburtstag!" Ich überreichte dem verkleideten Geburtstagskind den Strauß Rosen und küsste sie beherzt.

Tamara wurde rot und lächelte. „Danke, Nat. Aber das ist nicht nur meine Feier, sie ist für alle in unserer Legion." Sie zeigte auf ihre Freunde und alle Menschen vor dem Zelt. „Heute haben wir endlich die Festung im Karelia-Knoten fertiggestellt und unsere Fraktion um 87 Spieler erweitern! Lozovsky hat den Kuratoren bereits eine Liste von Leuten übergeben, die die Fraktion braucht."

Die Journalistin Lydia Vertyachik kam ins Zelt und unterbrach dieses interessante Gespräch. Sie war Gast auf der Party, führte aber auch als Moderatorin durch den Abend. Sie nickte mir kurz zu und bat dann die Schauspielerinnen, sich in Richtung Bühne zu begeben.

„Drei Minuten bis zum Beginn eures Auftritts! Und du, Kirill, geh schnell zu Tisch eins", sagte Lydia und zeigte auf einen langen, großen Tisch direkt vor der Bühne. „Sie haben einen Platz mit besonders guter

Sicht speziell für dich reserviert."

Ich verließ das Zelt und eilte zum Tisch. Die ernsten, muskulösen Männer, von denen ich viele schon einmal in Tamaras Gesellschaft gesehen hatte, aber keinen gut kannte, begrüßten mich herzlich, schüttelten meine Hand, klopften mir auf die Schultern und ließen mich an ihnen vorbei, näher zur Bühne. Ich konnte leises Flüstern hinter mir hören. „Er ist gekommen", „Das ist schön", „Nat hat es geschafft", „Tamara wird sich so freuen". Mit Erstaunen stellte ich fest, dass eine scheinbar so unwichtige Sache, wie ob ein Gast nun zu ihrer Party erschienen war oder nicht, viele der Untergebenen von Gerd Tamara tatsächlich schwer beschäftigte. Die Soldaten liebten ihre zierliche, kleine Kommandantin aufrichtig und teilten jede Sorge, die Tamara hatte.

Ich hatte mich gerade zu einem freien Platz durchgeboxt und es geschafft, mich zu setzen, da erschien ein hübsch geschliffenes, bis zum Rand gefülltes Schnapsglas vor meiner Nase.

„Straf-Shot! Weil du zu spät gekommen bist!" Ich vernahm die zustimmenden Rufe aus allen Richtungen und seufzte schwer.

Mir war Alkohol noch nie besonders gut bekommen, er hatte stets eine starke Wirkung auf mich. Ich war einfach sofort sternhagelvoll. Seit meiner Studienzeit, während der ich mich auf ein paar Partys beinahe ins Koma gesoffen hatte, hegte ich die feste Überzeugung, dass starke alkoholische Getränke nichts für mich waren. In guter Gesellschaft konnte ich mir erlauben, Wein oder Bier zu trinken, oder wie im Interview mit Lydia Vertyachikh, Wermut und Saft, aber gleich einen vierfachen Wodka? Ich würgte die Spucke, die sich mir in die Kehle drängte, mit Mühe hinunter. Vielleicht fiel ich nicht sofort unter den Tisch, aber ich würde definitiv zu lallen beginnen.

Dennoch war es nun zu spät für einen Rückzieher. Hunderte Augenpaare durchbohrten mich. Roman Pavlovich prostete lautstark in die Runde. „Auf die Zweite Legion und ihre Anführerin Gerd Tamara!" Unter diesen Umständen musste ich das Glas natürlich heben. Also, Vogel, dachte ich mir, friss oder stirb! Ich nahm entschlossen den ersten Schluck und musste mich bemühen, meine Überraschung zu verbergen. In meinem Glas war nur Wasser, vermischt mit einem winzigen Schluck Wodka für das Aroma. Roman Pavlovich, der erste Stellvertreter von Gerd Tamara, zwinkerte mir unauffällig zu, und mir wurde klar, wer hinter em falschen Wodka steckte. Ich hatte mich schnell wieder gefasst und trank mein Glas in aller Ruhe und mit Würde leer. Dann drehte ich mich einmal langsam um die eigene Achse und demonstrierte unter stürmischen Begeisterungsrufen und sogar Applaus der Zweiten Legion das leere Glas.

Zuerst machte ich mir Sorgen, weil ich den Anstieg in meiner Autorität nicht sah, der eigentlich logisch gewesen wäre. Aber bald wurde mir klar, dass ich nicht im Spiel war, sondern in der wirklichen Welt. Verdammt! Anscheinend war ich jetzt mehr an die virtuelle Welt gewöhnt als an die echte, sodass ich verwirrt war, wenn ich mich nicht im Spiel befand. Das gab mir zu denken, denn in diesem Zustand war die nächste logische Konsequenz die Einlieferung in eine Anstalt. Hatte ich den Bezug zur Realität verloren?

Glücklicherweise bemerkten nur wenige meine Verwirrung und Verlegenheit, und die, denen etwas auffiel, schoben es wohl auf den Alkohol. Die Leute, die neben mir saßen, reichten mir hilfsbereit einen Teller eingelegtes Gemüse und schlugen mir vor, den Nachgeschmack des Shots damit zu mildern. Und dann tauchten gerade rechtzeitig ein paar Spieße Schaschlik vom Grill auf, und die ungeduldigen Soldaten wandten sich alle dem Fleisch zu. Ich genehmigte mir ebenfalls einen köstlichen Spieß, hatte aber kaum Zeit, ihn zu essen, bevor um mich herum gedämpfte Stimmen um Ruhe baten. „Psst! Tamara kommt gleich auf die Bühne!"

Alle Anwesenden verstummten, und es ertönten die ersten Takte Musik. Sie kamen mir vertraut vor, aber ich verstand weniger von Ballett als ein alter aleutischer Jäger von modernen Hubschraubertriebwerken, also las ich schamlos die Gedanken des Publikums. Auf diese Weise fand ich heraus, dass wir gerade das klassische Ballett *Raimonda* mit der Musik des Komponisten Alexander Glasunow hörten. Die Leute, die um mich herum saßen, waren aufrichtig berührt und glücklich, während sie die sich drehenden Tänzerinnen beobachteten. Auch ich sah den tanzenden Mädchen zu. Man durfte mich gern einen verrohten Banausen ohne jegliches Empfinden für wahre Schönheit nennen, aber Ballett war eindeutig nichts für mich. Warum dieses Werk so gelobt wurde, erschloss sich mir nicht. Ich sah einfach zu, wie sich die Mädchen auf der Bühne zur Musik bewegten, drehten, sprangen, manchmal Fehler machten und aus dem Takt kamen, sich schnell wieder hochrappelten und verzweifelt versuchten, dem Publikum zu gefallen.

Dennoch hinderte mich weder meine Verstocktheit noch mein absolutes Unverständnis der Tanzkünste daran, am Ende zusammen mit den anderen Zuschauern laut applaudierend aufzuspringen und meine Bewunderung für das Können und den Mut der Tänzer kundzutun. Nachdem Gerd Tamara die auf die Bühne geworfenen Blumen an ihre Freunde übergeben und dem Publikum Kusshände zugeworfen hatte, eilte sie zurück in das gestreifte Zelt und tauschte das weiße Ballettkleid schnell gegen ein bequemeres Outfit für die Party.

Unterdessen nutzte ich die Pause und die Tatsache, dass alle in der Gruppe in der Nähe waren, um die Zahl der Gäste zu schätzen. Ich kam zu dem Schluss, dass die gesamte Zweite Legion hier versammelt sein musste.

„Wenn alle Soldaten hier sind, wer bewacht

dann Karelia?", fragte ich meine Tischnachbarn, vor allem Roman Pavlovich.

„Vor wem?", fragte Gerd Tamaras Stellvertreter mit ungekünsteltem Erstaunen. „Dein Schwiegervater hat uns weitere fünf Tage Waffenstillstand versprochen, und die Geckho sind Zeugen dieses Übereinkommens. Der Dunkle Bruch würde es nicht wagen, sein Wort zu brechen. Und abgesehen von den Brüchlern gibt es in Karelia nur NPC-Tiere, die die Zitadelle nicht angreifen werden. Die Harpyien leben auch im benachbarten Knoten, aber sie sind gierig geworden. Nicht nur würden sie uns niemals kostenlos angreifen, dieser Tage würden sie ohne entsprechende Bezahlung nicht einmal mehr einen Flügel heben. Aber natürlich ist in der karelischen Festung immer eine Garnison stationiert. Im Moment befinden sich dort 15 Jungs der Ersten Legion und viele normale Spieler. Außerdem haben Phyliras Zentauren den Auftrag erhalten, eine Straße vom Hauptstadtknoten nach Karelia zu bauen, damit sie helfen können, falls etwas passiert."

Es war seltsam, den Dunklen Leng Thumor-Anhu La-Fin als meinen Schwiegervater bezeichnet zu hören, nicht zuletzt da der große Magier der Großvater, nicht der Vater von Prinzessin Minn-O war. Aber ich hielt mich nicht mit Nebensächlichkeiten auf. Was Roman Pavlovich sagte, war grundsätzlich wahr. Der Waffenstillstand zwischen uns und dem Dunklen Bruch hatte es uns ermöglicht, den Bau der Festung in

Karelia endlich abzuschließen. Die besten Geschwader konnten sich wieder um andere Dinge kümmern. Bloß, wohin wurden sie geschickt, wenn das kein Geheimnis war? Ich schämte mich nicht, diese Frage zu stellen.

„Nein, das ist kein Geheimnis. Morgen zeitig in der Früh werden die volle Zweite Legion und die Hälfte der Ersten weit in den Süden entsandt, zum Knotenpunkt Neubayern. Es ist unsere Pflicht, unseren neuen deutschen Verbündeten zu helfen. Übrigens, Nat, hast du heute die Nachrichten im Fernsehen gesehen?"

Ich musste zugeben, dass ich, selbst bevor ich unter die Kuppel gekommen war, lange Zeit schon nicht mehr ferngesehen hatte. Außerdem war ich der Annahme, dass das Geheimdienstregime hier auf dem Militärstützpunkt jeden Kontakt mit der Außenwelt streng begrenzte. Aber meine Antwort brachte Roman Pavlovich und die anderen Soldaten zum Lachen.

„Komm schon, Nat! Wir sind doch hier nicht im Gefängnis. Wir können sogar das Gebäude verlassen, wenn wir die Erlaubnis der Führung erhalten. Nur damit du es weißt, wir haben zunächst überlegt, diese Party nicht unter der Kuppel, sondern in einem Restaurant in Sergijew Possad oder Dmitrow zu veranstalten. Aber der Geheimdienst war nicht damit einverstanden, dass so viele Spieler gleichzeitig die Kuppel verlassen. Dennoch hält uns niemand davon ab, Nachrichten von der Außenwelt zu erhalten. Wie auch immer, heute ist unser Außenminister unerwartet zu Krisenverhandlungen nach Deutschland geflogen. Offiziell sagen sie, dass sie über bilaterale Projekte und eine Unterwasser-Gasleitung diskutieren werden. Aber du und ich wissen genau, warum er wirklich drüben war."

„Die Allianz zwischen unseren Fraktionen im *Spiel, das die Wirklichkeit unterwirft*?", riet ich und lag damit goldrichtig.

Ich hatte schon nach dem ersten Gespräch mit den Deutschen gewusst, dass die H6-Fraktion in einer ernsten Notlage war. Ihr Startknoten befand sich auf einer Insel, die für die anfängliche Entwicklung zwar sehr günstig gewesen war, aber sie war nicht besonders groß und außerdem durch sechseinhalb Kilometer salziges Meerwasser vom Festland getrennt. Sie waren vor zwei Monaten zu zwei Knoten an der Golfküste gesegelt, um sie zu besetzen. Da waren all ihre Probleme losgegangen. Die NPC-Naiaden beanspruchten die Küste als ihr Territorium, und nachdem die Neuankömmlinge gelandet waren, fingen sie an, alle ihre Boote zu versenken, schleppten Fischer und Perlentaucher auf den Meeresgrund und machten das Leben für die Menschen unerträglich.

Mit moderner Technologie aus der wirklichen Welt, vor allem Echoortungsgeräten und Unterwasser-Videodrohnen, hatte die H6-Fraktion die Position der Unterwasserstädte der Naiaden ermittelt und sie mit leistungsstarken Unterwasserbomben vom Meeresboden vertrieben. Aber das hatte sie nur noch mehr in Rage versetzt. Andere Spezies kamen den kleinen, nur einen bis anderthalb Meter großen Naiaden zu Hilfe. Schwarze Tiefsee-Kreaturen bis zu einer Länge von fast drei Metern und weiße, sechseinhalb Meter große Riesen. Am schlimmsten aber waren die grässlichen Meeresmonster, die diese wie Haustiere hielten. Alle Verbindungen zur Hauptinsel wurden abgeschnitten, und die einzige Möglichkeit, sich zwischen ihr und der Küste zu bewegen, waren zwei einmotorige Flugzeuge, die Stück für Stück aus der wirklichen Welt mitgebracht worden waren.

„Aber wie sollen 300 unserer Soldaten helfen, und seien sie noch so erfahren und gut bewaffneten? Oder willst du mit Tauchgeräten in die Tiefen des Meeres vordringen?"

„Wir haben Tauchgeräte, aber nicht viele", antwortete ein anderer Soldat, von dem ich annahm, dass er im Spiel Rupor war. „Aber zuerst werden wir versuchen, die Sache friedlich zu lösen. Die Naiaden sprechen nicht mehr mit den Deutschen, aber vielleicht verhandeln sie mit uns. Unser Diplomat Ivan Lozovsky begleitet im Moment eine große Karawane von Peresvets mit Waren zum Geckho-Raumhafen. Aber sobald er damit fertig ist, nimmt er die Fähre nach Neubayern. Das hat er jedenfalls versprochen. Und selbst, wenn die Verhandlungen nicht fruchten, nun, dann sind unsere Truppen in den fünf Tagen des Waffenstillstands wenigstens beschäftigt und können sich der Verbesserung ihrer Fähigkeiten widmen und vielleicht ein paarmal leveln. Das kann nie schaden!"

„Außerdem werden wir etwas mehr als 300 haben", fügte der andere Spieler hinzu, ein Witzbold mit lockigem, rotem Haar. „Die zweite Hälfte der Ersten Legion geht auch nach Neubayern, aber erst später, nach der großen Jagd. Im Wald, der der Zitadelle am nächsten liegt, wo es noch nie etwas Gefährlicheres als einen Wolf gegeben hat, wurde nämlich ein Leviathan gesichtet. Es hat vier Spieler gefressen. Wir wissen nicht einmal, was für eine Art von Kreatur es ist. Niemand hatte die Gelegenheit, sie sich genauer anzusehen, bevor er von ihr getötet wurde. Aber die Holzfäller haben Angst und weigern sich, in den Wald zu gehen, bis das Problem gelöst ist. Also wird die Erste Legion morgen und übermorgen den Wald durchkämmen und alles vernichten, was auch nur im Entferntesten gefährlich aussieht."

Plötzlich verstummten alle um mich herum und erhoben sich. Erst kapierte ich nicht, was der Grund dafür war. Wie sich herausstellte, hatte sich Gerd Tamara auf einen freien Platz am großen Tisch gesetzt. Und dieser befand sich zufällig genau mir gegenüber. Die Anführerin der Zweiten Legion hatte ihr strahlend weißes Ballettkleid gegen einen schlichten Trainingsanzug getauscht. Sie war beinahe zwei Köpfe kürzer als all die riesigen, muskelbepackten Kerle um sie herum. Aber dennoch ging von dem zierlichen Mädchen eine unsichtbare Kraft aus. Selbst ein neues

Fraktionsmitglied, das nichts über Tamara wusste und sie zum ersten Mal zwischen all diesen Kerlen sah, hätte sofort erkennen können, dass das zarte Mädchen mit dem Puppengesicht hier das Sagen hatte und die anderen ihr bis in die Hölle und wieder zurück folgen würden. „Nun, wie fandst du es?", fragte sie mich.

Die Informationen, die ich aus den Köpfen der anderen über das Ballett gelesen hatte, erwiesen sich jetzt als nützlich. Ich antwortete aufrichtig, dass dies zwar die erste Vorstellung von *Raimonda* gewesen war, die ich gesehen hatte, ich aber die Hauptdarstellerin überzeugend und reizend gefunden und sie die Gefühlswelt eines schönen Mädchens auf der langen Reise hinter einem galanten Ritter her wunderbar vermittelt hatte.

Richtig geraten. Anscheinend hätte ich keine bessere Antwort geben können. Jedes Anzeichen von Spannung und Sorge verschwand sofort aus Tamaras Gesicht, und sie sah zufrieden und sogar glücklich aus. Roman Pavlovich, der neben seiner Adoptivtochter saß, zeigte mir in einem unbeobachteten Moment seinen nach oben gestreckten Daumen, als ob er sagen wollte: Gut gemacht, weiter so! Mit Tamaras Ankunft waren alle Gespräche über Geschäfte, die Naiaden, die Deutschen und die Dunkle Fraktion verstummt. Man wünschte Tamara alles Gute zum Geburtstag und hielt Reden ihr zu Ehren. Und diesmal war ich nicht mehr in der Lage, den Kopf aus der Schlinge zu ziehen. Mein Schnapsglas wurde mit überraschender

Geschwindigkeit gefüllt, sobald ich es auf den Tisch gestellt hatte. Tamara verlangte, dass auch ihr etwas Alkohol eingeschenkt wurde, und keiner ihrer Soldaten war mutig genug, der Anführerin zu widersprechen.

„Sag mal, Nat, was hat dich eigentlich so lange aufgehalten?", fragte sie plötzlich. Ich hob den Kopf, um sie anzusehen, und erstarrte jäh wie ein Kaninchen beim Anblick einer Boa Constrictor.

Tamara hatte leise und höflich gefragt, aber ich sah den kalten, herausfordernden Blick einer Inquisitorin und konnte spüren, dass ihr eine wahrheitsgetreue Antwort sehr wichtig war und sie all ihre Fähigkeiten einsetzte, um diese zu bekommen. Die Fröhlichkeit und die Gespräche verstummten sofort. Dutzende von Augenpaaren starrten mich an, und ich fühlte mich, als würde ich verhört. Ich war mir nicht sicher, ob ich jetzt überhaupt lügen könnte, obwohl ich es ohnehin nicht musste.

Ich erzählte ihr ehrlich von der Geckho-Militärbasis und der beeindruckenden Machtdemonstration, die wir dort erlebt hatten. Ich berichtete von der meleyephatianischen Festung und der großen Weltraumschlacht. Im Vergleich zu den Kräften, die dort schalteten und walteten, sahen all unsere kleinpolitischen Kämpfe um Ressourcen, die Streitigkeiten darüber, wem welcher Knoten gehörte, und sämtliche andere Konflikte in unserer Welt wie kindische Sandkastenreibereien über Schlammtorten und Schäufelchen aus. Die Menschheit in ihrer jetzigen

Form hatte keine Möglichkeiten, sich einer solchen Macht zu widersetzen, sollte diese unseren Planeten zerstören wollen. Nur ein einziger Tong Sicherheitsgarantie war sehr wenig. Wir hatten kaum Chancen, uns weit genug zu entwickeln, um einer Invasion einer der großen Weltraumrassen standzuhalten.

„Willst du damit sagen, dass wir hier unten nur herumsitzen und nichts tun? Indem wir den Dunklen Bruch bekämpfen und unsere Welt vor der Zerstörung bewahren?" Tamara sprach immer noch mit einer ruhigen Stimme, aber ich konnte spüren, dass sich die Stimmung der anderen am Tisch verdüstert hatte. Eine Minute zuvor noch hatten sie mich als einen von ihnen betrachtet, aber jetzt sahen sie mich mit kalten, angespannten Blicken an wie einen potenziellen Feind. Trotz der Anspannung kam ich nicht umhin, Tamaras Fähigkeiten zu bewundern. Es grenzte an wahre Zauberei, wie dieses zarte, kleine Mädchen diese Soldaten so geschickt manipulierte.

„Nein, ihr tut genau das, was ihr tun müsst. Der Dunkle Bruch ist eindeutig ein gefährlicher Feind, der versucht, uns um jeden Preis zu vernichten. Leng Thumor-Anhu La-Fin wird in diesem Kampf keine personellen oder materiellen Ressourcen schonen und hat sogar den legendären General Ui-Taka eingeladen, ihn zu beraten. In ihrer Welt gilt er als der größte Stratege seiner Zeit. So ist ein Konflikt mit den Brüchlern unvermeidlich, und den gewinnen wir entweder, oder wir sterben. Die Begriffe Humanismus, Barmherzigkeit und Empathie sind in Mitregent Thumor-Anhus Wortschatz nicht vorhanden. Im letzten Jahr hat er ohne mit der Wimper zu zucken sechs Millionen Menschen ermorden lassen, nur, um die Zahl der Mäuler zu reduzieren, die während einer Hungersnot zu stopfen waren. Wir können also keine Gnade von ihm erwarten, wenn wir verlieren."

Ich sah, wie die Soldaten an meinen Lippen hingen und aufmerksam zuhörten. Anscheinend waren diese knackigen Details, die Prinzessin Minn-O mir aus der Biografie ihres Großvaters erzählt hatte, unserer Fraktion gänzlich unbekannt. Aber sie passten sehr gut in das Bild, das sie bereits von dem furchterregenden, mordlüsternen Feind hatten. Ich fand, dass nun die Zeit gekommen war, ihnen meinen eigenen Eindruck von der ganzen Situation zu vermitteln.

„Neben dem Ziel, den andauernden Krieg mit unseren unfriedlichen Nachbarn vom Dunklen Bruch zu gewinnen, gibt es jedoch noch ein weiteres, nicht weniger wichtiges Ziel: In weniger als einem Tong müssen wir in der Lage sein, einem möglichen, wenn nicht sogar zu erwartenden Angriff aus dem Weltraum standzuhalten. Wir müssen uns ernsthaft darum bemühen, die Truppen zu verstärken, fortschrittlichere Technologien anderer großer Weltraumrassen einzusetzen und auch Freunde und Gleichgesinnte zu gewinnen. In erster Linie müssen wir zunächst unsere

Geckho-Oberherren dazu bringen, die Menschheit als einen wertvollen Verbündeten zu betrachten, einen Verbündeten, den es wert ist, zu verteidigen, wenn der Sicherheits-Tong vorbei ist. Zweitens gibt es andere Menschen im Weltraum. Für mich wären sie unsere offensichtlichsten Verbündeten. Drittens ist die Galaxie nicht nur auf Menschen und Geckho beschränkt. Es gibt auch andere Weltraumrassen. Die Pflege unserer freundschaftlichen und unserer Handelsbeziehungen zu ihnen würde bedeuten, sie von der Liste der potenziellen Aggressoren zu streichen und vielleicht sogar weitere Verbündete zu finden. Das waren meine drei Hauptziele, und ich halte meine Arbeit für nicht weniger wichtig als eure!"

Gerd Tamara musterte mich lange Zeit eingehend, als ob sie nicht die Worte finden könnte, um zu antworten. Und die Soldaten der Zweiten Legion schwiegen zusammen mit ihrer Anführerin so lange, bis es mir unangenehm wurde. Schließlich erwachte der Blick des jungen Mädchens zum Leben, und ihre Lippen kräuselten sich leicht. Trotzdem hatte Tamara offensichtlich Angst. Ich konnte sehen, wie ihre Oberlippe zitterte und ihre linke Wange zuckte.

„Nat, mein Kopf tut weh von all dieser lauten Musik, dem Tumult und dem Rauch der Feuer. Ich muss irgendwo hin, wo es ruhiger ist. Warum kommst du nicht mit mir? Wir müssen etwas besprechen, und ich habe alles in meiner Wohnung, um die Party dort fortzusetzen."

Kapitel 13

Eine traurige Feier

ICH VERMUTETE EHER, dass der Kopf des zarten, dunkelhaarigen Mädchens nicht wegen der lauten Musik und des Rauchs dröhnte, sondern wegen des Alkohols. Schon während der Feier war ich überrascht gewesen, dass keiner der erfahrenen Erwachsenen ihre junge Kommandantin gewarnt hatte, es ein wenig langsamer anzugehen, als sie versucht hatte, mit den Soldaten ihrer Staffel Schritt zu halten und Glas um Glas geleert hatte. Auf dem Weg in den Wohnbereich musste ich Tamara sogar stützen, weil ihre Beine nicht mehr gehorchen wollten und auf unserem Weg durch den Park immer wieder unter ihr nachgaben.

„Alles issin Ordnung, Kirill. Mir geht's gut", lallte die eigensinnige Tamara verbissen, als ich ihr vorschlug, sich auf der Bank auszuruhen.

Obwohl sie sich heftig wehrte und drohte, mich im Spiel wieder zu erschießen, wenn ich sie nicht sofort allein gehen ließe, hob ich sie auf meine Arme und trug sie in ihr Gebäude. Yana, die an der Rezeption saß, beeilte sich, den elektronischen Schlüssel zu Tamaras Zimmer zu holen, und lief voraus, um die Tür für uns zu öffnen. Ich trug Tamara in ihre Wohnung und legte sie, nachdem ich schnell ihre Schuhe ausgezogen und ein Plüschkissen mit einer aufgestickten Cartoon-Nixe unter ihren Kopf gelegt hatte, vorsichtig auf eine große Couch.

„Geh nicht weg, Nat", bat sie, als ich mich leise aufmachen wollte. „Setz dich für eine Sekunde zu mir. Ich gebe zu, ich habe es übertrieben, aber es ist nur ein kleiner Schwächeanfall und wird bald vorbei sein. Ich habe eine sehr hohe Konstitution im *Spiel, das die Wirklichkeit unterwirft,* und das wirkt sich auch hier in der echten Welt auf meine Regenerierung und Resistenz gegen Giftstoffe aus. Zehn Minuten, maximal eine halbe Stunde, und ich bin wieder bei Kräften."

Ich betrachtete das zerbrechliche Mädchen und konnte mir kaum vorstellen, dass Tamara wirklich eine besonders hohe Konstitution hatte. Trotzdem blieb ich und setzte mich an den Rand der Couch.

Ich kicherte. „Konstitution, meinst du? Ich konnte dein Fliegengewicht nicht einmal spüren, als ich dich die Treppe hochgetragen habe. Alles, woraus du dich ‚konstituierst', ist Haut und Knochen."

Ganz so stimmte das zwar nicht. Tamara hatte für ihre geringe Größe eine sehr harmonische Körperform. Natürlich konnte man nicht sagen, dass sie Endlosbeine oder Körbchengröße Doppel-D hätte, aber sie war ziemlich niedlich.

Tamara lächelte zuerst über meinen Witz, beschloss dann aber, mich nicht ohne einen Funken Mitleid in ihrer Stimme eines Besseren zu belehren.

„Lach du nur! Ich habe tatsächlich eine gute Konstitution, die beste in unserer Fraktion. Meine Konstitution war zunächst 15, aber ich habe alle fünf Punkte aus dem Labyrinth investiert und sie dann mit Übung um zwei weitere erhöht. Und als ich ein Gerd wurde, habe ich auch sechs meiner acht Statistikpunkte für Konstitution aufgewendet, was insgesamt 32 ergibt. Mit Bonuspunkten und Ringen habe ich satte 34. Für einen Paladin ist es die wichtigste Statistik. Sie definiert die Anzahl der Trefferpunkte, die Ausdauer und die Resistenz gegen alle Arten von Schaden. Wenn meine Konstitution nicht so hoch wäre, könnte ich weder meine Exoskelett-Rüstung tragen noch hochkalibrige Maschinengewehre benutzen."

Konstitution auf 34? Das flößte mir zweifellos eine gehörige Portion Ehrfurcht ein. Ebenso wie das Tempo, mit dem sich Tamara von dem Alkohol erholte. Fünf Minuten zuvor noch war sie völlig betrunken gewesen und hatte kaum stehen können, aber jetzt sah sie wieder frisch und munter aus. Ich vermutete, dass ihre Fähigkeit, sich schnell von Wunden und Giften zu erholen, der Zweiten Legion gut bekannt war. Das erklärte auch, warum die Soldaten zugelassen hatten, dass sie sich ungehindert betrank. Aber ein anderes

Detail von Tamaras Erklärung hatte mein Interesse geweckt.

„Du hast es also durch das Labyrinth geschafft? Ich habe gehört, dass sie fast einen ganzen Tag auf dich gewartet haben und sehr besorgt waren."

„Das ist wahr. Aber ich habe beinahe die ganze Zeit mit dem Charaktergenerator verbracht. Ich hatte zu viel Angst davor, hinauszugehen ..." Ein Schatten huschte über Tamaras Gesicht. Das Lächeln verschwand von ihrem Gesicht, und ihre Augen verdunkelten sich. „Kirill, hast du eine Ahnung, wie es ist, plötzlich in einem gesunden Körper aufzuwachen, nachdem du vier Jahre lang blind, taub, gelähmt, am Rande des Wahnsinns warst und Selbstgespräche geführt hast? Ich habe mich im Spiegel gesehen, ich konnte mich selbst sehen, habe meine Arme und Beine bewegt und ... konnte nicht aufhören zu heulen! Ich wusste nicht, wo ich war oder warum es mir plötzlich besser ging, aber ich hatte schreckliche Angst, dass dieser Moment der Freude enden würde, sobald ich das winzige Zimmer verließ."

Tamara streckte ihre kleine Hand aus und legte sie vorsichtig in meine. Ihre Finger waren seltsam kalt, und ich drückte ihre Hand, um sie aufzuwärmen.

„Dann habe ich viel Zeit damit verbracht, zu überlegen. Ich musste die Wahl zwischen einem Paladin und einer Matriarchin treffen, alle Informationen lesen. Ich hatte niemanden, den ich um Rat fragen konnte, also musste ich alles selbst herausfinden und mein eigenes Gehirn benutzen. Aber ich hatte keine Probleme mit dem Labyrinth selbst. Ich war bereits im Schlaf mehrmals durchgelaufen. Ja, ich war in meinen Träumen dort, als ich blind und gelähmt dalag. Und auch dich habe ich gesehen und diesen Raum und den heutigen Tag, sogar meinen Tanz. Stell dir vor, ich habe vor vier Jahren angefangen, ihn zu üben!"

„Du hast mich in deinen Visionen gesehen?" Ich hing an den Worten des Mädchens, und Tamara nickte.

„Ja! Viele, viele Male. Ich habe dein Gesicht gesehen, deine leuchtend blauen Augen ... Und ich habe dich erkannt, als wir uns das erste Mal im Spiel trafen. Oder um genauer zu sein, nicht sofort, sondern erst, als ich deine Leiche sah. Damals dachte ich, du wärst erbärmlich und schwach, und ich war sehr enttäuscht. Aber jetzt hast du dich verändert. Jetzt bist du ein seriöser und faszinierender Mann, wie in meinen Visionen. Kirill, könntest du mir etwas Wasser bringen? Ich sterbe vor Durst. Da ist eine Kühlbox neben dem Kühlschrank. Daneben steht ein sauberes Glas."

Als ich eine Minute später mit einem Glas Wasser zurückkam, hatte es Tamara geschafft, sich bis zum Kinn in eine dunkle, weiche Decke einzuwickeln. Offensichtlich war ihr eiskalt. Obwohl ... Ich bemerkte ihren Trainingsanzug, der eilig auf einen Stuhl am anderen Ende des Raumes geworfen worden war. Und ihre zerknitterten Leggings und die schwarze

Spitzenunterwäsche lagen auf dem Boden hinter dem Stuhl. Es war nicht schwer, sich vorzustellen, wie Tamara nun unter der Decke aussah.

Sie erkannte sofort, dass ich sie durchschaut hatte, und ihre Augen blitzten schelmisch. „Was denn? Es ist mein Zimmer, ich kann hier tun und lassen, was immer ich will! Rechtlich gesehen bin ich mündig. Unsere Personalpsychologin Irina Chusovkina steht nach jedem Gespräch unter Schock. Um es mit ihren Worten zu sagen, mein emotionales und psychologisches Alter ist doppelt so hoch wie mein biologisches, und alle ihre Tests haben mich auf etwa 35 geschätzt."

Ich war mir da nicht so sicher. Zu viele grauenvolle Tests waren bereits an diesem Mädchen durchgeführt worden. Vielleicht hatten genau die sie abgehärtet, ihren Charakter verzerrt und rau gemacht. Ich persönlich sah in ihr einen ulkigen Teenager, kaum raus aus dem Kindesalter und mitten im Erwachsenwerden. Rein vom Äußerlichen war Tamara ohne jeden Zweifel genau mein Typ. Und zwar so richtig. Aber an der jetzigen Situation stimmten einige Dinge nicht. Sie war betrunken und so jung. Sie wusste nicht, was sie tat. Und außerdem hatte ich ja jetzt eine Wandergeliebte, Minn-O La-Fin, auch wenn die sich nicht in meiner Welt befand und meine Beziehung zur Prinzessin noch lange nicht intim war.

Es war, als hätte Tamara meine Gedanken gelesen oder sie überraschend genau erraten. „Ich weiß, was du denkst, Kirill", sagte sie. „Aber eine *Wayedda* ist nur eine besondere Gefährtin, eine Liebhaberin. Sie steht dir nicht im Weg, wenn du andere Mädchen willst. Ich bin auch nicht darauf aus, deine Frau zu werden. In meinen Visionen habe ich meine Zukunft gesehen, und ich weiß, dass ich nicht dazu bestimmt bin, zu heiraten, und dass ich sehr jung sterben werde. Aber wie jede andere Frau will ich begehrt werden! Sag es mir, bin ich nicht gut genug? Findest du mich nicht attraktiv?"

Ich sagte ihr, dass sie ohne jeden Zweifel attraktiv wäre. Durch diese Antwort eindeutig ermutigt, setzte Tamara sich auf der Couch auf. Den Plaid hielt sie nach wie vor artig auf der Höhe ihres Halses fest.

„Kirill, wärst du so freundlich, zum Kühlschrank zu gehen? Auf dem oberen Regal habe ich etwas Wermut und Saft. Genau das, was du magst. Mach uns ein paar Cocktails. Ich bin schon wieder zur Vernunft gekommen, also schlage ich vor, dass wir weiter meinen Geburtstag feiern."

Da war ich anderer Meinung. Cocktails hielt ich eindeutig für zu viel des Guten. Sie war gerade erst wieder nüchtern geworden, also wollte ich die Dinge nicht wieder schlimmer machen. Ich ging also nirgendwo hin, sondern blieb einfach sitzen und sah Tamara mit ihren roten Wangen an, wie sie brav in ihre Decke gehüllt dasaß. Sie sah kein bisschen wie der furchterregende Krieger aus, an den ich gewöhnt war.

„Was ist?", fragte sie und sah noch ein wenig verlegener drein. „Und was willst du ... von mir? Sprich es laut aus. Oder zumindest mental!"

Das Geburtstagskind nahm all ihren Mut zusammen und sah mich aus großen, dunklen Augen an, in denen nun keine Spur ihrer üblichen Kälte mehr zu finden war, nur verschämte Hoffnung. Unsere Blicke trafen sich, und das Mädchen wandte sich nicht ab, sondern lud mich ein, in ihren Gedanken zu lesen.

„*Schlaf ein!*", befahl ich ihr mental und wiederholte diesen Befehl dann laut.

Tamaras Augen fielen gehorsam zu. Ohne den Plaid, ihre letzte Verteidigungsmaßnahme, aus ihrem eisernen Griff entgleiten zu lassen, ließ das Mädchen den Kopf auf das Kissen sinken. Ich stieß einen tiefen, kläglichen Seufzer aus. Es war sehr schwierig gewesen, die mentale Verteidigung des Paladins zu überwinden, im Spiel genau wie in der wirklichen Welt, außer wenn sie es wollte und offen dafür war. Ja, ich hatte ihr Vertrauen in mich ausgenutzt, ein erbärmlicher Zug meinerseits. Dennoch hatte ich das Gefühl, das Richtige getan zu haben, indem ich diesen Moment der Schwäche eines unerfahrenen Mädchens nicht ausgenutzt hatte.

Ich klopfte das Meerjungfrauenkissen unter Tamaras Kopf ein wenig auf, strich ihr das zerzauste, dunkle Haar aus dem Gesicht, gab ihr einen zärtlichen Kuss mitten auf die Lippen und machte mich auf den Weg. Im Flur neben der Tür saß Roman Pavlovich auf einem Klapphocker, Brille auf der Nase, ein Buch in der Hand. Als ich aus Tamaras Wohnung kam, fuhr der grauhaarige Mann hoch, klappte sein Buch zu, nahm seine Brille ab und hob überrascht die Augenbrauen.

„Hattet ihr zwei einen Streit? Oder magst du meine Tochter aus irgendeinem Grund nicht?"

In der Stimme des alten Veteranen schwang ein wenig Ärgernis mit, und ich bemühte mich, ihn zu beruhigen.

„Ganz im Gegenteil. Ich mag Tamara sehr. Aber deine Tochter ist ein einzigartiges, reines Geschöpf und würde wohl kaum einfach spontan mit einem Mann schlafen, wäre sie nicht betrunken. Selbst wenn sie irgendetwas dergleichen in ihren Träumen gesehen hat. Also werde ich nicht ihr Leben ruinieren. Ich habe meine magischen Fähigkeiten eingesetzt und sie einschlafen lassen."

Die dicken Brauen von Roman Pavlovich schossen hoch. Der Veteran schwieg lange.

„Oh, die kleine Tamara wird so wütend sein", antwortete er endlich. „Aber es ist wohl besser so. Sie wird diese Wut für den Krieg gegen die Naiaden nutzen können. Und du bist ein guter Kerl, Nat. Du hast das Richtige getan. Danke, dass du meine Tochter so taktvoll behandelt hast! Und wohin gehst du jetzt? In deine Wohnung? Anya wartet dort auf dich. Ich habe sie gerade vorbeigehen sehen."

Ich hatte eigentlich vorgehabt, in meinem Zimmer, das sich im selben Stock befand, ein wenig zu schlafen, aber Roman Pavlovichs Worte ließen mich zögern. Anya? Anya war eine großartige Frau, aber jetzt war nicht die gerade der ideale Zeitpunkt … Ich hatte sie nackt im Bett liegen gelassen, um mit einem anderen Mädchen Spaß zu haben. Keine Frau könnte so etwas je verzeihen!

„Nein, ich schätze, ich werde ins Spiel gehen."

Der stellvertretende Anführer der Zweiten Legion quittierte meine abrupte Planänderung mit einem zustimmenden Lächeln. Er steckte die Nase wieder in sein Buch. *Der Weg des Schamanen. Buch Eins.* Ich erhaschte einen Blick auf das bunte Cover. Ich fragte mich, was für ein Buch das war. So was wie „Heimwerken für Dummies"? Ich hatte nicht erwartet, dass der alte Grenadier ein Faible für das Okkulte hatte. Obwohl mich in letzter Zeit viele Leute überrascht hatten. Alles war möglich.

Und dann, als ob der Himmel mich für mein gutes Benehmen belohnen würde, aktivierte sich Roman Pavlovichs Funkgerät und eine unbekannte, heisere, rauchige Stimme sagte: „Pavlovich, hier ist Artyomov. Du bist nicht zufällig im Wohnhaus fünf? Dimitri Scheltow ist gerade aus seinem Virt Pod geklettert. Er sagt, er muss sofort Nat sprechen. Außerdem geht in Nats Zimmer niemand ans Telefon."

„Sag Scheltow, er soll vor Maiskolben 15 warten", sagte ich zu Tamaras Adoptivvater und eilte hinaus, um den Raumschiffpiloten zu treffen, den ich schon eine ganze Weile nicht mehr gesehen hatte.

Kapitel 14

Böses Erwachen

SCHON VON WEITEM sah ich, dass Dimitri verärgert war. In seine müden Bewegungen schlich sich jedoch ein Funken Freude ein, als er mich von meinen wie immer allgegenwärtigen Leibwächtern begleitet heraneilen sah. Dimitri senkte den Kopf und setzte sich auf die unterste Wendeltreppenstufe des Maiskolbens, wartete auf mich und brachte nicht einmal eine Begrüßung über die Lippen. Aus der Nähe wurde klar, dass mein Freund furchtbar erschöpft war. Seine Augen lagen tief in den Höhlen, sein Blick war abwesend und seine Finger zitterten leicht. Ich kam näher, setzte mich schweigend neben ihn auf die Treppe und wartete darauf, dass er das Gespräch begann.

„Es ist alles schiefgelaufen, Nat ..." Dimitri beschränkte sich dann aber nur auf eine frustrierte Geste, senkte den Blick und schwieg.

„Was ist schiefgelaufen? Wurde die Fregatte zerstört?", fragte ich und äußerte damit den ersten Gedanken, der mir in den Sinn kam. Das machte ihn nur noch verzweifelter.

„Das mit der Fregatte ist das nächste Scheißproblem. Nein, sie war nicht völlig zerstört, aber nach der Explosion war sie kaum noch von den nutzlosen Wrackteilen ringsum zu unterscheiden. Die Explosion hat uns hinaus in den Weltraum geworfen, uns herumgewirbelt und uns in die nächstbeste Klippe gedrückt. Dort ging so ziemlich alles kaputt, was nur kaputt gehen konnte. Die Motoren sind im Arsch. Die Hauptsteuerrakete wurde zusammen mit dem Impulsantrieb herausgerissen. Und wenn ein Hyperraumantrieb vorhanden gewesen wäre, dann hätte es den bestimmt auch in Stücke gerissen. Kurzum, so ziemlich alles ist unbrauchbar. Und die Reparatur wird mehr kosten als alles neu zu kaufen. Alles, was übriggeblieben ist, ist einer der drei Kraftfeldgeneratoren. Die gesamte Elektronik muss ausgetauscht werden, es gibt keine Kanonen, Leit- oder Navigationssysteme, die Klimaanlage wurde zerstört ... Weißt du was? Es wäre einfacher, aufzuzählen, was noch da ist! Sogar der Rumpf wurde durchbohrt und verbogen. Es gibt nur noch zwei Rumpfabschnitte, die jeglichem Druck standhalten. Im Grunde genommen ist das Ding in dieser Form keine Fregatte mehr, sondern ein Stück Werkstoffverbund, mit etwas Glas und Metallschrott zum Drüberstreuen."

Hmm. Scheltow malte ein so detailliertes Bild, dass ich mir den unkontrollierbar durch den Weltraum driftenden Haufen Müll lebhaft vorstellen konnte. Wie deprimierend. Aus der Traum vom eigenen Raumschiff …

„Wir hatten Glück, und Ayukh hat es geschafft, die Freund-Feind-Erkennung einzurichten und einzuschalten. Also immerhin wurden wir am Ende nicht auch noch von unserer eigenen Flotte in Schutt und Asche gelegt. Etwa eine Stunde nach der Schlacht wurde unsere Fregatte von einem Schwerkraftkran erfasst und zusammen mit einem Haufen anderer kaputter Schiffe, meleyephatianische wie Geckho-Schiffe, in ein riesiges Mutterschiff der 16. Hilfsflotte geschleppt. Ayukh hat sich ewig mit den Mechanikern gestritten und darauf bestanden, dass unser Schiff als reparierbar eingestuft wurde. Und jetzt versucht der Navigator, Eigentumsdokumente zu erstellen. Ich weiß nicht, ob er das hinbekommt. Es heißt, dass es im Moment schwer ist, so etwas hinzubekommen, und dass über solche Dinge allein der Flottenkommandant entscheidet.“

Dimitri wiederholte, was ich bereits vom Ladungsoffizier gehört hatte. Trophäen wurden nach persönlichem Ermessen von Kung Waid Shishish verteilt, und nur er entschied, wem dieses oder jenes gekaperte Schiff gehörte.

„Was ist sonst noch schiefgelaufen?“, fragte ich den Raumschiffpiloten. „Ich meine, du hast vorhin gesagt, dass alles schiefgelaufen ist, einschließlich der Fregatte."

„Ja, die zerstörte Fregatte ist nicht das größte Ärgernis", fuhr Dimitri fort. Ich machte mich auf noch mehr schlechte Nachrichten gefasst. „Gut, dass du schon mal sitzt. Also, es ist so: Unser ehemaliger Captain Uraz Tukhsh ist ein Gerd geworden und wurde offiziell als Kriegsheld geehrt. Er bekam vom Herrscher der Geckho-Rasse Krong Daveyesh-Pir sogar ein violettes Ehrenband, das er sich an die Schulter geheftet hat. Das ist so etwas wie der Goldene Stern in Russland. Stell dir das mal vor! Nur damit du verstehst, wie ehrenvoll und selten diese Auszeichnung ist. Nach der großen Schlacht hat nur eine einzige weitere Person eine solches Band erhalten. Nämlich der Kommandant der Dritten Angriffsflotte höchstpersönlich. Kung Waid Shishish!"

Ich saß mit weit offenem Mund da und traute meinen Ohren kaum. Wie war das überhaupt möglich? Uraz Tukhsh? Für seine Tapferkeit geehrt? Waren wir in einem Paralleluniversum gelandet? Er war als Folge seiner eigenen Sturheit und seiner Unfähigkeit, ein wenig in die Zukunft zu denken, krepiert. Und zwar lange bevor die Schlacht endete! Oder hatte der junge, ehrgeizige Aristokrat tatsächlich alles gewagt und sein Leben nicht nur im Spiel, sondern auch in der wirklichen Welt riskiert, indem er seinen Respawn-Punkt auf den todbringenden, feindlichen Planetoiden gesetzt und dann seine Mission, dort eine Mine abzuladen, beendet hatte? Wenn ja, wäre es zweifellos eine tollkühne und heldenhafte Leistung, die die höchste Auszeichnung verdiente.

Ich bat Dimitri Scheltow, mir genauer zu erzählen, was unser ehemaliger Kapitän getan hatte. Immerhin hielten ihn sogar seine engsten Vertrauten für einen feigen Verlierer. Mein Freund erklärte bereitwillig alles und versuchte dabei, mir Ton und Pathos dessen, was er in den Nachrichten gehört hatte, zu vermitteln.

„Laut der offiziellen Geschichte in den Nachrichtensendern der Galaxie befand sich Uraz Tukhsh in der Reserveflottille auf einem Nichtkampf-Hilfsshuttle namens Shiamiru, sah aber die schwierige Position der Dritten Angriffsflotte und beschloss, sein eigenes Schiff zu opfern, um einen Sieg für die Geckho zu sichern. Zu diesem Zweck befahl Uraz Tukhsh seiner Crew, eine thermonukleare Mine mit dem Schwerkraftkran aufzugreifen. Er stand persönlich am Steuer des Shuttles und bereitete sich darauf vor, das Kraftfeld des Planetoiden zu passieren, um die Mine hochzujagen und damit eine terrestrische Batterie zu zerstören und den Weg für ein Landungsteam freizumachen. Er berichtete dem Kommandanten der Dritten Angriffsflotte von seinem Plan. Der weise Kung Waid Shishish genehmigte diesen sofort und befahl sogar seiner Flotte, die meleyephatianischen Abfangjäger auf die andere Seite des Planetoiden zurückzudrängen, um das einsame Frachtschiff zu decken. Dank seiner herausragenden Fähigkeiten als Pilot wich Uraz Tukhsh anmutig dem heftigen Feuer der vielen meleyephatianischen Batterien aus und manövrierte das Raumschiff direkt in eine feindliche Kanone. Die Mine explodierte und zerstörte nicht nur diesen Turm, sondern auch die benachbarten Türme und entzündete die Munitionslager in der unterirdischen Basis. Im Inneren des Planetoiden kam es zu einer Reihe heftiger Explosionen, die den Feldgenerator deaktivierten. Der Schirm sowohl des Planeten als auch seiner Satelliten löste sich auf. Das zwang die Meleyephatianer letztendlich zur Kapitulation, ein Verdienst des mutigen, jungen Kapitäns Gerd Uraz Tukhsh und des weisen Flottenkommandanten Kung Waid Shishish."

Nachdem Dimitri seine Schilderung beendet hatte, saß ich eine geschlagene Minute mit offenem Mund da und wusste nicht, was ich sagen sollte. Was für ein Mist war das denn? Wer hatte sich diesen ausgekochten Bullshit überhaupt einfallen lassen? Nichts war weiter von der Realität entfernt! Mir blieb vor Verzweiflung und Empörung der Atem weg. Ich war kaum in der Lage, die Tatsache zu verdauen, dass die Errungenschaften unserer kleinen Staffel von dem feigen Aristokraten als seine eigenen verkauft worden waren. Entrüstet fragte ich, wer sich den Unsinn ausgedacht hatte. Der Pilot ließ sich mit seiner Antwort Zeit.

„Ich weiß es nicht", sagte er dann. Aber es sieht

nicht so aus, als hätte Uraz Tukhsh das allein bewerkstelligt. Unser ehemaliger Kapitän ist nicht gerade ein hohes Tier, er hätte so etwas kaum ohne die Zustimmung des einflussreicheren Geckho tun können. Außerdem hätten sie seinem Wort allein nie vertraut. Wenn ich das richtig verstanden habe, wurde diese Geschichte zuerst von Flottenkommandant Waid Shishish verbreitet, der damit seinen Untergebenen das abrupte Ende der Schlacht erklärt hat. Danach verbreiteten sich die Nachrichten über Uraz Tukhshs heldenhafte Selbstaufopferung wie ein Lauffeuer in der gesamten Galaxie. Jetzt wird jede andere Geschichte, die nicht dieser offiziellen Version entspricht, von den einflussreichen Geckho dementiert."

Das war auch mir sonnenklar. Der harte, aufbrausende Flottenkommandant Kung Waid Shishish hatte seine Version erzählt und sich selbst und seinen Verwandten damit als Kriegshelden hingestellt. Das war von den Nachrichtensendern aufgegriffen worden und erhielt damit einen offiziellen Status. Der große Herrscher der Geckho-Rasse, Krong Daveyesh-Pir, bestätigte die Darstellung der Dinge, indem er die beiden vielgerühmten Helden für ihre Verdienste ehrte. Und wenn jetzt, nachdem alles vorbei war, ich oder ein anderes Mitglied von Team Nat zu behaupten wagte, dass irgendetwas davon nicht stimmte und sich zwei vermeintliche große Kriegshelden lediglich mit fremden Federn geschmückt hatten? Das würde auf viel Unmut stoßen, vor allem seitens der beiden „Helden".

Andererseits umfasste meine Staffel zwölf Soldaten von drei verschiedenen Rassen. Wie konnte Kung Waid Shishish sich so sicher sein, dass keiner von uns den Mund auftun und die wahre Geschichte hinter der Explosion der meleyephatianischen Festung ausplaudern würde? Er dachte wohl, dass uns einfach niemand glauben würde? Immerhin hatten wir ein Video von der unterirdischen Basis und der Trophäenfregatte der Meleyephatianer. Das waren eiserne Beweise dafür, dass die sogenannte offizielle Version nicht stimmte. Selbst ohne diese materiellen Beweise wären auch die einstimmigen Aussagen von zwölf Spielern, unterstützt etwa durch die Probe eines Wahrheitssuchers, ein ernstes Argument.

Oder hoffte Kung Waid Shishish, dass wir Angst haben würden, ihm zu widersprechen? Vielleicht war das so. Als Vasallen der Geckho wäre es, gelinde gesagt, unklug, würde ein Erdling unseren Kung als Lügner bezeichnen. Dennoch, in meinem Team befanden sich auch Mitglieder anderer Geckho-Clans sowie Tini, der Miyelonier. Die scherten sich nicht weiter um den großen Kung. Es würde also schwer sein, alle Zeugen ruhig zu halten.

Oder dachte der Kommandant der Dritten Angriffsflotte vielleicht, er könnte uns soweit den Mund verbieten, dass kein einzelner von uns einer anderen Seele etwas erzählte? Im Spiel war das durchaus möglich, denn alle zwölf befanden wir uns gerade im

Weltraum unter der Kontrolle des Kung, entweder auf der Militärbasis der Geckho oder in einer riesigen, bewegungsunfähigen Fregatte innerhalb eines noch größeren Mutterschiffs. Aber in der wirklichen Welt? Wie wollte er uns da alle in Schach halten? Insbesondere natürlich meinen Schützling Tini, der im miyelonischen Weltraum lebte. Oder die Geckho-Dame Uline Tar, die aus dem einflussreichen und wohlhabenden Clan Tar-Layneh kam, der nicht im Geringsten von Waideh-Tukhsh abhängig, geschweige denn ihm untergeordnet war.

Wenn ich genauer darüber nachdachte, gab es eine radikale Option, um uns alle zu zwingen, auch in der wirklichen Welt den Mund zu halten. Ein sofortiger Tod im *Spiel, das die Wirklichkeit unterwirft*. Trat dieser ein paar Mal hintereinander ein, würde das dazu führen, dass Level und Fähigkeiten fielen, dann auch Statistiken. Und jeder weitere Tod würde schlimmere Konsequenzen nach sich ziehen. Während der Trainingseinheit mit Fox hatte sie uns erklärt, dass es ausreichte, einen Spieler mit einem leeren Fortschrittsbalken fünf- bis siebenmal hintereinander zu töten. Dann würde sein Level auf null sinken und seine Fähigkeiten und sogar die Statistiken gelöscht werden. Das bedeutete den Tod, und zwar einen endgültigen. Danach würde ein Spieler nie wieder seinen Virt Pod verlassen. Und die Morphähen-Assassine wusste genau, wovon sie sprach, also zweifelte ich nicht an ihren Worten.

Aber selbst eine harte Methode wie diese war keine hundertprozentige Garantie dafür, dass wir alle schweigen würden. In den Pausen zwischen Respawns und dem Tod befand sich das Opfer manchmal in der wirklichen Welt und konnte dort mit Freunden sprechen. Die Informationen würden sich auf jeden Fall verbreiten, wenn auch langsam. Außerdem glaubte ich nicht im Geringsten daran, dass der berühmte „Anführer vieler Divisionen" Waid Shishish trotz seines hitzigen Temperaments und seiner harten Art kaltblütige Morde begehen würde. Auf die eine oder andere Weise hatte unsere Staffel ihm den Sieg gebracht, und er müsste schon ein ziemlich abgebrühter Freak sein, um das mit einem kalkulierten Mord zu belohnen.

Also, was schloss ich aus alledem? Wenn weder Drohungen noch Gewalt ausreichten, um uns ruhig zu halten, würde nur noch die Möglichkeit bleiben, unser Stillschweigen zu kaufen. Und das bedeutete, dass sehr bald jemand mit mir oder meiner Staffel Kontakt aufnehmen würde. Entweder der Kung selbst oder eine vertrauenswürdige Person, vielleicht sogar unser ehemaliger Kapitän, inzwischen ein gerühmter Kriegsheld.

Ich blickte die Wendeltreppe hinauf. Ob ich nun wollte oder nicht, ich würde mich in den 14. Stock des Maiskolbens schleppen und das Spiel betreten müssen, damit ein potenzieller Gesandter jemanden zum Reden hatte. Ich erhob mich von der untersten

Stufe, klopfte den Schmutz von meinem Trainingsanzug und legte meinem Kameraden, der immer noch schweigend dasaß und nachdenklich an seiner Nase herumfummelte, eine Hand auf die Schulter.

„Dimitri, ruh dich aus. Du kannst dich ja kaum noch auf den Beinen halten. Aber ich gehe ins Spiel. Ich wette, dass bald einige sehr wichtige Leute versuchen werden, mir ein Angebot zu machen, das ich nicht ablehnen kann."

Der Absolvent der Weltraum-Militärakademie nickte kurz, stand schwerfällig auf und machte sich auf den Weg zu den Wohngebäuden, als er plötzlich innehielt, sich umdrehte und, nun schon mit ein wenig mehr Elan, fragte, ob ich seine Freundin Lydia Vertyachikh gesehen hätte. Ich verneinte, obwohl ich die Journalistin bei der Party der Zweiten Legion gesehen hatte. Aber Dimitri würde nicht in diese geschlossenen Runde gelassen werden. Außerdem war mir, als ich die Party Hand in Hand mit Gerd Tamara verlassen hatte, Lydia Vertyachikh aufgefallen, die mit vom Wein und Tanzen geröteten Wangen eng umschlungen mit einem der jungen, athletisch gebauten, stattlichen Jungs der Zweiten Legion dagesessen und ihm etwas ins Ohr geflüstert hatte. Die Wahrscheinlichkeit, dass Dimitri seine liederliche Freundin nicht mehr auf der Party antreffen würde, war groß.

MEINE SCHLUSSFOLGERUNG ERWIES sich als richtig. Kurz nachdem ich auf dem Militärstützpunkt der Geckho erschienen war, kam Gerd Ost Rekh auf mich zu. Es war derselbe Shocktroop, der zuvor mit einem Prisenkommando eingeflogen war, um mich „zu verhaften".

„Gerd Nat, wir warten schon lange. Bitte folge mir in den schalldichten Besprechungsraum", sagte der Shocktroop und zeigte ans Ende eines langen Korridors.

Autorität auf 37 erhöht!

Trotz der respektvollen Anrede und des absolut friedlichen Klanges dessen, was er sagte, war der Gesandte merklich auf der Hut und behielt seine Hand stets an seinem Gürtelholster. Ich hatte keinen Zweifel daran, dass dem Geckho befohlen worden war, mich in diesen Raum zu bringen, ob ich nun Widerstand leistete oder nicht. Ich hätte natürlich nie im Traum daran gedacht, mich zu wehren, denn ich war selbst äußerst gespannt auf das kommende Gespräch.

Nach drei Minuten Fußmarsch durch die verwirrenden Gänge der Untergrundbasis und vorbei an zwei Posten mit bewaffneten Wachen betraten wir einen kleinen, runden Raum mit Spiegelwänden. Der Shocktroop befahl mir, in die Mitte des Raumes zu gehen und zu warten, dann eilte er hinaus und schloss die Tür hinter sich. Fünf bis sieben Minuten vergingen, und ich begann, mich zu langweilen. Ich hatte genug Zeit, um mein endlos in die Länge gezogenes oder auf die Maße eines Tönnchens zusammengedrücktes Selbst in den Zerrspiegeln zu betrachten. Da erlosch plötzlich das Licht, und eine Sekunde später erschien vor mir eine leuchtende Projektion. Es war Kung Waid Shishish, der sich genüsslich in seinem Thron zurücklehnte.

Ich ging sofort auf ein Knie und verbeugte mich tief, um dem allmächtigen Meister der Erde den gebührenden Respekt zu erweisen. Innerlich frohlockte ich, auch wenn ich mir nichts anmerken ließ. Der große Kung hatte sich dazu herabgelassen, persönlich mit mir zu sprechen. Das musste doch bedeuten, dass der ehrenwerte Geckho mich für den Sieg belohnen würde. Außerdem war es für mich immer einfacher gewesen, direkt mit den Hauptdrahtziehern zu verhandeln als mit ihren Marionetten und Untergebenen. Sie waren zu sehr an Anweisungen gebunden, und sie hatten nicht die Macht, diese zu brechen.

Der Beginn des Gesprächs verlief jedoch unerwartet, denn der Kung sagte kein Wort über den meleyephatianischen Planetoiden.

„Nnnat, mir ist zu Ohren gekommen, dass deine Frau beleidigende Worte über mich gesprochen hat. Ich muss sagen, ich bin sehr verärgert, dass du sie nicht sofort gezüchtigt hast. Ich erwarte eine Erklärung!"

Ups. Ehrlich gesagt hatte ich diesen unangenehmen Vorfall bereits vergessen. Aber anscheinend hatten die Spitzel vor Ort alles detailtreu aufgezeichnet, es geschafft, das Gesagte übersetzen zu lassen und sogar ihrem Herrscher über die Beleidigungen berichtet, die die menschliche Frau ausgesprochen hatte. Mir blieb nicht viel Zeit zum Nachdenken, ich musste sofort antworten. Schnell improvisierte ich eine Ausrede.

„Mein Herr, ich bin sicher, dass meine dumme junge Frau hier keine Schuld trägt. Sie hat keinen Filter für ihre Ausdrucksweise und eine große Klappe. Manchmal bin ich überzeugt, dass ihre Zunge ein Eigenleben führt und nie vorher das Gehirn konsultiert. Also gib ihrer Zunge die Schuld an ihrem Leichtsinn. Und beschuldige die Führer ihrer Fraktion, die ihr nie die politische Ordnung der Galaxis erklärt und nie den großen Herrscher unseres großen Planeten gezeigt haben. Ich finde, dass diese lasche Wissensvermittlung und der eindeutig mangelnde Respekt vor den Oberherren eine schwere Bestrafung verdienen. Du solltest dem Dunklen Bruch einen ihrer Knoten wegnehmen. Diese Strafe wäre für ihre Vergehen angemessen und würde sie zwingen, den Geckho in Zukunft den entsprechenden Respekt zu zollen. Und ich habe bereits mit meiner Frau gesprochen. Ich habe sie nicht getötet, ich habe nicht einmal die Hand gegen sie erhoben, aber ich habe sie das Fürchten gelehrt und, das versichere ich dir, sie wird diesen Fehler nie wieder begehen."

Psionik-Skill auf Level 54 erhöht!

Mentale Stärke auf Level 47 erhöht!

Mentale Stärke auf Level 48 erhöht!

„Findest du? Aber du hast mich bei unserem ersten Treffen auch nicht erkannt. Meinst du nicht, dass die Strafe zu streng ist?" Der mächtigste Geckho hatte offenbar seine Zweifel.

„Nein, überhaupt nicht. Manchmal muss man hart sein, mein Kung, um Respektlosigkeit im Keim zu ersticken und Probleme in der Zukunft zu vermeiden", sagte ich im Ton eines weisen, erfahrenen Beraters und fühlte mich ziemlich gut dabei. Würde das auch nur ansatzweise funktionieren?

Na, warum denn auch nicht? Erst da wurde mir klar, dass der große „Anführer vieler Divisionen" weder Zeit noch Grund hatte, sich mit all den verwirrenden und komplizierten Beziehungen zwischen seinen vielen Vasallenfraktionen auf einem weit entfernten, winzigen Planeten abzugeben. Er hatte bestimmt keine Ahnung, dass der Dunkle Bruch meiner eigenen Fraktion feindlich gesinnt war. Eher würde er das Gegenteil annehmen, da ja Minn-O meine Frau war. Und genau deshalb war Kung Waid Shishish überrascht, dass ich eine so schwerwiegende Strafe vorschlug. Was nicht heißen sollte, dass er sie ablehnte.

„Nun, Gerd Nat, du verstehst mehr von der menschlichen Psychologie als ich, also stimme ich deinem Vorschlag zu. So soll es sein! Das Level eines zufällig ausgewählten Knotens der Fraktion deiner Juniorfrau wird auf null gesetzt. Meine Berater werden dem Geckho-Diplomaten auf deinem Planeten den entsprechenden Befehl geben."

Psionik-Skill auf Level 55 erhöht!

Mystik-Skill auf Level 6 erhöht!

Du hast Level 67 erreicht!

Du hast 3 Fähigkeitspunkte erhalten!

Es hatte funktioniert! Ich freute mich über das eben geschaffte Level, aber noch viel mehr über das Geschenk, das ich gerade für meinen „Schwiegervater" ausgehandelt hatte. Leng Thumor-Anhu La-Fin würde sehr überrascht sein, wenn der offizielle Vertreter der Geckho den Dunklen Bruch aufforderte, ihren Anspruch auf einen Knoten aufzugeben. Wenn das blinde Los nur auf den gegnerischen Hauptknoten fallen würde, der bereits Level 4 war! Grenzgenial wäre das. 2.349 Spieler weniger. Unsere Feinde würden ewig brauchen, um sich von diesem Schlag zu erholen!

Die Stimme des Kommandanten der Dritten Geckho-Angriffsflotte riss mich aus meinen Tagträumen. „In Ordnung, beenden wir diese Formalitäten und kommen zu wichtigeren Themen. Nnnat, ich wollte direkt von dir hören, was auf dem feindlichen Planetoiden passiert ist."

Ich fackelte nicht lange und ging auch nicht unnötig ins Detail, weil ich nicht daran zweifelte, dass mein einflussreicher Oberherr ohnehin schon alles gehört hatte. Ich sagte nur, dass ich einen Befehl ausgeführt hätte, den ich bei unserem letzten Treffen vom Kung erhalten hätte, nämlich, mich als Glücksbringer zu beweisen und der Dritten Angriffsflotte den Sieg zu bringen.

„Denkst du nicht, dass das ein bisschen pompös klingt?" Der Kommandant schien etwas erstaunt über meine Unverschämtheit und zeigte mir das lilafarbene Ehrenband, das er gerade erhalten hatte.

Ich musste mich beherrschen und mich bemühen, Loyalität und Dialogbereitschaft zeigen. „Mein Kung, ich kenne die offizielle Version der Ereignisse, und ich habe kein Problem damit. Ob Captain Uraz Tukhsh es nun getan hat, oder ob irgendein Prekursoren-Artefakt anderswo explodiert ist, oder ob das Licht des Sterns in der Nähe sich einfach im Sumpfgas gebrochen und so ein Feuer entfacht wurde ... es ist mir egal, und ich werde die Geschichte so erzählen, wie es für meinen Herrn am nützlichsten ist."

Er wurde deutlich ruhiger und brummte sogar zufrieden. Ich wagte mich indes weiter zum kniffligsten Teil.

„Und doch wissen wir beide, dass die Schlacht eine Viertelummi nach der Zerstörung des Shiamiru und dem Tod seines Kapitäns Uraz Tukhsh noch im Gange war. Das ist ein Schwachpunkt in der offiziellen Geschichte. Meine zwölfköpfige Staffel war noch am Leben und hat tief in der unterirdischen Basis gegen die Meleyephatianer gekämpft. Wir haben etwa 800

Verteidiger der Festung getötet und eine Reihe von Explosionen unter Tage verursacht, die zur Deaktivierung der Schilde und zur Kapitulation der Meleyephatianer geführt haben. Eine gekaperte Fregatte und ein Videoclip können das beweisen."

„Ich habe bereits die Rechte an deinem gesamten Material gekauft", warf Kung Waid Shishish scharf ein. „Und ich hoffe, du verstehst, Nnnat, dass diese Szenen nie auch nur auf einem einzigen Nachrichtenkanal in der Galaxie zu sehen sein werden."

Ich nickte schweigend und verbarg dabei meine Bestürzung und meinen Ärger vor dem Kung. Verdammt aber auch! Der Kung war nicht dumm. Also hatten wir unseren aussagekräftigsten Beweis verloren.

Der Flottenkommandant erhob sich und richtete sich zu seiner vollen, gigantischen Größe auf. Ich kniete immer noch und fühlte mich wie ein winziges Insekt.

„Ja, Nnnat. Das Filmmaterial wird zerstört und dein Ruhm daher nicht wachsen. Aber ich schätze den Beitrag deiner Staffel zum gemeinsamen Sieg und will nicht undankbar sein. Als Entschädigung erhalten alle Soldaten, die den feindlichen Komplex betreten haben, 50.000 Kristalle. Was willst du noch? Die gekaperte Fregatte? Ich bin bereit, sie deinem Team unter der Bedingung zu überlassen, dass ihr alle den Mund haltet. Und falls das Schweigen jemals gebrochen wird,

Nnnat, werde ich dich persönlich als Kommandant zur Rechenschaft ziehen. Verstehst du diese Verantwortung, Gerd Nnnat? Ja? Großartig! Die Fregatte und die restliche Beute werden demnächst zum Kometen Un-Tesh gebracht, also holt euer Schiff!"

Ich sah, dass er sich darauf vorbereitete, das Gespräch zu beenden, und warf eilig noch ein letztes Wort ein.

„Gewiss wollte mein Kung seine Großzügigkeit und seinen guten Willen zeigen, indem er uns die meleyephatianische Fregatte überlässt, aber in ihrem jetzigen Zustand fürchte ich, dass das Raumschiff eher eine Last als ein Geschenk ist. Viele Teile wurden bei der Explosion zerstört. Das Triebwerk, die Steuerrakete und eine Vielzahl anderer unerlässlicher Systeme. Ohne sie ist die Fregatte nichts anderes als ein bewegungsunfähiges Stück Schrott. Ich habe keine Ahnung, was wir damit anfangen sollen."

Psionik-Skill auf Level 56 erhöht!

„Ach ja?" Anscheinend hatte der Kommandant nichts über den Zustand des Schiffes gewusst und meine Worte kamen überraschend. „Nun gut. Ich werde alle notwendige Reparatur- und Servicearbeiten in die Wege leiten, damit dein Raumschiff vom Un-Tesh-Kometen abheben und eine nahe gelegene Basis erreichen kann. Aber von da an geht es mich nichts mehr an! Um die restlichen Reparaturkosten musst du dich selbst kümmern. Dass das gekaperte Schiff beschädigt wurde und für einige Zeit fluguntauglich sein wird, ist gar nicht so schlecht. Bis sich die ganze Aufregung gelegt hat, will ich nicht, dass du dich mit deinen Freunden in der Nähe der Dritten Angriffsflotte herumtreibst. Mit deinem Geschwätz säst du nur Zwietracht. Wenn ich jemals wieder einen Glücksbringer brauche, werde ich dich finden."

Autorität auf 38 erhöht!

Damit war die Audienz beendet. Das Hologramm des Kung verschwand, und ich befand mich wieder allein im runden Spiegelsaal. Ich taumelte vor Erschöpfung. Mein Mana neigte sich längst dem Ende zu, und die letzten Minuten des Gesprächs mit dem großen Kung hatten mich meine ganze Ausdauer gekostet. Nach ein paar tiefen Atemzügen ließ ich meinen aufgestauten Gefühlen freien Lauf, stieß einen markerschütternden Freudenschrei aus und wurde fast taub vom Echo, das von allen Seiten auf mich zurückdonnerte.

In diesem Spiel hatte ich schon lange einen Traum gehabt. Er war vage gewesen und war am Rande meines Bewusstseins dahin gedümpelt. Tatsächlich schien es technisch unmöglich, dass er jemals wahr werden würde. Ich hatte Angst und mich sogar geschämt, meine engsten Freunde in diesen Traum einzuweihen. Seit meinem allerersten Raumflug auf dem Shiamiru hatte dieser Traum langsam Gestalt angenommen und plagte mich seitdem Tag für Tag, genährt von neuen Emotionen, Wissen und Fakten. Ein eigenes Raumschiff, mein großer Traum. Endlich den weiten Kosmos zu durchqueren, Geheimnisse zu erforschen, Abenteuer zu erleben und unentdeckte Sterne zu finden. Völlige Freiheit zu haben und nicht mehr von verrückten Aristokraten oder Fraktionsvorsitzenden oder sonst jemandem abhängig zu sein. Es war ein schöner Traum. Und jetzt hatte ich ein Raumschiff. Plötzlich war alles Realität! Und nun? Die Antwort war klipp und klar: Hinaus in die Welt und neuen Träumen hinterherjagen!

Kapitel 15

Team Nat ist zurück

ES WÜRDE NOCH ein, zwei Stunden dauern, bis alle Mitglieder von Team Nat zurück sein sollten. Keines von ihnen war bislang aufgetaucht. Also beschloss ich, diese Zeit vernünftig zu nutzen. Zuerst suchte ich Gerd Ost Rekh auf, der sich auf dem Militärstützpunkt auskannte und mich zum örtlichen Schatzamt begleitete, um zwölf identische Taschen mit roten Kristallen abzuholen. Danach aßen wir einen Happen in der Kantine und, nachdem ich mich vergewissert hatte, dass immer noch kein Mitglied meiner Staffel im Spiel war, setzte ich mich hin, um Reliktikersprache zu pauken.

Es wurde immer einfacher, neue Symbole zu verstehen. Einige simple Sätze konnte ich jetzt sogar schon spontan übersetzen, aber die komplexeren Phrasen überstiegen immer noch meinen Horizont. Dabei wurde ich das Gefühl nicht los, dass es doch bald zu einem erheblichen Anstieg meiner Lernkurve kommen würde, nämlich wenn die Hunderten einzelnen Glyphen endlich zu einem Gesamtbild zusammenkamen und ich die Grundregeln der Phrasenkonstruktion verstehen konnte.

„Zuhörer, ich warte auf das Kommando."

Ich durchsuchte seitenweise halb übersetzten, aber im Grunde unverständlichen Text. Ich traf zufällig auf ein unbekanntes blinkendes Symbol und aktivierte es. Es erschien eine Zeile, die mich zur Einstellungsseite führte. Hier befand sich also der Zugang zur Drohnen- und Maschinensteuerung. Ich hatte dieses Fenster einmal versehentlich geschlossen, ohne wirklich zu wissen, was es war, und ich hatte es danach nicht wiederfinden können.

Zum ersten Mal war es aufgetaucht, als ich den Anzug erhalten hatte, und jedes Mal, wenn der rot blinkende Text auf dem Helmbildschirm erschienen war, hatte ich das Fenster einfach wieder geschlossen, da es meine Sicht blockiert hatte. Irgendwie hatte ich es sogar geschafft, eine Seite aus den Einstellungen zu löschen. Danach hatte ich eine halbe Ewigkeit damit zugebracht, die Informationen über meine fehlende Kleine Reliktiker-Wachdrohne zu finden. Ich hatte mir bereits Sorgen gemacht, dass ich diese Informationen ein für alle Mal verloren hätte und meine einzigartige Trophäe mit ihnen. Jetzt endlich hatte ich sie aufgespürt.

Ich zog das Fenster für die Maschinensteuerung

in die Schnellzugriffsliste, damit ich es nicht schließen und wieder verlieren würde, und lotete dann die Möglichkeiten aus, die es bot. Was konnte ich damit anfangen? In der gesamten Liste der von mir kontrollierten Maschinen fand ich nur eine aktive:

Kleine Reliktiker-Wachdrohne. Ort unbekannt. Zustand unbekannt.

Das war nicht viel. Meine Drohne war weiß der Geier wo, aber sie konnte anscheinend Befehle empfangen. Wenn ich nur herausfinden könnte, wie man diese Befehle gab ...

„Flieg zu mir!", befahl ich gedanklich und erhielt tatsächlich eine Antwort. Zwar schwach, und es dauerte ein wenig, bis sie ankam, aber da war eine Nachricht, ganz eindeutig! Zuerst erschien eine Bitte um Bestätigung vor meinem geistigen Auge, dann tauchte dieselbe Botschaft in roten Symbolen auf meinem Gesichtsschild auf.

Die Kleine Wachdrohne vermutet, dass dein letzter Befehl mit hoher Wahrscheinlichkeit (über 99,78%) fehlerhaft war. Bestätigung erforderlich. Zuhörer, soll deine Drohne zu ihrem Meister fliegen? (Ja/Nein)

So ein hartnäckiger, kleiner Metallbrocken! Da verbrachte das Teil Jahrtausende mit Nichtstun, und als ich es bat, sich zu aktivieren, kriegte es gleich Zustände! Beinahe mechanisch wählte ich „Ja", wollte aber trotzdem zusätzliche Informationen. Mich interessierte, was der Drohne an meinem relativ einfachen und leicht verständlichen Befehl nicht gefiel.

Geschätzte Flugzeit: 257.143 Jahre, 215 Tage, 6 Stunden, 11 Minuten.

Wahrscheinlichkeit, von automatischen Prekursoren-Abwehrsystemen entdeckt und zerstört zu werden: 84.1 %

Wahrscheinlichkeit des biologischen Todes des Zuhörer-Meisters während des Fluges: 100 %

Batteriestand kritisch. Zu wenig Energie für die vollständige Funktion aller Systeme. Möglichkeit einer vorzeitigen Beendigung des Fluges aufgrund technischer Probleme: 61,2 %

Scheiße. Es stellte sich heraus, dass dieser Metallbrocken offenbar viel klüger war als sein Meister, weshalb er meinen dummen, selbstmörderischen Befehl nicht ausführen wollte. Ich widerrief eilig den Befehl und wies die Drohne an, sich zu verstecken und auf mich zu warten.

Maschinensteuerung auf Level 42 erhöht!

Psionik-Skill auf Level 57 erhöht!

Elektronik-Skill auf Level 48 erhöht!

In dem Augenblick erschien Minn-O einen Schritt von mir entfernt. Die Prinzessin war außer Atem und sah so verschreckt aus, als wäre sie gerade auf der Flucht vor einem Rudel tollwütiger Hunde und hatte sich in letzter Sekunde auf einen Baum retten können. Der erste Satz, den meine *Wayedda* hervorbrachte, zeigte, dass das gar nicht so weit von der Wahrheit entfernt war.

„Nat, du solltest die schrecklichen Zustände in meiner Heimatwelt sehen! Großvater kocht vor Wut, er hat ein Dienstmädchen pulverisiert, nur weil es seiner Ohrfeige ausgewichen ist. Über Videotelefon hat er mich so sehr angeschrien, dass ich dachte, er würde mich töten!"

„Hat er von Kung Waid Shishishs Befehl erfahren?", erriet ich sofort, und die Augen meiner Gefährtin weiteten sich.

„Woher weißt du das?"

Ich erklärte, dass ich kürzlich ein schwieriges Gespräch mit dem Geckho-Militärführer geführt hätte, der sehr verärgert gewesen wäre, als er gehört hatte, dass meine Juniorfrau ihn beleidigt hätte. Daher wüsste ich, dass Minn-Os Fraktion bestraft und das Level eines zufällig ausgewählten Knotens auf null gesetzt worden wäre.

„Das ist wahr. Ich sprach gerade mit Mitregent Thumor-Anhu über die Reise physischer Körper zwischen den Fraktionen, als plötzlich ein Magiebediensteter eintrat. Er hatte eine steinerne Miene aufgesetzt, also wusste ich sofort, dass ein Gesandter schlechte Nachrichten gebracht hatte und er sich vor den berüchtigten Wutausbrüchen meines Großvaters fürchtete. Der Bote sagte, dass der Geckho-Diplomat Kosta Dykhsh im Spiel in unser Land gekommen wäre und forderte, dass wir das Zitadellen-Hexagon, das ihr den Friedhofsknoten nennt, sofort aufgeben. Mein Großvater war überrascht und erst überzeugt, dass es sich um einen Fehler handelte. Aber der Magiebediensteter fiel Thumor-Anhu vor die Füße und sagte, dass es kein Fehler wäre, und er könnte die Entscheidung der Oberherren nicht anfechten, da der Geckho-Diplomat auf Befehl von Kung Waid Shishish höchstpersönlich gekommen wäre! Nat, das ist alles meine Schuld!"

Minn-O begann zu schluchzen und drückte sich schutzsuchend an mich. Die Prinzessin zitterte vor Sorge und Angst wie Espenlaub. Tränen strömten über ihr Gesicht, und ich umarmte meine Wandergeliebte fest, beruhigte sie und sprach ihr aufmunternde Worte zu. Zwei Minuten vergingen, bevor Minn-O überhaupt fortfahren konnte. Sie trocknete ihre Tränen und atmete tief ein.

„Ich hatte großes Glück. Großvater war zu betroffen von den Nachrichten, um herauszufinden, wer die Schuld an dieser Katastrophe trägt. Mir war bald klar, wer die Geckho so erzürnt hatte. Ich habe leise den Raum verlassen und bin zu meinem Virt Pod geeilt. Ich habe es zwar geschafft, mich aus dem Palast zu schleichen und zu meiner Kapsel zu gelangen, aber ich hatte keine Chance, das Spiel zu betreten ... Ich musste seinen Anruf beantworten und mir anhören, was Thumor-Anhu über meine geistigen Fähigkeiten zu sagen hatte. Es war sehr verletzend und, noch mehr als das, es war angsteinflößend. Glücklicherweise kann Großvater per Videotelefon keine Gedankenkontrolle ausüben, sonst hätte er mich nie ins Spiel gelassen. Irgendwann konnte ich die Tiraden von Anschuldigungen und Flüchen nicht mehr ertragen, habe das Videotelefon ausgeschaltet, bin in meinen Virt Pod gestiegen und habe eilig den Deckel geschlossen. Und jetzt bin ich mir nicht einmal sicher, ob ich das Spiel jemals wieder verlassen und mir all die schrecklichen Beleidigungen anhören soll, mit denen Mitregent Thumor-Anhu in seiner Rage um sich wirft …"

Ich konnte spüren, dass das Mädchen wieder zu zittern begonnen hatte. Mir war klar, dass Minn-O panische Angst vor ihrem furchtbaren Großvater hatte. Sie erzitterte nicht vor irgendeinem abstrakten Übel, sondern vor echten körperlichen Schmerzen.

„Glaubst du, der alte Mann würde dir jemals etwas antun?", fragte ich misstrauisch.

Minn-O antwortete mit einem traurigen Lächeln. „Ob ich das glaube? Ich habe immer noch blaue Flecken von der ‚kleinen Lektion', die Thumor-Anhu mir als Strafe für das, was auf der Fähre passiert ist, erteilt hat. Und diesmal, fürchte ich, werde ich nicht mit einer kleinen Lektion davonkommen. Überleg doch mal, die Zitadelle ist ein gut entwickeltes Level-2-Hexagon! Dort gibt es riesige Munitionslager, beeindruckende Verteidigungslinien und Gebäude, die mehrere Stockwerke tief in die Erde reichen. All das hat so viel Arbeit gekostet. Zehntausende von Arbeitsstunden! Und all das wird wegen meiner Dummheit verloren gehen."

Verloren gehen? Der Knoten würde einfach auf null zurückgesetzt werden. Dann konnte der Dunkle Bruch sofort wieder einsteigen. Schlimmstenfalls würden sie vielleicht zwei oder drei Tage bis zum Erreichen des ersten Levels warten müssen, dann vielleicht zehn weitere bis zum zweiten. Das war doch keine harte Strafe. Natürlich würde die maximale Anzahl von Spielern vorübergehend sinken, und vielleicht würden einige der Waffen des Friedhofsknotens nicht funktionieren, aber das war alles eine temporäre Angelegenheit und wirklich nicht so schlimm. Oder hatte ich da irgendetwas falsch verstanden? Ich gab bereitwillig zu, dass ich nicht mit allen Regeln vertraut war.

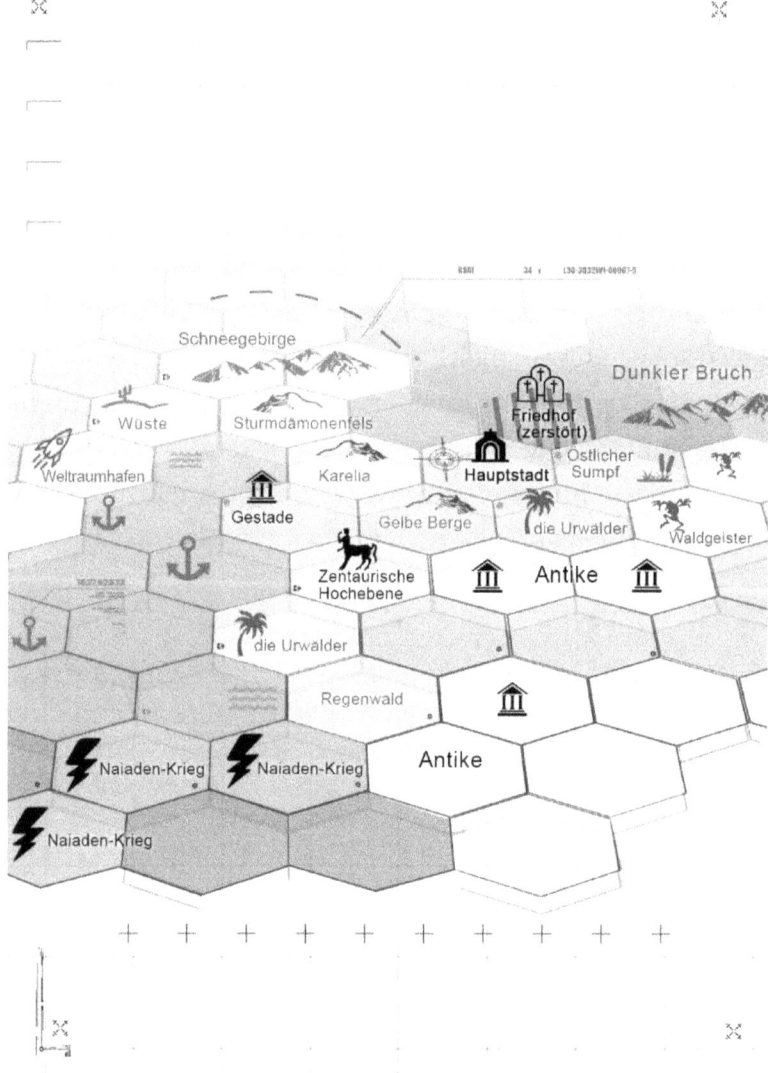

Minn-O dachte anfangs, ich würde sie verspotten. Trotzdem erklärte sie mir bereitwillig den Ernst der Lage. „Einige der Gebäude und Verteidigungsstrukturen können ohne ein ausreichend hoch geleveltes Hexagon nicht existieren. Sobald das Level fällt, zerstören sie sich selbst. Wusstest du das nicht? Und auch die Festung dieses zentral gelegenen Hexagons wird zerstört. Wir müssen alles von Grund auf neu bauen, und das erfordert viel Zeit und unzählige Ressourcen. Allein die Baumaterialien für eine Level-2-Festung werden 40.000 Kristalle kosten!"

Ich musste zugeben, dass mir das nicht bewusst gewesen war. Dafür war nun offenbar der richtige Zeitpunkt gekommen, um meiner Begleiterin ihre Kristalltasche zu überreichen.

„Ich habe hier 50.000, eine Belohnung von der Führung der Dritten Angriffsflotte für unsere Tapferkeit auf dem meleyephatianischen Planetoiden. Ach, und Schweigegeld, damit wir das, was dort wirklich passiert ist, nicht ausplaudern. Wenn du willst, schicke Leng Thumor-Anhu La-Fin das Geld als Entschädigung für den verlorenen Knoten. Aber ich würde sagen, kauf dir stattdessen einen Raumanzug und eine anständige Waffe."

Minn-O dachte nicht lange nach und erklärte, dass sie sich für die letztere Option entscheiden würde. Sie wollte einen guten, gepanzerten Anzug und Waffen kaufen, damit sie mit meinem Team mithalten konnte.

„Großartig!", sagte ich, erfreut über die Wahl der

Prinzessin. „Es gibt ein Handelsterminal in der Nähe. Ich zeige dir, wie man es benutzt."

Aber Minn-O hielt mich auf und sagte, das wären noch nicht alle Neuigkeiten. Wie sich herausstellte, hatte sie meine Mission erfüllt und mehr oder weniger den Algorithmus für den Fraktionswechsel herausgefunden. Die Prinzessin war sogar bereit, sich selbst als Testperson für den Eintritt in die Human-3-Fraktion und meine Heimatwelt zu opfern.

„Ich bin deine *Wayedda* und möchte überall mit dir hingehen. Nicht nur im Spiel! Großvater hat mir erklärt, dass die Technologie zum Transfer von physischen Körpern zwischen den Welten noch nicht vollständig getestet wurde und gefährlich sein könnte. Das erste Versuchskaninchen sollte Tyulenev sein, aber der Prozess wurde gestoppt, weil ihr ihn zurückverlangt habt. Aber ich bin bereit, es zu riskieren, denn ich kann mir nicht vorstellen, jetzt zu meiner Fraktion zurückkehren zu müssen."

Es waren interessante und vielversprechende Nachrichten, aber ich bat Minn-O, ihre Entscheidung nicht zu überstürzen. Erstens würde es nicht schaden, sich mit klugen Mitgliedern der großen Raumfahrtrassen zu beraten und den Algorithmus zu überprüfen, um ihr Leben nicht unnötig aufs Spiel zu setzen. Außerdem musste ich einen eventuellen Transfer mit der Führung meiner Fraktion absprechen. Ich brauchte dazu auch die Garantie, dass sie menschenwürdig behandelt wurde, denn das Letzte, was ich wollte, war, dass die Prinzessin in Geiselhaft genommen und als Druckmittel gegen ihren Großvater benutzt wurde.

„Bitte überlege dir das gut. Und habe keine Angst vor deinem Großvater. Sobald du die Chance dazu hast, sag ihm, was ich gesagt habe. Mitregent Thumor-Anhu La-Fin hat eindeutig vergessen, dass sich die Dinge grundlegend geändert haben und du jetzt meine *Wayedda* bist. Von nun an kann nur ich entscheiden, wie man dich behandeln soll, sicherlich aber nicht er. Und meine Frau zu beleidigen, bedeutet, mich zu beleidigen. Jeder Angriff auf dich ist auch ein Angriff auf mich. Wenn er dir also auch nur ein einziges Haar krümmt, wird deine Fraktion nicht mehr nur mit einem zerstörten Knoten davonkommen! Sag deinem Großvater, dass ich der einzige Grund bin, warum er noch am Leben ist, denn Kung Waid Shishish war fuchsteufelswild und dachte ernsthaft darüber nach, entweder dich oder den Führer deiner Fraktion in der wirklichen Welt hinrichten zu lassen. Es hat mich viel Mühe gekostet, den großen Kriegsführer zu einer milderen Bestrafung zu überreden. Thumor-Anhu La-Fin soll das nie vergessen!"

Psionik-Skill auf Level 58 erhöht!

Mystik-Skill auf Level 7 erhöht!

Autorität auf 39 erhöht!

Gut, vielleicht hatte ich meine Rolle im Gespräch mit dem Kung etwas übertrieben dargestellt.

Ich ging davon aus, dass die Prinzessin nie in der Lage sein würde, meine Aussage zu überprüfen, und ihr würde meine Geschichte wohl besser gefallen als die Realität. Aber Minn-O wand sich aus meiner Umarmung und entfernte sich ein paar Schritte von mir. Hatte sie die Lüge gespürt? Oder hatten meine letzten Worte sie in irgendeiner Weise verletzt? Wie sich herausstellte, war genau das Gegenteil der Fall. Zu meiner Überraschung verbeugte sich die Prinzessin tief vor mir.

„Seitdem ich denken kann, warte ich auf diesen Tag!", sagte sie dann mit unverhohlenem Triumph. „So lange hoffe ich schon auf einen Helden, der in der Lage ist, den großen und schrecklichen Mitregenten der Menschheit, Thumor-Anhu La-Fin, herauszufordern. All die Jahre habe ich mir vorgestellt, dass man mich in einen Turm eingesperrt hatte. Ich war eine Prinzessin, die von einem grässlichen Monster bewacht wurde, und ich habe auf meinen kühnen Ritter ohne Furcht und Tadel gewartet. Und jetzt ist er da! Mein Mann, wenn du nur wüsstest, welche Freude du mir gerade bereitete hast. Für dich würde ich sogar ..."

Autorität auf 40 erhöht!

Ich wusste nicht, was Minn-O mir noch sagen wollte, denn in dem Moment kam mein Kätzchen ins Spiel, und sie verstummte peinlich berührt. Tini erblickte mich und brach sofort in lautes Freudengejohle aus.

„Meister Nat, ich habe es geschafft! Die große

Priesterin Amiru U-Mayaoo hat mit mir gesprochen und dem Angebot von einer Million Krypto für ihren Schwanz zugestimmt! Sie befahl, die Trophäe so schnell wie möglich zur nächsten miyelonischen Basis zu bringen und sie einem Vertreter des Ersten Rudels oder dem Vorsitzenden dort zu überreichen. Die große Amiru hat mich sogar gesegnet und befohlen, dich überall hin zu begleiten! Und sie hat mich gebeten, dir zu sagen, dass sie nur wenige Informationen über die Reliktikerklassen in den Archiven der Sternenstadt gefunden hat. Es scheint, dass der Zuhörer nur eine Zwischenstufe in der Klassenentwicklung ist. Danach folgt entweder Denker, Verschlinger oder Administrator. Das sind ihre drei höchsten Klassen, die im Allgemeinen den Reliktikerherrschern vorbehalten waren."

Astrolinguistik-Skill auf Level 80 erhöht!

Die unbekannte Glyphe in der Beschreibung bedeutete also „Verschlinger"! Wahrscheinlich konnte ein Zuhörer je nach Vorliebe und Skills den Weg eines Intellektuellen, Administrators oder Kriegsführers wählen. Aber wie traf ich diese Entscheidung? Welche Fähigkeiten mussten gelevelt werden und wie hoch? Ich brauchte unbedingt detailliertere Informationen, aber Tini konnte mir nichts Weiteres erzählen. Wahrscheinlich wusste selbst die weise Amiru U-Mayaoo nicht mehr.

Kaum eine Minute später erschienen in der Nähe Vasha, Eduard Boyko und Imran. Gleich darauf kamen auch Basha und Avan Toi hinzu. War es schon Zeit? Ich warf einen Blick auf den Countdown-Timer. Ja, punktgenau. Die letzten Sekunden verrannen vor meinen Augen. Genau als der Timer piepste, kam auch Uline Tar ins Spiel. Fast alle waren hier. Nur der Heiler fehlte noch.

„Der kommt nicht", sagte der Ladungsoffizier verbittert. „Ich habe kürzlich mit unserem ehemaligen Kapitän Gerd Uraz Tukhsh gesprochen und herausgefunden, dass der Heiler zu ihm zurückgekehrt ist. Weil Tukhsh ja nun ein berühmter Kriegsheld ist und all das ..."

„Sein Pech", sagte ich in einem ruhigen, selbstbewussten Ton. Ich durfte mir nicht anmerken lassen, dass mich der Verrat eines Mitglieds meiner Staffel schmerzte. „Dann wird der Anteil der Heilers an der Belohnung eben für die Reparaturen an unserem Tolili-Ukh X ausgegeben. Ich bitte den Rest von euch, einer nach dem anderen, zu mir zu kommen und ihr erstes Gehalt von ihrem neuen Kapitän Gerd Nat abzuholen!"

Autorität auf 41 erhöht!

Psionik-Skill auf Level 59 erhöht!

„Hat Kung Waid Shishish uns wirklich erlaubt, das Raumschiff zu behalten?" Ladungsoffizier Avan Toi zitterte ein wenig vor Aufregung, und auch die Gesichter der anderen erhellten sich.

Ich antwortete, dass ich mit dem Flottenchef persönlich gesprochen hätte und uns das Recht auf das Schiff zugesichert worden wäre. Die Fregatte würde bald auf den Un-Tesh-Kometen gebracht werden. Ich sagte meinem Team auch die Wahrheit über den schlechten Zustand des Schiffes und erklärte ihnen, dass die Reparatur viel Geld verschlingen würde. Einige Ideen hatte ich dazu aber schon, und ich war zuversichtlich, dass wir die Fregatte schnell für den interstellaren Flug tauglich machen konnten.

Kapitel 16

Ein Freier Kapitän

„**M**EINST DU, WIR kriegen das Ding wirklich in die Luft?", fragte ich Scheltow mit unverhohlenem Zweifel. Als die Tore des Reparaturhangars zur Seite glitten, sah ich einen lädierten, eingedellten Haufen Metall, der nur vage an eine Fregatte erinnerte.

„Komm schon, Nat! Es sieht doch schon mehr oder weniger okay aus. Du hättest sehen sollen, in welchem Zustand sich die Fregatte direkt nach der Explosion befunden hat", beruhigte der Pilot mich. Dann zeigte er stolz auf einige rechteckige Flecken am unteren Teil des Schiffskörpers. „Ayukh und ich haben bereits die größten Löcher da unten repariert. Wir haben die Versiegelung in jedem Wohnbereich wieder zum Laufen gebracht, und alle Räume halten jetzt problemlos Luft. Die Geckho-Militärmechaniker haben uns während des Aufenthalts im Mutterschiff sogar einen Sprungantrieb gegeben! Der ist allerdings, um ehrlich zu sein, nicht das Gelbe vom Ei. Er stammt aus einem kaputten Shuttle und ist ein bisschen schwach für eine Fregatte. Ein Triebwerk und die beiden Arten von Steuerrakete zu haben würde nicht schaden. Dann könnten wir theoretisch fliegen."

„Theoretisch?" Ich wiederholte die Worte des Piloten, und Dimitri Scheltow lächelte schief.

„Was hast du gedacht, Nat? Dieses Ding kann im Weltraum fliegen, aber wohin? Wir würden weder wissen, wohin wir fliegen, noch das Schiff kontrollieren können. Wir haben keine anständigen Ortungsgeräte, unser Kraftfeld schaltet sich kaum ein, die Instrumententafeln sind nicht für menschliche Augen geeignet, das Schiff hat keine Landungsstützen oder Stabilisatoren, nicht einmal einen künstlichen Schwerkraftgenerator gibt es ..."

Ich versicherte dem Piloten, dass der Kommandant der Dritten Angriffsflotte versprochen hatte, unsere Fregatte einer grundlegenden Reparatur zu unterziehen und das Raumschiff anschließend zu einer benachbarten Basis zu überstellen. Und ich sagte, ich würde verlangen, dass die Mechaniker dieses Versprechen auch hielten. Mein Freund, durch diese Neuigkeiten ermutigt, war in einer deutlich besseren Laune, nachdem er den Sack mit den roten Kristallen erhalten hatte.

Da bemerkte ich plötzlich einen Riss im Körper des Schiffes. Ein gigantischer, flacher Tausendfüßler kroch aus diesem Riss hervor und klapperte mit seinen unzähligen Beinen über die unebene Oberfläche. Das übergroße Insekt schien komplett aus Metall zu bestehen. Was zum Henker war das nun wieder? Ich hatte das Schiff doch gerade erst bekommen! Was es jetzt schon von Parasiten befallen? Ich entzifferte den Namen der Kreatur:

Kirsan. **Autonomer** **Mechanoid-Reparaturroboter.**

Puh! Reparatur-Roboter? Das Ding half uns also? Der metallische Tausendfüßler war unterdessen zu einer der Beulen im Rumpf gekrochen und direkt darüber stehengeblieben. Unter seinem flachen Bauch erschien eine helle, bläuliche Flamme wie die eines Elektroschweißgeräts. Schnell wandte ich mich ab, um mich nicht blenden zu lassen. Dimitri folgte meinem Beispiel.

„Es gab jede Menge dieser Dinge auf dem Mutterschiff der Geckho. Eine Art automatischer Reparatur-Roboter. Ayukh hat bestätigt, dass sie trotz ihres Aussehens so etwas wie ein Lebewesen sind. Anscheinend sogar ein ziemlich intelligentes. Meiner Meinung nach sind es nur Roboter. Die Überreste der Mechanoid-Technologie, die ihre Meister überlebt haben. Die Geckho beachten sie kaum. Sie kriechen überall herum, helfen den Mechanikern und reparieren alles, was sie unter die Füße bekommen. Es waren bereits drei von ihnen auf unserer Fregatte. Ayukh hat gesagt, wir sollen sie machen lassen." Und da tauchte nun tatsächlich unser Navigator auf. Der würde Licht in die Sache bringen!

Ayukh kam fröhlich brummend auf uns zu. Er begrüßte mich herzlich und zeigte mir eine Art elektronisches Tablet in einem gummierten Gehäuse.

„Gerd Nat, hier sind die Dokumente! Der Kommandant hat uns endlich das Eigentumsrecht übertragen. Ich habe dich als Captain eingetragen. Du kannst entscheiden, wie du die restlichen Stellen besetzt."

Ich öffnete das Gehäuse und entdeckte einen Tablet-Computer sowie einen flachen, dunkelblauen Kristall in einer speziellen Vertiefung, in dem ich einige komplexe Elektronikchips und kleine, farbige Glühbirnen sehen konnte, die immer wieder schwach blinkten.

Ausweis. Gerd Nat. Freier Captain.

„Das ist der Schlüssel des Kapitäns", erklärte der Navigator mir munter. „Im Moment hat er keinen bestimmten Zweck. Du zeigst ihn einfach in Raumhäfen vor, wenn du durch die Sicherheitskontrollen gehst. Aber später, wenn wir erst die Elektronik auf der Fregatte Tolili-Ukh X ausgetauscht haben, brauchen wir den Schlüssel, um das Schiff mit dir zu verbinden und die Zugangsberechtigung für die Crew auf verschiedene Sektoren festzulegen. Den zweiten kleinen Schlüssel behalte ich als ältester Offizier selbst, und eine weitere Kopie geht an den Hauptpiloten. Auf diese Weise können nur drei Besatzungsmitglieder die Maschinen des Schiffes einschalten und den Befehl zum Abheben geben."

Ruhm auf 59 erhöht.

Elektronik-Skill auf Level 49 erhöht!

Maschinensteuerung auf Level 43 erhöht!

Du hast Level 68 erreicht!

Du hast 3 Fähigkeitspunkte erhalten! (Gesamtpunktzahl: 6)

Unfassbar! Ich war offiziell als Freier Kapitän mit meinem eigenen Schiff registriert, ich hatte sogar Unterlagen erhalten! Ich legte den Kristallschlüssel in mein Inventar und nahm das Tablet zur Hand. Der Bildschirm leuchtete sofort auf.

Fregatte Tolili-Ukh X. Meleyephatianische Modul-Fregatte, Standardmodell. Konfiguration: (unbestimmt)

Status: schwer beschädigt, reparaturbedürftig

Energieschild: 100 % (2.300.000 von 2.300.000 Leistungseinheiten)

Festigkeit des Schiffskörpers: 2,2 % (176.450 von 8.000.000 Leistungseinheiten)

Höchstgeschwindigkeit: unbestimmt, keine Hauptsteuerrakete

Manövrierfähigkeit: unbestimmt, keine Manöversteuerraketen

Maximale Hypersprung-Distanz: 0.831

Achtung! Sie sind der erste Besitzer dieser Fregatte und können ihr einen Namen geben.

Die letzte Zeile machte mich stutzig. Seiner Waffe einen Namen zu geben, erfüllte ja einen Zweck, was also würde es bei einem Raumschiff bewirken? Ich stellte diese Frage dem Navigator.

„Ein kleiner Bonus für Manövrierfähigkeit und Geschwindigkeit", antwortete der allwissende Ayukh sofort. „Aber nicht alle Kapitäne wollen ihrem Schiff einen Namen geben, denn das hat auch viele Nachteile. Ein Schiff mit Namen ist natürlich leichter zu verfolgen, da jedes automatisierte Scansystem es nicht als eine abstrakte Fregatte der Tolili-Ukh-Klasse wahrnimmt, sondern unter einem bestimmten Namen. Für Händler oder Schmuggler, die ihr Kommen und Gehen nicht an die große Glocke hängen wollen, ist das ein deutlicher Minuspunkt. Piraten, Kämpfer und Kopfgeldjäger wollen auch nicht immer, dass ihre Opfer sehen können, welches Schiff sie gerade vernichtet hat. So kann nämlich auch niemand herauszufinden, wer der Kapitän ist, und einen Rachefeldzug starten. Aber andere benutzen einen Namen, um ihren Ruhm zu erhöhen. Kurzum, es kann, muss aber nicht vorteilhaft sein, ein Raumschiff zu benennen."

Mir wurde klar, dass es keinen Grund gab, diese ernste Angelegenheit zu überstürzen. Vielmehr musste ich herausfinden, wozu ich mein Schiff überhaupt verwenden wollte. Nein, ich hatte nicht vor, Pirat, Kopfgeldjäger oder Schmuggler zu werden. Meine Interessen lagen nach wie vor darin, wertvolle

Mineralien und Anomalien zu suchen, ähnlich wie ich es auch schon bei Uraz Tukhsh getan hatte, jetzt aber als mein eigener Chef.

„Gerd Nat, blättere doch zur nächsten Seite. Die ist viel informativer", riet der Navigator mir, also tat ich das.

Ein buntes Diagramm der Fregatte Tolili-Ukh X erschien und zeigte mir den aktuellen Zustand der Schiffsausrüstung. Ich studierte die Legende, die angab, was jede Farbe bedeutet. Grau bedeutete „nicht installiert", rot „schwer beschädigt, inaktiv", orange hieß „funktionierend, aber mit Problemen", gelb bedeutete „Wartung erforderlich, kleinere Probleme", und grün stand für „alles in Ordnung". Die meisten Systeme der Fregatte waren grau, also inaktiv, einige rot. Nur das Kraftfeld und das Hyperraumtriebwerk waren orange gefärbt. Aufgrund des Aussehens des schwer beschädigten Raumschiffs hatte ich Ähnliches bereits vermutet. Dieses Diagramm war nur eine anschauliche Bestätigung.

Ich wandte mich der dritten und letzten Seite zu und entdeckte eine Crewliste, die praktisch unbesetzt war. Im Moment gab es nur das grüne Kapitänsfeld mit meinem Namen, Gerd Nat, und einem Text, der besagte, dass meine Fähigkeiten ein paar positive Boni geben würden, die allerdings inaktiv waren.

Zuerst wollte ich wissen, was passieren würde, wenn ich Dimitri Scheltow in den Hauptpilotenslot setzte. Seine Klasse war Raumschiffpilot und dies seine designierte Position. Der Slot leuchtete grün auf und zeigt damit an, dass dieser Spieler mit der Aufgabe völlig kompatibel war. Darunter erschienen die Worte:

Spielerfähigkeitsbonus: *Maximale Geschwindigkeit +7 %*

Manövrierfähigkeit +14 %

Großartig! Nicht nur großartig. Fantastisch! Und höchstwahrscheinlich würden diese Boni mit der Zeit, wenn der Pilot seine Fähigkeiten levelte, immer ergiebiger werden. Nun musste ich nur als Nächstes den alten Ayukh in das leere Navigator-Feld verschieben - und siehe da!

Spielerfähigkeitsbonus: *Hyperraum-Sprungzeit um 25 % reduziert.*

Alle Hyperraum-Sprünge würden nun um ein Viertel schneller erfolgen. Das war ein ziemlich guter Bonus! Ich wusste bereits, dass ich mit dem erfahrenen Navigator viel Glück hatte, aber erst jetzt konnte ich verstehen, wie wertvoll seine Expertise war. Diese Zeitersparnis würden wir besonders auf langen Reisen ganz deutlich spüren. Etwa, wenn wir tief in den Weltraum flogen, um meine Kleine Reliktiker-Wachdrohne zu holen, was früher oder später passieren musste.

Auch beim Ladungsoffizier Avan Toi war alles klar. Der Bonus, der sich danach ergab, war großartig: Die Be- und Entladezeit wurde um ein Drittel reduziert. Die Zwillingsbrüder Vasha und Basha passten perfekt in die Lader-Slots. Wie in meinem Fall waren ihre Boni jedoch noch inaktiv.

Für die Rolle des Hauptmechanikers fand ich keinen geeigneten Spieler. Überraschenderweise konnte ich dafür einfach einen der automatischen Reparatur-Bots in den Slot ziehen. Also tat ich das und teilte ihm die beiden anderen Roboterwürmer als Assistenten zu. Die Boni dieses Trios erhöhten die strukturelle Integrität und die Reparaturgeschwindigkeit. Ganz perplex erzählte ich Ayukh davon, aber der erfahrene Navigator war nicht im Geringsten überrascht.

„Das ist genau so, wie es sein sollte. Tatsächlich unterscheiden sich Reparatur-Bots kaum von Spielern. Sie können sogar nach dem Tod wieder respawnen. Und die Tatsache, dass sie nicht sonderlich geschwätzig sind, immer irgendetwas zu tun finden und nicht bezahlt werden müssen, ist doch ziemlich vorteilhaft, oder? Es ist gut, dass sie sich der Crew anschließen wollen. Nun werden sie uns nie wieder verlassen. Und vielleicht könntest du als Captain die Kontrolle über die drei übernehmen oder zumindest ihre Aufgaben priorisieren? Was er dort tut, ist beispielsweise reine Kosmetik", sagte Ayukh und zeigte auf einen der drei Metall-Tausendfüßler, der gerade Dellen im Rumpf des Raumschiffes aushämmerte. „Das könnte warten. Jetzt sollten wir vor allem die Klimaanlage wieder zum Laufen bringen. Sonst müssen wir ständig mit Sauerstofftanks herumlaufen."

Ja, die Idee, den Reparatur-Bots wichtigere Missionen anzuvertrauen, war sehr gut. Aber wie sollte ich ihnen diese Aufgaben vermitteln? Moment, wenn sie mechanisch waren, hatte ich die Möglichkeit, sie unter meine Kontrolle zu bringen, indem ich meine Maschinensteuerungsfähigkeit einsetzte. Ich aktivierte das Scanning-Symbol und entdeckte unter den vielen möglichen Schnittstellenoptionen in der Nähe drei identische Reparatur-Bots:

Kirsan-Klasse Reparatur-Roboter (Untergebener)
Schnittstellenwahrscheinlichkeit: 100 %
Gesamtkontrollwahrscheinlichkeit: 100 %

Mental befahl ich allen dreien, ihre aktuellen Posten zu verlassen und sich an die Reparatur der Klimaeinheit zu machen. Die Tausendfüßler ließen sofort vom Rumpf ab und krabbelten durch den Riss zurück in die Fregatte. Offenbar hatten sie meinen Befehl verstanden.

Scan-Fähigkeit auf Level 27 erhöht!
Psionik-Skill auf Level 60 erhöht!
Maschinensteuerung auf Level 44 erhöht!

Genial! Sie hatten einen recht komplizierten Befehl auf Anhieb verstanden! Ich war stolz auf mich. Bis zu diesem Moment hatte ich mich noch überhaupt nicht mit dieser Problematik beschäftigt. Wie andere Kapitäne wohl ihre Reparatur-Roboter kontrollierten? Schließlich hatte keiner von ihnen meine besondere Scan-Fähigkeit. Ich öffnete die Seite mit der Drohnen- und Maschinensteuerung, die ich zuvor gespeichert hatte - und schlug mir die Hand vor die Stirn. Da waren sie ja, alle drei Reparatur-Bots! Und ihre Markierung gab an, dass sie auf Befehle warteten. Es war nicht nötig, diese ganze Zaubershow abzuziehen.

Hmm. Naja, wenn jemandem die entzündeten Mandeln herausoperiert werden mussten, könnte man wahrscheinlich auch einen komplizierteren Weg finden, sie herauszubekommen, als durch den Mund. Genau das hatte ich gerade getan, indem ich die simple Funktion ignorierte, die das Spiel ohnehin bot. Aber alles hatte sein Gutes. Ich hatte ja erreicht, was ich wollte, und dabei noch meine Fähigkeiten verbessert. Wenn diese Mechanoid-Reparatur-Bots so intelligent waren, könnten sie vielleicht einen Schiffsmechaniker vollständig ersetzen?

Ich befahl dem Bot, den ich zum Hauptmechaniker ernannt hatte, mich aufzusuchen, und kletterte dann die Leiter hinauf, die in Ermangelung einer Gangway in mein Raumschiff führte. Sofort fiel mir auf, dass das Schiff innen viel besser aussah als außen. Auf dem Boden lagen zwar Bündel von Stromkabeln verstreut und der Aufzug zum Oberdeck funktionierte nicht, aber wenn ich nicht gewusst hätte, wie verformt das Schiff tatsächlich war, wäre mir das vom Flur und der näheren Umgebung aus nicht aufgefallen.

Der Tausendfüßler kletterte geschickt zu mir hoch und verharrte vor mir, um meine Befehle entgegenzunehmen. Also nahm ich meinen Annihilator aus dem Inventar und zeigte dem Mechaniker den Griff und die sieben Nuten für Finger oder was auch immer die Reliktiker an deren Stellen gehabt hatten. Dann hielt ich ihm meine Hand hin und zog sogar einen Handschuh aus, um mein Problem zu demonstrieren.

„Fünf Finger. Sieben Rillen. Nicht bequem!", wiederholte ich auf Geckho und auch in Gedanken.

Der Tausendfüßler hob den vorderen Teil seines Körpers an und streckte seine dünnen, mehrgliedrigen Arme nach dem Annihilator aus. Obwohl es mich etwas Überwindung kostete, überreichte ich dem Reparatur-Bot das wertvolle Artefakt in der Hoffnung, dass er mich nicht erschießen und die Waffe verpfänden würde.

Der Bot namens Kirsan drehte die alte Waffe nachdenklich in seinen dünnen, kleinen Armen, gab sie mir dann zurück, und mein Tablet vibrierte. Ich zog es neugierig heraus und aktivierte den Bildschirm.

Captain, der Hauptmechaniker hat eine Liste von Ersatzteilen und Materialien geschickt, die für die Reparatur notwendig sind:

- *4 RTH-2356 Resonatoren*
- *63 cm 0,05-mm-Wolfram-Gewinde*
- *4 6-mm-Bornitrid-Metallbohrer*
- *1 Plasmaschweißgerät*
- *1 12x12x6 cm Kohlefaserstab*
- *3 PP-56 Quarzlinsen*
- *12 OP-5 Elektrische Feuerlöscher*
- *4 Rollen feuer- und abriebfesten*

Bodenbelag, je 45 m x 1,5 m

   •   *3 leere 200-Liter-Hochdrucktanks mit KKG/78-Ventil*

Die vollständige Liste enthielt 318 Ersatzteile. Und obwohl die ersten paar Punkte auf der Liste Dinge waren, von denen ich mir mehr oder weniger vorstellen konnte, dass sie für die Modifikation und Reparatur meines Annihilators notwendig waren, verstand ich den Sinn des Feuerlöschers und anderer Dinge definitiv nicht. Nein, einiges davon musste für etwas anderes gut sein, höchstwahrscheinlich für das Schiff selbst …

Da bemerkte ich Uline, die den Reparaturhangar betrat, begleitet vom Ladungsoffizier und einer ganzen Delegation von Geckho in den Uniformen der Basis-Mitarbeiter. Anscheinend waren das die Mechaniker, die der Kung geschickt hatte, um mein Raumschiff zu reparieren. Ich rief meine pelzige Freundin zu mir und zeigte ihr die Materialliste.

„Gerd Nat, ich schaue sie mir später an und bestelle alles, in Ordnung? Aber lass uns von dieser lärmenden Meute weggehen. Wir haben einige sehr wichtige Themen zu besprechen, und ich will von niemandem belauscht werden. Wer soll der Besitzer dieser Trophäenfregatte sein, wie viel Geld werden wir für Reparaturen ausgeben und wie werden wir die Gewinne aufteilen?"

Kapitel 17

Geschäftspartner

ES WAR ZU laut im Hangar, also beschlossen Uline und ich, ins Raumschiff zu gehen, wo sich außer den drei Reparatur-Robotern sonst niemand aufhielt. Da ja der Aufzug nicht funktionierte, führte der einzige Weg zum Oberdeck über einen vertikalen Schacht mit chaotisch platzierten Metalltritten in den Wänden. Die achtbeinigen, spinnenartigen Meleyephatianer brauchten hier vielleicht keine vernünftige Leiter, aber ich und vor allem die stämmige Geckho-Dame legten einen unbeholfenen, beschwerlichen Aufstieg hin.

„Wow, es ist dunkel hier oben", sagte die Händlerin, nachdem sie hinter mir den Kopf aus der Luke gesteckt hatte. Sie schaltete eine Taschenlampe ein und führte den Strahl die Metallwände und den Flur entlang hinunter zur Brücke. „Da ist deine Kapitänsbrücke, Nat! Ziemlich geräumig! Ah, hier gibt es eine Notbeleuchtung über dem Eingang. Dann müssen wir nicht völlig im Dunkeln sitzen. Hier können wir reden. Aber mach die Tür zu, damit alles vertraulich bleibt."

Ich ließ Uline den Vortritt und betrat meine Kabine, schloss die dick gepanzerte Tür, die in den dunklen Gang führte, und blinzelte in das plötzlich erstrahlende Licht. Danach folgte ich Ulines Beispiel und zog anhand eines speziellen Griffs in der Wand ein ungewöhnlich aussehendes Seilkonstrukt heraus, etwas wie eine Mischung aus einem Rattanstuhl und einer Hängematte. Nachdem ich herausgefunden hatte, wie man in der hängenden, schaukelnden Struktur sitzen musste, war es ziemlich bequem. Uline, die selbstbewusst wie in einem Lehnstuhl mit Beinen in ihrem Seil saß, nahm ein Tablet heraus und zeigte mir eine Tabelle, die sie erstellt hatte.

Ehrlich gesagt war mir nicht sofort klar, dass es sich um eine Tabelle handelte, denn es war das erste Mal, dass ich etwas Ähnliches in der Geckhoschrift sah. Ich folgte den Linien und stellte fest, dass sie nur dazu dienten, Ziffernblocks und Texte zu trennen.

Astrolinguistik auf Level 81 erhöht!

Geschätzte Gewinnanteile am Tolili-Ukh X:

Name	Nr.					%
	1.	1.200.000,00				
Gerd Nat	2.	200.000,00	100.000,00		300.000,00	6%
Uline Tar	**3.**	**100.000,00**	**50.000,00**	**3.640.000,00**	**3.790.000,00**	**76%**
Ayukh	4.	100.000,00			100.000,00	2%
Avan Toi	5.	100.000,00			100.000,00	2%
Vasha Tushihh	6.	100.000,00			100.000,00	2%
Basha Tushihh	7.	100.000,00			100.000,00	2%
Tini	8.	100.000,00			100.000,00	2%
Dimitri Scheltow	9.	100.000,00			100.000,00	2%
Imran	10.	100.000,00			100.000,00	2%
Eduard Boyko	11.	100.000,00			100.000,00	2%
Minn-O La-Fin	12.	100.000,00			100.000,00	2%
	13.				4.990.00,00	100%

„In Ordnung, Nat. Die Fregatte ist schwer beschädigt, und ich schätze ihren Wert in diesem Zustand auf nicht viel mehr als 1.200.000 Kristalle. Das steht da in der ersten Zeile. Kung Waid Shishish hat die Fregatte nicht einer einzigen Person, sondern allen, die an der ihrer Kaperung teilgenommen haben, zugestanden. Also habe ich allen einen fairen Anteil zugewiesen. Aber du bist der Kommandant, also hast du doppelt so viel verdient, finde ich. Gut, dass der Heiler uns verlassen hat, denn du hast gerade seinen Anteil bekommen."

„Die erste Spalte verstehe ich, aber was ist mit der zweiten?", fragte ich und zeigte auf die hier und dort unterbrochenen Linien in Geckho, die „100.000" und „50.000" bedeuteten.

Uline war offensichtlich froh, dass ich keine Fragen zum ersten Teil hatte. „Das Raumschiff zu reparieren wird Investitionen erfordern, und zwar ziemlich große. Jeder von uns hat eine Tasche mit Kristallen als Belohnung für unsere Heldentaten auf dem Planetoiden bekommen, sodass wir diese Mittel für die Reparatur verwenden können. Ich habe es geschafft, mit allen außer Tini und Ayukh zu sprechen. Keiner von ihnen ist bereit, sein Geld für die gemeinsame Sache zu opfern. Ich beabsichtige jedoch, mit meinen 50.000 für einen Teil der Reparaturkosten aufzukommen. Das habe ich in der Tabelle angegeben. Bei deinem Namen habe ich 100.000 angeführt. Das heißt, sofern du zustimmst, nicht nur das Geld des

Heilers, sondern auch etwas von deinem eigenen hinzuzufügen."

„Das ist in Ordnung", sagte ich. Obwohl ich nicht mit allen Entscheidungen der Händlerin ganz einverstanden war, wollte ich ihr auch nicht widersprechen. Dann bat ich darum, zur nächsten Spalte zu gehen.

Die Händlerin brummte zufrieden. Dann vergewisserte sie sich erneut, dass die Tür geschlossen war und niemand zuhörte. Anschließend stellte sie sechs schwere Taschen auf einen kleinen Tisch.

„Das sind die Kristalle, die ich aus dem Shiamiru mitgenommen habe, bevor er zerstört wurde. Natürlich ist es eher das Geld des Clan Tar-Layneh als meins. Aber niemand wird je herausfinden, was damit passiert ist. Außer dir. Ich habe hier 3.400.000 Kristalle. Darüber hinaus habe ich noch 240.000 auf einem Bankkonto. Und ich bin bereit, all dieses Geld in die Reparatur der Fregatte zu investieren. Meine Gesamtinvestition in das Schiff wären somit 3.749.000 Kristalle, und das sind nicht mehr und nicht weniger als 76 % Prozent der Gesamtinvestition. Das ist also der Anteil an den zukünftigen Gewinnen, den ich beanspruche. Und die größte Stimmgewichtung. Dein Anteil am Gewinn beträgt 6 %. Das ist dreimal mehr als jedes andere Teammitglied! Ich halte das für fair. Was sagst du dazu, Gerd Nat?"

Mentale Stärke auf Level 49 erhöht!

Nein, sie versuchte nicht, Gedankenkontrolle zu

benutzen, obwohl diese Aktion nahe dran war. Die Händlerin sprach so eloquent und selbstbewusst, dass es mir beinahe wehtat. Uline war felsenfest davon überzeugt, dass sie ehrlich handelte, und hielt ihr Angebot für fair und für alle akzeptabel. Bevor ich antwortete, seufzte ich tief und zählte in Gedanken bis zehn, um mich zu beruhigen. Keinesfalls wollte ich meine wunderbare, aber etwas schrullige Freundin anschnauzen.

„Uline, ich werde den von dir geschätzten Wert der Fregatte nicht bestreiten. Schließlich gehörst du der Händler-Klasse an und nicht ich, du kennst dich also besser aus. Allerdings hast du ein ziemlich wichtiges Detail vergessen. Das Schiff wird repariert und gewinnt damit an Wert. Und das ist mein persönlicher Beitrag, denn ich habe den Kung überzeugt, dafür zu bezahlen!"

Psionik-Skill auf Level 61 erhöht!

Mystik-Skill auf Level 8 erhöht!

Hier schaffte ich es anscheinend nicht, ganz ohne Magie auszukommen, da die Spielalgorithmen eine gewisse übersinnliche Aktivität registriert hatten. Uline dachte nicht lange nach und gab schließlich zu, dass ich recht hatte.

„Okay, das ist fair. Ich kann die Wertsteigerung durch die Reparatur noch nicht genau abschätzen. Den Wert der Manövertriebwerke aus kaputten Raumschiffen, billige Haupttriebwerke und andere bereits gebrauchte Geräte würde ich insgesamt auf etwa ... ach, und der Hyper, aber damit hattest du nichts zu tun, also ... 700.000 Kristalle schätzen. Na gut, sagen wir 750.000. Schreiben wir das in deine Spalte. Das bedeutet, dass dein Anteil von 6 auf 18 % steigt und meiner auf zwei Drittel fällt."

Ich unterzog Uline einer sorgfältigen mentalen Prüfung und stellte fest, dass die pelzige Dame die Wahrheit sagte. Ihre Einschätzung der Kosten für die billigste Second-Hand-Ausstattung (und wir konnten wohl nichts anderes von dem knauserigen Kommandanten erwarten) entsprach ungefähr der Realität. In Ordnung, ich würde das akzeptieren und weiterverhandeln.

„Es wäre schön, Ayukh in dieses Gespräch einzubinden. Ich wette, ein so angesehener Navigator hat in seinem langen Leben etwas angespart und möchte vielleicht seinen Teil beitragen. Mit Minn-O muss ich ebenfalls sprechen. Meine *Wayedda* hat jetzt im Moment vielleicht nicht viel Geld, aber sie ist immerhin eine Prinzessin, und ihr Großvater Leng Thumor-Anhu La-Fin ist ein sehr einflussreicher und vermögender Herrscher der Menschheit. Es ist möglich, dass der alte Magier beschließt, ein, zwei Millionen in das Unternehmen seiner Enkelin zu investieren."

Uline machte ein enttäuschtes Gesicht, stimmte aber trotzdem zu. Sie merkte jedoch auch an, dass sie sich wirklich wünschte, dass diese zusätzlichen Investitionen ihren Anteil nicht unter die Hälfte senkten, da sie dann die Kontrolle verlieren würde. Die Zeit war gekommen, meine Trumpfkarte auszuspielen.

„Aber, Uline, das muss wohl oder übel passieren! Egal, wie gern du souveräner Herrscher über dieses Schiff wärst, das wird nicht passieren, denn auch ich habe Ersparnisse. Zuerst einmal besitze ich umgerechnet eine Million Kristalle in Krypto." Hier nahm ich, um den bestmöglichen Effekt zu erzielen, meine Brieftasche heraus und zeigte Uline die Summe auf dem Bildschirm. „Ich hoffe, du kannst die miyelonischen Zahlen lesen. Hier drin sind 143.000 Krypto, und das sind etwas mehr als eine Million in der Geckho-Währung."

„Woher hast du das?" Uline bemühte sich nicht einmal, ihr Erstaunen zu verbergen, aber ich legte eine Hand auf meine Lippen. Den Geckho schien diese Geste, die etwa einem auf die Lippen gelegten Finger in meiner Welt gleichkam, zu gefallen.

„Ich erzähl es dir später. Aber das ist noch nicht alles", versicherte ich der Händlerin und nahm den Trophäenschwanz der Inkarnation des Großen Ersten Weibchens der Miyelonier aus dem Inventar. „Ich hoffe sehr auf deinen gesunden Geckhoverstand und deine Diskretion, denn hier vor dir siehst du den Auslöser dieses galaktischen Krieges. Ich habe einen Käufer, der bereit ist, sieben Millionen Kristalle für diesen Schwanz zu zahlen."

„Aber er ist doch eindeutig mehr wert!", platzte Uline Tar ungehalten heraus. Mit vor Erstaunen geweiteten Augen starrte sie auf die extrem seltene Trophäe.

„Das spielt keine Rolle. Diese Trophäe ist zu gefährlich. Ich kann sie nicht behalten oder an einen unbekannten oder gar kriminellen Käufer weitergeben. Ich werde die Trophäe ihrer Besitzerin zurückgeben. Ich habe sogar schon mit Leng Amiru U-Mayaoo gesprochen und ihr versichert, dass ich den Schwanz für eine Million Krypto bei der ersten miyelonischen Basis abgeben werde, die wir erreichen."

Autorität auf 42 erhöht!

Uline Tar schien unter Schock zu stehen und sah erst mich, dann den flauschigen, schneeweißen Schwanz an, dann blickte sie auf ihr Tablet und überprüfte schnell irgendetwas.

„So viel Geld brauchen wir nicht einmal für die Reparatur", sagte die Händlerin und sah mich eindringlich aus ihren riesigen, zitronengelben Augen an. „Nach meinen Berechnungen brauchen wir nur etwa 10.800.000 Kristalle auszugeben, um die Fregatte vollständig zu reparieren. Jetzt haben wir theoretisch noch mehr! Und ich nehme an, dass das nicht die einzige Überraschung war, die du auf Lager hast. Du könntest wohl problemlos auch ohne jegliche Investition von Ayukh oder Minn-O über die Runden kommen. Geschweige denn von mir."

„Ja, das stimmt. Und es gibt da noch ein sehr interessantes und potenziell lohnendes Unterfangen, aber man soll ja seine Geheimnisse nicht alle auf einmal ausplaudern." Ich lächelte verschmitzt und wurde dann wieder ernst. „Uline, ich könnte ohne deine finanzielle Unterstützung auskommen, auch wenn es ein bisschen schwierig wäre. Aber es gibt eine ganze Reihe von Gründen, warum ich möchte, dass das Raumschiff teilweise dir gehört. Du bist eine wunderschöne Geckho-Dame, der ich voll und ganz vertraue. Wir könnten Geschäftspartner sein."

Die Händlerin grummelte außergewöhnlich laut. Sie zeigte sich zufrieden mit meinem Vertrauen und bot mir ihre Zusammenarbeit an.

„Gerd Nat, ich weiß seit unserer ersten Begegnung, dass du nicht so bist wie der Rest und viel erreichen wirst. Ich wusste, dass ich mich an dich halten muss. Leider versteht meine Art das nicht und wird denken, dass ich einen Geschäftsstreit verloren habe. Und wenn das nur alles wäre! Ich habe meine für beide Seiten günstige Verlobung mit Uraz Tukhsh kaum eine halbe Ummi, bevor mein Verlobter zum Kriegshelden erklärt wurde, in der Luft zerrissen. Anstatt die Rechte an dem Videoclip von der Meleyephatianer-Basis an einen Nachrichtensender zu verkaufen, habe ich das Material dem Geckho-Militär gezeigt, und es wurde beschlagnahmt. Meine Familie wird denken, dass ich einen großen Fehler mache, alles aufzugeben, nur, um eine wackelige Partnerschaft mit einem Menschen einzugehen. Aber je länger ich mit dir spreche, desto überzeugter bin ich davon, dass ich die richtige Entscheidung treffe. Es ist mir somit eine

Freude, und ich bin stolz darauf, dein Angebot anzunehmen! Zwei Drittel des Gewinns für dich, ein Drittel für mich. Ungefähr zumindest, ohne die kleinen Anteile der anderen Besatzungsmitglieder zu berücksichtigen. Sind wir uns einig?"

Damit war ich nun völlig zufrieden, und wir besiegelten unser Geschäft mit einem Handschlag, wie die Menschen es taten. Dann nahm ich mein Tablet heraus und zog Uline Tar in den Slot des Kapitänsassistenten. Ich bat die Händlerin, unsere Vereinbarung nicht vor den anderen Teammitgliedern auf der Fregatte heraus zu posaunen. Wenn jemand fragte, sollte sie sich einfach an die Grundinformationen halten. Nat und Uline hatten genug Geld zusammengekratzt, um das Schiff zu reparieren. Die anderen Teammitglieder brauchten die genauen finanziellen Details nicht kennen.

Ich hatte vieles, was mir Sorgen bereitete. Früher oder später würde der Inhalt dieses Gespräch vielleicht Imran, Eduard Boyko oder Dimitri Scheltow erreichen, dann die Führung meiner Fraktion. Ich wollte nicht, dass die Human-3-Fraktion herausfand, wie viel Raumwährung mir zur Verfügung stand. Das wäre dann der nächste Grund für Neid, Wut und zusätzliche Aufmerksamkeit seitens der Führung. Ich zog es vor, all das zu vermeiden. Schließlich konnte ich mir schon genau vorstellen, wie Lozovsky und die anderen Direktoren und Kuratoren reagieren würden. „Ah, Nat, du hast ja eine Menge Weltraumwährung, bitte verteile dein Geld schnell an uns, zum Wohle der Fraktion!" Es war nicht so, dass ich meinen Verbündeten nicht helfen wollte, aber ich war der Meinung, dass ein intaktes Raumschiff der Menschheit etwas mehr Nutzen bringen würde als ein paar Millionen Kristalle, die man mir mit Druck oder Erpressung abnahm.

„Mach dir keine Sorgen, Nat", beruhigte Uline mich, als ich ihr von meinen Zweifeln erzählte. „Wer weiß besser als ein Händler, dass man nicht über Geld spricht. Wenn deine Fraktionskameraden dich für einen bescheidenen Spieler ohne viel Geld halten, dann lass sie in dem Glauben. Aber wenn deine Fraktion so dringenden Bedarf an Kristallen hat, könnte ich anbieten, Eduard, Imran, Dimitri und Minn-O auszukaufen. 100.000 Kristalle ist ein nettes Sümmchen, und ich wette, zumindest ein paar unserer vier Kameraden würde ein Haufen Kristalle einem hypothetischen Anteil am Gewinn vorziehen. Und gegen eine kleine Provision könnte ich sogar als Mittelsmann fungieren und dafür sorgen, dass dieses Geld zurück auf deinen Heimatplaneten überwiesen wird."

Ein verlockendes Angebot. Ich war mir sicher, dass eine Überweisung von mehrere Zehn- oder Hunderttausend Kristallen aus den Untiefen des Weltraums ein wahrer Segen für die Human-3-Fraktion wäre. Obwohl ich im Falle von Minn-O natürlich zuerst auf ihren Übertritt in unsere Fraktion warten müsste, damit ihr Anteil nicht dem Feind in die Hände fiel. Doch um all diese Fragen würden wir uns später kümmern müssen. So schlug ich vor, dass Uline wartete, bis die Fregatte umgebaut war, denn unsere vorrangige Aufgabe war es jetzt, das Schiff funktionstüchtig zu machen. Darauf würden wir unsere gesamten finanziellen Mittel aufwenden müssen.

Kapitel 18

Propaganda und Diplomatie

ES WAR MITTEN in der Nacht unter der Kuppel, und daher traf ich Lozovsky nicht in seinem Büro an. Das hätte ich vorhersehen können, auch wenn im Verwaltungsgebäude oft zu dieser unchristlichen Stunde gearbeitet wurde. Und auch jetzt war das Gebäude nicht gerade ausgestorben. Im Flur traf ich auf Alexander Antipow, der gerade sein Büro verlassen hatte und eine große Gruppe von finster aussehenden Außendienstmitarbeitern herumführte. Einer von ihnen, ein dicker Offizier mit Majorsabzeichen, kam unerwartet auf mich zu und streckte eine Hand zum Gruß aus.

„Kirill Ignatiev? Ich habe schon viel von Ihnen gehört. Die Aktion mit dem Friedhofsknoten war brillant! Sie haben eine große Bedrohung für die

Hauptstadt neutralisiert. Ich habe Ihrer Führung empfohlen, Ihnen dafür einen Bonus zu zahlen."

Der Major schlug mir väterlich auf die Schulter und eilte dann seinen Kollegen hinterher und ließ mich verwirrt stehen. Wer war denn das überhaupt? Woher kannte er mich? Leider war niemand mehr da, den ich hätte fragen können, denn Alexander Antipow war mit dem Rest der Gruppe bereits um die Ecke gebogen. Jetzt drang nur noch ein Licht auf den ansonsten düsteren Flur. Es ging von der Tür des Büros unseres ehemaligen Leng Radugin aus, die nur angelehnt war. Ich schlich näher und hörte mir Teile des wichtigen Treffens an, das dort stattfand. Mindestens ein Dutzend Personen schienen daran beteiligt zu sein.

Getreide für trockene Böden ... nicht genug Treibstoff für die Mähdrescher ... wir müssen den fruchtbaren, unbebauten Boden des Zentaurenplateaus pflügen ... den dritten Getreidespeicher weiter von der Front weg verlegen ...

Ich hatte schon immer viel Respekt für Bauern und ihre harte, schwierige Arbeit gehabt, allerdings konnte ich nicht behaupten, dass ich etwas davon verstand, weder in der wirklichen Welt noch im Spiel. Ich fragte einen Wächter nach dem Fraktionsvorsitzenden. Er teilte mir mit, dass dieser erst vor etwas mehr als zehn Minuten nach Hause gegangen wäre. Lozovsky würde wohl noch nicht schlafen, dachte ich mir, also eilte ich zu seiner Wohnung. Mir brannten jede Menge Themen unter den

Nägeln, die ich mit ihm besprechen wollte, und ich musste die Gelegenheit nutzen.

Dem mürrischen Gesicht nach zu urteilen, mit dem Ivan Lozovsky mir die Tür öffnete, ahnte ich sofort, dass ich zu einem schlechten Zeitpunkt gekommen war und er diesen unerwarteten mitternächtlichen Besucher nicht gerade begeistert empfing. Das Geräusch der rauschenden Dusche in seinem Badezimmer war ein ziemlich deutlicher Hinweis. Offensichtlich war der Fraktionsvorsitzende nicht allein. Ich wusste nicht, mit wem sich der Diplomat traf, der sich stets bedeckt hielt, wenn es um sein Privatleben ging. Ich vermutete, dass nur wenige in unserer Fraktion in solche Geheimnisse eingeweiht waren.

Da ich das Date meines Chefs nicht stören wollte, drehte ich mich um und wollte schon gehen, da wies Ivan Lozovksy auf zwei Stühle in seinem Wohnzimmer. Drei Kerzen in einem hübschen Kerzenständer auf dem Zeitungstischchen sorgten für eine romantische Beleuchtung. In der Nähe stand ein Sektkühler mit Champagner, daneben zwei Gläser in Tulpenform, die darauf warteten, gefüllt zu werden. All das machte mir nur noch mehr bewusst, dass ich gerade zu einem sehr schlechten Zeitpunkt aufgekreuzt war. Um möglichst schnell wieder verschwinden zu können, berichtete ich rasch, was es von meiner Seite Neues gab: Das Gespräch mit Kung Waid Shishish, der Friedhofsknoten, Minn-O, die sich unserer Fraktion anschließen wollte, und die gekaperte Fregatte.

Der Fraktionsvorsitzende reagierte kaum auf die meisten Informationen, als ob er das alles bereits aus anderen Quellen wüsste. Er beantwortete meine Fragen zu einem Fraktionswechsel von Minn-O kurz und bündig. „Nichts dagegen einzuwenden", sagte er. Doch als ich ihm von der Fregatte erzählte, fuhr er hoch.

„Ein Raumschiff? Und du bist der Kapitän und sogar Mitbesitzer? Das ist ja faszinierend! Und unerwartet! Obwohl … Das müssen wir den Geckho sehr vorsichtig beibringen. Zuerst sollten wir Kosta Dykhsh fragen, ob ein Raumschiff, das teilweise einem Mitglied einer anderen Rasse gehört, überhaupt in den exklusiven Wirtschaftsraum der Geckho eintreten darf. Kirill, du musst wissen, die meisten Geckho sind nur mit einem Hintergedanken zu unserer neu entdeckten Erde geflogen: um fetten Profit aus dem Handel mit uns außerirdischen Hinterwäldlern zu schlagen. Ich habe gesehen, wie unsere Oberhäupter für all unsere Waren kaum etwas bezahlen und die Importpreise für ihre eigenen in die Höhe treiben. Schau dir nur an, wie viele Zwischenhändler jede Transaktion durchlaufen muss! Und jeder dieser gierigen Betrüger will ein Stück vom Kuchen für sich selbst. Wenn wir Außerirdische unser eigenes Raumschiff bekämen, hätten all diese Zwischenhändler keinen Job mehr, was die Geckho einen hohen Anteil ihres Gewinns kosten würde. Eine feindselige Reaktion wäre wahrscheinlich."

Diese mögliche Hürde für mein Unterfangen hatte ich noch gar nicht in Betracht gezogen. All diese rechtlichen und bürokratischen Streitfragen waren ein Wermutstropfen. Mein Raumschiff würde sofort einen seiner Hauptzwecke verlieren, wenn wir es nie zur Erde fliegen durften.

„Ich glaube nicht, dass die Geckho ihren Vasallen verbieten, in ihre Heimatwelt zu fliegen", meinte Ivan Lozovsky beruhigend. „Trotzdem wird es ein bürokratisch schwieriges Unterfangen, und wir werden nichts erreichen, ohne dafür ein paar Beamten um den Bart zu gehen. Und das kostet Geld. Jede Menge Geld ..."

Der Fraktionsvorsitzende seufzte tief, stand von seinem Stuhl auf und nahm eine versiegelte Flasche Cognac und zwei Gläser aus dem Schrank. „Trinkst du einen Schluck?", bot er an.

Ich schüttelte den Kopf. Nach anderthalb Tagen im Spiel war ich halb tot vor Erschöpfung, und mein einziger Wunsch war es, auf direktestem Weg in mein Bett zu kriechen und dort drei Tage lang zu bleiben. Glücklicherweise war meine Wohnung nicht weit entfernt. Ich musste nur die Treppe hoch in den nächsten Stock laufen, denn der Diplomat wohnte im gleichen Gebäude wie ich.

„Wie du meinst." Ivan Lozovsky bestand nicht darauf, dass ich mit ihm trank, und füllte sein Glas bis zum Rand. „Ich für meinen Teil brauche ein Gläschen.

Um meine Nerven zu beruhigen. Heute bin ich viermal gestorben, weil mich entweder eine verdammte Naiade mit dem Dreizack aufgespießt hat oder ich von einem der Monster, die sie heraufbeschworen haben, gefressen wurde."

„Also laufen die Verhandlungen nicht so gut?", fragte ich zaghaft.

Der Fraktionschef goss sich seinen Cognac in einem Zug in den Rachen, schüttelte sich und nickte. „Pfui Teufel, der ist ja lauwarm. So eine grauenvolle Brühe! Überhaupt nicht gut."

Nach einer kurzen Verschnaufpause erzählte der Diplomat mir mehr über das Naiaden-Problem.

„Nun, tatsächliche Verhandlungen hat es noch gar keine gegeben. Die Naiaden wollten nicht einmal reden und haben mich sofort getötet. Dann töteten sie mich wieder, weil ich mich von der ersten negativen Erfahrung nicht hatte belehren lassen und versuchte, das Gespräch anders zu gestalten. Anscheinend können die Unterwasser-NPCs Menschen verschiedener Fraktionen nicht voneinander unterscheiden und haben mich zusammen mit all unseren anderen Soldaten für die ihnen verhassten Deutschen gehalten. Aus einer gefangenen Naiade in einem Käfig habe ich auch kein Wort herausbekommen. Ich musste unseren Legionären das Zeichen geben, ihre Waffen zu zücken ..."

Lozovsky verstummte und schüttelte sich erneut. Sein Gesicht verdüsterte sich, als ob er sich an etwas Schlimmes erinnern würde. Anscheinend lief der Krieg gegen die Unterwassermobs nicht gut. Ich beschloss, kein Salz in die Wunden meines Vorgesetzten zu streuen, und brachte das Thema wieder auf die gekaperte Fregatte. Aber der Diplomat wollte weiterhin über den Krieg mit den NPC-Naiaden sprechen und stellte mir eine unerwartete Frage.

„Kirill, du hast doch bestimmt die *Godzilla*-Filme gesehen?"

Wie bitte? Ja, ich hatte ein paar gesehen, aber was hatten gigantische japanische Monster mit dem Naiaden-Krieg zu tun? Wie sich herausstellte, eine ganze Menge.

„Godzillas, wie die Monster von der Human-6-Fraktion genannt werden, sind nur eine der zig verschiedenen Kreaturen, die die Naiaden aus den Tiefen des Meeres zu sich gerufen haben. Sie sind nicht 45 bis 90 Meter groß wie die Monster in den japanischen Filmen, und sie können auch keine Laserstrahlen aus den Augen schießen, aber sie sind riesig, gefährlich und extrem stark. Und dann gibt es noch andere Monster wie gigantische Tintenfische, Kraken und Seeschlangen. Eine ganze Horde mythischer Bestien lebt dort unten. Es war einfach furchterregend!"

Nachdem er mein skeptisches Gesicht gesehen hatte – als ob mich Monster nicht erschrecken könnten! – verbesserte sich Lozovsky sofort selbst.

„Furchterregend ist vielleicht nicht das richtige

Wort. Unsere Soldaten haben keine Angst vor diesen Kreaturen. Sie haben bereits viele von ihnen trotz ihrer Größe getötet. Doch das ist es nicht, worüber ich reden wollte. Kirill, hast du jemals darüber nachgedacht, woher das Spiel all diese Mobs nimmt? Waldgeister, Harpyien, Meerjungfrauen, Naiaden, Zentauren und so weiter. Schließlich sind das keine Charaktere aus Parallelwelten oder irgendwelche ausgestorbenen Tiere. Aber was sind sie dann? Woher kommen sie? Als ich zum ersten Mal einen dieser Godzillas gesehen habe, wusste ich sofort, was ich vor mir hatte, obwohl es das erste Mal war, dass mir eine dieser Kreaturen im Spiel begegnet ist. Dann kam mir ein sehr interessanter Gedanke."

„Sie sind alle aus Mythen, Legenden und Unterhaltungsliteratur?", kam ich ihm zuvor, und Lozovsky klatschte ein paar Mal in die Hände, als applaudierte er meiner Geistesgegenwart.

„Genau! Anscheinend sind alle Mobs, die in diesen virtuellen Spielen leben, etwas, woran die Menschheit glaubt oder an das sie einmal geglaubt hat, oder etwas, das eine große Anzahl von Menschen fürchtet. Und das finde ich, wenn man ein wenig darüber nachdenkt, wirklich beängstigend. Schließlich bedeutet das, dass es irgendwo in den fernen und noch unbekannten Knoten der virtuellen Erde Dinosaurier, Engel und Dämonen und sogar unsterbliche Wesen mit göttlichen Kräften geben könnte. Schließlich glauben viele Menschen an diese Wesen und verehren sie. Die

Zentauren haben uns übrigens erzählt, dass es vage Gerüchte über fliegende Eidechsen gibt, die in den Knoten hinter den Südgebirgen leben. Das klingt doch nach Drachen!"

Lozovsky füllte ein weiteres Glas bis zum Rand, hob es an die Lippen, hielt inne und stellte es dann wieder auf den Tisch. Er blickte mich an und lächelte müde.

„Ach, schau doch nicht so ernst drein. Du bist nicht im Unterricht. Lass dir keinen Unsinn einreden. Man kann ja nicht alles glauben, was man hört. Mein Tag war lang, ich habe wohl Wahnvorstellungen."

„Also hat es am Ende funktioniert, konnten wir unseren Verbündeten helfen?", fragte ich.

Der Diplomat war froh über den Themenwechsel. „Ich will nicht übertreiben, denn wir haben unsere Ziele nicht erreicht. Aber ich kann auch nicht sagen, dass die Entsendung unserer Elitetruppen nach Süden sinnlos war. Wir haben unsere Verbündeten besser kennengelernt, konnten zeigen, dass wir unser Wort halten, und haben uns bereit erklärt, weiterhin zusammenzuarbeiten. In einer gemeinsamen Offensive konnten wir die Naiaden von der Muschelzunge verdrängen - das ist eine lange Landzunge, die gut acht Kilometer weit ins Meer führt. Diese Landzunge ist strategisch wichtig für die Kontrolle über die Bucht von Neubayern. Außerdem hat die Zweite Legion ein Netzwerk von am Meer gelegenen Höhlen von Naiaden und anderen gefährlichen Kreaturen gesäubert, als diese sich bei Flut mit Wasser gefüllt haben. Und obwohl es noch zu früh ist, um von einer Wende im Krieg gegen die NPC-Naiaden zu sprechen, ist die Lage unserer Verbündeten nun viel günstiger, und es sieht bereits besser aus", sagte der Diplomat selbstbewusst.

Ihm zufolge lief der Feldzug zur militärischen Unterstützung unserer Verbündeten also wie am Schnürchen. Aber ich kannte Ivan bereits lange genug, um zu wissen, dass seine Zuversicht gekünstelt war. Hinter all seinen selbstbewussten Worten verbarg sich eindeutig Enttäuschung. Offensichtlich hatte er sich von diesem Feldzug viel mehr erwartet. Es sah so aus, als stellten die Naiaden und andere Meeresbewohner meinen Fraktionsvorsitzenden vor ein unlösbares Problem. Er konnte sich keine effektiven Methoden gegen die gefährlichen NPCs ausdenken, die ihre Verluste schnell wieder gut machten. Natürlich äußerte ich meine Zweifel an dem, was er gesagt hatte, nicht laut, sondern ließ den geschwätzigen Lozovsky weiterreden.

„Wir haben viel Neues über die Geografie und Eigenarten der virtuellen Welt und das Spiel selbst herausgefunden. Außerdem konnten wir ein Handelsabkommen mit den Deutschen schließen. Sie besitzen dringend benötigtes Titan, und zwar in unbegrenzten Mengen. Und das bedeutet, dass wir sehr bald über eine Luftfahrtindustrie verfügen werden, auf die dann hoffentlich schnell Fernspäher und das Ende der Überlegenheit des Dunklen Bruchs auf diesem Gebiet folgen werden. Wir haben ihnen auch etwas zu bieten - Stahllegierungen, Getreide, außerirdische Technologie und Munition jeden Kalibers ...“

„Es gibt jetzt Munition zu kaufen?“, unterbrach ich ihn überrascht. „Vor nicht allzu langer Zeit hatte die Fraktion da ein Defizit, wenn ich mich recht erinnere, vor allem bei den Jagdgewehren mit 12 Kalibern. Außerdem wurden alle unsere Zündkapseln aus der wirklichen Welt mitgebracht, und auch die Zünder.“

Der Diplomat lehnte sich in seinem Sessel zurück und gluckste fröhlich. „Kirill, diese Zeiten sind längst vorbei! Unsere Fraktion wächst und sorgt dafür, dass alles, was wir in unseren Ländern brauchen, auch hier produziert wird. Die Munitionsfabrik im Prometheus und die unterirdischen Chemielabors in den Gelben Bergen stellen nun Pulver, Patronen, Granaten, Kugeln, Minen, Kapseln und Zündschnüre her. Wir haben zwar noch kein Blei gefunden, um Teilmantelgeschosse und Schrot in unserem Territorium herzustellen, aber unsere Techniker haben eine Legierung mit ähnlichen Eigenschaften aus Wismut, Antimon und Zinn hergestellt. Unsere Ökonomen in der wirklichen Welt verlieren zwar jedes Mal beinahe die Nerven, weil diese Kugeln dreißigmal so teuer sind wie welche aus Blei, aber wir haben hier unsere eigenen Prioritäten und müssen eben mit dem arbeiten, was uns zur Verfügung steht. Außerdem ist es besser, als schweres Blei aus der wirklichen Welt zu holen."

Da musste ich ihm recht geben. Zumindest diese Neuigkeiten des Leiters waren ermutigend. Es war schön, zu hören, dass meine Fraktion ihre Probleme selbst löste. Aber was den Handel betraf, war es wohl noch ein langer Weg. Ich erinnerte mich an die unmögliche Holperpiste nach Süden, die sich Straße schimpfte. Selbst unsere Peresvet-ATVs schafften es da nicht durch. Wie sollten wir jemals Handelsware nach Süden bringen?

„Im Moment funktioniert das über Zwischenhändler", beruhigte Lozovsky mich. „Wir haben einen Deal mit den Geckho und dürfen ihre Fähre benutzen, die die Naiaden nicht anzugreifen wagen. Aber in der Zukunft, wenn die Zentauren irgendwann eine anständige Straße entlang des Golfs gebaut haben, werden alle Lieferungen durch Gebiete gebracht werden, die sich unter der Kontrolle unserer Fraktion befinden. Ja, Kirill, richtig gehört! Abgesehen vom Zentaurenplateau, das bereits zu einem Level-1-Knotenpunkt für uns geworden ist, werden bald zwei an der Küste gelegene Knoten unserer Fraktion beitreten. Der Regenwald- und der Tropenknoten. Zwei Häuptlinge der Zentauren, deren Herden in diesen Gebieten lebten, sind kürzlich an, ähm, Ernährungsstörungen gestorben, und die Zentaurenmatriarchin Phylira war so freundlich, diese

Gebiete unter unseren Schutz zu stellen."

Ich kicherte. Was für ein Zufall! Zwei harte, alte Kriegshäuptlinge des Antiken Bruchs, die unter solch seltsamen Umständen fast gleichzeitig dran glauben mussten. Und nicht lange zuvor waren die Soldaten der Ersten und Zweiten Legion durch ihr Land gezogen, hatten wahrscheinlich mit den Zentauren, die dort lebten, gesprochen und den Häuptlingen Geschenke gemacht. Es war offensichtlich, dass die Führung den geheimen Deal von Phylira angenommen hatte und nun die anderen Führer des Antiken Bruchs im Austausch für ihre Knoten heimlich, still und leise unschädlich machte. Ich zog eine Augenbraue hoch und sah Ivan Lozovsky an, der meine Blicke schweigend erwiderte.

„Ich sehe schon, dass du eins und eins zusammengezählt hast", sagte der Fraktionsvorsitzende dann warnend. „Aber behalte diese Vermutungen für dich. Es gibt keinen Grund für die anderen Spieler, und besonders für unsere NPC-Nachbarn, die schmutzigen Seiten der In-Game-Politik zu kennen."

Ich versprach, die Zentauren-Führer nicht zu erwähnen, und wechselte das Thema zur Ersten Legion, die gerade den Wald in der Nähe der Hauptstadt durchkämmte. Hatten unsere Soldaten diesen gefährlichen Rübezahl gefunden, der ständig die Holzfäller angriff?

Lozovsky runzelte wieder niedergeschlagen die

Stirn und schüttelte den Kopf. „Noch nicht. Gerd Tarasovs Spione und Wachen haben das gesamte Gebiet dreimal durchkämmt, unter jedem Busch und in jeder Höhle gesucht und jeden Stein umgedreht. Sie haben sogar jedes Lebewesen erschossen, das größer als ein Eichhörnchen war. Aber kaum waren unsere Soldaten nach Süden abgezogen, begannen die Angriffe wieder! Gestern wurden zwei Bauern zerfleischt, und heute wurde Michalytsch, der Geologe, mit Haut und Haar aufgefressen, als er versucht hat, eine Abkürzung zurück zur Hauptstadt zu nehmen. Dieses Monster ist ganz schön nervenzermürbend für die Fraktion. Aber wir werden es definitiv finden! Ich möchte unseren Prospektor morgen mitnehmen, damit er nach dem gefährlichen Tier suchen kann, unter Begleitschutz natürlich. Er kann das ganze Gebiet scannen. Wir stellen ausreichend Analysatoren zur Verfügung. Und wenn der Prospektor es nicht schafft, dann …“

Er brach abrupt mitten im Satz ab, denn die Badezimmertür war geöffnet worden, und Anya kam ins spärlich beleuchtete Wohnzimmer marschiert. Mir klappte der Unterkiefer herunter. Meine Freundin, nun, offenbar jetzt meine Exfreundin trug nur ein Handtuch auf dem Kopf und ein Paar weiche, flauschige Pantoffel an den Füßen. Und wenn Anya von der First Medical sich schämte, mich im Raum vorzufinden, dann nur einige Sekunden lang. Dann blies sie schon zum Angriff.

„Tja, das ist deine eigene Schuld, Nat! Ich habe

vier lange Tage auf dich gewartet. Aber in all der Zeit hast du mich nicht ein einziges Mal gefragt, wie es mir geht, geschweige denn bist du in deinem eigenen Zimmer aufgetaucht, wo ich übrigens fast meine ganze Freizeit verbracht habe. Ich dachte, du willst mich nicht, also bin ich gegangen!"

„In Ordnung, ich werde euch nicht stören", sagte ich, stand auf und ging hinaus. „Nur damit du es weißt, Anya, du wärst meine Hauptkandidatin für die Position des Schiffsheilers auf meinem Raumschiff gewesen. Aber ich sehe, dass du ohnehin nicht die richtige Wahl gewesen wärst. Die pelzigen Geckho und Miyelonier wären sowieso viel zu schockiert über deine mangelnde Körperbehaarung. Mit einem Heiler aus einer ihrer Rassen sind wir bestimmt besser dran."

Ja, das klang strohdumm, und ich hätte wohl besser schweigen sollen, als mich wie ein angepisster Teenager zu verhalten, aber dazu fehlte es mir in dem Moment an Selbstbeherrschung.

Ich war bereits in den Flur gepoltert, da holte Lozovsky mich im Laufschritt ein. „Kirill, bitte verzeih mir! Ich wusste das nicht. Ich dachte, du und Anya hättet euch schon getrennt. Bitte entschuldige, ich wollte dich nicht verletzen."

Ich lachte freudlos und wünschte dem Fraktionschef mit einem ritterlichen Klaps auf den Rücken einen angenehmen Abend. Ich drehte mich um und wollte zur Treppe gehen, aber Ivan Lozovsky hielt mich am Arm fest.

„Ich verstehe, dass jetzt gerade nicht der beste Zeitpunkt ist, aber ich habe einen Job für dich. Er ist etwas ungewöhnlich, aber sehr wichtig und heikel."

Ich hielt inne. Trotz meiner Erschöpfung und Wut wollte ich mehr wissen.

„Siehst du, Nat, ich kann mich seit ein paar Tagen nicht mehr mit dem Führer des Dunklen Bruchs in Verbindung setzen. Ich glaube, Leng Thumor-Anhu La-Fin ignoriert mich. Das hat er noch nie zuvor getan. Er hat meine Anfragen immer über offizielle diplomatische Kanäle beantwortet. Aber jetzt scheint er wegen der Sache mit dem Friedhofsknoten wahnsinnig verärgert zu sein und zeigt das eben auf diese Weise."

„Wahnsinnig ist der alte Magier auf jeden Fall", stimmte ich zu und bezog mich dabei auf den Zustand meiner *Wayedda* nach dem Gespräch mit ihrem Großvater per Videotelefon. „Der große Magier hat seine Enkelin wegen des verlorenen Knotens sehr grob behandelt. Schließlich ist die ganze Misere ihre Schuld. Es wurde so schlimm, dass Minn-O das Bedürfnis verspürte, ins Spiel zu gehen und zu bitten, sich unserer Fraktion anzuschließen."

„Das mag so sein. Aber es bleiben nur noch zwei Tage, bis der Waffenstillstand mit dem Dunklen Bruch endet. Ich möchte mit Leng Thumor-Anhu über eine mögliche Verlängerung sprechen. Unsere Fraktion erholt sich gerade von den Schrecken eines Vernichtungskriegs und kommt nur langsam aus dem Zustand der Resignation heraus. Wir wachsen nun aktiv und haben Ressourcen zur Verfügung und vielversprechende Projekte im Süden. Wir wollen jetzt keinen Krieg mit dem Dunklen Bruch! Der hat vermutlich auch bessere Dinge zu tun. Unsere Spione melden, dass sie ihr Territorium zum Beispiel aktiv in die im Norden gelegenen Bergknoten ausdehnen. Wie dem auch sei, übermittle ihm doch bitte mein Angebot, wenn nötig mit Minn-Os Hilfe. Und bitte, vergib mir für die Geschichte mit Anya!"

Kapitel 19

Team Nat ist startklar

MAN HÄTTE MEINEN können, dass Anyas Abgang mich so wütend machen würde, dass mir wieder eine schlaflose Nacht beschert war. Aber dem war ganz und gar nicht so. Ich schlief wie ein Stein. Vielleicht lag es an den vielen Tagen ohne Schlaf, oder vielleicht hatte ich insgeheim schon geahnt, dass meine flüchtige Beziehung zu der jungen Heilerin so enden würde. Jedenfalls war ich nicht sehr lange verärgert. Am Morgen, als ich endlich wieder zur Besinnung gekommen war und über das Geschehen nachdachte, kam ich zu dem Schluss, dass Anya diese Entscheidung nicht gestern, sondern bereits viel früher getroffen hatte, als sie sich geweigert hatte, mit mir ins All zu fliegen. Diese Trennung war unvermeidlich gewesen. Es war gut, dass sie eher früher als später passiert war.

Ich ging in die Kantine und schlug mir

zusammen mit einer großen Anzahl unbekannter Fraktionsmitglieder bei einem ausgiebigen Frühstück den Bauch voll. Alle um mich herum wussten offenbar ganz genau, wer ich war, und tuschelten leise miteinander, krittelten an mir herum und erzählten die neuesten Gerüchte über Gerd Nat. Schließlich tauchte Dimitri Scheltow zusammen mit Imran und Eduard Boyko auf.

„Nun, Captain, findet heute unser erster Flug statt?", fragte Eduard laut das, was die anderen wahrscheinlich dachten.

„Vorausgesetzt, wir können die Reparatur abschließen", antwortete ich ausweichend, aus Angst vor einer allzu optimistischen Prognose. Meine drei Freunde kicherten.

„Wir werden uns noch überlegen, ob wir mit dir als Captain überhaupt irgendwo hinfliegen! Du hast uns keine Minute Urlaub gegeben! Und die Geckho-Mechaniker sind unsere grobe Sprache nicht gewohnt. Die haben sofort die Ärsche hochgekriegt, als du dich entschieden hast, ‚deine Befehlshaberstimme' an ihnen zu üben und alle deine Ausdrücke in ihre Sprache zu übersetzen. Nur Armee-Sergeants oder die allervulgärsten Bauarbeiter haben Mumm genug, sich so auszudrücken!"

„Ich habe sogar ein paar besonders erlesene Ausdrücke für später in mein Notizbuch geschrieben", grinste Dimitri Scheltow. „Wenn mein zweijähriger Vertrag mit der Kuppelleitung ausläuft und ich mir endlich eine Datscha bauen kann, werde ich das Vokabular brauchen, um es den Arbeitern um die Ohren zu schleudern. Was hast du noch mal zu diesem Geckho-Elektriker gesagt? Ah, ja: ‚Hey, du borstiges Ungetüm! Wenn du die Polarität noch einmal vergisst, du bildungsresistentes Opfer, werde ich dir mit einem glühenden Lötkolben etwas innere Erleuchtung bringen, und zwar von hinten!' Genau das dürfte unser Diplomat im Sinn gehabt haben, als er sagte, dass wir jeden Geckho mit Respekt behandeln müssen. Das hat den Geckho so viel Respekt eingeflößt, dass der Polier danach die gesamte Elektronik höchstpersönlich angeschlossen hat."

Nur Imran fand keinen Gefallen an unseren Scherzen und saß mürrisch und ernst da. „Nat, bist du sicher, dass du kein zu großes Risiko eingegangen bist? Ich meine, was ist, wenn die Oberherren wütend werden und einen unserer Knoten auf null setzen, wie beim Dunklen Bruch?"

Ich lachte nur sanft und beruhigte meinen dagestanischen Freund. Unter den Geckho-Mechanikern gab es keine hochkarätigen Spieler. Zudem waren sie theoretisch allesamt meine Untergebenen, bis die Arbeit erledigt war. Mein Verhalten grenzte also nicht im Geringsten an Ungehorsam oder Beleidigungen gegenüber unseren Oberherren.

Nachdem wir die Geschehnisse des Vortags noch eine Weile diskutiert hatten, schlug ich vor, dass wir zu unseren Pods zurückkehren und uns in ein paar Minuten in der virtuellen Welt wieder treffen sollten. Obwohl sich meine Freunde über meine Kommunikationsmethode lustig machten und, in Imrans Fall, sogar sorgten, war am Vortag eine Menge Arbeit erledigt worden. Ich hatte die letzten 16 Stunden im Spiel verbracht und den Geckho-Technikern geholfen, das Raumschiff zu reparieren.

Zusammen mit den Elektrikern wechselte ich kaputte Instrumente auf der Kapitänsbrücke aus und schloss neue Einheiten an. Dann sah ich ihnen aufmerksam über die Schultern, während sie alles testeten und kalibrierten. Schließlich schweißten Imran und ich eine Treppe zwischen den Decks ein. Mithilfe eines Farbsprays und meiner Scanfähigkeit hatte ich die Schweißnähte auf Mikrorisse untersucht. Aus dem Abteil, in dem sich die vorderen Landungsstützen der Fregatte befanden, strömte Luft. Außerdem überprüfte ich die Klimaeinheit, die die drei Reparaturdrohnen repariert hatten, und befand sie für gut. Dann wechselte ich die Beleuchtung des gesamten Korridors auf dem Oberdeck aus. Selbst fürs Herauskarren von Bauschutt wie ein gewöhnlicher Hilfsarbeiter war ich mir nicht zu schade.

Zuerst meckerte Uline, dass ein hochkarätiger Spieler wie ich, ein Kapitän noch dazu, sich nicht die Hände schmutzig machen sollte, und sagte, dass es genau zu dem Zweck Untertanen gäbe. Sie prophezeite mir einen Autoritätsabsturz, unter dem ich gewiss leiden würde. Ohne der schnaubenden und augenrollenden Uline Beachtung zu schenken, arbeitete ich nicht nur unermüdlich weiter, sondern brachte auch die anderen Teammitglieder dazu, nicht Däumchen drehend herumzusitzen. Sogar die edle Prinzessin Minn-O hatte einen neuen Boden in den Gängen verlegt und die Wände mit Farbe aus einer Sprühflasche gestrichen. Selbst für die Assistentin des Captains höchstpersönlich, Uline, gab es kein Entrinnen.

Das restliche Team und sogar die Geckho-Mechaniker schienen meine Methoden nicht weiter zu überraschen. Meine Autorität stieg sogar gleich zweimal an. Meine Fähigkeiten in den Bereichen Scannen, Elektronik, Adlerauge und Maschinensteuerung levelten stetig. Gleichzeitig erhöhten sich meine Psionik und die manaregenerierende Mystik, weil ich aktiv Magiepunkte ausgab, per Gedankenübertragung mit den Reparaturdrohnen sprach und meine faulen Arbeiter anspornte. Am Ende, kurz vor dem Verlassen des Spiels, hatte mein Nat Level 69 erreicht.

Und jetzt, nachdem ich den Maiskolben hochgeklettert war und den Deckel meines Virt Pod geschlossen hatte, betrachtete ich stolz meine verbesserte Statistik:

Gerd Nat. Mensch. Fraktion H3.
Level-69-Zuhörer.

Statistik:	
Stärke	14
Geschicklichkeit	17
Intelligenz	23 + 3
Wahrnehmung	27 + 2
Konstitution	16
Glücksmodifikator	+3
Parameter:	
Trefferpunkte	1.516 von 1.516
Ausdauerpunkte	1.121 von 1.121
Magiepunkte	709 von 709
Tragfähigkeit	28 kg
Ruhm	59
Skills:	
Elektronik	53
Scannen	31
Kartografie	55
Astrolinguistik	82
Gewehre	49
Mineralogie	49
Mittlere Rüstung	52
Adlerauge	66
Scharfschütze	32
Targeting	20
Gefahrensinn	42

Psionik	62
Mentale Stärke	50
Mystik	14
Maschinensteuerung	48
ACHTUNG! Du hast 9 nicht verbrauchte Fähigkeitspunkte	

Gut, meine „klassischen" Kampffähigkeiten waren etwas zurückgefallen. Gewehre, Scharfschütze, Targeting und sogar Gefahrensinn waren hinter die Astrolinguistik gefallen, aber meine psychischen Fähigkeiten und die Maschinenkontrolle waren sprunghaft angewachsen. Die Rolle eines Charakters, der halb Magier, halb Techniker war, übte eine immer stärkere Anziehungskraft auf mich aus. Und dies beschrieb im Grunde genommen genau einen Zuhörer. Das bedeutete, dass ich meinen Charakter richtig entwickelte.

Neun nicht verbrauchte Punkte hatte ich auch noch. Wohin damit? Auf der einen Seite könnte ich meinen Rückstand im Scannen damit füllen, der immer noch verheerend war, nachdem diese Fähigkeit auf null gefallen war. An die spärlichen Details meiner Scanergebnisse und deren geringen Informationsgehalt hatte ich mich immer noch nicht gewöhnt. Auf der anderen Seite gab es eine andere Möglichkeit, das Scannen schnell zu verbessern. Ich musste nur 100 geologische Analysatoren kaufen (und jetzt konnte ich mir solche Ausgaben locker leisten) und auf Asteroiden oder Planetoiden nach Mineralien und Ähnlichem suchen. In ein oder zwei Tagen könnte ich so meine Scan-Fähigkeiten auf 100 erhöhen, warum also die Punkte verschwenden?

Ich dachte nach, wog alle Vor- und Nachteile ab und entschied mich dann dagegen. Sieben Punkte steckte ich in die Mystik. Ich war beeindruckt von dieser Fähigkeit, und je mehr Punkte ich besaß und je schneller sie sich regenerierten, desto besser. Selbst auf einem niedrigen Level zeigte die Mystik eine klare Wirkung, die nur noch deutlicher wurde, je mehr ich sie levelte.

Mystik-Skill auf Level 21 erhöht!

Meine Magiepunkte stiegen sofort von 709 auf 759. Nicht schlecht! Das bedeutete ein paar zusätzliche Sekunden mentale Kontrolle über einen Feind und die Fähigkeit, mir in schlimmen Situationen weniger Sorgen zu machen, was sonst immer damit endete, dass mir das Mana schneller ausging.

Die restlichen beiden Punkte investierte ich in Maschinensteuerung. Ich hatte gerade erst alle Vorteile dieser neuen Fähigkeit schätzen gelernt, und sie waren beeindruckend. Mit Maschinensteuerung öffneten sich Türen, ohne aufgebrochen zu werden. Feindliche Roboter konnte ich mit einem mentalen Befehl außer Gefecht setzen, alle Arten von Drohnen und Bots kontrollieren, und sogar - ich seufzte schwer und drückte mir selbst die Daumen - die Fähigkeit, ein Raumschiff direkt mit meinen Gedanken und ohne

Piloten oder Navigatoren zu steuern.

Nicht mehr und nicht weniger! Anscheinend konnte ich jedes Schiffssystem von den Triebwerken bis hin zu den Kanonen mental kontrollieren, ohne die Fähigkeiten, die eigentlich nötig waren, um ein Raumschiff zu steuern oder einen schweren Geschützturm zu bedienen. Wahrscheinlich waren meine Künste als Pilot oder Schütze in dieser Form noch lange nicht so beeindruckend wie die eines Profis, aber es bedeutete immerhin, dass ich in einer kritischen Situation einen fehlenden Spieler ersetzen konnte, also warum nicht?

DIE ERSTE PERSON, die ich nach dem Eintritt ins Spiel traf, war Avan Toi. Der korpulente Ladungsoffizier hatte einen speziellen Scanner in der Hand und las damit die Etiketten der Container ab, die vor ihm zu einem turmhohen Stapel aufgebaut worden waren. Er machte sich Notizen in seinem kleinen Palmtop und markierte die Kisten dann mit entsprechenden Zeichen für Basha und Vasha. So wussten die Brüder, was sie in den Frachtraum bringen sollten, was in die Kombüse und was in die anderen Bereiche des Schiffes. Avan Toi empfing mich freudig, als ich auftauchte, und lief geschäftig auf mich zu.

„Captain, die von Uline bestellte Ware ist

angekommen, zusammen mit den Ersatzteilen und der Ausrüstung. Ich werde die Liste jetzt überprüfen, während alles so schön hier aufgereiht ist. Wie von dir angeordnet, wurden auch entsprechende Vorräte für die Geschmäcker der verschiedenen Rassen an Bord gekauft. Das ist die gute Nachricht. Die schlechte ist, dass wir unsere liebe Not damit haben, die freien Stellen zu besetzen. Kein einziger Geckho hat sich bislang für unsere Jobangebote als Heiler, Ingenieur oder Gunner interessiert. Und obwohl man natürlich auch ohne einen Gunner oder einen Heiler losfliegen kann, gibt es kein Überleben auf einem Schiff wie diesem ohne einen Ingenieur ..."

Da kam Ayukh hinzu, um den Kapitän zu begrüßen. Der alte Navigator hatte gehört, was der Ladungsoffizier über unsere Schwierigkeiten bei der Rekrutierung einer Crew gesagt hatte.

„Der Un-Tesh-Komet ist nicht der beste Ort, um eine Besatzung zu finden", sagte Ayukh. „Diejenigen, die den Kampf mit den Meleyephatianern überlebt haben, sind jetzt im Ursa-System. Alle, die gestorben sind und respawnen mussten, sind in der Regel zu Flugbesatzungen zusammengefasst worden und wollen das wahrscheinlich auch so. Sie warten nur auf ein Schiff. Außerdem ist die Mentalität der meisten Crewmitglieder hier eine andere. Das sind mutige, gehorsame Krieger, die es gewohnt sind, Befehlen zu folgen. Sie haben keine Ahnung, wie es ist, ein freidenkender Glücksritter zu sein."

Wenn der erfahrene Navigator recht hatte, war die Suche nach einer neuen Besatzung hier auf dem Militärstützpunkt also ein Ding der Unmöglichkeit. Den meisten Soldaten graute es wohl auch schon beim Gedanken daran, diesen vergleichsweise behaglichen Ort verlassen zu müssen, an dem für all ihre Bedürfnisse gesorgt war, sich einer Gruppe von Abenteurern anzuschließen und in eine ungewisse Zukunft aufzubrechen. Dennoch bat ich darum, die Stellenanzeige noch nicht zu löschen. Vielleicht fanden wir ja noch irgendeinen waghalsigen Geckho. Außerdem hatte ich einen weiteren Hintergedanken. Es war durchaus möglich, dass die Morphähe noch auf dem Un-Tesh-Kometen war. Ich wollte für alle Fälle einen deutlichen Hinweis darauf hinterlassen, dass ich hier war und sie auf mein neues Schiff kommen konnte.

Wo sonst würde sich die Morphähe aufhalten als auf einer Militärbasis der Geckho, wo es so einfach war, sich unter Tausenden von Spielern zu verstecken? Mittels Scan hatte ich mehrmals die Umgebung nach ihr abgesucht, sie bisher aber nicht entdecken können. War Fox wirklich auf einem der Raumschiffe der Dritten Angriffsflotte in den Kampf gezogen? Welchen Nutzen hätte das für sie? Immerhin hatte sie mir deutlich zu verstehen gegeben, dass dies nicht ihr Krieg wäre. Aber soweit ich wusste, gab es praktisch keine Flüge von der Basis weg. Vor der Schlacht hatten die Geckho alles getan, um die Geheimhaltung der

Operation so weit wie möglich zu wahren, und danach wurden alle Flüge eingestellt.

Ich schüttelte die Gedanken an Fox ab, aktivierte das Kapitänstablet und nickte zufrieden. Die meisten Systeme waren nun grün markiert, was bedeutete, dass sie einwandfrei funktionierten. Zwar gab es auch noch viele graue, inaktive Felder, aber mein Schiff verfügte jetzt über eine Hauptsteuerrakete und Manöverantriebe, LiDAR und Gravidar. Außerdem installierten die Mechaniker gerade zusätzliche Schildgeneratoren. Die Fregatte hatte keine anderen Waffen außer der Störausrüstung, und an atmosphärischen Stabilisatoren mangelte es uns auch noch. Tatsächlich fehlte dringend notwendiges Equipment. Im Moment war das Schiff nicht viel mehr als ein halbwegs funktionstüchtiger Bausatz. Es konnte mehr oder weniger gut durch den Weltraum manövriert werden. Selbst das war eine Meisterleistung, wenn man bedachte, womit wir angefangen hatten.

Da kam Uline Tar die Treppe hoch und sah dabei so ernst und gewichtig aus, dass ich mich beinahe ein wenig fürchtete. Ich bemerkte ein helles, neues Emblem auf ihrem matt schimmernden Metallrüstanzug - eine Spiralgalaxie mit drei Kometen darunter. Ein Popup-Fenster sagte mir, dass dieses Abzeichen ihren Dienstgrad anzeigte: Erster Assistent des Kapitäns. Offensichtlich war meine pelzige Freundin stolz auf ihren neuen Status und versuchte in jeder Hinsicht, ihn hervorzuheben.

„Nat, ohne einen ordentlichen Ingenieur kann ich nicht sicher sagen, welche Module miteinander kombiniert werden können und ob unser Triebwerk stark genug ist, um sie zu aktivieren. Trotzdem habe ich alle möglichen Module für Fregatten des Typs Tolili-Ukh X zusammengesucht. Wie erwartet befinden sich die meisten Angebote im Territorium der Meleyephatianischen Horde. Ich habe sogar ein Schiff gefunden, das in genau der gleichen Konfiguration registriert ist wie unseres. Wir könnten ein Set für eine modulare Fregatte für nur siebeneinhalb Millionen kaufen."

„Aber ist es uns möglich, einfach so in den galaktischen Raum der Horde zu spazieren? Werden sie uns nicht aufhalten?", fragte ich überrascht.

Uline schüttelte den Kopf. „Warum sollten sie? Du bist jetzt ein Freier Kapitän und gehörst zu keiner der kriegführenden Nationen. Wir werden natürlich keine geheimen meleyephatianischen Orte betreten dürfen, aber es gibt keine weiteren Einschränkungen. Nach der Zollkontrolle können wir fliegen, wohin wir wollen."

Es war natürlich gut, zu wissen, dass die Preise für Raumschiffmodule im meleyephatianischen Raum nicht hoch waren. Aber ohne Geld nutzte uns das auch nichts. Zuerst einmal würde ich meine Belohnung für den Trophäenschwanz abholen. Auf den meleyephatianischen Raumstationen konnte ich das nicht tun. Und wieder würden wir vor dem Problem stehen, wie man Krypto und Kristalle in ... welche Währung verwendeten die Meleyephatianer?

„Me'eli, auch genannt Melki. Diese gibt es nur in elektronischer Form, und miyelonische Geldbörsen können zur Aufbewahrung und zum Versand verwendet werden. Aber du hast recht, Captain, es könnte ernsthafte Probleme geben, wenn wir versuchen, eine so große Summe zu wechseln. Bis hin zur Beschlagnahmung unseres Schiffes."

Äh, vielen Dank, aber nein. Darauf hatte ich herzlich wenig Lust. Ich war nicht in der Stimmung, mein Raumschiff so leichtsinnig aufs Spiel zu setzen, und ich fragte Uline nach anderen Optionen.

Die Händlerin zögerte. „Nun ... es gibt da eine miyelonische Basis, wo man Trophäenschiffe und Ersatzteile günstig kaufen kann. Aber ich fürchte, das wird dir nicht gefallen."

„Die Piratenbasis Medu-Ro IV wieder einmal?", erriet ich sofort, und Uline brummte ein wenig, nicht etwa nervös, sondern sichtlich erfreut über meine schnelle Auffassungsgabe. „Und warum sollte mir das nicht gefallen? Ist doch eine sehr interessante Option. Ja, die Gepflogenheiten auf dieser Basis sind ... einzigartig, um es mal so zu sagen, und etwas gewöhnungsbedürftig. Aber wenn wir uns vernünftig verhalten, wird uns niemand in die Quere kommen, und die Preise dort sind wirklich unschlagbar. Außerdem muss ich dort ohnehin einen

Anstandsbesuch bei einem Fälscher machen, der beim letzten Mal den Mund ein wenig zu voll genommen hat. Außerdem gibt es auf der Basis eine Übersetzerin, die sicher gern in unser Team kommen würde. Und einen trillianischen Kaufmann, der mir versprochen hat, einen schönen Ring für mich aufzubewahren, bis ich ihn mir leisten kann. Kurzum, worauf warten wir noch, fliegen wir ... Was ist los, Minn-O?"

Meine *Wayedda* war zu uns getreten, kreidebleich im Gesicht. Ich hatte die Prinzessin noch nie in einem so aufgelösten Zustand gesehen. Hatten meine Drohungen nicht funktioniert, und der grässliche, alte Mann hatte seiner Enkelin etwas angetan? Sofort stellte ich Minn-O diese Frage.

Sie sah mich mit Tränen in den Augen an. „Mein lieber Mann, der Mitregent der Menschheit und Hohe Magier Thumor-Anhu La-Fin ist gestern im Alter von 180 Jahren gestorben", schluchzte sie dann. „Auf dem ganzen Planeten wurde eine dreitägige Trauerzeit ausgerufen. Die Beerdigung des großen Magiers findet morgen auf dem alten Friedhof des Hauses La-Fin statt."

Kapitel 20

Abflug!

ICH HATTE NICHT sonderlich viel für Leng Thumor-Anhu La-Fin übrig. Der unermesslich mächtige Magier war ein Feind meiner Fraktion und von mir persönlich. Daraus hatten wir beide nie ein Geheimnis gemacht. Wenn der furchterregende, alte Mann es gekonnt hätte, hätte er nicht nur mich, sondern meine ganze Welt ohne das geringste Zögern oder Mitgefühl ausgelöscht. Aber jetzt, als ich die bitterlich schluchzende Minn-O an mich drückte, überkam auch mich das Gefühl eines schweren persönlichen Verlustes. Ich kam gar nicht auf den Gedanken, mich über den Tod des Dunklen Fraktionsführers zu freuen. Nachdem ich Eduard Boyko unter die Kuppel geschickt hatte, um unseren Verbündeten zu erzählen, was passiert war, bat ich die Prinzessin um weitere Details.

„Die Diener sagen, dass Großvater krank wurde, nachdem er mit mir gesprochen hatte. Er wurde schwarz im Gesicht, seine Arme begannen zu zittern, und er konnte nicht einmal mehr das Videotelefon halten. Thumor-Anhu nahm die gewohnten magischen Elixiere, um wieder zu Kräften zu kommen, und stolperte in seine privaten Räumlichkeiten. Zwei Stunden später fand man ihn dort, als einer seiner Diener es riskierte, in sein Schlafgemach zu schleichen, um nach ihm zu sehen. Der Mitregent lag auf dem Boden neben seinem Bett und murmelte mit weit aus den Höhlen getretenen Augen wirres Zeug. Das löste einen riesigen Aufruhr aus. Großvater wurde ins Bett gebracht, und sie suchten lange Zeit nach seinem Magierarzt, aber der war nirgendwo zu finden. Alle waren ratlos, wussten nicht, was sie tun sollten. Der erste Stadtrat Avir-Sin La-Pirez und andere Verwandte wurden ins Schlafgemach gerufen. Und bis dahin hatten Gerüchte über den Zustand des Mitregenten es bereits zu anderen einflussreichen magischen Familien geschafft. Der Palast der La-Fins war zum Bersten voll mit Magiern und Mitgliedern der herrschenden Familien. Sie brachten eine ganze Armee der besten Ärzte und Heilmagier mit, aber diese konnten nichts mehr tun. Thumor-Anhu war bereits tot." Minn-O La-Fin begann wieder zu schluchzen.

Etwas störte mich an der Geschichte. „Und warum wurde der große Magier nicht in seinen Virt Pod gebracht, damit das Spiel ihn heilen kann?", stellte ich diese offensichtliche Frage.

Meine *Wayedda* funkelte mich aus verheulten

Augen an. „Weil es ein kaltblütiger Mord war, Nat, ein kaltblütiger Mord! Mitregent Thumor-Anhu hat sich in seinem langen Leben viele Feinde gemacht und viele Menschen verärgert. Also taten all diese Heiler nur so, als würden sie helfen. Tatsächlich haben sie Zeit vergeudet, damit mein Großvater sterben würde!"

Ich musste Minn-O wieder beruhigen. Die restlichen Teammitglieder, die verstanden hatten, dass wir ein wenig Zeit allein brauchten, entfernten sich leise und widmeten sich ihren eigenen Aufgaben. Schließlich fragte ich die Prinzessin, wer das neue Oberhaupt der La-Fin-Familie sein würde.

„Du natürlich", antwortete meine *Wayedda*, überrascht, dass ich so eine dumme Frage überhaupt stellen konnte.

„Ich?", platzte ich heraus. Die Nachricht war so schockierend, dass ich mich nicht zurückhalten konnte und das kleine Wörtchen lautstark in den Raum gebrüllt hatte.

Die Prinzessin nahm sich zusammen und erklärte mir alles. „Wenn ich magische Fähigkeiten hätte, oder wenn wir ein Kind hätten, gäbe es vielleicht andere Möglichkeiten. Aber du bist der einzige Magier im Haus La-Fin, also gibt es keinen anderen Weg. Du bist das neue Oberhaupt meiner alten Herrscherfamilie!"

Das war, gelinde gesagt, eine unerwartete Nachricht. Ich das neue Oberhaupt eines der ältesten Herrscherhäuser der magischen Welt? Das war wohl ein Witz. Und kein besonders lustiger. Ich meine, was für einen Herrscher würde ich denn abgeben? Ich existierte nicht einmal in dieser Welt, die mir untertan wäre. Und außerdem … Ich fragte meine *Wayedda* vorsichtig, ob ich bei allen Zeremonien persönlich anwesend sein müsste.

Minn-O sah mich an, als wäre ich ein dummes Baby. „Was redest du denn da? Du würdest in der Sekunde getötet werden, in der du dein Gesicht in meiner Welt zeigen würdest. Du hast Anspruch auf den Thron eines der Herrscher der Menschheit und bist der Erbe eines riesigen Vermögens. Niemand in meiner Welt will dich lebendig sehen, außer mir! Die Familie La-Fin ist sehr reich, und viele Magier trachten schon lange nach diesem Reichtum. Aber sie hätten es niemals gewagt, Thumor-Anhu herauszufordern, solange er noch am Leben war. Doch noch bevor der Körper des großen Magiers überhaupt kalt war, haben all diese Geier bereits nach einem Stück des Kuchens gelechzt! Mein Haus kontrolliert riesige Gebiete, Milliarden von Menschen, Unternehmen und Banken … und jetzt ist da niemand mehr, der unsere Besitztümer verteidigt. Es wird zu einer enormen Umverteilung des Reichtums kommen. Alle mehr oder weniger einflussreichen Familien werden den fettesten Anteil wollen, den sie bekommen können, und erbitterte, blutigste Kämpfe werden in meiner Welt toben. Das ist schon einmal geschehen, vor 200 Jahren, als die Dynastie des Mitregenten Az-Dur zusammenbrach. Diese Zeiten werden heute als die ‚sieben Jahre des Wahnsinns' bezeichnet. So schrecklich waren sie. Du darfst keinesfalls in meine Welt kommen. Tatsächlich solltest du mich so schnell wie möglich aus dieser Welt holen, wenn dir das Leben deiner *Wayedda* auch nur ein bisschen lieb ist!"

Das Leben meiner Wandergeliebten zu retten, war zweifelsohne eine unendlich wichtige Mission. Aber es war auch nicht so ganz mein Stil, kampflos klein beizugeben und anderen, genötigt durch Drohungen und schiere Erpressung, mein Eigentum zu überlassen. Jedes Mal, wenn mich in der Schule irgendwelche Tyrannen aus den Klassen über mir dazu genötigt hatten, meine Hosentaschen für sie zu leeren, hatte ich ihnen einen Tritt in die Weichteile oder einen gezielten Faustschlag auf die Nase verpasst. Und es hatte keine Rolle gespielt, ob mich das nur noch mehr in Schwierigkeiten brachte und sie mich gnadenloser verprügelten. All die Mobber an meiner Schule hatten diese schmerzhafte Lektion irgendwann gelernt. Ich hatte mir sogar einen Ruf als „Psychopath, mit dem man sich besser nicht anlegt" erworben.

Und auch jetzt konnte ich mich nicht dazu durchringen, mein Erbe an irgendwelche dahergelaufenen Opportunisten abzutreten. Nein, es gehörte zu Recht mir und meiner Frau. Außerdem war ich jetzt quasi der Altmagier und Hausherr von La-Fin, also war es meine heilige Pflicht, für den Schutz des Reichtums meiner Familie zu kämpfen! Trotz allem blieb ich realistisch. Minn-Os Ängste und die Gefahren, die ein Eintritt in ihre magische Welt mit sich bringen würde, waren gerechtfertigt. Ich würde dort zu viele Probleme verursachen und sofort getötet werden.

Doch wie sollte ich aus einer Parallelwelt heraus um mein Eigentum kämpfen? Auf den ersten Blick schien es unmöglich. Aber eigentlich sah ich darin keine Widersprüche. Prinzessin Minn-O hatte mir erzählt, dass alle mehr oder weniger bedeutenden Menschen ihrer Welt bereits ins *Spiel, das die Wirklichkeit unterwirft*, eingetreten waren. Und das bedeutete, dass ich Kontakt mit ihnen aufnehmen konnte. Ich war überzeugt, dass ich insgesamt die besseren Karten hatte und mich mit diesen hohen Tieren bestimmt würde einigen können. Meine Bekanntschaft mit dem Herrscher der Erde, Kung Waid Shishish, war eine solche Karte. Diese Tatsache würde jeden Gegner dazu zwingen, Nat ernst zu nehmen. Der Abfall des Friedhofsknoten auf null war ein gutes Beispiel dafür, wozu ich in der Lage war.

Eine weitere, noch bessere Karte war meine Fregatte, die einen beliebigen Knoten gnadenlos aus dem Orbit bombardieren könnte. Natürlich war mein Schiff bei Weitem nicht fertig, und wir besaßen noch nicht einmal Waffen. Aber der Dunkle Bruch wusste das nicht, also würden selbst leere Drohungen über Bombardements aus dem Orbit ernst genommen werden. Jedenfalls hielt ich es für möglich, eine friedliche Einigung zu erzielen.

„Minn-O, finde die Spieltitel der Geier heraus, die versuchen, unser Eigentum für sich zu beanspruchen!"

Ich bemühte mich, einen selbstbewussten Ton anzuschlagen. Es war lustig, Minn-O zu beobachten, wie sie, von tiefster Trauer ergriffen, plötzlich zu weinen aufhörte, ihr gerötetes Gesicht überrascht von meiner Schulter hob und sich dann zu ihrer vollen Größe aufrichtete.

„W-warum musst du das wissen, Nat? Du willst damit doch nicht etwa sagen, dass du vorhast, gegen die stärksten Magier meiner Welt anzutreten, oder? Bei allem Respekt, mein Ehemann, sie werden dich zermalmen!"

„In deiner Welt sind sie vielleicht stark. Aber hier im Spiel sind sie nur Magier mit starken und schwachen Seiten. Ich brauche ihre Namen und, wenn möglich, finde die Koordinaten der Spielhexagone heraus, in denen sie sich befinden. Nein", fügte ich rasch hinzu, bevor sie etwas erwidern konnte, „das kommt nicht der Spionage gleich. Ich möchte einfach eine ernsthafte Diskussion über die Zukunft unserer Familie führen. Findest du nicht, dass unsere Kinder einmal in Sicherheit leben können sollten?"

Meine direkte Art, diese Frage zu stellen, nahm jedem Einwand, den Minn-O hätte hervorbringen können, den Wind aus den Segeln, und die Prinzessin nickte ein paar Mal.

„Sehr gut. Los, gehen wir zum Schiff. Die Techniker haben gesagt, dass die Reparaturen endlich abgeschlossen sind. Es gibt keinen Grund mehr, hierzubleiben, lass uns so schnell wie möglich abhauen!"

Psionik-Skill auf Level 64 erhöht!

Mein Mana war während meines Gesprächs mit meiner *Wayedda* praktisch auf null gesunken. Ich lächelte weiter ruhig, küsste Minn-O auf die Wange und drückte sie sanft in Richtung der Gangway. Erst nachdem die Prinzessin gegangen und außer Sichtweite war, wischte ich mir den Schweiß von Schläfen und Stirn. Was für ein unglaublich anstrengendes Gespräch! Es war nicht nur eine harmlose Konversation mit einem hübschen Mädchen gewesen. Es hatte sich angefühlt, als würde meine Brust von unsichtbaren Fesseln zerquetscht und ich müsste mit bloßer Willenskraft stramme Seile zerreißen und mich aus einer Falle befreien. Doch es sah so aus, als hätte ich alle Blockaden und Grenzen im Kopf der Prinzessin zerstört. Offensichtlich hatte ihr Großvater diese aufgebaut, um seine geliebte Enkelin zu kontrollieren, in der Hoffnung, die Minn-Os Gedanken steuern zu können.

Aber diese Schwierigkeiten waren nicht der einzige Grund zur Besorgnis. Es war beinahe unmöglich, es in Worten zu erklären, aber jede Minute fühlte ich immer deutlicher, dass wir diesen Kometen sofort verlassen mussten. Ich konnte keine logische

Erklärung für dieses seltsame Verlangen finden, aber es wurde immer schwieriger, das juckende, drängende Gefühl zu ignorieren. Wahrscheinlich war es nicht nur mein Verlangen nach neuen Abenteuern, sondern auch eine Warnung vor einigen bislang unbekannten Gefahren. Gefahren, die nicht nur mich, sondern auch mein Schiff bedrohten, wenn wir uns nicht beeilten. Mein Gefahrensinn allerdings verhielt sich ruhig, also war ich ein wenig verwirrt und nicht ganz sicher, wie ich meine widersprüchlichen Gefühle in Einklang bringen sollte.

Der letzte der Geckho-Techniker hatte unsere Blechbüchsen-Fregatte verlassen, und ich erhielt eine Bestätigung vom Raumschiffpiloten, dass wir startbereit waren. Der Hauptmechaniker bestätigte dies ebenfalls und, etwas später, der Navigator. Nun warteten wir nur darauf, dass Eduard Boyko aus der wirklichen Welt zurückkehrte und die letzten Kisten mit Ausrüstung und Ersatzteilen eingeladen wurden.

Ich beobachtete den Systemcheck der Fregatte, während der Ladungsoffizier und seine Assistenten eilig die letzten Container in den Frachtraum hievten. Dann ertönte Dimitri Scheltows Stimme in meinen Kopfhörern. Er klang verärgert.

„Captain, es gibt eine signifikante Desynchronisierung in den Manöverantrieben. Nicht kritisch, aber ich muss mich daran gewöhnen und lernen, sie zu kompensieren. Ich schlage vor, dass wir nach dem Start durch den Schweif des Kometen fliegen, damit ich üben kann, den Eisbrocken auszuweichen und alle Triebwerke, Schilde und LiDARs richtig eingestellt werden."

„Einverstanden, aber nicht zu weit wegfliegen", warnte ich sofort. „Wenn es irgendwelche ernsten Probleme gibt, können wir sofort zur Basis zurückkehren … Hey, Kirsan, wo willst du hin? Sofort zurück aufs Schiff, wir heben ab!"

Der Reparatur-Bot hatte das Raumschiff aus irgendeinem Grund verlassen und trieb sich in der Nähe der noch nicht eingeladenen Kisten herum. Er suchte entweder nach einem Teil oder wollte beim Laden helfen. Der metallische Tausendfüßler hielt bei meinem Ausruf inne und klackerte mit seinen endlos vielen, kleinen Füßen flink in meine Richtung. Er erhob die vordere Hälfte seines Körpers und hielt vor mir an wie eine Kobra mit offener Haube. Er wollte eindeutig irgendetwas. Aber was? Vielleicht hatte es alle Ersatzteile zusammen und verlangte nach meinem Annihilator, um ihn anzupassen?

Ich streckte dem Roboter meine alte Waffe hin, doch Kirsan nahm sie nicht. Er stand weitere 30 Sekunden lang mit angehobenem Körper neben mir, versuchte verzweifelt, meine Aufmerksamkeit auf sich zu ziehen und mir etwas mitzuteilen, indem er die mechanischen Augen aufriss und wieder zudrückte und dabei gestikulierte. Dann gab er scheinbar auf und krabbelte auf das Schiff zu.

Natürlich war das Verhalten des Reparatur-Bots

seltsam, und ich wurde misstrauisch. Sicherheitshalber überprüfte ich den Tausendfüßler und die anderen Bots sogar mittels Scan. War das vielleicht Fox, die mir sagte, dass sie gekommen war? Aber nein, meine Mini-Karte zeigte nur normale Mechanoid-Reparatur-Bots. Auch die anderen Besatzungsmitglieder waren genau das, was zu sein sie vorgaben. Eduard Boyko war ins Spiel zurückgekehrt, und das lenkte mich ab, also verwarf ich all meine anderen Gedanken und unwichtigen Informationen.

Ich ging als Letzter an Bord der Fregatte, hielt auf der Gangway an und warf einen langen, forschenden Blick in den Reparaturhangar. Ich führte einen Testscan durch, verglich die Anzahl meiner Crewmitglieder mit meiner Liste und seufzte. Alle waren da, keine blinden Passagiere. Trotz all der Möglichkeiten, die ich ihr gegeben hatte, hatte die Morphähe beschlossen, sich uns nicht wieder anzuschließen …

WIR HATTEN BEREITS 20 Minuten damit zugebracht, im trüben Kometenschweif aus Eis- und Ammoniakkristallen, der sich weit über den Kern des Kometen hinaus erstreckte, umherzuwirbeln, aber der Raumschiffpilot schaffte es nicht, die Steuerraketen richtig einzustellen. Laut Dimitri Scheltow standen zwei Manöversteuerraketen vollkommen still, was zu unvorhersehbaren Verzögerungen von drei bis zwölf Sekunden führte. Und die Hauptsteuerrakete erbrachte auch nur 73 % der vorhergesagten Leistung und schaltete sich dann und wann einfach ab. Der Pilot war nervös, sauer und drohte, den hinterhältigen Ersatzteillagerhaltern der Geckho, die uns diesen schlecht renovierten Mist eingebaut hatten, die Hände abzuhacken.

Ich schickte die Reparatur-Bots raus, um die Probleme zu beheben und dem Piloten zu helfen, aber ich selbst brauchte ebenfalls ihre Hilfe. Die Schwerkraftortungsgeräte spielten verrückt und zeigten regelmäßig einige höchst gefährliche Objekte in der Nähe. Das Radar spuckte ebenfalls nur Unsinn aus. Manchmal zeigte es Dinge, die gar nicht da waren, und manchmal einfach gar nichts. Die LiDARs hingegen erkannten keinerlei Gefahren, und die externen Kameras zeigten nichts als feinen, eisigen Dunst. Die Fehlfunktion der Schiffsortungsgeräte war ein ernsthafter Grund, zur Basis zurückzukehren. Trotz solcher Probleme in den endlosen Kosmos zu fliegen war ein zu großes Risiko.

Ich stellte mich bereits moralisch darauf ein, den Befehl zur Rückkehr zu geben, um die Fehlfunktion in einer ruhigeren Umgebung zu beheben, als sich plötzlich die Bilder der Außenkameras stark veränderten. Knappe 300 Kilometer von unserer Fregatte entfernt erschienen

Hunderte, wenn nicht gar Tausende von Raumschiffen! Bis dahin hatten wir es geschafft, uns über 8.000 Kilometer weit vom Kern des Kometen zu entfernen, sodass die Schiffe, die erschienen waren, keine Wächter der Geckho-Militärbasis sein konnten. Darüber hinaus zeigte die taktische Karte, dass es sich in erster Linie um Fregatten vom Typus Tolili-Ukh X handelte, die in großen Gruppen aufgetaucht waren. Darüber hinaus gab es aber auch viele schwere Kreuzer. Mit jeder Sekunde tauchten immer mehr neue Schiffsmarker auf, und jeder einzelne war meleyephatianischer Herkunft. Kaum hatte ich begriffen, was das bedeutete, als eine Sirene aufheulte und Kampfalarm gab. Es war natürlich seltsam, dass wir all diese Schiffe nicht schon früher gesehen hatten, aber es sah ganz danach aus, als wäre das vor uns die meleyephatianische Flotte, die sich gerade auf den Angriff vorbereitete!

Gefahrensinn auf Level 43 erhöht!
Adlerauge-Skill auf Level 67 erhöht!

Ich fühlte einen stechenden Schmerz in meiner Brust. Bevor die Nachricht kam, dass sich mein Gefahrensinn verbessert hatte, wusste ich bereits, dass wir in gewaltigen Schwierigkeiten steckten. Die 300 Kilometer zwischen uns und dem Feind galten im Weltraum als so gut wie überhaupt nichts. Aus dieser Entfernung würden die Meleyephatianer garantiert nicht danebenschießen. Es war seltsam, dass sie noch nicht auf uns gefeuert hatten.

„Dimitri, Rückzug!", rief ich und hielt den Piloten auf, als er unsere Fregatte hektisch von der Masse der Schiffe weg manövrieren wollte. „Keine Ausweichmanöver. Provoziere sie nicht! Fliege besonnen und ruhig. Navigator, sofort den Sprung zur Medu-Ro-IV-Basis berechnen! Sag mir, wenn die Fregatte bereit für einen Hyperraum-Sprung ist. Und Ayukh, bereite eine Botschaft für die Verteidiger der Militärbasis vor. Wir müssen die Geckho warnen!"

Autorität auf 43 erhöht!

„Zu Befehl, Captain! Für viel mehr werden sie uns auch nicht Zeit lassen", meckerte der alte Ayukh, führte aber trotzdem mein Kommando aus. „Die Übertragung wird sofort abgefangen, und wir werden zerstört. Im Moment sieht es ganz so aus, als hätten sie noch nicht entschieden, was sie mit uns tun sollen. Schließlich haben wir ein meleyephatianisches Schiff."

Das war auch mein Hintergedanke gewesen, als ich den Piloten angewiesen hatte, in dieser angespannten Situation keine ruckartigen Bewegungen zu machen, damit wir nicht auffielen. Wenn ich das Kommando über die meleyephatianische Flotte hätte, wäre ich auch nicht sonderlich in Eile, eines meiner eigenen Schiffe zu zerstören, das anscheinend etwas weiter vom Rest entfernt aus dem Hyperraum aufgetaucht war. Ich hätte zuerst versucht, die Situation zu verstehen. Und was das Senden einer Botschaft an die Verteidiger betraf, da gab es einen anderen Weg!

„Avan Toi, Basha, Vasha! Ihr alle geht sofort in die wirkliche Welt. Ich weiß nicht, wie ihr das anstellt, aber ihr müsst eine dringende Nachricht an das Militär eurer Rasse senden: Im *Spiel, das die Wirklichkeit unterwirft*, wird die Geckho-Basis auf dem Un-Tesh-Kometen bald von einer meleyephatianischen Flotte angegriffen! Der Feind hat bereits rund 2.000 Schiffe im Schweif des Kometen. Das soll an die Kometenverteidiger und Kung Waid Shishish weitergeleitet werden. Tini, du verlässt das Spiel und überbringst Leng Amiru eine ähnliche Nachricht. Die Miyelonier sind in diesem Krieg mit den Geckho verbündet, und sie könnten es rechtzeitig schaffen, um zu helfen."

Autorität auf 44 erhöht!

Uline Tar kam in Kampfrüstung und in höchster Alarmbereitschaft auf die Brücke gestürmt. Es gab keinen Grund für die Händlerin, in einem so kritischen Moment hier zu sein, und ich wollte sie schon wegschicken, aber mir blieb dazu keine Zeit. Der Kommunikationsbildschirm flackerte auf, und eine Nachricht von einem der Kreuzer wurde übertragen. Es war ein einziges Knistern, Quäken, Jaulen und Rascheln. Weder ich noch sonst ein Mitglied meiner Crew verstand auch nur ein Wort. Die Meleyephatianer forderten etwas, soviel war klar. Aber was war es? Ich hätte zumindest gern eine vage Vorstellung. Ich wandte mich an die Händlerin.

„Uline, erinnerst du dich, als ich dich gefragt

habe, wie Uraz Tukhsh auf der Piratenbasis Medu-Ro mit den Miyeloniern sprechen wollte, ohne ein Wort Miyelonisch zu können? Du hast eine Art Gerät erwähnt?"

„Ja, Nat. Ein automatischer Übersetzer, der existiert schon lange für alle Hauptsprachen der Galaxie." Uline grub in ihren Taschen und nahm eine dunkle Plastikplatte von der Größe einer Untertasse aus ihrem Inventar. „Das ist ein Basismodell. Es ist ein nützliches, notwendiges Gerät, wenn es einfach keinen anderen Weg gibt. Aber qualitativ hochwertige Übersetzer, genau wie Waffen oder andere Geräte, erfordern höhere Stats. Vor allem brauchen sie Intelligenz und Wahrnehmung, aber auch anständige Elektronik, Astrolinguistik und einiges mehr. Aber die Qualität der maschinellen Übersetzung bei so einem einfachen Gerät wie diesem hier ist grottenschlecht. Es übersetzt nur einzelne Wörter, aber das emotional und semantisch Aussagekräftige hängt in der Sprache der Geckho von Wortkombinationen, der Länge der Pausen, der Lautstärke und vielen anderen kleinen Dingen ab. Oft verzerrt die maschinelle Übersetzung die Bedeutung eines Satzes so sehr, dass er in der Zielsprache dann beinahe das Gegenteil bedeutet."

Mit einer Handbewegung hielt ich Uline davon ab, sich vollkommen in dem Thema zu verlieren. Jetzt war nicht die Zeit dazu. Ich bat sie, den Übersetzer vorzubereiten, und wiederholte dann die Nachricht.

Beim ersten Anhören war es eine sinnfreie

Ansammlung von Wörtern. Ich wies den Rest der Besatzungsmitglieder auf der Brücke an, zu schweigen, und versuchte, die Nachricht zu entschlüsseln.

Eine mechanische Stimme in Geckho übersetzte all das Knarren und Kreischen so:

Freier Captain. Identifizieren Sie sich. Verboten. Bildschirm der Verzerrung. Mitte.

„Offenbar hält man uns für das Schiff eines Freien meleyephatianischen Kapitäns. Sie scheinen zu denken, dass wir an dem Angriff auf die Geckho-Basis teilnehmen werden. Jetzt fordern sie, dass wir uns identifizieren. Danach habe ich nichts mehr verstanden ... eine Art Bildschirm der Verzerrung und der Mitte ... keine Ahnung."

„Nun, Gerd Nat, sie könnten den Verzerrungsgenerator meinen", sagte Ayukh und markierte eines der Schiffe in der feindlichen Armada auf dem taktischen Bildschirm. „Dieses Schiff erzeugt einen Verzerrschirm, der die Lichtstrahlen des sichtbaren Spektrums verzerrt und viele andere Arten von Wellen dämpft. Tatsächlich haben sie einen Tarnschirm geschaffen, hinter dem sich die gesamte meleyephatianische Flotte versteckt hält."

Ein Verzerrschirm! Und was für kolossale Dimension der haben musste, immerhin verbarg sich eine ganze Flotte dahinter! Deshalb hatte ich nicht alle Schiffe sehen können, obwohl meine Instrumente eine große Anzahl von riesigen Objekten in der Nähe und eine Art verzerrtes Signal von ihnen angezeigt hatten. Was die restlichen Worte anging, so konnte ich mir bereits zusammenreimen, was sie bedeuteten.

„Wahrscheinlich haben sie uns gebeten, weiter in das Zentrum des Verzerrungsbereichs zu kommen, damit unsere Fregatte die restliche Flotte nicht enttarnt. Dimitri, bewege die Fregatte allmählich auf diesen Punkt zu", sagte ich und platzierte einen Marker für den Raumschiffpiloten am Ende einer direkten Linie durch den Kern des Kometen und das Schiff, das den Verzerrschirm kontrollierte, aber etwa 50 Kilometer dahinter. „Und ruhig Blut, keine abrupten Bewegungen. Im Idealfall kommen wir so in die Richtung des Medu-Ro-Systems, damit wir nach Abschluss aller Berechnungen sofort losfliegen können. Ayukh, gib dem Piloten unseren Vektor."

Kartografie-Skill auf Level 55 erhöht!

Astrolinguistik auf Level 83 erhöht!

Du hast Level 70 erreicht!

Du hast 3 Fähigkeitspunkte erhalten!

Unsere Fregatte flog eine weite Kurve und näherte sich dem Feind. Ich fragte mich, wie die Meleyephatianer reagieren würden. Mein Herz klopfte spürbar in meiner Brust. Die letzten Sekunden dauerten unendlich lange. In der angespannten Stille ertönte Dimitri Scheltows Stimme scharf wie ein Pistolenschuss.

„Seltsam, dass diese Flotte keine Landungsschiffe hat", sagte der Raumschiffpilot und machte uns alle auf diese Tatsache aufmerksam. „Wie wollen sie die Geckho-Basis auf dem Kometen einnehmen?"

„Nun, sie einzunehmen ist wohl nicht der Plan", antwortete unser kenntnisreicher, erfahrener Navigator. „Es ist nicht gerade eine meleyephatianische Tradition, feindliche Stützpunkte stehen zu lassen, und sie haben keine Verwendung für eine weitere Basis in diesem Bereich der Galaxie. Sie sprengen den Kometen einfach zusammen mit der Basis. Seht ihr den riesigen Zerstörer, der gerade auf dem Bildschirm aufgetaucht ist? Diese Titanen haben gewaltige Feuerkraft und werden benutzt, um Kraftfelder zu durchbrechen und Raumstationen, Planetoiden, Kometen und andere Himmelskörper zu zerstören."

Meine Brust schnürte sich zusammen. Die Meleyephatianer wollten den Un-Tesh-Kometen zusammen mit der Militärbasis zerstören! Aber mein Respawn-Punkt war dort! Wenn sie unser Schiff jetzt abgeschossen und der Komet zerstört wurden, würde mein Charakter im Vakuum des Weltraums erscheinen und hoffentlich einen versiegelten Raumanzug tragen. Vielleicht wäre das sogar schlimmer, denn dann würde ich nach viereinhalb Stunden einen langen, qualvollen Erstickungstod erleiden. Und jeder weitere Tod wäre unausweichlich und augenblicklich.

Verdammt! Die Situation war nicht nur beunruhigend, sie war höchst gefährlich. Meinen Freunden und mir drohte der endgültige Tod, sowohl in der virtuellen als auch in der wirklichen Welt! Ein Spieler konnte den unumkehrbaren letzten Tod seines Spielavatars nicht überleben, das hatte ich schon oft genug gehört. Nachdem die Werte eines Charakters alle den Nullpunkt erreicht hatten, was sich auf den Körper in der wirklichen Welt auswirkte, wäre der Mensch in diesem Körper so gut wie tot. Das wollte ich nicht erleben!

„Also, Ayukh, irgendwelche Neuigkeiten? Sind wir bald bereit für einen Hypersprung?" Ich trieb den alten Navigator, der verzweifelt rechnete und die Sternenkarte fahrig auf seinem Bildschirm bewegte, zur Eile.

„Die Botschaft für unser Militär ist fertig. Sie kann jederzeit verschickt werden. Aber die Sprungparameter werden noch berechnet. Dieser Computer ist zu schwach. Es dauert lange, bis eine Berechnung durchgeführt wird. Uline, nun gib dem Bot doch, was er will!"

Da bemerkte auch ich, dass Kirsan sich wieder seltsam verhielt. Der metallische Tausendfüßler hatte seine Krallen in die automatische Übersetzungsscheibe gesenkt und versuchte eindeutig, sie der Händlerin zu entreißen. Uline wehrte sich verzweifelt, fluchte und trat sogar nach dem Reparatur-Bot, aber auf Ayukhs Ermahnung hin überließ sie ihm die Übersetzungsscheibe. Wenn der Tausendfüßler etwas gesagt hatte, dann war es unhörbar gewesen. Trotzdem musste er eine Botschaft übermittelt haben, denn danach sagte eine metallische Stimme deutlich:

„Kein Hypersprung. Bombe an der Steuerrakete. Drei."

„Was? Was sagst du da? Das Schiff wurde so manipuliert, dass es explodieren würde? Zeig es mir. Sofort!" Ich sprang wie von der Tarantel gestochen von meinem Sitz hoch und rannte dem Bot hinterher, der sich, wie sich herausstellte, ziemlich schnell bewegen konnte, wenn er wollte.

Maschinensteuerung auf Level 51 erhöht!
Psionik-Skill auf Level 65 erhöht!

Erst danach bemerkte ich, dass ich den Befehl ohne Kapitänstablet und ohne das Spielmenü zu öffnen gegeben hatte, sondern nur mit meiner Stimme und erneut mental. Aber der Reparatur-Bot hatte mich problemlos verstanden. Und ich verstand jetzt auch, was Kirsan mir auf der Raumbasis hatte sagen und warum er so verzweifelt meine Aufmerksamkeit hatte erregen wollen.

Ich folgte dem wendigen Tausendfüßler hinunter auf das untere Deck und durch den Maschinenraum. Dann warf ich ein Gitter zurück und drückte mich in einen Zwischenraum, der selbst für einen Menschen ziemlich eng war und für einen Geckho wohl unmöglich zu passieren. Anscheinend diente der winzige Korridor als Zugang zum Hyperraumantrieb. Während wir auf Un-Tesh geparkt hatten, hatten es die Geckho-Techniker nie hier durchgeschafft, denn der Motor war bereits installiert gewesen und die riesigen Fellknäuel waren einfach zu groß.

Irgendjemand hatte es aber offenbar geschafft. Alle drei Kabelverkleidungen aus Wellblech, die vom Triebwerk zum Hyperantrieb führten, waren mit identischen, flachen, runden Bomben bestückt, die wie Hockeypucks aussahen. Sie waren wahrscheinlich nicht allzu stark, aber sie brauchten nur die Synchronisation unserer tüftligen Antriebssysteme zu stören, und das Raumschiff würde in einem gewaltigen Energieschub in alle Atome zerrissen werden.

Magnetbombe (aktiviert!)

Achtung! Die Entschärfung dieser Bombe erfordert die Fähigkeiten: Elektronik Level 55, Sprengstoff Level 55 oder Einbruch Level 55. Charakterklasse: Pionier, Geologe oder Dieb.

Statistische Anforderungen: Agilität 15, Intelligenz 12.

Achtung! Deine Elektronikkenntnisse sind nicht ausreichend.

Achtung! Deinem Charakter fehlen die Fähigkeiten Einbruch und Sprengstoff.

Ich brauchte nur ein kleines bisschen mehr Elektronik, nur zwei Punkte. Und ich hätte dieses Problem leicht lösen können, indem ich die freien Punkte investierte, die ich durch den Levelanstieg erhalten hatte. Aber das würde nicht helfen, denn mein Nat gehörte keiner der erforderlichen Klassen an. Ein Dieb konnte diese Bomben entfernen, und die wichtige

Einbruchsfähigkeit meines Schützlings Tini war auf mindestens 63. Ich wusste, dass auch seine Elektronik um die 55 war. Aber ich hatte Tini in die echte Welt geschickt und keine Ahnung, wann mein Kätzchen zurückkommen würde.

Die Stimme des Navigators ertönte in meinen Kopfhörern. „Captain, die Berechnung der Hyperraumsprung-Parameter ist abgeschlossen, die Fregatte befindet sich derzeit auf dem richtigen Vektor. Wir können jederzeit springen ...“

„Stopp!“, brüllte ich außer mir. „Nicht den Hyperantrieb aktivieren! Da sind drei Bomben auf dem Netzkabel. Wenn du den Hyper aktivierst, werden wir in Stücke gerissen! Ich versuche gerade, eine Lösung zu finden.“

„Beeil dich, Nat“, hörte ich Uline mit leicht panischer Stimme rufen. „Das meleyephatianische Schiff hat uns erneut gebeten, uns zu identifizieren. Sie schöpfen Verdacht!“

Ich wusste bereits, dass die Zeit drängte, und wir dringend etwas tun mussten. Vielleicht könnte ich die Bomben mit einem starken elektromagnetischen Impuls deaktivieren? Schließlich handelte es sich nicht nur um Granaten, die mit explosivem Material gefüllt waren, sondern um ziemlich komplizierte Geräte, die den Stromfluss überwachten und erst beim Einschalten des Hyperantriebs detonierten. Und da wir gerade von komplexen elektromechanischen Geräten sprachen ... Ich aktivierte das Scan-Symbol. Da waren sie! Jede der drei Bomben wies eine identische Markierung auf meiner Karte auf:

Magnetbombe.

Entschärfungswahrscheinlichkeit: 72 %

Gesamtkontrollwahrscheinlichkeit: 32 %

Eine Wahrscheinlichkeit von 72 %, jede einzelne von ihnen zu deaktivieren. Nun gut, einerseits klang das ja gar nicht so schlecht. Andererseits würde ich diesen Trick dreimal wiederholen müssen, und dann sah die ganze Geschichte nicht mehr so rosig aus. Wie hoch war die Wahrscheinlichkeit, dabei dreimal nicht in die Luft zu gehen? Ich rief mir einen Statistik-Kurs in Erinnerung, den ich einmal belegt hatte, berechnete meine Chancen und ließ entmutigt den Kopf sinken. Nur 37 %. Das war nicht ideal.

Vielleicht konnte ich unsere Chance, dem Fiasko zu entrinnen, erhöhen, indem ich meine ungenutzten Punkte in Maschinensteuerung steckte. Gesagt, getan. Ich investierte alle drei Punkte und brachte die Fähigkeit auf 54. Die Wahrscheinlichkeit, jede der Bomben zu entschärfen, stieg von 72 % auf 77 %. Das war nicht schlecht. Aber die Wahrscheinlichkeit, alle drei erfolgreich zu entschärfen, lag immer noch bei weniger als der Hälfte. Bei 45 %, um genau zu sein. Also, sollte ich es riskieren oder auf Tini warten?

„Nat, die Meleyephatianer senden uns wieder Nachrichten!" Uline Tars Stimme klang mittlerweile nicht mehr nur leicht panisch. Meine Freundin war außer sich. „Sie drohen, uns abzuschießen, wenn wir uns nicht sofort identifizieren!"

„Freunde, bereitet euch auf einen Sprung vor, ich bin fast fertig ...", rief ich selbstbewusst ins Mikrofon.

Dann wischte ich mir den Schweiß von der Stirn und warf dem Reparatur-Bot einen Blick zu, der mich in meiner Not mit seinen Dutzenden mechanischen Augen aufmerksam beobachtete.

„Wenn ich überlebe, betrinke ich mich an der ersten Raumbasis, die wir erreichen, bis ich nicht mehr weiß, wie ich heiße!", versprach ich dem Bot und wählte den Menüpunkt „Bombe entschärfen".

Etwas im Inneren des Pucks klickte abrupt. Instinktiv bedeckte ich meinen Kopf mit den Händen, obwohl ich wusste, wie sinnlos das war. Aber es kam zu keiner Explosion. Äußerlich hatte sich die Bombe nicht verändert, doch die Beschreibung des gefährlichen Geräts klang schon viel besser:

Magnetbombe *(entschärft)*

Geschafft! Bevor ich die Nerven verlor, entschärfte ich auf genau dieselbe Art und Weise eine weitere Bombe. Neben der dritten blieb ich stehen. Meine Hände zitterten, und ich konnte mich kaum konzentrieren.

„Nat, verdammt noch mal!" Es war jetzt Dimitri Scheltows Stimme, die verzweifelt in mein Ohr brüllte. „Zwei meleyephatianische Abfangjäger sind auf dem Weg zu unserer Fregatte! Viel Glück da unten, ich hebe in zehn Sekunden ab."

Wir konnten nicht länger warten. Ich wählte „Bombe entschärfen".

Maschinensteuerung auf Level 55 erhöht!

Psionik-Skill auf Level 66 erhöht!

Du hast Level 71 erreicht!

Du hast 3 Fähigkeitspunkte erhalten!

„Ayukh, sende die Nachricht! Dimitri, volle Kraft voraus!", brüllte ich ins Mikrofon, und das leichte Summen und Brummen der Hyperantriebe eine Sekunde später zeigte an, dass wir entkommen waren.

Völlig erledigt sank ich auf den Metallboden und zog den tausendfüßigen Roboter wie ein Haustier an mich, um ihn zu umarmen und ihm auf den Rücken zu klopfen.

„Dafür male ich dich weiß an, Kirsan, damit ich mir immer und ewig merke, was du für mich getan hast! Ich weiß nicht, ob du mich verstehst oder nicht, aber ich bin dir von Herzen dankbar!"

Mein Kapitänstablet vibrierte. Ich streckte eine Hand danach aus und aktivierte den Bildschirm.

Captain, der Hauptmechaniker hat eine Liste notwendiger Materialien zum Kauf geschickt:

- *1 Dose AAB-2 Emaillefarbe, weiß*
- *1 Farbsprühgerät*

Kapitel 21

Der außerirdische Gast

NACH DER RÜCKKEHR aller Besatzungsmitglieder, die in die wirkliche Welt gegangen waren, berief ich eine Krisensitzung ein. Ich hielt sie in Geckho, der Sprache, die jedes Mitglied meines Teams mehr oder weniger gut sprach. Für die Hälfte der Besatzung war es die Muttersprache. Nat und Dimitri Scheltow beherrschten sie fließend, und der Rest verstand sie recht gut. Die schlechtesten Sprecher der Fellknäuel-Sprache waren Weltraumkommandant Eduard und Gladiator Imran, doch die anderen übersetzten die schwierigen Passagen. Da wir die Möbel für das Raumschiff erst besorgen mussten, ordnete ich an, die noch verpackten Teppichrollen im geräumigsten Bereich des Decks als Sitzgelegenheit auszulegen. Irgendwann würde dies der Pausenraum werden. Ich wollte, dass alle an dem Meeting teilnahmen, sogar Scheltow. Das Schiff flog auf

Autopilot, und er hatte die nächsten beiden Ummi nichts zu tun.

Es gab zwei wichtige Themen zu besprechen: die Bomben und den meleyephatianischen Angriff auf die Militärbasis der Geckho. Und obwohl ich persönlich das erste Thema weitaus besorgniserregender fand, sah ich ein, dass die patriotischen Geckho darauf brannten, das zweite Thema zu diskutieren, und immerhin machten sie die Hälfte meiner Crew aus. Für sie war die Situation an der Front des andauernden Weltraumkriegs wichtiger, also begann ich damit.

„Captain, ich habe deine Nachricht sofort nach Verlassen des Spiels an einen sehr alten Freund geschickt, der auf dem Kometen dient", berichtete Ladungsoffizier Avan Toi. „Ich muss dazusagen, dass er mir anfangs nicht geglaubt hat. Er dachte, es wäre eine Art Streich. Er nannte mich einen Schelm. Aber als er den Ernst der Lage erkannt hat, versprach er, sich sofort mit der Führung in Verbindung zu setzen, und meldete sich ab. Und als ich wieder in das Spiel eintrat, verzeichnete ich einen Anstieg meines Ruhmes. Offensichtlich ist alles in Ordnung und die Botschaft ist dort angekommen, wo sie sollte!"

Ja, so sah es jedenfalls aus. Auch ich hatte eine Steigerung meines Ruhmes erlebt. Zwei sogar. Offensichtlich schwirrte der Name Gerd Nat in dringenden Nachrichten zwischen mächtigen Führern herum, und ich war zu einer bekannteren Figur geworden. Ich stimmte der Schlussfolgerung des korpulenten Ladungsoffiziers zu. Die Kommandanten der Geckho waren eindeutig über die Gefahr informiert worden. Ich dankte meinem Untergebenen für seine gute Arbeit.

Basha und Vasha berichteten ebenfalls, dass sie ihre Nachrichten gesendet hatten. Keiner der Zwillingsbrüder hatte persönliche Verbindungen zu hochrangigen Militärs der Dritten Angriffsflotte. Aus diesem Grund hatten sie stattdessen eine Eilnachricht an den Pressedienst der Flotte und weitere Nachrichten an öffentliche Adressen geschickt, die lose Verbindungen zur Dritten Angriffsflotte hatten. Basha Tushihh hatte sich außerdem mit unserem ehemaligen Kapitän Uraz Tukhsh in Verbindung gesetzt, in der Hoffnung, dass der enge Verwandte von Kung Waid Shishish dem Kommandanten von der drohenden Gefahr berichten würde.

„Aber stattdessen hat unser ehemaliger Chef mir nichts als Wut und Hass entgegengeschleudert. Vollkommen grundlos! Es grenzte an reine Hysterie!", schnaubte der offensichtlich verwirrte und verärgerte Basha Tushihh. „Ich musste mir eine ganze Flut an dreisten Lügen und Drohungen anhören! Gerd Uraz Tukhsh beschuldigte mich und uns alle zusammen, aber vor allem dich, Gerd Nat, ihn verraten und verlassen zu haben. Angeblich hätten wir ihn in einem entscheidenden Moment im Stich gelassen, wären aus seinem Team geflohen und hätten ein Trophäenschiff gestohlen, das ihm hätte gehören sollen, als Ersatz für den Shiamiru! Er hat sich geweigert, irgendetwas für mich zu tun. Schon gar nicht wollte er eine Nachricht an Kung Waid Shishish senden, auf den unser ehemaliger Kapitän noch wütender ist."

Alle schwiegen, eindeutig fassungslos.

Das Schweigen wurde von Uline gebrochen. „So bedauerlich es auch sein mag, wir müssen daraus schließen, dass wir uns einen persönlichen Feind gemacht haben."

„Was für eine Überraschung", schnaubte der Ladungsoffizier gehässig und zeigte mit einer pelzigen Hand auf die drei entschärften Bomben, die ich vor allen ausgebreitet hatte.

Uline knurrte bedrohlich durch die Zähne. „Wage es nicht! Mein ehemaliger Bräutigam war immer schon feige, und seine Moral lässt zu wünschen übrig, aber er hat sich immer ehrenhaft verhalten. Gerd Uraz Tukhsh hätte keinen kaltblütigen Mord planen können, und er hatte auch nicht die Möglichkeit, die Bomben im Ursa-System oder auf der Militärbasis in unserem Schiff zu verstecken. Er war einfach nicht da."

Der Ladungsoffizier lachte angriffslustig und versicherte uns, dass ein glorreicher Kriegsheld, lila Ehrenband und alles, solche Dinge nicht persönlich tun müsste. Er hätte jemanden finden können, der bereit war, für einen geringen Lohn all die schmutzige Arbeit für ihn zu erledigen. Vielleicht sogar kostenlos in Erwartung von Dankbarkeit.

Uline fing wieder an zu knurren, diesmal viel

lauter und beängstigender. Ich machte mir schon Sorgen, dass sich die Geckho-Dame auf den Ladungsoffizier stürzen könnte. Aber der Konflikt zwischen den Teammitgliedern artete nicht aus. Ich musste die beiden nicht voneinander trennen oder beruhigen.

Der letzte Redner war mein Tini. Das Kätzchen sagte, dass er ohne Schwierigkeiten und ohne extreme bürokratische Hürden direkt mit der Großen Priesterin seiner Rasse in Kontakt hätte treten können und die Inkarnation des Großen Ersten Weibchens dem aufgeregten Teenager aufmerksam zugehört hätte. Danach musste Leng Amiru U-Mayaoo aber zugeben, dass sie keine Verbindung zum Militär hatte, da ihre Arbeit rein friedlicher Natur wäre. Aber sie versprach, die wichtige Botschaft unverzüglich an ihre Freundin Leng Keessi-Miau zu senden. Diese war Befehlshaberin über eine der Flotten der Union der Miyelonischen Rudel.

„Was unseren nächsten Halt an der Basis Medu-Ro IV angeht ... darüber war Leng Amiru U-Mayaoo nicht gerade glücklich. Sie sagte, diese Basis wäre nur theoretisch in miyelonischer Hand. Die Freien Kapitäne hätten dort das Sagen, also der Austausch von ... du weißt schon was, Meister ... da könnte es Probleme mit den Krypto geben. Und außerdem wäre es unmöglich, die Sicherheit unseres Schiffes oder der Ladung zu garantieren, wenn wir dorthin fliegen. Aber dann hat sie überlegt und uns schließlich geraten, uns mit dem Anführer des Sternenwürgerrudels oder Flinkpfotenrudels in Verbindung zu setzen und unsere schwierige Situation mit deren Hilfe zu lösen."

Ich ließ mir nicht anmerken, dass ich verärgert darüber war, dass mein Schützling einem Außenstehenden den Kurs unserer Fregatte verraten hatte, denn ich wusste genau, dass es nicht fair wäre, ihn dafür zu bestrafen. Erstens war es völlig unmöglich, im Gespräch mit der erfahrenen Wahrheitssucherin ein Geheimnis zu wahren. Zweitens galt die Große Priesterin für jeden Miyelonier als eine Inkarnation des absoluten Guten, als Hüterin der Geschichte und Traditionen ihrer Rasse. Viele sahen in ihr sogar eine Mutterfigur. Für die Miyelonier war sie keine Fremde.

Den Anführer des Sternenwürgerrudels kannte ich nicht. Selbst Tini wusste nur wenig über ihn, und das meiste davon waren keine guten Sachen. Ich würde zum Anführer des Flinkpfotenrudels gehen müssen, der freundlichen Casino-Besitzerin, die mir einmal einen Job angeboten hatte.

Da wurde unser Gespräch durch einen der Reparatur-Bots unterbrochen. Wahrscheinlich war es derjenige, dem ich versprochen hatte, ihn weiß anzumalen, obwohl ich mir nicht sicher war. Alle drei Tausendfüßler sahen völlig identisch aus, sowohl äußerlich als auch auf der Mini-Karte.

„Brauchst du etwas, Kirsan?", fragte ich, als der Reparatur-Bot nicht nur vorbeikroch, sondern den vorderen Teil seines Körpers hob und anfing, mit seinen mehrgliedrigen Füßen ein Signal zu trommeln. Es war eindeutig wieder ein Versuch, unsere Aufmerksamkeit zu erregen. „Ich verstehe dich nicht. Uline, gib ihm deinen Übersetzer, lass es ihn erklären."

Alter Feind. Gefahr. Ja. Nein. Vielleicht. Sieht Kapitän.

Alter Feind? Wer zum Teufel konnte das sein? Mein Gefahrensinn verhielt sich ruhig, es gab also scheinbar keine direkte Bedrohung. Kirsan wollte mir nur etwas sagen.

„Nimm mich mit, zeig es mir!", befahl ich und erhob mich von meiner Teppichrolle.

Diesmal liefen wir alle hinter Kirsan her, obwohl „Sieht Kapitän" wahrscheinlich eher mich gemeint hatte. „Oh, Mann, Kirsan ist doch nicht ganz so intelligent", dachte ich mit etwas Mitleid, als der Tausendfüßler, der einfach den kürzesten Weg wählte, sich in den noch leeren Aufzugsschacht duckte und anmutig die vertikale Wand zum Oberdeck hinauflief. Wir anderen mussten zum Ende des Flurs gehen und die kürzlich installierte Wendeltreppe benutzen. Wir trafen uns auf dem Oberdeck wieder, und der Tausendfüßler führte uns zur Kapitänsbrücke.

„Ja, leck mich doch am ..." Dimitri Scheltow sprach aus, was wir alle dachten. Er erntete einen halbherzigen, aber wohl schmerzhaften Schlag auf den Hinterkopf von unserem dagestanischen Sittenwächter. Der Pilot nahm ihm das jedoch nicht übel, falls es ihm überhaupt aufgefallen war. Er war zu sehr abgelenkt von den Bildern, die die externen Kameras sandten. „Wie hat er uns gefunden? Wir haben das Schiff gewechselt und befinden uns ziemlich weit weg vom Ursa-System. Oder ist das ein anderer?"

Jetzt sah ich es auch. Ein wendiges, scheibenförmiges Objekt umkreiste blitzschnell unsere Fregatte. Ich erkannte es sofort als Symbiont. Beim letzten Mal war dieser Satellit eine große Hilfe für den Shiamiru gewesen. Er hatte den Weg für den Shuttle durch ein Schuttfeld frei gemacht. Aber was wollte er jetzt von uns?

„Ich schätze, Uraz Tukhsh lag falsch", frohlockte der alte Ayukh. „Der Symbiont prophezeite nicht ihm Glück, sondern einem von uns."

„Und ich weiß auch genau, wem", kam es wie aus der Pistole geschossen von Uline, die mich dabei vielsagend anblickte.

Autorität auf 45 erhöht!

Ich ignorierte die Anspielungen meiner Geschäftspartnerin, wandte mich an den Reparatur-Bot und hielt ihm den automatischen Übersetzer hin.

„Kirsan, weißt du, was das ist?" Ich zeigte auf die über den Bildschirm tanzende Scheibe.

Alter Feind. Mechanoidenkrieg. Automatisches Prekursoren-Abwehrsystem. Raum überwachen. Hyperraum überwachen. Suchen. Abfangen. Zerstören.

Das war eine mehr als detaillierte Antwort des sonst so wortkargen Kirsan, und wir alle hatten sie verstanden. Mir fiel ein, dass ich schon einmal von diesen „automatischen Prekursoren-Systemen" gehört hatte. Laut meiner Kleinen Reliktiker-Wachdrohne gab es eine große Wahrscheinlichkeit, dass sie im Weltraum von einem dieser Systeme abgefangen und gestoppt würde. Anscheinend waren die Prekursoren ihre Nachbarn in der Galaxie gewesen, da die Mechanoiden und Reliktiker sie als Feinde betrachteten. Waren die Reliktiker und Mechanoiden vielleicht Verbündete in diesem langjährigen Krieg gewesen? Vielleicht hatte Kirsan mich im Zuhörer-Anzug der Reliktiker gesehen und kommunizierte deshalb so offen mit mir?

„Und was macht Satellit? Warum ist so nah bei uns? Kriecht an unserem Rumpf entlang, fast!", fragte Minn-O auf Geckho und demonstrierte eine noch nicht perfekte, aber beeindruckende Beherrschung der Sprache.

Ich hätte nicht gedacht, dass es eine Antwort auf diese Frage geben würde. Die Worte des Navigators kamen daher umso überraschender.

„Der Symbiont repariert unseren Rumpf. Meleyephatianer verwenden Materialien mit Formgedächtnis, um Raumschiffe zu bauen. Unter bestimmten Bedingungen, beispielsweise wenn sie heiß genug oder mit Ultraschall- oder Neutronenstrahlung behandelt werden, nehmen beschädigte Teile wieder ihre ursprüngliche Form an. Sogar Löcher versiegeln sich nahtlos."

„Ja, das habe ich auch schon gehört", bestätigte die Händlerin. „Aber soweit ich weiß, ist es ein sehr energieintensiver Prozess. Der Symbiont bräuchte eine nahezu unerschöpfliche Energiequelle! Woher hat er die?"

Da vibrierte mein Kapitänstablet. Ich las die eingegangene Nachricht:

Captain, Sie haben eine Schnittstellenanfrage für das Triebwerk von [unbekanntes System] erhalten. Akzeptieren? (Ja/Nein)

Da war die Antwort auf Ulines Frage! Ich grinste und gab meine Erlaubnis, begrenzte den Energieverbrauch aber, nur für alle Fälle, damit wir nicht leergesaugt wurden. Weder dem Raumschiffpiloten noch dem Navigator war meine Manipulation der Fregattensysteme aufgefallen. Dimitri pfiff überrascht durch die Zähne. Ayukhs massiver Kiefer sackte herab, seine Blicke schossen zwischen der Energieanzeige und der Reparaturarbeit durch den Symbionten hin und her.

Maschinensteuerung auf Level 56 erhöht!
Elektronik-Skill auf Level 54 erhöht!
Elektronik-Skill auf Level 55 erhöht!
Autorität auf 46 erhöht!

Der Symbiont war auf der Minikarte noch immer nur als nicht identifiziertes „Plasma-Cluster" dargestellt, das die Schiffsradars nicht benennen konnten. Ich führte auch keinen detaillierteren Scan durch, um ihn zu studieren, noch benutzte ich den

Prospektorenscanner, aus Angst, unseren seltenen und schreckhaften interstellaren Gast zu verscheuchen. Soweit ich wusste, war kein Fall bekannt, in dem sich diese Satelliten aggressiv verhalten hatten. Außerdem spürte ich keine Gefahr und vertraute meiner Intuition, die mir sagte, dass es sich nicht lohnte, einen so nützlichen Bonus zu riskieren, nur, um meine Neugierde zu befriedigen, und dass dieser Satellit irgendwann in der Zukunft wieder nützlich sein könnte.

Ich stellte sicher, dass alles in Ordnung war und beruhigte Kirsan. Die anderen Besatzungsmitglieder schlugen vor, in den Pausenraum zurückzukehren und das Meeting fortzusetzen, also taten wir das.

NUN SPRACHEN WIR über die Magnetbomben. Bei näherer Betrachtung stellten wir fest, dass sie von Geckho hergestellt worden waren. Sie stimmten haargenau mit jenen überein, die zur Standardausrüstung der Pioniere und Saboteure dieser Rasse gehörten. Die Liste der Verdächtigen beschränkte sich jedoch eindeutig nicht auf diese beiden Klassen. Offenbar war zwar das Entfernen einer scharfen Bombe sehr kompliziert, aber installieren konnte sie im Grunde genommen jeder Spieler mit ausreichend Geschicklichkeit und Intelligenz.

Aber wer hätte sie auf unser Raumschiff schmuggeln können und wieso? Wir alle brannten darauf, Antworten auf diese Fragen zu finden. Also schlug ich vor, eine Brainstorming-Sitzung abzuhalten, in der wir alle Theorien darüber sammelten, was passiert war. Selbst die unglaublichsten oder potenziell verletzendsten.

Zunächst einmal beschäftigte ich mich mit der Frage nach dem Tatzeitpunkt. Der offensichtlichste, günstigste Zeitpunkt war wohl während unseres verlängerten Aufenthalts auf dem Militärstützpunkt gewesen. Schließlich hatte vorher niemand genau gewusst, wem die Fregatte Tolili-Ukh X gehören oder dass uns genau dieses Schiff zugeteilt werden würde. Doch auch hier stimmten nicht alle Fakten überein. Auf der Basis hatten nur die Mechaniker des Flottenkommandanten Zugang zu unserer Fregatte gehabt. Allerdings fiel es mir persönlich schwer, mir vorzustellen, dass sich ein riesiger Geckho-Techniker in den engen Zwischenraum zwängte, ohne dass er unweigerlich stecken blieb und im Flüsterton fluchend auf Rettung wartete.

„Ich habe eine vollständige Liste von Technikern, die an der Fregatte gearbeitet haben", sagte Uline und zeigte mir ihren Palmtop, wo sie all diese Informationen gespeichert hatte. „Wir können sie später suchen und verhören. Obwohl ich dem Kapitän zustimme, dass ein Geckho nicht in einen so winzigen Spalt passen würde. Vielleicht ein Kind? Obwohl ich auf dem Militärstützpunkt keine Kinder gesehen habe. Möglicherweise hat ein Mitglied der Besatzung während der Reparatur etwas Verdächtiges gesehen?"

Nein, niemand hatte etwas gesehen. Eduard Boyko brachte sich ein, und die Idee unseres Weltraumkommandanten folgte einem ganz neuen Ansatz.

„Ich würde vorschlagen, wir überprüfen einmal unsere ruhige, kleine Prinzessin und sehen, ob sie etwas damit zu tun hat. Minn-O ist immer still, geht nie irgendwo hin und sieht niemandem ins Gesicht. Und sie hat wohl die größte Motivation, unser Raumschiff zu zerstören, denn dieses Schiff ist unsere Trumpfkarte im Krieg gegen ihre Fraktion! Nach dem Tod von Leng Thumor-Anhu La-Fin, der seine Enkelin beschützt und ihr ein Zuhause gegeben hat, muss die Prinzessin ihre Loyalität und ihren Einsatz für die Fraktion beweisen. Und die Zerstörung eines Raumschiffs passt doch in dieses Schema! Außerdem mag Minn-O vielleicht hochgewachsen sein, aber sie ist dünn wie ein Streichholz und würde es locker durch diesen engen Zwischenraum schaffen. Ich für meinen Teil könnte mich da nie reinquetschen, so sehr ich mich auch bemühte."

Eduard hatte in Geckho angefangen zu sprechen, wurde aber schnell nervös und wechselte ins Russische. Minn-O verstand ihn dennoch ausgezeichnet. Sie erhob sich, sah Eduard direkt ins Gesicht und antwortete ruhig und mit überraschend viel Takt.

„In Ordnung, sagen wir, ich wollte das Raumschiff wirklich in die Luft jagen. Wo hätte ich denn den Sprengstoff herbekommen? Ich habe ein einziges Mal etwas gekauft, und da waren zwei Leute bei mir, den ganzen Weg zum automatischen Bestellportal. Uline und Nat. Sie haben meine Einkaufsliste gesehen, außerdem haben sie sie für mich in die Maschine eingegeben, weil ich Geckho nicht einmal lesen kann. Und sie können bestätigen, dass es keine Magnetbomben auf dieser Liste gab."

„Das ist wahr", sagte Uline Tar bereitwillig. „Die Menschendame hat jede Menge Zeug gekauft. Eine neue Schusswaffe, professionelle Kartografenausrüstung und persönliche Gegenstände wie Schmuck und Kosmetik. Aber definitiv keine Magnetbomben!"

Minn-O verbeugte sich leicht vor ihrer pelzigen Mitbewohnerin als Dank für die Unterstützung und setzte dann ihre Rede fort.

„Außerdem wird Weltraumkommandant Eduard bald herausfinden, dass ich die Fraktionen wechseln möchte, um bei meinem rechtmäßigen Ehemann zu sein. Euer Anführer Gerd Lozovsky hat dem bereits zugestimmt. Jetzt muss ich im Spiel ins Territorium der Human-3-Fraktion gelangen, um den Prozess der Körperübertragung einzuleiten. Für mich ist das sehr wichtig. Es geht um Leben und Tod. Also wie, bitteschön, würde mir die Zerstörung dieses

Raumschiffs – meine einzige Möglichkeit, zur Erde zu gelangen – dabei helfen?"

Eduard entschuldigte sich bei meiner *Wayedda* und gab zu, dass er das alles nicht gewusst hatte. Dafür schlug er schnell vor, dass ich Tini mental überprüfen sollte. Nur für den Fall. Denn dem kleinen Miyelonier wäre es tatsächlich am leichtesten gefallen, in den engen Zwischenraum zu schlüpfen, und seine Fähigkeiten sowie Klasse würden es ihm erlauben, Fallen und Sprengstoffe ohne Probleme zu handhaben, egal, ob zur Aktivierung oder Entschärfung. Selbst ich musste zugeben, dass er der Einzige war, zu dem das Täterprofil wirklich passte. Zwar konnte Eduard nicht ein einziges mögliches Motiv finden, das der miyelonische Teenager dafür gehabt haben könnte, unser Raumschiff in die Luft zu jagen, doch Tini hatte nichts dagegen und bat mich darum, seine Gedanken zu lesen.

Genau das tat ich auch. Und ... erstarrte. Der Verdacht, dass mein Schützling die Bomben gelegt hatte, erwies sich sofort als unbegründet. Tini hatte damit überhaupt nichts zu tun. Mein Schützling hatte aber auch keine so reine Weste, wie man meinen könnte. Ich musste lesen, dass der kleine Dieb die Rucksäcke aller Besatzungsmitglieder durchwühlt und sogar ein paar Kleinigkeiten hatte mitgehen lassen. Er hatte auch meine Sachen durchsucht, aber es nicht riskiert, irgendetwas zu stehlen. Dieses Hühnchen würde ich mit ihm rupfen müssen, aber nicht hier vor allen anderen. Später, wenn wir allein waren. Aber das war nicht die wichtigste Entdeckung.

Einige Fragmente von Tinis Erinnerungen waren blockiert worden! Jemand hatte einige Erinnerungen sehr geschickt unzugänglich gemacht, vor allem fast die Hälfte seines letzten Gesprächs mit Leng Amiru U-Mayaoo. Ich vermutete, dass das Kätzchen selbst sich nicht einmal daran erinnern konnte, worüber es mit der Großen Priesterin gesprochen hatte. Natürlich abgesehen von den Details, die er mir erzählt hatte. Und es gab eine seltsame mentale Programmierung, die dem kleinen Dieb befahl, in bestimmten Situationen bestimmte Maßnahmen zu ergreifen. Ich wollte dieses Wirrwarr nicht auf der Stelle lösen. Es war sowieso zu schwierig für mich.

Doch soweit ich sehen konnte, gab es jede Menge Ungereimtheiten in Tinis Gehirn. Außerdem lag Tinis Ruhm nun bei 17! Offensichtlich war mein Schützling ziemlich bekannt. Für einen Dieb, der von Berufs wegen normalerweise sein Bestes tat, um im Schatten zu bleiben, war das sehr seltsam. Außerdem verdiente mein Kätzchen nebenbei ein wenig Geld. Für jeden Tag, den er bei Gerd Nat blieb, wurde die elektronische Brieftasche des Teenagers mit 50 Krypto aufgeladen. Und das war eine Menge Geld für einen minderjährigen Gauner, der sich nur wenige Tage zuvor noch mit gelegentlichem Taschendiebstahl durchgeschlagen hatte. Und anscheinend spionierte

Tini mich freiwillig aus. Niemand hatte ihn gezwungen oder erpresst. Das waren ja interessante Enthüllungen.

Psionik-Skill auf Level 67 erhöht!

Mystik-Skill auf Level 22 erhöht!

Da hatte ich keine Magiepunkte mehr und musste aufhören, die Gedanken meines Schützlings zu lesen. Mein Team, das offensichtlich überrascht war, wie lange ich brauchte, war mucksmäuschenstill geworden.

Ich warf einen beruhigenden Blick in die Runde. „Tini hat die Bomben definitiv nicht platziert!"

Nach diesem Satz wechselte ich in die miyelonische Sprache und, während die anderen wieder lautstark zu spekulieren begonnen hatten, wandte ich mich an Tini. „Aber wir beide müssen ein sehr ernsthaftes Gespräch führen!"

Kapitel 22

Familienangelegenheiten

DAS GESPRÄCH MIT Tini führte ich in meiner Kabine, und danach hatte ich gemischte Gefühle. Einerseits gab mein Kätzchen zu, dass es nicht gerade legal und schon gar nicht würdevoll war, die Taschen anderer Crewmitglieder zu durchwühlen. Aber der miyelonische Dieb zeigte sich nicht sonderlich reumütig. Er war bereit, die kleinen Dinge zurückzugeben, die er gestohlen hatte, etwa Ulines Pelzbleichpinsel oder Imrans Thermounterwäsche. Er würde sich sogar entschuldigen. Tini behauptete steif und fest, diese Dinge nicht gestohlen zu haben, um sie zu verkaufen oder zu behalten, sondern nur, um seine Diebesfähigkeiten zu verbessern.

Ähnlich sorglos betrachtete er seine Spionage. Der Waisenjunge war unsäglich stolz und glücklich, dass wichtige Persönlichkeiten seiner Rasse ihm

Aufmerksamkeit geschenkt und ihm sogar eine wichtige Mission gegeben hatten. Er sollte beim einzigen Zuhörer im ganzen Universum bleiben und ihm möglichst zur Hand gehen. Tini sah darin nichts Verwerfliches und dachte tatsächlich, er täte mir einen großen Gefallen, indem er einflussreichen Miyeloniern half, Einfluss auf mein Schicksal zu nehmen. Das Kätzchen war der ehrlichen Überzeugung, dass die Aufmerksamkeit und der Schutz mächtiger miyelonischer Führungspersonen wie der Hohepriesterin Leng Amiru U-Mayaoo oder des beliebtesten Kommandanten der Raumflotte, Keessi-Miau, ein wertvolles Gut waren und ich versuchen müsste, freundschaftliche Beziehungen mit ihnen zu pflegen. Tini vergötterte seine Beschützer und hätte mich wohl sogar kostenlos ausspioniert, wenn sie ihn darum gebeten hätten. Umso stolzer war er, 50 Krypto pro Tag für seine Dienste zu erhalten. Für ein armes Waisenkind wie ihn wäre das einst undenkbar gewesen.

Es war zwar schwierig, es in seinen Kopf zu bekommen, aber schließlich sah mein Kätzchen ein, dass eine Überwachung rund um die Uhr und die ungeteilte Aufmerksamkeit prominenter Miyelonier mir nicht sonderlich gefielen. Die Freien Kapitäne handelten schließlich nicht immer im Rahmen des Gesetzes. Einige waren Schmuggler, andere Piraten und wieder andere hielten die Quellen ihres Einkommens ganz und gar geheim. So hielt man die

Konkurrenz in Schach. Unser Team musste genauso Geschäftsgeheimnisse wahren, und es war nicht einmal gewiss, ob hinter diesen Geschäften überhaupt irgendeine kriminelle Aktivität steckte. Ich bemühte mich, Tini die simple Tatsache zu erklären, dass der Erfolg unseres Unterfangens von der Fähigkeit aller Teammitglieder abhing, ein Geheimnis zu wahren. Und deshalb wollte ich wirklich nicht, dass er unsere wertvollen Erkenntnisse und Entdeckungen vor Fremden ausplauderte. Am Ende verbot ich meinem Kätzchen schlicht und ergreifend, Informationen über den Zustand unserer Fregatte, Mineralvorkommen, gewinnbringende Handelsrouten oder interessante Anomalien mit irgendjemandem außerhalb unserer Crew zu teilen.

Am Ende verstand Tini mich und versprach, keine weiteren Geheimnisse zu enthüllen, ehe er nachdenklich aus der Kabine schlurfte. Trotzdem wollte der miyelonische Teenager auch nicht ganz aufhören, Berichte an seine hochrangigen Kontakte zu schicken. Dafür hatte ich vollstes Verständnis. Zwei wichtige, aber unterschiedliche Interessen standen für ihn auf dem Spiel - die Treue zu seinem Kapitän Gerd Nat und die große Ehrfurcht und der Wunsch, den mächtigen Miyeloniern zu dienen. Ich war mir überhaupt nicht sicher, ob Tini im Zweifelsfall meine Seite wählen würde. Aber sollte ich meinen Schützling deswegen verurteilen oder ihn in seine Schranken weisen? Das hätte wohl kaum Sinn. Als ich ein Mitglied von Uraz Tukhshs Crew gewesen war, hatte ich genauso stets die Interessen meiner Fraktion und meines Heimatplaneten vertreten. Der außerirdische Kapitän hatte immer Nachrang.

Dennoch hatte ich versucht, das Wertesystem und die Prioritäten des Jugendlichen ein wenig zu meinen Gunsten zu optimieren. Sollte er ruhig denken, dass er selbst auserwählt und der Aufmerksamkeit der Mächtigen würdig war. Sollte er seine Berichte an die Miyelonier schicken, besonders wenn er dafür Geld erhielt. Doch diese Berichte durften keine Informationen enthalten, die der Kapitän geheim halten wollte, oder Fakten, die seinem Kapitän oder seinem Team schadeten.

Psionik-Skill auf Level 68 erhöht!

Mystik-Skill auf Level 23 erhöht!

Puh, dieses Gespräch mit meinem Schützling hatte sich ganz schön schwierig gestaltet. Mein Mana, das seit dem Meeting keine Zeit gehabt hatte, sich vollständig zu füllen, war wieder auf null gesunken. Tini hatte kaum die Tür hinter sich zugezogen, da kam meine Wandergeliebte ins Zimmer geschlüpft. Als ich die Prinzessin sah, setzte ich ein freundliches, höfliches Lächeln auf und unterdrückte mit Mühe ein verzweifeltes Stöhnen. Meine *Wayedda* war zu einem denkbar schlechten Zeitpunkt aufgetaucht! Gespräche mit Minn-O erforderten immer höchste Konzentration meiner geistigen Kräfte und einen großen Aufwand an Magiepunkten. Und genau an diesen Dingen fehlte es mir gerade ...

Nachdem sie die Tür hinter sich geschlossen hatte, platzte Minn-O La-Fin sofort damit heraus, dass ich Eduard Boykos Anschuldigungen keine Beachtung schenken dürfte und sie „eine einzige Lüge" wären. Die Prinzessin erklärte, dass sie keinen Grund hätte, sich nach dem Tod ihres Großvaters vor ihrer Fraktion zu beweisen, und vor allem nicht plante, unsere Fregatte in die Luft zu jagen. Außerdem dachte Minn-O, dass Eduard sie nur beschuldigt hätte, weil er in sie verknallt wäre. Sie sagte, er folgte ihr überall hin wie ein Perverser. Während der Reparatur des Schiffes hätte der Weltraumkommandant zum Beispiel ständig versucht, im gleichen Team wie die Prinzessin zu sein, und wenn das nicht geklappt hätte, hätte er trotzdem immer einen Weg gefunden, in ihre Nähe zu kommen. Minn-O hätte ihren unerwünschten Verehrer ständig dabei ertappt, wie er sie anstarrte. Eduard hätte mehrmals versucht, mit der Prinzessin des Dunklen Bruchs zu sprechen, auch Smalltalk zu führen, der nichts mit der Schiffsreparatur zu tun hatte. Und ein paar Mal, während sie zusammen arbeiteten, hätte er sie wie zufällig berührt, und zwar dort, wo „man sich selbst ohne Spiegel nicht sehen kann", sagte sie und wurde puterrot.

Minn-Os Empörung war also nicht übertrieben. Es hatte tatsächlich unangenehme Vorfälle gegeben. Ich erinnerte mich sogar an ein Gespräch beim Mittagessen unter der Kuppel, bei dem das hübsche

Mädchen des Dunklen Bruchs und die schönen NPC-Naiaden Thema gewesen waren. Da hatte Eduard gesagt, sie würden sich nie als eine ordentliche Freundin eignen, weil sie in unserer Welt nicht existierten. „Sie sind virtuell, nicht real." Und obwohl all das geschehen war, bevor die Prinzessin überhaupt beschlossen hatte, zur Human-3-Fraktion und in unsere Welt überzulaufen, was sie natürlich sofort ganz real machen würde, versprach ich ihr, ein ernstes Wort mit meinem Untergebenen zu reden, damit er meine *Wayedda* in Zukunft in Ruhe ließ.

In meinen Augen war dieses Problem damit gelöst, aber Minn-O schien es nicht eilig zu haben, meine Kabine zu verlassen. Sie überprüfte das Schloss an der Tür erneut, seufzte tief, entfaltete einen der Hängesessel, brachte ihn an den dafür vorgesehenen Haken an und nahm mir gegenüber Platz. Anscheinend musste ich mich auf ein weiteres langes Gespräch über die Politik ihrer Welt, die Besonderheiten der miteinander konkurrierenden Magierfamilien und die Komplikationen bei der Erhaltung der Familienbestände von La-Fin einrichten.

„Nat", sagte sie und wurde wieder rot vor lauter Verlegenheit, „sag mal, warum spielen wir nicht Strippoker?"

Hä? Ich traute meinen Ohren kaum. Das war so ziemlich das Letzte, was ich erwartet hatte! Ich sah offenbar verdattert drein, denn Minn-O kicherte und versuchte, mich zu überzeugen.

„Wir haben alle Freizeit. Der Crew hast du Urlaub gegeben. Uline schläft, deine Fraktionskameraden sind in die wirkliche Welt gegangen, und die Geckho spielen Na-Tikh-U. Aber ich kenne dieses Spiel nicht, also wollte ich dir ein anderes Spiel vorschlagen. Ich habe sogar Karten dabei. Aber für Frischvermählte wie uns wäre es langweilig und dumm, um Geld zu spielen."

Die Prinzessin war immer für eine Überraschung gut. In Ordnung, warum nicht? Aber ich wollte nicht durch Schummeln gewinnen, also sagte ich meiner Wandergeliebten ehrlich, dass sie keine Chance hatte.

„Ich habe den höchstmöglichen Glücksmodifikator, und meine Wahrnehmung ist 29, sodass ich die Karten anhand der Rückseiten unterscheiden kann. Ich werde immer genau wissen, ob du ein gutes Blatt hast oder nicht. Und es liegt nicht in meiner Natur, aufzugeben, also wirst du einfach immer wieder verlieren."

„Nun, zu verlieren hat auch seine Vorteile", sagte sie fröhlich. „Und ich werde dich ein wenig aufmuntern können. Du sitzt ja nur den ganzen Tag herum, tust recht offiziell und blickst finster drein. Alle deine Gedanken drehen sich um die Reparatur des Raumschiffs, um Politik, Krieg und andere ernste Dinge. Nie hast du Zeit für deine Frau!"

Ihre Vorwürfe waren berechtigt, und ich war mehr als bereit, meine Fehler zuzugeben und sie vor allem schnell wiedergutzumachen. Ich erhob mich und ließ mich neben meiner *Wayedda* in die Hängematte fallen. Dann umarmte ich Minn-O entschlossen und küsste sie.

„Ich glaube nicht, dass wir jetzt irgendwelche Karten brauchen. Wir haben nicht genug freie Zeit, um sie mit so einem Unsinn zu verschwenden!"

MINN-O WAR GANZ anders als die Frauen vor ihr, mit denen ich geschlafen hatte. Nicht nur ihre aschgraue Haut war ungewöhnlich für unsere Welt. Sie legte sich richtig ins Zeug, um mich zu befriedigen, aber ihre Unerfahrenheit und die Tatsache, dass sie im Bett offenbar nicht einmal über die Grundlagen Bescheid wusste, verwirrten mich ein wenig. Ich musste ihr die Dinge geduldig und vorsichtig erklären und zeigen, um sie nicht zu verschrecken. Die edle Prinzessin war dennoch hochgradig nervös. Von „wilder Leidenschaft" konnte also nicht die Rede sein, obwohl im Grunde genommen alles genau so lief, wie es laufen sollte. Aber als ich versuchte, ein Kondom (aus dem Vorrat, den ich nicht an Phylira verkauft hatte) überzustreifen, war Minn-O entrüstet und bestand darauf, dass alles „wie von der Natur vorgesehen" abzulaufen hatte.

Wir gaben uns den restlichen Tag lang der alten Kunst der Liebe hin, und schließlich lagen wir erschöpft und eng umschlungen in der Hängematte und plauderten leise über Gott und die Welt. Dazu gehörte langweilige Politik genauso wie unsere verschiedenen Zukunftsvisionen für die Erde nach Ablauf des Tongs. Dabei erwähnte Minn-O ein sehr wichtiges Detail, das ich unbedingt Ivan Lozovsky erzählen musste, sobald ich die Chance dazu hatte.

Anscheinend hatte der Knoten, den die Geckho auf der virtuellen Erde besetzt hatten, nämlich der Raumhafen, begonnen, in ihrer wirklichen Welt tatsächlich zu erscheinen! Satelliten über der magischen Parallelwelt waren auf eine seltsame Wetteranomalie auf einem Eiskontinent aufmerksam geworden. Die Bilder zeigten einen kleinen Bereich mit einem anderen, viel wärmeren Klima. Man hatte dort auch ungewöhnliche Strukturen entdeckt, die von Experten schnell als der Raumhafen der Geckho und dessen umliegende Gebäude identifiziert worden waren. Aber die Wissenschaftler, die geschickt worden waren, um die Anomalie zu untersuchen, waren mit leeren Händen zurückgeckehrt. Aus irgendeinem Grund war dieser Teil des Eiskontinents nicht auffindbar, als ob er nicht existieren würde. Die Mitglieder der Expedition hatten keine Anomalien bemerkt, waren geradewegs hindurchmarschiert und hatten sich dann sofort auf der anderen Seite der geheimnisvollen Zone befunden. Alle Versuche, eine Erklärung aus den Oberherren herauszupressen, waren gescheitert.

„Ich habe gehört, wie mein Großvater bei einer

Versammlung mit seinen Beratern gewettert und geschimpft hat. Immerhin hatte sich gerade herausgestellt, dass die Geckho, ohne um Erlaubnis zu fragen, einen Teil meines Heimatplaneten eingenommen und besetzt hatten! Ein ganzer Bereich war abgetrennt, und sie bauten dort irgendetwas. Und sie hatten es nicht eilig, die menschlichen Herrscher dieser Welt über ihr Projekt zu informieren."

„Herrscher sind sie ja nicht mehr wirklich", korrigierte ich meine *Wayedda*. „So sehr es auch schmerzt, die Erde gehört bereits offiziell den Geckho, genauer gesagt ihrem Vizeherrscher Kung Waid Shishish. Die Geckho haben keinerlei Interesse daran, irgendwelche Informationen mit ihren Vasallen zu teilen. Im Prinzip sind wir dazu gezwungen, uns selbst alles über das *Spiel, das die Wirklichkeit unterwirft* und seine Regeln zusammenzureimen. Und die meisten Menschen haben auch keine andere Möglichkeit, Dinge auf diese Weise herauszufinden, außer vielleicht von den Geckho-Diplomaten. Aber du und ich sind in einer privilegierteren Lage. Wir haben die Möglichkeit, mit Mitgliedern vieler verschiedener außerirdischer Rassen zu sprechen, also ist es unsere gemeinsame Mission, herauszufinden, was mit neuen Planeten nach dem Tong der gewährleisteten Sicherheit passieren wird."

Da klopfte jemand höflich an die Tür meiner Koje. Ich warf der nackten Minn-O einen Blick zu, und sie nickte verständnisvoll. Einen Moment später lag meine Gefährtin in voller Montur neben mir. Aus irgendeinem Grund trug sie sogar ihren Helm. Ich zog meine Kleidung und Rüstung aus dem Inventar ebenfalls in die entsprechenden Slots, sprang von der Hängematte auf und öffnete die Tür. Es war Imran.

„Nat, tut mir leid, wenn das ein schlechter Zeitpunkt ist, aber ich habe eine Nachricht von Ivan Lozovsky. Ich soll dir ausrichten, dass der Dunkle Bruch einen neuen Führer hat, einen Level-23-Strategen namens Gerd Ui-Taka."

„Ist der nicht etwas grün hinter den Ohren für einen Fraktionsvorsitzenden?" fragte ich zweifelhaft, doch dann erstarrte ich. „Moment mal! Ui-Taka? Der Name kommt mir bekannt vor. Minn-O, ist das nicht der große General, von dem du mir erzählt hast?"

„Du hast ein gutes Gedächtnis, mein Mann", lächelte meine *Wayedda*. „Ja, das ist er. Der beste Stratege meiner Welt, wie viele der größten Magier sagen. Bei den Streitkräften ist er ein beliebter General. Er hat sich an die Spitze der Zweiten Präfektur geputscht. Seit acht Jahrhunderten der erste Nichtmagier an der Macht!"

Imran ergänzte eifrig die Beschreibung des neuen Anführers des Dunklen Bruchs. „Ein echt knallharter Typ, wie man so schön sagt. Er ist auf dem Antigrav, das früher dem Magier Thumor-Anhu gehört hat, in unsere Hauptstadt geflogen und hat darum gebeten, Verhandlungen mit unserer Fraktion führen zu können. Er ist nicht nur, wie vereinbart, ohne Waffen oder Rüstung aufgetaucht, er hatte nicht einmal Leibwächter dabei. Aber selbst in seiner einfachen, leichten Toga und umgeben von unseren Soldaten kam er rüber wie einer, der das Sagen hat. Alle unsere Jungs finden, er sieht brutal aus, wie der Terminator. Quadratkiefer, der Körper ein einziger Muskel. Wie frisch vom Mister-Universe-Wettbewerb! Aber das Interessanteste ist sein Blick. Es ist aufmerksam und ruhig zugleich, wie ein starker, selbstbewusster Löwe. Sein neuer Erster Berater kam auch mit. Sein Name ist Gerd Mac-Peu Un-Roi, ein Level-93-Magier-Wahrsager."

„Warte, was ist mit Avir-Syn La-Pirez?", fragte Minn-O überrascht. „Er ist mein Großvater väterlicherseits und war Thumor-Anhus erster Berater, seine rechte Hand und der zweithöchste Spieler in unseren Reihen. Avir-Syn war der erste Kandidat für den Posten des neuen Fraktionschefs, oder zumindest dessen Stellvertreter. Doch warum hat er ihn nicht bekommen?"

Imran konnte Minn-Os aufgebrachte Fragen nur mit einem Schulterzucken beantworten. „Davon habe ich keine Ahnung. Ich erzähle euch nur die Neuigkeiten. Aber warum genau diese Spieler die neuen Führer des Dunklen Bruchs sind, das kannst du dir wahrscheinlich selbst besser zusammenreimen."

„Das ist seltsam. Vielleicht hatte Avir-Syn nur alle Hände voll mit dem Erbe der Familie La-Fin in der wirklichen Welt zu tun. Außerdem ist er ein betagter

Mann und kann sich nicht mehr überanstrengen. Aber es gibt andere Magier, die viel stärker sind als der junge Wahrsager. Einige auf Level 100 und mehr. Sehr seltsam, dass alle Personen, denen mein Großvater vertraut hat, einfach übergangen wurden. Ah, tut mir leid, Imran. Sprich weiter!"

Minn-O hatte laut gedacht, und der höfliche Imran war geduldig stumm geblieben, bis die Prinzessin fertig war. Mich beschäftigte unterdessen etwas ganz anderes. Ich dachte über den genialen Anführer nach, der solch großes Ansehen beim Militär genoss. Er hatte einen Magier-Wahrsager als Berater, den Minn-O als sehr talentiert und fähig beschrieben hatte und der offenbar besonders gut vorhersagen konnte, ob ein Angriff erfolgreich sein würde oder nicht. Das hörte sich nach einer sehr starken Kombination zweier Spieler an. Grenzte so etwas nicht an einen Cheat? Ein Paar wie dieses wäre kaum zu besiegen, falls der Dunkle Bruch beschloss, in die Offensive zu gehen.

Imran, der nach Minn-Os Erwähnung der feindlichen Top-Spieler scheinbar etwas pikiert war, meldete sich wieder zu Wort. „Übrigens, da wir gerade von Level-100-Spielern sprechen, unsere Fraktion hat jetzt auch einen! Gerd Tarasov, Anführer der Ersten Legion! Ich habe die Benachrichtigung gerade selbst unter der Kuppel über die Lautsprecher gehört. Und Gerd Tamara ist mit ihrem Level 98 nicht allzu weit davon entfernt."

Sieh einer an! Unsere „Legionäre" mussten die Unterwassermonster wohl schon fast besiegt haben. Besonders beeindruckte mich der Fortschritt von Gerd Tamara, die unseren üblichen Rekordhalter Igor Tarasov fast eingeholt hatte, obwohl sie zuvor zehn Level hinter ihm hergehinkt war. Schließlich konnte ein Spieler auf Level 100 drei neue Skills erlernen. Das bedeutete nicht nur eine Steigerung der Fähigkeiten, sondern auch einen schnellen Sprung zu 101, 102 und vielleicht sogar 103. Neue Fähigkeiten ließen sich sehr schnell leveln, und das füllte den Fortschrittsbalken.

Unterdessen hatte Imran weitergesprochen. „Ivan Lozovsky lässt ausrichten, dass die Verhandlungen knochenhart waren. Wir hatten sechs Leute: fünf der sechs Gerds unserer Fraktion, eben alle außer dir, und einen Stabsoffizier, der Nachrichten an die externen Kuratoren übermittelte. Der Dunkle Bruch stellte die folgenden Bedingungen: Beendigung unserer Expansion nach Norden und Übergabe des Knotenpunkts Karelia. Dann wären sie gewillt, einen „Vertrag über den ewigen Frieden" zu unterzeichnen, und erklärten sich sogar dazu bereit, die Geckho als Bürgen zu akzeptieren."

„Aber wenn wir den Knotenpunkt Karelia aufgeben, verlieren wir unseren Zugang zum Raumhafen der Geckho!", protestierte ich. Für mich klang das eher wie eine Aufforderung zur Kapitulation. „Und der Raumhafen bedeutet Handel, neue Technologien und unseren Weg zu den Sternen. Die

Alternative mit der Fähre ist schlicht und ergreifend nicht akzeptabel. Heute mag sie noch existieren, aber das hängt alles von den Launen der Fellknäuel ab. Sie könnten die Transportpreise erhöhen oder sich sogar weigern, unsere Fracht anzunehmen. Außerdem gibt es viele Dinge, die die Geckho nicht mit der Fähre transportieren werden, und der Bau eigener Schiffe nimmt mehr als nur eine Woche fröhliche Arbeit in Anspruch. Zudem bräuchten wir mehr Spieler mit besonderen Fähigkeiten für die Seereise. Nein, den Karelia-Knoten aufzugeben wäre ein sicherer Weg in die Niederlage!"

„Lozovsky war ganz deiner Meinung. Er hat das Angebot abgelehnt", beruhigte Imran mich. „Aber nicht alle sind sich da so einig. Einige der Verhandlungsführer unserer Fraktion waren bereit, fast jedes Zugeständnis zu akzeptieren, um ein Friedensabkommen mit einem so starken Feind zu schließen. Das alles führte zu endlosen Diskussionen. Unsere Seite konnte sich nicht auf eine gemeinsame Strategie einigen. Am Ende gab der Führer des Dunklen Bruchs uns drei Tage Zeit, um eine Entscheidung zu fällen. Danach würden, um es in seinen Worten zu sagen, die Kanonen das Sagen haben."

Kapitel 23

Schon wieder auf
Besuch bei den Piraten

NACHDEM ER DIE Nachricht des Fraktionsführers überbracht hatte, bat Imran meine Wandergeliebte, die Kabine zu verlassen, damit er mit mir allein sprechen konnte. Und obwohl der Dagestani-Athlet es so sanft und höflich wie möglich gesagt hat, war die Prinzessin beleidigt und wandte sich hilfesuchend an mich. Leider musste ich mich auf Imrans Seite schlagen, denn ich wusste, dass mein Freund einer Frau niemals ohne einen wirklich triftigen Grund Unannehmlichkeiten bereiten würde. Also bat ich Minn-O, nicht stur zu sein und in ihre Kabine zurückzukehren. Die Prinzessin des Dunklen Bruchs schnaubte verärgert und warf mir einen Blick zu, der nichts Gutes verhieß. Dennoch ging sie.

Die Tür hatte sich kaum hinter Minn-O La-Fin

geschlossen, als Imran eilig weitersprach. „Gerd Lozovsky bat mich, dir allein und unter vier Augen zu sagen, dass der Krieg unvermeidlich ist. Er sagt, den Handel mit den Geckho aufzugeben, wäre eine offensichtliche Sackgasse. Es würde bedeuten, all die grandiosen Pläne zu verwerfen, für die wir im Moment weder Geld noch Rohstoffe haben. Außerdem gibt es jetzt Naiaden nahe unserer Küste in der Bucht. Vielleicht sind es diejenigen, die die Deutschen aus ihren angestammten Heimatländern vertrieben haben. Also gibt es jetzt vielleicht keinen anderen Weg zum Raumhafen ...“

„Die Naiaden werden die Geckho-Fähre nicht anrühren. Unser Handel mit den Oberherren wird also nicht unter ihrer Anwesenheit leiden. Aber sollte die Fraktion beschließen, eine eigene Flotte zu bauen, wird diese sicherlich versenkt werden. Aber ich habe dich unterbrochen, sprich weiter.“

„Das ist nicht alles, worüber sich Lozovsky Sorgen macht. Alle unsere Nachbarn, von den NPC-Zentauren und Harpyien bis hin zu den Deutschen, sehen die Human-3-Fraktion heute als einen ernstzunehmenden Gegner. Das bedeutet, sie versuchen, unsere Gunst zu erlangen. Aber wenn wir auch nur eine Sekunde lang Schwäche zeigen, werden wir all das verlieren. Nicht nur unsere Autorität und den Respekt der anderen vor uns. Nein, wir würden auch bald alle unsere Verbündeten verlieren, denn die laufen dann einfach zum stärkeren Spieler über. Und tatsächlich bedeutet ein ‚ewiger Frieden‘ mit einer Fraktion nicht automatisch Frieden mit allen Parteien im ‚großen Spiel‘. Es ist nur eine kurze Pause, bis unsere geschwächte Fraktion von jemand anderem gefangen genommen wird.“

Ich teilte diese Angst voll und ganz. Ohne neue Technologien und Top-Ausrüstung würde unsere Fraktion an die Peripherie des großen politischen Spielfelds gedrängt werden und sehr bald nicht viel mehr sein als eine bloße Quelle für billiges Brennholz. Irgendwann würden wir einfach ganz von der Landkarte verschwinden. Aber das waren alles bloße Überlegungen. Was wollte die Führung jetzt von mir? Ich fragte Imran direkt.

Die Dagestani schnaubte bitter. „Lozovsky will ein Wunder von dir. Nicht mehr und nicht weniger! Das waren exakt seine Worte. Er möchte, dass du all deine politischen und familiären Verbindungen nutzt, um den Trick mit dem Friedhofsknoten des Dunklen Bruchs zu wiederholen, oder vielleicht etwas völlig Neues, aber genauso überzeugend und destruktiv. Nur derartig unerwartete und heftige Angriffe könnten die Brüchler das Fürchten lehren.“

Ein Wunder? Lozovsky verlangte tatsächlich ein Wunder! Das war eine ziemlich große Aufgabe! Im Moment hatte ich keine Ahnung, wie ich das anstellen sollte. Kung Waid Shishish war weit weg, außerdem mischten sich die Geckho sowieso nicht in die Kämpfe zwischen ihren Vasallen ein. Und was meine

Familienbeziehungen betraf, so waren sie mit dem Tod von Mitregent Thumor-Anhu La-Fin scheinbar aufgehoben. Seine Enkelin Prinzessin Minn-O hatte in ihrer Welt politisch überhaupt nichts zu sagen, sodass sie keine große Hilfe sein würde.

„Unser Chef lässt auch fragen, ob die Fraktion für den Krieg auf ein Raumschiff zählen könnte. Bevor du etwas sagst, Nat", fügte Imran, der meinen grimmigen Gesichtsausdruck richtig gedeutet hatte, sogleich hinzu, „Gerd Lozovsky weiß bereits, dass die Fregatte beschädigt ist und keine Waffen hat. Er weiß auch, dass Uline Tar Miteigentümerin des Schiffes ist. Aber er denkt, dass man sie aufgrund ihrer Klasse mit der Aussicht auf profitable Handelsrouten überzeugen könnte. Unsere Fraktion hat jetzt Geld. Nicht so viel, wie wir vielleicht gern hätten, aber wir sind bereit, 118.000 Kristalle für starke außerirdische Waffen auszugeben. Und ich möchte einen Teil meiner eigenen Mittel hinzufügen. Eduard und Dimitri wahrscheinlich auch. Und du wirst auch nicht nur auf der Ersatzbank sitzen, da bin ich mir sicher. Wir könnten auch versuchen, wieder Platin zu verkaufen oder irgendetwas aus der wirklichen Welt, das Ulines Interesse wecken würde. Wir werden die Händlerin schon irgendwie rumkriegen! Lozovsky sagte auch, dass eine Raumfregatte selbst ohne Stabilisatoren und dem ganzen Zeug als eine Art unantastbarer Beobachter nützlich sein könnte. Sie könnte beispielsweise Zielkoordinaten für unsere Kanonen durchgeben. Alle in der Fraktion zählen auf dich, Nat! Du musst dieses Wunder einfach geschehen lassen."

Zur Bekräftigung seiner Worte hieb Imran mir ermutigend auf die Schulter, verließ die Kapitänskoje und ließ mich mit wirrem Kopf zurück. Sie wollten also ein Wunder. Aber wie sollte ich das bewerkstelligen?

„WIR HABEN DAS Medu-Ro-System erreicht. Die Basis ist in Sichtweite!"

Die Botschaft des Raumschiffpiloten riss mich nach Stunden aus meiner nachdenklichen Stille. Ich hatte versucht, mir eine Strategie für die nächsten drei Tage auszudenken, die es mir ermöglichen würde, alle meine Ziele innerhalb dieser kurzen Zeit zu erreichen. Ich hob meinen Blick zum Bildschirm und kam aus dem Staunen gar nicht mehr heraus. Wow! Was für ein schöner Anblick! Mein kühnster Traum war wahr geworden. Endlich sah ich eine Raumbasis aus nächster Nähe. Sie sah aus wie eine gut 30 Kilometer lange Metallspindel, ein wenig verschwommen hinter dem Kraftfeld. Und im umliegenden Weltraum befanden sich Dutzende von unglaublichen Schiffen, von winzigen, wendigen miyelonischen Abfangjägern bis hin zu ... ja, was waren das eigentlich für Riesen? Ich sah mir die Beschreibungen an. Erzfrachter und Isotopen-Raumeis-Förderschiffe. Und all diese

Wunderwerke des Weltraumzeitalters schwebten vor einer nicht weniger beeindruckende Kulisse – dem pechschwarzen Vulkanplaneten Medu-Ro IV mit seinen karminroten Schluchten und dem nächstgelegenen Stern, einem hellblauen, strahlenden Riesen. Ein wunderschöner Anblick, wie aus einem fantastischen Traum!

Adlerauge-Skill auf Level 68 erhöht!

Kartografie-Skill auf Level 56 erhöht!

Mineralogie-Skill auf Level 50 erhöht!

Ruhm auf 62 erhöht.

Das war ja krass! So viele Systemmeldungen nach einer so langen Pause! Die letzte dieser Nachrichten ging höchstwahrscheinlich auf die Überprüfung unseres Schiffes durch die automatischen Systeme der Basis zurück. Meine Instrumente zeigten, dass unsere Fregatte gerade von allen möglichen Detektoren und Scannern abgetastet wurde. Und die interessierten sich wahrscheinlich am brennendsten für den Symbionten. Als hätte er meine Gedanken gelesen, entschied der Satellit in diesem Moment wohl, dass ihm all diese Aufmerksamkeit nicht zusagte. Er dockte sich von unserem Rumpf ab und zog mit unglaublicher Geschwindigkeit in die Tiefen des Weltraums davon.

„Captain, wir haben eine Nachricht von den Dispatchern der Basis erhalten", sagte Ayukh zu mir, und ich bat ihn, sie mir zuzusenden.

„Freier Kapitän Gerd Nat. Mensch. Zweck des

Besuchs: Ersatzteile kaufen und mein Schiff reparieren", antwortete ich, als die roboterhafte Stimme mich auf Miyelonisch um Identifikation bat.

Fünf bis sieben Sekunden vergingen, und die gleiche leblose Stimme meldete sich wieder. „Erlaubnis zur Landung in der Raumhafenzone erteilt. Landeplatz 16-4. Halten Sie sich an die Anweisungen. Folgen Sie den beleuchteten Pfeilen zum Dock. Willkommen auf Medu-Ro IV!"

Nachdem wir eine gute Dreiviertelstunde in einer kleinen Schlange gewartet hatten, wurden wir in den langen Schacht manövriert, der die gesamte Basis durchzog. Schließlich hielt unsere Fregatte im Hangar, fest umklammert von den Schwerkraftkränen.

„Die tägliche Dockgebühr für ein Schiff der Fregattenklasse beträgt 4.100 Krypto. Ich habe nur Kristalle", teilte Uline mir erschrocken mit, aber ich beruhigte meine Freundin und sagte, ich hätte genug miyelonische Währung.

Ich bezahlte gleich für zwei Tage im Voraus, damit niemand auf der Basis irgendeinen Grund zur Beschwerde hatte. Dann bat ich meine Crew, vor dem Raumschiff Aufstellung zu beziehen, und hielt eine kurze Informationssitzung ab.

„Einige von euch waren schon einmal hier und kennen die Besonderheiten dieser Basis. Aber ich erkläre es noch mal für die anderen. Medu-Ro IV wird von keiner der großen Weltraumregierungen kontrolliert. Hier haben die Freien Kapitäne das Sagen.

Und das bedeutet, dass es hier keine Gesetze gibt. Wer Macht hat, hat sozusagen auch das Recht auf seiner Seite. Die Einheimischen hier werden alles, was nicht durch Bezahlung, sondern genauso gut mit Gewalt durchgesetzt werden kann, eben mit Gewalt durchsetzen. Das größte Verbrechen, das du hier auf der Basis begehen kannst, ist also, Schwäche zu zeigen. Oder, noch schlimmer, mangelndes Selbstvertrauen oder Feigheit! Danach wirst du sofort zu einem Opfer, das zu beleidigen und auszurauben nicht nur ein beliebter Zeitvertreib, sondern schlicht und ergreifend zur Pflicht wird. Haben das alle verstanden?"

Ein nicht allzu selbstsicheres Murmeln ging durch die Runde. Selbst ohne meine psionischen Fähigkeiten zu nutzen, ahnte ich, was die überwiegende Mehrheit meiner Crew jetzt dachte: Was zum Teufel haben wir überhaupt an einem so gesetzlosen und gefährlichen Ort zu suchen? Dafür hatte ich natürlich eine gute Erklärung.

„Medu-Ro IV ist jedoch der größte Handelsplatz in diesem Teil der Galaxie. Der Markt hier hat einfach alles, und das zu ziemlich günstigen Preisen. Ja, Schmuggler handeln hier, und Piraten entladen gestohlene Ware, aber wir können es uns im Moment nicht leisten, auf transparente Handelsketten für unsere Ersatzteile zu bestehen. Unsere Priorität ist jetzt hohe Qualität zu einem niedrigen Preis. Qualität ist auf der Medu-Ro IV in der Regel kein Problem.

Betrüger sieht man hier nicht gern, und sie werden sofort getötet."

Ich unterbrach meine Rede, um sicherzustellen, dass alle aufmerksam zuhörten. Sogar Tini, der von der Basis stammte, hatte die Ohren gespitzt.

„Nun zu den Regeln für das Verhalten auf der Basis. Es sind nur drei, leicht zu merken. Erstens: Nur wirklich selbstbewusste Spieler mit hohem Level oder lebensmüde Idioten laufen hier allein herum. Bleibt immer in einer Gruppe! Zweitens: Diebe gibt es hier wie Flöhe auf Hunden, besonders in der Erholungszone des Weltraumhafens. Äh, alle Geckho, die nicht wissen, was ein Floh oder ein Hund ist, fragt einfach einen der Menschen. Daraus ergibt sich die nächste Regel: Behalte deine Taschen immer im Auge!"

Ich musste eine kurze Pause einlegen, denn Minn-O kicherte schrill. Offensichtlich fand der Erdling es lustig, dass jemand so elementare Begriffe wie Hund oder Floh nicht kannte. Minn-O entschuldigte sich schnell und machte wieder ein ernsthaftes Gesicht.

„Die dritte und wichtigste Regel: Die gemeinsame Sprache hier ist Miyelonisch. Manche von euch werden also manchmal nicht genau verstehen, was man von euch will. Wenn du denkst, dass du in Schwierigkeiten steckst, und das tust du dann wahrscheinlich auch, darfst du niemals Angst zeigen oder gar etwas murmeln. Du musst selbstbewusst in deiner Muttersprache oder mit Gesten reagieren und dein Gegenüber an deinen Kapitän verweisen. Ich kümmere mich dann um sie. Und wenn du zufällig den Satz ‚Ah-sahntee maye-uu-u rezsh shashash-u?' hörst, bedeutet das, dass du gerade zu einem Todeskampf herausgefordert wurdest. Lass in dem Fall deine Waffe stecken und sag dem Arschloch, dass er sich mal ... verflüchtigen soll, und zwar ebenfalls zu mir. Auch um diese Typen kümmere ich mich dann. Ihr vierfingrigen Geckho benutzt einfach einen der inneren beiden Finger. Basha! Das kannst du später so oft ausprobieren, wie du willst. Jetzt ist nicht die Zeit dafür. Kirsan, das gilt auch für dich!"

Autorität auf 47 erhöht!
Autorität auf 48 erhöht!

Genial! Meine Autorität war nach dieser ziemlich kurzen Rede zweimal gestiegen. Anscheinend hielt mein Team mich nun für einen wahren Weltraumpiraten-Experten, der in der Lage war, alle potenziellen Probleme auf dieser Station zu lösen. Vielleicht brannten deshalb alle darauf, mir zu folgen, als ich fragte, wer mit zur Piratenbasis kommen wollte, einschließlich der Reparatur-Bots.

Kapitel 24

Vertraute Gesichter

NATÜRLICH NAHM ICH die Bots nicht mit auf die Raumstation. Es gab jede Menge Arbeit für sie auf der Fregatte. Auch den Ladungsoffizier und den Navigator bat ich, auf dem Schiff zu bleiben, weil ich vorhatte, gleich einige Teile und Module zu bestellen, um das Raumschiff zu modifizieren, und ich jemanden brauchte, der die Fracht entgegennahm. Außerdem ordnete ich an, dass Eduard Boyko als Sicherheitsdienst zurückbleiben sollte. Ich befahl dem Weltraumkommandanten, seine volle Exoskelett-Rüstung anzuziehen und immer auf der Hut zu sein, denn Nachlässigkeit war ein zu kostspieliges Vergnügen auf der gefährlichen Basis und konnte schwerwiegende Folgen haben. Ich wollte auch Basha und Vasha auf dem Schiff lassen, um Avan Toi zu helfen, aber dann dachte ich mir, je ein bärenstarker Geckho links und rechts würden mich besonders furchterregend aussehen lassen, und das konnte auf der Piratenbasis nie schaden.

Aber bevor ich irgendwo hinging, befahl ich allen Besatzungsmitgliedern, ihre Respawn-Punkte auf Medu-Ro IV zu verlegen. Und ich empfahl ihnen, sie irgendwo jenseits der Mauern dieses Hangars zu platzieren, damit sie nicht im Inneren eingeschlossen blieben, wie ich damals. Ich nahm die gleichen Änderungen vor, was mir sofort ein besseres Gefühl gab. Egal, wie die Meleyephatianer- und Geckho-Schlacht auf dem Un-Tesh-Kometen enden würde, mein Leben war nicht mehr in Gefahr.

Die Lage auf dem Militärstützpunkt der Geckho war immer noch unklar. In den offiziellen Nachrichten der wirklichen Welt war noch nichts darüber bekanntgegeben worden, und Avan Toi war es bisher nicht gelungen, seinen alten Freund zu kontaktieren und die Neuigkeiten aus erster Hand zu erfahren. Also blieb nur zu hoffen, dass die Hilfe rechtzeitig gekommen war und die meleyephatianische Flotte besiegt werden konnte. Ich wünschte den Geckho dort von Herzen den Sieg, denn die Sicherheit meiner Heimat Erde hing von der Kraft ihrer Raumflotte ab.

Nachdem ich alle noch einmal daran erinnert hatte, zusammenzubleiben, führte ich mein Grüppchen den vertrauten runden Korridor entlang, den riesigen Ring, der sich um den zentralen Schaft wand. Ich befand mich wie damals im 16. Stock und besaß daher bequemerweise bereits eine Karte der

Umgebung. Selbstbewusst führte ich meine Gruppe zur Gabelung und weiter zu den Aufzügen und zeigte ihnen ein Schild.

„Hier steht: *Dokumentenprüfung. Registrierungsservice.* Letztes Mal konnte ich nicht herausgefunden, welche Dokumente hier überprüft werden sollten, und stattdessen einfach den Kerl getötet, der hier Wache schiebt."

„Sie wollen die ganz normalen Crewmitgliederkarten sehen", antwortete Uline und trat hinter mich. „Jeder, der in den Weltraum geht, hat sie, oder zumindest sollte er sie haben. Meine funktioniert jetzt nicht, weil ich das Schiff gewechselt habe, aber sie sind nicht schwer zu erneuern. Auch die Erstellung neuer ID-Karten für Imran und Minn-O am Checkpoint sollte kein Problem sein. Das wird uns vor weiteren Schwierigkeiten bewahren. Ayukh hat dir hoffentlich eine Kapitänskarte gegeben. Die wird tatsächlich überprüft."

Wir liefen einen Seitenkorridor hinab und vielleicht 25 Meter weiter vorne sah ich genau den gleichen Gladiator, der mich beim letzten Mal so äußerst freundlich begrüßt hatte.

Aik Ur Miyeau. Miyelonier. Kometenschweifrudel. Level-66-Gladiator.

Der schlanke, anderthalb Meter große, graue Miyelonier, der von Kopf bis Fuß mit Waffen behangen war, hatte sich seit unserer vorherigen Begegnung kein bisschen verändert. Wie lange das nun her war? Ich rechnete ein wenig und konnte es kaum glauben: nur 14 Tage! Zwei kurze Wochen nur. Seltsamerweise hatte ich das Gefühl, als wäre seitdem eine ganze Ewigkeit vergangen. So viel war geschehen! Damals hatte der pelzige Gladiator ein furchterregendes und unüberwindbares Hindernis dargestellt, aber jetzt war ich Aik nicht nur in der Anzahl der erreichten Level, sondern auch in Sachen Kampfkraft deutlich überlegen.

„Was, du stehst immer noch hier wie bestellt und nicht abgeholt? Ist es nicht langweilig, tagelang am selben Ort herumzulungern?", fragte ich statt eines Grußes und zeigte ihm gleichzeitig meine Kapitänskarte.

Der Miyelonier, der seinen Scanner mit einer gelangweilten Bewegung über den blauen Kristall gleiten ließ und das Gerät dann wieder im Inventar verstaute, hob überrascht sein schnurrbärtiges Gesicht.

„Freier Captain Gerd Nat. Haben wir uns denn schon mal gesehen?"

„Und wie! Du hast mir die Hand abgesägt, und ich habe deinen Schwanz noch in meinem Inventar."

Sein Gesicht erhellte sich. Offenbar hatte er gerade erkannt, dass es sich bei dem erbärmlichen, einsamen Prospektor von damals, der nichts Stehlenswertes besaß, und dem hochleveligen Zuhörer, der gerade in seiner einzigartigen, alten Reliktikerrüstung und mit einem Team von treuen

385

Soldaten im Schlepptau vor ihm stand, um ein und dieselbe Person handelte.

„Wahnsinn! Du hast dich sehr verändert, Gerd Nat! Ich drehe hier ja nur Krällchen. Aber welcher Freie Kapitän würde mich als Crewmitglied aufnehmen? Schließlich wollen sie alle irgendwelche Empfehlungen sehen, dazu ein hohes Level und eine lange Liste von Trophäen, um die Kampffähigkeit zu beweisen. Aber wo soll ich all das auf der Basis herbekommen?"

Autorität auf 49 erhöht!

Ich war ein wenig besorgt, dass Aik die Dokumente der restlichen Teammitglieder überprüfen wollen würde. Denn die hatten keine gültigen Papiere. In manchen Fällen sogar überhaupt keine. Doch Aik beschränkte sich darauf, die Kapitänskarte zu überprüfen. Der miyelonische Gladiator trat zur Seite und ließ uns zur Raumbasis durch. Was, einfach so? Das war ja fast ein wenig antiklimatisch ...

Ich musterte den abgestumpft wirkenden, grauen Kater, der sich wieder an die Wand gelehnt hatte. Aik sah nicht so aus, als würde er Tag und Nacht trainieren, um seine Kampffähigkeiten zu verbessern, aber wer wusste das schon? Meine rechte Hand Uline Tar beschwerte sich ständig, dass unsere Crew nicht ausgefüllt wäre. Sie sagte, dass ein Schiff der Fregattenklasse etwa 25 oder sogar 30 Besatzungsmitglieder benötigte. Wir hatten gerade mal zehn. Und nur zwei, Gladiator Imran und Weltraumkommandant Eduard, gehörten

Kampfklassen an. Die beiden waren wirklich nicht ausreichend, und das machte uns im Falle eines Konflikts verwundbar. An Bord der Fregatte eines Freien Kapitäns sollte es vorzugsweise mindestens ein Dutzend starker Krieger geben. Aber woher sollte ich die nehmen?

Ich wandte mich wieder dem Miyelonier zu. „Ich möchte dir einen Test vorschlagen: Wenn du meinen Level-59-Gladiator besiegen kannst, nehme ich dich als vollwertiges Crewmitglied mit ins All. Und wenn du einen Feind, der sieben Level unter dir ist, nicht besiegen kannst, dann tut es mir leid. So jemanden brauche ich nicht, du musst weiterüben."

„Einverstanden!" Der Miyelonier ging sofort in Angriffsposition, und ein Paar schimmernde Klingen tauchten in seinen Händen auf.

Ich wechselte in meine Muttersprache und winkte den Gladiator zu mir. „Imran, dieser Kater will sich unserer Crew anschließen. Stell ihn auf die Probe! Ich will einen Kampf mit Klingen, ohne Schusswaffen, bis zum Tod. Wenn du gewinnst, bekommst du zumindest seinen Schwanz, und der bringt dir den Respekt eines jeden Miyeloniers. Und mit ein wenig Glück vielleicht auch ein Schwert, das zu deiner anderen miyelonischen Waffe passt. Wenn du verlierst, mach dir keine Sorgen. Wir warten hier auf dich!"

„Kein Problem, Freunde. Das krieg ich hin!", versprach Imran und zog nach einiger Überlegung die Rüstung aus, die er von Kung Waid Shishish geschenkt bekommen hatte. Dann stand er in Shorts und T-Shirt da. Zwei Klingen tauchten auch in den Händen unseres Soldaten auf.

Ich bat die anderen, zurückzuweichen und einen Kreis zu bilden. Die beiden Kämpfer stellten sich einander gegenüber auf.

„Ah-sahntee maye-uu-u rezsh shashash-u!", sagte Aik Ur Miyeau deutlich und verbeugte sich tief vor seinem Gegner.

„Und auch dir viel Glück, Weltraumkatze", antwortete der Dagestani und verbeugte sich ebenfalls.

Der Kampf war sehr schnell vorbei. Er dauerte höchstens anderthalb Sekunden. Aik, der seine Sprungfähigkeit nutzte, flitzte hinter Imran und ließ beide Klingen zugleich auf ihn niedersausen. Doch Imran war gar nicht mehr da! Er war nicht etwa weggerannt, sondern einfach zur Seite getreten, hatte sich umgedreht und, eine Sekunde bevor die überdimensionale Katze überhaupt an der Stelle angelangt war, hatte er bereits begonnen, dort mit seinen Klingen in jenes Nichts zu hauen, aus dem die Katze schließlich erschien. Ein einziger Stich, und der aufgespießte Körper des Miyeloniers brach auf dem Boden zusammen. Aik hatte es vermasselt. Er würde nicht in mein Team eintreten, und daran war er selbst schuld. Obwohl er viel Zeit hier verbrachte, blieb er untätig. Er hätte trainieren sollen.

Adlerauge-Skill auf Level 69 erhöht!

„Es war so schnell vorbei! Ich habe nicht einmal

gesehen, was passiert ist", gab Minn-O überrascht zu. Anscheinend ging es dem Rest meiner Crew ähnlich.

Ich klatschte in die Hände und gratulierte meinem Freund. Imran seinerseits konnte in diesem rasanten Kampf auf 60 leveln und gewann wahrscheinlich einige Fähigkeiten und ein ordentliches Stück Selbstvertrauen dazu.

„Gut gemacht! Gut ausgeführt, standhaft, keine überflüssigen Bewegungen. Hast du mit Tini geübt?"

„Mit wem sonst?", grinste Imran und wischte seine bluttriefende geschwungene Klinge am leblosen Körper des Miyeloniers ab. Dann verstaute er beide Waffen wieder in der Scheide. „Damals, als Ayni uns auf dem Shiamiru trainiert hat, wurde mir klar, dass ein schneller Sprung hinter den Gegner zu vorhersehbar ist und nur bei einem unerfahrenen Kämpfer funktionieren würde. Tini hat mich einmal mit diesem Trick erwischt, aber ich habe daraus gelernt. *Vai*,[3] Pech gehabt. Er hat keine Beute fallen lassen. Zu schade, ich hätte nichts gegen eine zweite funkelnde Klinge gehabt. Und aus irgendeinem Grund kann ich seinen Schwanz nicht abschneiden!"

„Du musst dir die Trophäe sofort nehmen. Wenn man zu lange wartet, kann man mit dem Körper nichts mehr anfangen. Aber keine Sorge, Imran. Ich habe rein zufällig Aik Ur Miyeaus Schwanz in meinem Inventar. Du kannst ihn haben." Mit diesen Worten gab ich dem Gladiator meine Trophäe und half ihm, den grauen

---

[3] Ein in der Kaukasusregion üblicher Ausruf.

Schwanz an seinem Helm zu befestigen.

Theoretisch war auf diesem noch Level 64 zu lesen und Aik hatte mittlerweile Level 66 erreicht. Dieses kleine Detail hielt ich aber für nebensächlich. Niemand in meiner Crew bemerkte es.

WIR FUHREN MIT einer Gruppe von Meleyephatianern im Aufzug nach oben. Die drei Kaufleute sprachen angeregt miteinander, gestikulierten dabei wild mit ihren Spinnenbeinen und schenkten uns überhaupt keine Beachtung. Ich spürte keinerlei von ihnen ausgehende Aggression. Scheinbar hatten die achtarmigen Kaufleute nichts gegen meine Geckho- und Miyelonierfreunde einzuwenden. Es war ein wenig seltsam, da ihre Rassen sich miteinander im Krieg befanden, aber anscheinend waren viele Freie Kapitäne völlig unbeteiligt an Politik oder Militär, und hießen Meleyephatianer auf Medu-Ro IV genauso willkommen wie jede andere Rasse.

Sobald der Aufzug unser Stockwerk erreicht hatte und sich unsere Wege trennten, fragte ich Uline Tar nach ihrer Meinung zu diesem Thema. Die Händlerin zeigte sich überrascht.

„Was ist daran so seltsam? Ein Freier Kapitän ist frei, er ist nicht abhängig von einer Regierung, Armee oder einer anderen politischen Einheit. Ein

Freier Kapitän ist niemandem außer sich selbst verpflichtet, und sein Raumschiff gilt sozusagen als eigenständiger, kleiner Staat. Wenn ein Freier Kapitän es vorzieht, aktiv an Kampfhandlungen teilzunehmen, wird er sich irgendwann Feinde unter denjenigen machen, gegen die er kämpft. Soviel steht fest. Aber wenn er neutral bleibt, wird ihm niemand verbieten, das Territorium einer anderen Rasse, eines Clans oder Rudels zu betreten."

„Warte mal, sind wir etwa als Teilnehmer am Krieg auf der Geckho-Seite gekennzeichnet?", fragte ich leicht panisch. „Schließlich haben wir die meleyephatianische Untergrundbasis gestürmt und dann die Geckho vor dem Angriff auf ihren Kometen gewarnt!"

Uline brummte amüsiert, als hätte ich gerade etwas besonders Lustiges gesagt. „Nat, glaub mir, ein paar Schlachten oder geheime Kommuniqués sind bei Weitem nicht ausreichend, um offiziell zum Feind auch nur eines einzigen Clans erklärt zu werden. Eine mächtige Raumfahrtrasse braucht schon ein wenig mehr Provokation als das. Es gibt sogar professionelle Söldner, die für Geld in den Krieg ziehen. Aber sobald ihr Vertrag abgelaufen ist, nehmen sie wieder einen neutralen Status ein. Wenn jemand merkt, dass ein Freier Kapitän zu oft gegen ihn gekämpft hat, könnte er sich natürlich entscheiden, ihn zum Feind zu erklären. Aber in diesem Fall würdest du es herausfinden, lange bevor irgendetwas passiert. Wann immer du zu einem Feind oder Verbrecher erklärt wirst, erhältst du eine offizielle Systemmeldung."

Ins Gespräch mit Uline vertieft hatte ich es nicht einmal bemerkt, aber wir waren am Registrierungsschalter angekommen. Und mein Herz tat einen großen Sprung. Da war ein vertrautes Gesicht! Eine zierliche, goldorange Miyelonierin saß hinter dem Schreibtisch und begrüßte die Besucher. Sie sprach gerade mit einem rundlichen, durchsichtigen Außerirdischen, der wie eine riesige Blase aussah. Ein Zyanier, wie das Spielsystem mir verriet. Anscheinend stimmte mit den Dokumenten der werten Blase etwas nicht, denn sie blies lautstark Luft aus und pfiff vor Wut, während die Dame hinter dem Schreibtisch auf sie einredete. Aber ich war nicht so sehr an diesem seltsamen Individuum interessiert als vielmehr an der orangefarbenen Katze in weißen Shorts auf dem großen Stuhl selbst.

Gerd Ayni Uri-Miayuu. Miyelonier. Rudel [unbestimmt]. Level-79-Übersetzer.

Gerd? Ayni war jetzt ein Gerd? Naja, warum nicht? Nachdem das Filmmaterial, in dem scheinbar sie die Große Priesterin ermordet hatte, in die ganze Galaxis übertragen worden war, hatte meine Übersetzerfreundin wahrscheinlich mehr Ruhm erlangt als ihr lieb war. Wir hielten fünf Schritte vom Schreibtisch entfernt an, um nicht aufdringlich zu erscheinen. Aber offensichtlich hatte unser Grüppchen Aynis Aufmerksamkeit erregt. Sie hob den Kopf, um uns genauer anzusehen, verbrachte einige Sekunden damit, verdattert zu blinzeln. Dann stieß sie einen Freudenschrei aus, sprang zu mir, wobei sie ihren Stuhl polternd umwarf, und presste ihr flauschiges Gesicht an meine gepanzerte Schulter.

„Naaaat! Du bist gekommen, um mich zu holen!"

Miyelonier waren nicht gerade für ihre emotionale Offenheit bekannt, schon gar nicht, wenn so viele Fremde davon Zeugen wurden. Ihre Gesellschaft hieß ein solches Verhalten nicht gut. Umso berührender war ihre schamlose, ungehemmte Freude in diesem Augenblick. Ich drückte die zitternde Ayni an mich. Ihre Körpertemperatur stieg spürbar an.

Unterdessen nutzte die Blase die Gunst der Stunde und presste sich mit einem scharfen Ruck seiner Scheinfüßchen an den Schreibtisch, sammelte dort alle elektronischen Karten auf, quetschte sie in seinen Körper und rutschte davon. Ayni schien seine illegale Einreise nicht einmal zu bemerken. Sie war zu sehr damit beschäftigt, mir von ihren Problemen zu erzählen.

Sie war unehrenhaft aus ihrem Rudel verstoßen worden. Alle waren misstrauisch und hassten sie. Selbst ihre engsten Verwandten hatten sich von ihr distanziert. Und selbst als sich herausgestellt hatte, dass der Mörder eine Morphähe gewesen war, die ihre Gestalt angenommen hatte, hatte das nicht viel geändert. Es gab für sie keinen Frieden mehr, weder im Spiel noch in der wirklichen Welt. Wütende religiöse

Fanatiker folgten ihr überall hin. Ayni wurde bis zu dreimal täglich im Spiel getötet, und sie versuchte, es so weit wie möglich zu vermeiden, sich in der wirkliche Welt aufzuhalten, um einem ähnlichen, aber verheerenderen Schicksal dort aus dem Weg zu gehen.

„Ich sehe, du bist jetzt ein Gerd", sagte ich und versuchte, sie von den traumatischen Erinnerungen abzulenken.

Aber Ayni wurde nur noch verärgerter. „Und wie ich das bin! Mein Ruhm ist jetzt auf 311. Jeder Miyelonier im Universum kennt mein Gesicht. Aber meine Autorität ist minus 96, und jeder Miyelonier, von kleinen Kindern bis hin zu alten Männern mit kahlem Fell, kennt mich nur als die böse Mörderin der Inkarnation des Großen Ersten Weibchens! Sie alle denken, dass ich am Weltraumkrieg schuld bin, und nichts kann sie vom Gegenteil überzeugen!"

Das klang ja gar nicht gut. Ayni übertrieb bestimmt nicht. Jeden Tag kamen Hunderttausende von Miyeloniern hierher auf die Basis Medu-Ro IV, und einige von ihnen mussten zur Registrierung an genau diesen Schalter. Viele von ihnen waren blind vor Hass, obwohl sie wahrscheinlich wussten, dass Ayni nicht wirklich die Attentäterin war. Immerhin konnten sich die meisten Miyelonier scheinbar beherrschen. In meiner Welt wäre die Situation vermutlich noch schlimmer gewesen.

Also schlug ich vor, all das endlich hinter uns zu lassen, und nahm die orangefarbene Katze offiziell als Übersetzerin und erfahrene Personalmanagerin in meine Crew auf. Dann zeigte ich auf die Mitglieder meines Teams.

„Mein Kätzchen Tini kennst du ja schon. Er hat große Fortschritte gemacht, sowohl professionell als auch in Bezug auf sein Level, und ist nun ein stolzes und tüchtiges Mitglied der Diebesgesellschaft. Den Rest werde ich nicht alle einzeln vorstellen. Du kannst ihre Namen selbst lesen und sie dann einfach kennenlernen. Und nur damit du es weißt, auch wenn du keinen von ihnen kennst, kennen sie dich alle gut ...“

„Ja, ich weiß bereits, dass sich die Morphähe auch nach dem Attentat meine Identität ausgeborgt hatte“, sagte Ayni bemüht ruhig, doch ich hörte die Trauer in ihrer Stimme. „Ich habe ein paar Meldungen über Autoritätssteigerungen bekommen, die ich mir nicht anders erklären konnte.“

„Ja, das stimmt. Leider ist mir der Schwindel nicht sofort aufgefallen. Und dann war es zu spät. Wir waren bereits zu weit weg von hier. Aber es ist gut, dass du alles herausgefunden hast und ich es nicht erklären muss.“

„Nein, das musst du nicht“, antwortete die orangefarbene Katze. Dann drückte sie mich wieder fest an sich, als ob sie Angst hätte, mich gehen zu lassen und wieder verlieren zu müssen. Ihre Stimme glich nun dem klagenden Miauen eines verlassenen Kätzchens. „Aber, Nat ... Ich habe damals einen

Raumanzug gekauft und mich für eine lange Reise bereitgemacht. Und lange Zeit konnte ich es nicht glauben, dass ... dass du ohne mich gegangen bist, trotz all deiner Versprechen!"

Miyelonier weinten nie vor Trauer oder Schmerz. Sie hatten Tränendrüsen, doch war deren Funktion nicht von irgendwelchen Gefühlen abhängig. Hätte es sich bei Ayni um einen Menschen gehandelt, hätte sie heulend und schluchzend in meinen Armen gelegen. Sie zitterte am ganzen Körper und miaute laut, als hätte sie all ihre Manieren vergessen und als wäre es ihr egal, ob Fremde sie sehen konnten. Obwohl das wahrscheinlich gar nicht so war. Ayni hielt mich offensichtlich nicht für einen Fremden und sah mich eher als jemanden an, mit dem sie endlich offen sprechen konnte. Und sie betrachtete auch meine Crew als Familie. Zum ersten Mal in den letzten zwei Wochen fühlte sie sich also wohl genug, wie unter Freunden, um endlich all ihre Trauer zeigen zu können.

Ein paar Minuten später meldete sich ein besorgter Imran zu Wort. Er knüpfte unbeholfen eine Reihe von Geckho-Wörtern aneinander und fragt mich und die orangefarbene Miyelonierin, was denn passiert wäre.

„Jetzt ist alles in Ordnung, starker und freundlicher Mensch, ich bin fast wieder ich selbst", versicherte die Übersetzerin ihm, die sich nun schnell wieder beruhigte. „Captain Nat, sag mir, was du brauchst."

Ich entließ die nun viel ruhigere Ayni aus meiner Umarmung, zeigte dann auf den Glastisch und den hohen Stuhl daneben.

„Zuerst müssen wir dich offiziell als Mitglied meiner Crew registrieren. Und die anderen brauchen ebenfalls gültige Dokumente. Soweit ich weiß, kann ich das hier bei dir erledigen."

„Ja, das stimmt. Sieben Krypto pro Dokument. Aber ... ach!" Die orange Miyelonierin sah verlegen aus und legte ihre Ohren auf eine Art und Weise an, die zum Schreien komisch aussah. „Geld von den Mitgliedern der eigenen Crew anzunehmen, das kommt mir nicht richtig vor. Oder, Nat? Ich kann versuchen, sie kostenlos zu registrieren und dann die Beweise vom Computer zu löschen. Ich hoffe, meine Vorgesetzten bekommen davon keinen Wind."

„Ayni, mach mal halblang. Selbstaufopferung ist hier nicht nötig. Mach alles genau, wie die Regeln es vorschreiben. Ich werde bezahlen. Hier ist meine Crewliste", sagte ich, öffnete mein Tablet und zeigte ihr das entsprechende Dokument, zu dem ich auch noch Gerd Ayni Uri-Miayuu als Personalmanagerin hinzugefügt hatte. Sie gab der gesamten Crew sofort wirksame Moralboni, was unerwartet und sehr nett von ihr war.

Während Ayni die Daten in ihr Terminal eingab, kam Kapitänsassistentin Uline anmarschiert. Nachdem sie herausgefunden hatte, warum ich so lange gebraucht hatte, begrüßte die Händlerin die

Übersetzerin wie eine alte Freundin und bat sie, unsere Stellenangebote auf der Basis aushängen zu lassen. Am dringendsten brauchten wir einen Ingenieur, einen Heiler, einen Copiloten und mindestens einen, wenn nicht sogar zwei Gunner. Und wir brauchten auch Soldaten aller Klassen, mindestens fünf.

„Natürlich, ich werde das sofort erledigen", sagte Ayni hilfsbereit und klopfte dabei mit den Krallen emsig auf den holographischen Bildschirm, auf dem sich bunte Rechtecke bewegten. „Aber du musst mir noch etwas mehr Informationen geben. Welche der Fregatten vom Typ Tolili-Ukh X gehört dir? Im Moment sind vier hier auf der Basis. Wohin soll ich die Bewerber schicken?"

„Dockbucht 16-4", antwortete ich und fragte die orangefarbene Katze, ob sie wirklich alle an der Basis angedockten Raumschiffe sehen könnte. Als sie nickte, bat ich Ayni, herauszufinden, ob sich der Tiopeo-Myhh-II-Abfangjäger unter dem Kommando des Freien Kapitäns Rikki Pan-Miis auf der Medu-Ro-IV-Basis befand.

„Das macht man eigentlich nicht, Captain Nat. Es sind vertrauliche Informationen", warnte mein neues Besatzungsmitglied mich. Trotzdem suchte sie in der Mitarbeiterdatenbank nach einer Antwort auf meine Frage. „Ja, Rikki Pan-Miis' Abfangjäger ist hier auf der Basis. Hangar 34-11. Aber wenn du mit dem Freien Kapitän sprechen willst, solltest du dich besser beeilen. Er hat bereits die Erlaubnis zum Verlassen der

Basis beantragt und erhalten. Sein Abfangjäger hebt ab in ...“ Hier beobachtete ich die Katze besonders aufmerksam und sah deutlich, dass das Spiel nicht ganz synchron lief. Der Bewegung ihrer Lippen nach zu urteilen sagte Ayni etwas ganz anderes und benutzte wahrscheinlich eine Zeiteinheit, die ihr bekannt war, aber ich hörte deutlich die Worte „25 Minuten“. Sie fuhr fort: „Um ehrlich zu sein, Captain Rikki Pan-Miis muss zuerst noch die Andockgebühren für drei Tage zahlen.“

Psionik-Skill auf Level 69 erhöht!

Am Ende war ich nicht gänzlich ohne Magie auskommen. Die Miyelonierin musste sanft dazu gebracht werden, die Vorschriften zu umgehen. Aber es spielte keine Rolle. Auf die eine oder andere Weise hatte ich die Informationen bekommen, die ich brauchte.

„Großartig! Ihr Damen stellt bitte die nötigen Dokumente für unsere Crew zusammen. Die Jungs und ich werden einem schmutzigen Fälscher einen kleinen Besuch abstatten!“ Ich grinste diebisch und zog den Annihilator in meinen Hauptwaffenschlitz.

„Nein! Gerd Nat verlässt mich nicht noch einmal. Ich komme mit dir mit!“ Ayni trug plötzlich einen silbernen, leichten Rüstungsanzug und einen Weltraumhelm. Einen Augenblick später erschienen sogar zwei gebogene Klingen in den Händen der Übersetzerin.

Da dies wohl kein guter Zeitpunkt war, um meine frischgebackene Untergebene mit meiner

Autorität unter Druck zu setzen, befahl ich ihr nicht, zu bleiben. Außerdem wollte ich dafür keine Magiepunkte verschwenden, schon gar nicht vor einer Begegnung mit Weltraumpiraten. Ayni Uri-Miayuu war zudem ein Gerd, also ein hochkarätiger Spieler, und durfte daher eine gegenteilige Meinung äußern. Am Ende erlaubte ich Ayni, mit mir zu kommen.

„Und warum werde ich ignoriert?", knurrte Uline Tar entrüstet und nahm ebenfalls eine Laserpistole heraus. „Ich komme auch mit! Ich mag ein friedlicher Händler sein, aber dieser Rikki Pan-Miis steht schon lange auf meiner Abschussliste. Er war einer der Piraten, die den Shiamiru entführt, uns verprügelt und ausgeraubt haben. Und derjenige, der mir meine Reliktikerartefakte gestohlen hat. Und Basha, Vasha und Dmmmitri werden mit ihm über das Geld sprechen wollen, das er ebenfalls gestohlen hat. Zeige uns den Weg, Captain!"

Kapitel 25

Gefahrenstufe

WAHRSCHEINLICH WAR ES nicht die klügste Entscheidung, Nicht-Kampf-Charaktere mit zu einem Showdown zu nehmen. Ayni war in Ordnung. Die Miyelonierin hatte, wie alle Mitglieder ihrer Rasse, natürliche Boni für Klingenwaffen und Bewegungsgeschwindigkeit. Und allein der Anblick der orangefarbenen Übersetzerin, die einmal die Hälfte der Besatzung des Abfangjägers dieses Piraten niedergemetzelt hatte, würde bei Captain Rikki und seiner Crew wahrscheinlich Panik auslösen. Zwar war meine Ayni nicht das gleiche mörderische Ungetüm wie damals, als die hochlevelige Morphähe ihre Identität gestohlen hatte, aber das wussten die Piraten ja nicht. Aynis Anwesenheit konnte ich also rechtfertigen. Aber Uline?

Uline hatte mir einmal verraten, dass sie noch nie zuvor Waffen benutzt hatte und keine Kampffähigkeiten besaß. Seitdem war viel passiert. Es war unter anderem zu dem Angriff auf die meleyephatianische Militärbasis gekommen, an dem Uline Tar teilgenommen hatte, genau wie alle anderen auch. Außerdem besaß die einst friedliche Händlerin nun eine Laserpistole. Trotzdem wollte ich die pelzige Geckho-Dame nicht zu voreilig wie einen vollwertigen Kampfcharakter einsetzen. Ich hatte mich beinahe schon entschieden, Uline Tar zurück zur Fregatte zu schicken, aber ohne es zu wissen, änderte meine Geschäftspartnerin meine Meinung in letzter Sekunde noch.

„Ich bin so glücklich", frohlockte die Händlerin, die mit dem Rest der Gruppe zu den Aufzügen marschiert war. „Mein drittes Mal auf Medu-Ro IV, und endlich habe ich nicht vor jedem Schatten Angst. Ich kann endlich erhobenen Hauptes durch die Station marschieren. Ich bin kein hilfloses Opfer mehr. Nein, ich gehe da mit euch raus und stelle mich meiner Angst! Und egal, wie die Schießerei mit den Piraten ausgeht, an den heutigen Tag werde ich mich bestimmt als an einen der wichtigsten Wendepunkte in meinem Leben erinnern!"

Offenbar wäre es ein großer Fehler gewesen, meine Geschäftspartnerin in einem psychologisch so kritischen Moment wieder auf die Fregatte zu schicken. Es hätte meine gute Beziehung zu Uline zerstört, und zwar mit allen möglichen negativen Folgen. Außerdem hoffte ich, dass es gar nicht zu einer Schießerei kommen würde, sondern ich Captain Rikki so heftig erschrecken würde, dass er meiner Fraktion widerstandslos die zwei Millionen Kristalle zurückzahlte. Selbst wenn ich mich irrte und der Captain sich von mir nicht aus der Ruhe bringen ließ, umfasste die Crew des Tiopeo-Myhh II-Abfangjägers nur sechs Spieler. Und nur drei von ihnen waren tatsächlich gefährlich. Ich hatte sieben Soldaten und das Überraschungsmoment auf unserer Seite. Ich rechnete mir also gute Chancen aus, den üblen Fälschern eine Lektion erteilen zu können, ohne dabei selbst zu Schaden zu kommen.

Wir fuhren mit dem Aufzug in den 33. Stock des Raumhafens, und ich führte meine Gruppe zur Dockbucht Nummer elf. Die Tür war natürlich verschlossen, aber dieses Hindernis hielt mich nicht eine Sekunde auf. Ich wusste bereits, dass die Türen mit einem elektromagnetischen Impuls geöffnet werden konnten. Außerdem hatte ich einen professionellen Dieb zur Stelle. Im schlimmsten Fall konnte ich versuchen, den Trick zu wiederholen, mit dem ich beim letzten Mal jemanden hinter der Tür mit Gedankenkontrolle gezwungen hatte, sie zu öffnen. Aber zuerst musste ich mir die Situation ansehen, also aktivierte ich den Scanner.

Scanning-Skill auf Level 32 erhöht!

Meine Minikarte zeigte nur zwei Spieler hinter der Tür: einen Miyelonier auf Level 84 und einen Geckho, Level 89. Sie waren ziemlich weit weg, fast ganz am Rande meines Radius. Das System geizte mit weiteren Informationen. Es zeigte nicht einmal ihre

Klassen. Aber ich wusste bereits, wer sie waren. Den Rassen und Levels der Unbekannten nach zu schließen befanden sich Captain Rikki höchstpersönlich nebst seinem großen, starken Wachmann im Inneren. Seltsam, dass es so wenige Feinde da drin gab. Aber sie hatten ja noch 20 Minuten bis zum Start. Wahrscheinlich würden die restlichen Besatzungsmitglieder später auftauchen.

„Nur zwei von ihnen sind da drin. Wir haben einen guten Moment gewählt. Verschwenden wir keine Zeit. Tini, mach die Tür auf!"

Mein Kätzchen ging gehorsam neben der Tastatur in die Hocke und zog sein Werkzeug hervor. Er zückte seinen Codeknacker und, bevor wir uns versahen, gab das Schloss ein leises Klicken von sich. Ich lobte den stolzen Dieb und befahl allen, ihre Waffen herauszunehmen und sich bereit zu machen.

„Der Kapitänsassistent ist ein riesiger Geckho-Krieger. Macht ihn sofort unschädlich, noch bevor er versteht, was überhaupt los ist, und uns angreifen kann. Aber den miyelonischen Kapitän brauchen wir lebend! Haben das alle verstanden? In Ordnung, gehen wir!"

MIR WAR SOFORT klar, dass wir einen Fehler gemacht hatten. Die Tür sprang auf, und anstelle des Piratenkapitäns und seines großen, furchterregenden

Schlägertypen von Bodyguard sahen wir zwei unbekannte Spieler in den blauen und orangefarbenen Overalls der Basistechniker. Sie balancierten auf einer wackeligen Klappleiter und wechselten offenbar die Rüstungsplatten des Abfangjägers aus oder polierten sie. Und obwohl ich meinen Fehler sofort erkannt hatte und meinen Annihilator senkte, reagierte ich nicht schnell genug, um meine Verbündeten zu stoppen. Einen Moment später fiel der leblose, durchlöcherte Körper des Geckho-Technikers von der Leiter. Sein miyelonischer Partner kreischte vor Angst und ließ sein Werkzeug fallen, ein Gerät, das wie ein Elektroschrauber aussah, und eine Art Bolzenschussapparat. Dann warf er beide Pfoten hoch und ergab sich seinen unbekannten Angreifern.

„Ähm. Wo ist denn Captain Rikki?", fragte ich den verängstigten Mechaniker, einen Ingenieur.

Orun Va-Mart. Miyelonier. Gestirnspilgerrudel. Level-84-Ingenieur.

Da ich keine Antwort erhielt, beruhigte ich den verängstigten Miyelonier mental und zeigte meine friedlichen Absichten, soweit es möglich war.

„Komm, nimm die Hände runter, wir tun dir nichts. Wir haben nur ein paar Fragen an den Kapitän dieses Abfangjägers, Rikki Pan-Miis. Weißt du, wo er ist?"

Der Ingenieur blickte wieder auf den leblosen Körper seines Partners, senkte aber trotzdem die Hände und entspannte sich ein wenig.

„Mhm. Ich weiß es nicht. Mein Kunde sollte eigentlich bereits zurück sein. Er hat uns befohlen, sein Schiff für den Start vorzubereiten. Er sagte, er würde uns bezahlen, wenn er zurückkommt."

Ich kam näher und blieb neben der Leiter stehen. Ich hob den Elektroschrauber auf, den der rotfellige Mechaniker fallen gelassen hatte, und legte ihn wieder in seine Hände.

„In Ordnung, dann muss ich zugeben, dass wir einen großen Fehler gemacht haben. Wir haben dich für jemand anderen gehalten. Hier ist eine Entschädigung für dich und auch für deinen Partner, für seinen Fortschrittsverlust." Mit diesen Worten nahm ich meine Brieftasche heraus und überwies 500 Krypto an den langhaarigen Miyelonier. „Das ist für euch beide. Untersteh dich, das Geld von diesem Geckho da selbst zu behalten!"

Der Ingenieur nahm in aller Ruhe seinen Kommunikator heraus, las die eingehende Nachricht und setzte dann ein zufriedenes Lächeln auf. Seine kleinen, scharfen Zähne blitzten.

„Mhm. Ich bin nicht sauer. Auf Medu-Ro kann eben alles passieren. Man wird leicht mit jemandem verwechselt, der man gar nicht ist!"

„Du sagst, dass dein Kunde nicht hier ist. Bedeutet das, dass er in diesen Flur gegangen ist? Oder hat er das Spiel verlassen und ist in der echten Welt?" Ich verhörte den verdatterten Basismitarbeiter nicht länger und versuchte, mir stattdessen, basierend auf seinen Antworten, eine Strategie zu überlegen.

Aber Orun hatte keine Zeit zu antworten. Ein paar Schritte von mir entfernt erschienen plötzlich zwei miyelonische Gestalten! Kapitän Rikki Pan-Miis und sein Mündel Avi Wi-Rikki hatten das Spiel betreten. Ich musste mit meinem Annihilator aus kürzester Entfernung schießen und mich zugleich zur Seite rollte, denn beide Feinde hatten mich gesehen und griffen sofort nach ihren Waffen.

Geschicklichkeit auf 18 erhöht!

Gewehr-Skill auf Level 50 erhöht!

Scharfschützen-Skill auf Level 33 erhöht!

Psionik-Skill auf Level 70 erhöht!

Du hast Level 72 erreicht!

Du hast 3 Fähigkeitspunkte erhalten! (Gesamtpunktzahl: 6)

Ich war mir nicht sicher, ob ich diesen Trick jemals wiederholen könnte. Zwar hielt ich bereits den Annihilator in der Hand, und meine Feinde hatten gerade das Spiel betreten und waren somit entspannt, aber ich hatte tatsächlich die Reaktionszeit eines Miyeloniers geschlagen. Nicht mehr und nicht weniger! Ich war schneller als gleich zwei Miyelonier gewesen, eine Rasse, die für ihr tödliches Tempo und ihre unvergleichliche Meisterschaft im Nahkampf bekannt war. Und um dem Ganzen die Krone aufzusetzen, hatte ich die Bedrohung erkannt, ohne dass mein Gefahrensinn überhaupt ausgelöst worden war. Oder zumindest, bevor mein Körper darauf hatte reagieren können. Dennoch war es mir gelungen, genau zu identifizieren, wen ich töten und wessen Gedanken ich kontrollieren sollte. Das musste man sich auf der Zunge zergehen lassen! Ich war stolz auf mich.

Ein wenig musste ich vor meinem Publikum angeben. Ich richtete mich gemächlich und mit Würde auf und sah mich dann um. Avi Wi-Rikki lag tot auf dem Metallboden des Hangars. Er hatte viel Blut verloren und einen Schock erlitten. Mein Schuss hatte ihm den rechten Arm mitsamt der Schulter zerfetzt und ein großes Stück Torso herausgerissen. Piratenkapitän Rikki Pan-Miis war zu einer Salzsäule erstarrt. Sein Messer hieb genau an der Stelle, an der ich nur wenige Sekunden zuvor gestanden hatte, ins Nichts. Meine Gefährten standen nur stumm und starr mit offenen Mündern da und blinzelten fassungslos.

„Schnappt ihn euch!" Die riesigen Geckho-Brüder stürzten sich auf den gelähmten Feind. Erst da kam Leben in meine Freunde. Alle Spieler im Hangar waren mit einem Mal in hellem Aufruhr. Ich hörte von allen Seiten Ausrufe der Überraschung und des Staunens.

„Meister Nat, vergib mir, da habe ich jetzt aber Mist gebaut ..."

„Captain, bist du verwundet?", stellten Uline und Ayni dieselbe Frage in zwei verschiedenen Sprachen.

„Jetzt weiß ich, wie du meinen Trupp damals auf der Fähre erledigt hast!"

Sogar der miyelonische Ingenieur, den wir alle völlig vergessen hatten, mischte sich ein. „Leute, euer Captain ist ein echter Teufelskerl. Er hat zwei gefährliche Piraten allein erledigt! Ihr braucht nicht zufällig einen Ingenieur auf eurem Schiff, oder?"

Autorität auf 50 erhöht!

Ein Ingenieur! Ein Ingenieur wollte sich meiner Crew anschließen! Jetzt durften wir ihn nur nicht verschrecken. Bemüht, meine überschwängliche Freude nicht zu verraten, musterte ich den Miyelonier mit einem höhnischen Grinsen.

„Warst du denn jemals im Weltraum, Ingenieur? Oder hast du die ganze Zeit im Spiel damit verbracht, Piraten-Raumschiffe auf der Basis zu polieren?"

„Du beleidigst mich, Captain!", schnaubte Orun Va-Mart entrüstet, und ich konnte spüren, dass er es ernst meinte. „Ich habe mein halbes Leben im Kosmos verbracht! Zuerst als Ingenieursassistent auf einem Erzfrachter der Viiye-Klasse, dann als Oberingenieur auf einem Shiamiru-Shuttle. Dann hat mein ehemaliger Kapitän sein Schiff mitsamt der Fracht hier im Casino verspielt, und seither sitze ich auf Medu-Ro IV fest."

Immer noch höchst bemüht, einen gleichgültigen Ton anzuschlagen, schickte ich Uline und Ayni los, um unseren Kandidaten zu interviewen. Dann widmete ich mich wieder dem gefangenen Piratenkapitän, dem bereits die Waffen abgenommen worden waren und der von meinen beiden Geckho-

Recken festgehalten wurde. Zuerst packte ich den Miyelonier nicht allzu höflich am Kinn, drehte sein Gesicht nach oben und sah ihm direkt in die Augen.

„Wie verdammt ist dieser Mensch hierhergekommen? Verdammt, stecke ich tief in der Scheiße! Und das gesamte Buschigschattenrudel ist auf dieser großen Jagd. War ja klar! Und um Hilfe kann ich sie sowieso nicht bitten. Lieber sterbe ich, als Big Boss Abi einen weiteren Grund zu geben, mich für einen Verlierer zu halten. Der Ewig Verfluchte hat mich gründlich verarscht, als ich dem Deal mit den gefälschten Kristallen zugestimmt habe ... Ich hätte einfach nein sagen sollen. Zumindest hätte ich dann wenigstens diese Probleme nicht ... Aber wie hätte ich zu meinem Rudelführer nein sagen sollen?"

Meine letzten Zweifel lösten sich auf, ebenso wie alle Gewissensbisse. Rikki wusste genau, dass er meiner Fraktion gefälschte Kristalle für unser Platin untergejubelt hatte, und er wusste auch, warum ich hier war. Trotz seiner verwirrten, fast panischen Gedanken knurrte der Freie Kapitän böse durch die Zähne und versuchte, mich abzulenken.

„Nat, du wirst für diesen schmutzigen Angriff bezahlen! Dachtest du, du würdest zwei Piraten erledigen, und das war's? Freu dich nicht zu früh, das ist erst der Anfang! Du hast keine Ahnung, mit wem du dich anlegst. Das gesamte Buschigschattenrudel wird kommen und mich rächen!"

„Ach, tatsächlich? Sehr überzeugend", spöttelte

ich, schüttelte den jungen, verängstigten Kapitän dabei ein wenig und tat so, als wäre ich ein knallharter Veteran. „Hat dein Rudel überhaupt mit der Wimper gezuckt, als ich deine Fregatte gekapert habe? Nein, sie sind stolze Krieger. Sie haben keine Zeit für Verlierer wie dich. Außerdem ist dein gesamtes Rudel auf einer großen Jagd und wird nicht so schnell wiederkommen. Ich bin mit den miyelonischen Bräuchen vertraut, mein Freund, und weiß genau, wie ich deinem Rudel Respekt erweisen kann, egal, was ich mit dir mache. Ich muss nur deinen Schwanz abschneiden und ihn auf meinen Helm stecken!"

„Das würdest du nicht wagen", brüllte der junge Pilot. Ihm stand die Angst nun ins Gesicht geschrieben, seine Überheblichkeit schwand zusehends.

„Oh, ich denke, du wirst feststellen, dass ich das sehr wohl würde. Aber du hast recht, ich lasse es besser jemand anderes tun. Zum Beispiel meinen Gladiator", sagte ich und wies auf den Dagestani-Athleten, der mit den Klingen spielte, die er Rikki abgenommen hatte, und sich an diese neuen Waffen gewöhnte. „Aber Imran versteht deine Traditionen nicht wirklich und weiß vielleicht nicht, welchen Schwanz er abschneiden soll. Also könnte er anstelle deines Schwanzes da hinten das kleine Ding abknipsen, das zwischen deinen Beinen baumelt!"

Diese Drohung brachte das Fass zum Überlaufen. Rikki wurde schlaff und gab sich mental geschlagen. „Ich habe nicht genug Geld, um dir die zwei Millionen Kristalle zurückzugeben", jaulte er und jammerte dabei erbärmlich.

Diese Aussage konnte ich ganz leicht überprüfen. Ich nickte Tini zu, und mein kleiner Dieb öffnete die Taschen, die der Miyeloner bei sich hatte. Er kippte den Inhalt auf den Hangarboden. Krimskrams, Lumpen, einige kleine elektronische Geräte ... Aha! Ein blauer, elektronischer Kristallschlüssel an einer Kette, genau wie meiner. Ich hob den Schlüssel des Kapitäns hoch und warf ihn Dimitri Scheltow zu. Der Raumschiffpilot fing die Trophäe mühelos auf und drehte ihn um seinen Finger.

„Wenn du nicht den Gegenwert von zwei Millionen Kristallen in irgendeiner Währung auftreiben kannst, bleibt mir leider nichts anderes übrig, als deinen Abfangjäger zu nehmen!", drohte ich.

Rikki wand sich erzürnt in den Händen der Geckho-Brüder und bleckte die Zähne. „Du lügst! Du würdest mein Schiff nie aus der Basis bekommen. Keiner von euch hat die Fähigkeiten dazu, und niemand würde euch passieren lassen."

Der Piratenkapitän glaubte wirklich, dass ich nicht aus dem Hangar gelassen werden würde. Seltsam. Wer oder was sollte mich aufhalten? Rikki hatte es geschafft, mich zu verunsichern, aber nur für eine Sekunde. Sobald mir klar geworden war, warum er das dachte, musste ich lachen.

„Glaubst du, ich bin zu blöd, um vor dem Start herauszufinden, wie ich deine Andockgebühren bezahlen kann? Danach lasse ich dich das Schiff für mich steuern!"

„Meister Nat, hier ist seine Brieftasche. Und etwas Interessantes haben wir hier auch gefunden!" Tini winkte mich zu sich, und ich betrachtete den Gegenstand, den er in der Hand hielt.

Oh! Ein Artefakt von der Reliktikerbasis! Die flache, runenbeschriftete, ringförmige Scheibe hatte die perfekte Größe für den Schlitz im Bruststück meiner Zuhörer-Rüstung.

Pyramiden-Signalverstärker (Zubehör Zuhörer-Rüstung).

+3 % Rüstungskraftfeldkapazität pro Level.

+15 % Scan-Radius.

+70 % mehr Daten an die Pyramide übertragen.

Statistische Anforderungen: Intelligenz 26, Wahrnehmung 26.

Fähigkeitenanforderungen: Elektronik 70, Mechaniksteuerung 50.

Achtung! Die Elektronikfähigkeit deines Charakters reicht nicht aus, um diesen Gegenstand zu verwenden.

Achtung! Dieses Objekt ist für die Reliktikerrasse bestimmt und kann nicht von Menschen benutzt werden.

Mir leuchtete nicht ein, warum ich das Datenvolumen, das an diese mysteriöse „Pyramide" übertragen wurde, erhöhen wollen würde, oder worum es sich dabei überhaupt handelte. Für die dreiprozentige Steigerung der Kraftfeldkapazität allein aber lohnte sich dieser „Übersetzer" schon. Zwar war meine Elektronik nicht hoch genug, und das Objekt unterlag wieder einer Rassenbeschränkung, aber Fähigkeiten ließen sich schließlich leveln, und ich wusste bereits, dass ich Reliktikerartefakte für den menschlichen Gebrauch modifizieren lassen konnte.

Die Brieftasche des Piratenkapitäns war nicht das gleiche Modell wie meine. Sie kam mir moderner vor. Tini reichte mir das dünne, graue Kunststoffrechteck, doch ich konnte es nicht öffnen. Es nutzte nichts, in meinen Händen war es nur ein Stück glattes Plastik. Rikki, der mich aufmerksam beobachtete, grinste zufrieden. Scheinbar erheiterte ihn mein vergeblicher Versuch, seine elektronische Brieftasche zu knacken. Das hätte er nicht tun sollen. Ich sah dem grinsenden Miyelonier in die Augen.

„*Dieser dumme Mensch wird es nie schaffen, meine Brieftasche zu aktivieren. Schließlich muss er auf der inaktiven Oberfläche einen Code eingeben, den er nicht kennt. Wenn ich selbst mich schon nicht einmal daran erinnern kann. Gut, dass Großmutter mir einen geheimen Hinweis auf die Innenseite meines Kopftuches genäht hat. Dann muss er sie mit meiner linken Hand berühren. Das findet er nie heraus ... Hä? Was will er mit meinem Kopftuch? Alles okay. Solange er nicht daran denkt, meine Taschenlampe darauf zu richten.*"

Mentale Stärke auf Level 51 erhöht!

Mystik-Skill auf Level 24 erhöht!

Ich nahm dem Miyelonier das Kopftuch ab, das eher eine kleine Kappe mit Löchern für die Ohren war, und untersuchte sie von allen Seiten. Ein komplexes, geometrisches Design war eingenäht worden, und einige Elemente erinnerten tatsächlich entfernt an miyelonische Zahlen. Aber das war auch schon alles. Ich fand keine konkreten Hinweise.

„Tini, hatte er zufällig eine Taschenlampe bei sich?", fragte ich, und mein Kätzchen sortierte mit einem Fuß den Schrott auf dem Boden, bis er eine winzige Taschenlampe von der Größe einer AA-Batterie entdeckte.

„Aber sie funktioniert nicht. So ein Müll ...", sagte Tini und drückte dabei wahllos alle Knöpfe. Die Lampe gab kein Licht.

„Gib sie her." Sie sah aus wie eine stinknormale, kaputte Taschenlampe. Trotzdem richtete ich sie probehalber auf das Stirnband.

Fantastisch! Einige der Fäden auf der Innenseite des Kopftuchs leuchteten auf, vervollständigten die geometrischen Muster und ergaben somit eine sinnvolle Konstruktion aus vielen ineinander verschachtelten und sich überschneidenden Rechtecken. Eine elfstellige Zahl! Kein Wunder, dass sich der Captain die nicht merken konnte. Ich zeichnete die Symbole mit dem Finger auf dem inaktiven Bildschirm der Brieftasche nach, aber nichts geschah. Dann benutzte ich die linke Hand des bewegungslosen Miyeloniers und knackte endlich das knifflige kleine Gerät.

Elektronik-Skill auf Level 56 erhöht!

Es hatte tatsächlich geklappt! Na, was hatten wir denn hier? Ein Saldo von 30.204 Krypto! Das war ein bisschen wenig für meinen Geschmack. Trotzdem, besser als nichts. Es waren immerhin 92.000 in Geckho-Kristallen, eine unvorstellbare Summe für meine Heimatfraktion. Aber es reichte auch kaum aus, um die Andockgebühr des Abfangjägers zu bezahlen. Der Pirat hatte im Prinzip keinen Groschen Geld. Aber vielleicht könnte ich das, was er mir schuldete, in einer anderen Form wieder bekommen?

„Wo sind die restlichen Reliktikerartefakte, die du auf dem Shiamiru gestohlen hast? Antworte mir!"

Der zerknirscht dreinblickende Pirat antwortete bereitwillig, dass er vor langer Zeit alles von Wert an jemanden namens Mava verkauft hätte, einen berüchtigten Hehler hier auf Medu-Ro IV.

„Nur der Reliktikerschädel war überhaupt etwas wert. Für den habe ich 50.000 Krypto bekommen. Der Rest war wertloser Mist. Bronzeringe und seltsame Scheiben, jede Menge sinnloses Zeug. Im Grunde genommen Müll. Mava wollte es erst nicht einmal nehmen und hat dann Schrottpreise dafür bezahlt. Diesen zerkratzten Steinring habe ich behalten. Mava hat nicht einmal einen Cent dafür angeboten. Ich dachte mir, vielleicht würde ich eines Tages eine kluge Person finden, die ihre Eigenschaften lesen kann."

„Dann ist heute dein Glückstag", trällerte ich

fröhlich und verstaute das alte Artefakt in meinem Inventar. „Aber dieser Ring ist nur für Zuhörer nützlich. Es hat keinen Wert für andere. Jetzt sag mir, wo finde ich diesen Mava?"

Tini unterbrach unser Gespräch und sagte mir, dass er selbst es wusste, weil er dort schon einmal gestohlene Gegenstände abgeladen hatte. Sehr gut, ein Problem weniger. Ich seufzte und kehrte zum wichtigsten Thema zurück. Wie würde dieser Piratenbetrüger mir meine zwei Millionen Kristalle zurückzahlen?

„Ich habe dir bereits gesagt, dass ich das Geld nicht habe!", fauchte Rikki wieder.

Er wollte mich wohl nicht verstehen. Dann würden wir es auf die harte Tour versuchen müssen.

Ich wandte mich an meinen Piloten. „Dimitri, warum siehst du nicht mal nach, ob du seinen Abfangjäger steuern kannst? Wenn er läuft und du ausreichend Fähigkeiten hast, um ihn aus dem Hangar zu fliegen, können wir ihn für mindestens anderthalb Millionen Krypto verscherbeln."

„Wartet! Nein!", jaulte der Piratenkapitän panisch. „In Ordnung, ich bezahle. Gib mir meinen Kommunikator zurück. Ich muss jemanden anrufen."

Ich legte die multifunktionale Brieftasche wieder in seine Krallenhand. Sie war anscheinend zugleich Kommunikationsgerät und Brieftasche. Ich trug Basha und Vasha auf, Rikki in Ruhe seinen Anruf tätigen zu lassen. Die riesigen Geckho-Brüder lösten ihren eisernen Griff und traten einen Schritt zurück. Aber kaum konnte sich der haarige Schurke wieder frei bewegen, schon brach er sein Wort und versuchte, zu fliehen.

Bonk! Rikki hatte seine Schnellsprung-Fähigkeiten nutzen wollen, um leichtfüßig zu entkommen. Leider knallte ihm die schwere, metallene Hangartür direkt ins Gesicht! Der Miyelonier kam jaulend zum Stehen, nachdem ihn das plötzlich auftauchende Hindernis gewaltsam gestoppt hatte. Grauenvoll! Selbst ich zuckte vor Schmerz zusammen, denn auch aus mehreren Metern Entfernung konnte ich hören, wie seine Knochen knirschend zersplitterten. Mit seiner flachen Schnauze glich Rikki nun einer reinrassigen Perserkatze.

Maschinensteuerung auf Level 57 erhöht!

Elektronik-Skill auf Level 57 erhöht!

Psionik-Skill auf Level 71 erhöht!

Autorität auf 51 erhöht!

Die Tür hatte sozusagen einen bleibenden Eindruck bei ihm hinterlassen. Einen ziemlich deutlichen sogar. Wieder hatte niemand sonst aus meinem Team die Geistesgegenwart gehabt, zu reagieren, doch ich hatte den Fluchtplan in Rikkis Gedanken gelesen und Gegenmaßnahmen getroffen. Nun sah ich unverhohlene Freude in den Augen meiner Crew. Sie alle bewunderten ihren Kapitän und waren stolz darauf, unter mir zu dienen!

„Zieht ihn hierher, bevor er zu sich kommt!" Ich

hob den Bolzenschussapparat vom Boden auf und hielt auf den Piraten zu, der wieder von den kräftigen Armen der Geckho-Brüder festgehalten wurde. „In Ordnung, stellt ihn an die Wand! Haltet seinen Kopf still, sonst wird das Piercing schlampig!"

Ich schaute mir den Bolzenschussapparat sorgfältig an und untersuchte die verschiedenen „Munitions"-Optionen. Am Ende wählte ich eine Runde der Schrauben mit den breitesten Köpfen und pinnte den miyelonischen Schurken mit vier Schüssen durch die Ohren an die Wand – zwei Schrauben pro Ohr, sicherheitshalber.

„Vasha, Basha, lasst ihn los! So schnell haut der nicht mehr ab." Ich drehte mich um und warf den Bolzenschussapparat Orun Va-Mart zu, der die ganze Sache beobachtet hatte. Der Ingenieur fing das Werkzeug geschickt auf und steckte es wieder zurück in sein Inventar.

Da kam Rikki Pan-Miis auch schon wieder allmählich zur Besinnung. Die Schimpftiraden aus seiner Richtung machten diese Tatsache umso deutlicher. Und als der Pirat seinen Blick endlich mehr oder weniger auf meine Umrisse fokussiert hatte, wandte ich mich an den verletzten, langhaarigen Verlierer.

„Hey, kannst du mich hören? Anscheinend schon. Wir starten demnächst wieder. Also liegt es an dir! Entweder du gibst mir, was mir zusteht, oder ich nehme deinen Abfangjäger, und wir sind auf und davon!"

Der Miyelonier versuchte, seinen Kopf zu bewegen und zuckte vor Schmerz zusammen. Danach nahm er seinen Kommunikator heraus, aktivierte den Bildschirm und wählte einen Kontakt. Doch bevor er anrief, sah er mich aus blutunterlaufenen Augen an und verlangte, dass ich zehn Schritte wegginge, damit ich sein sehr persönliches Gespräch nicht belauschen würde.

„Und warum sollte ich das tun?", fragte ich, überrascht von der Dreistigkeit des Piraten. „Ich habe dir diese Chance gegeben, und du hast sie vermasselt. Du wirst deinen Anruf genau in der Position tätigen, in der du gerade bist!"

„Verflucht seist du, Nat!", presste der Piratenkapitän vor Wut kochend zwischen den Zähnen hervor. Aber seine schroffe Stimme verwandelte sich schnell in ein hohes, freundliches Schnurren. „Omi? Hallo. Hier Rikki. Ich bin froh, dass du im Spiel bist. Ich brauche wieder Geld. Kannst du mir ein kleines Darlehen geben? Es wird nicht mehr lange dauern. 268.000. Ja. Ich weiß. Nein, nein, mir geht es gut. Ich muss nur noch ein paar Zahlungen an mein Rudel leisten. Oh, danke! Ich hab' dich auch lieb, Omi! In Ordnung, bis später!"

Der gefangene Pirat funkelte mich an. Ich konnte eine schreckliche, brennende Wut in seinem Blick lesen. Dazu extreme Verlegenheit. Dieser blutrünstige Verbrecher, der Angst und Schrecken auf allen interstellaren Handelsrouten verbreitete, schämte sich schrecklich, dass er seine liebe alte Omi schon wieder hatte anpumpen müssen. Wenn seine Ohren nicht an der Wand festgetackert gewesen wären, wäre Rikki bestimmt vor Scham im Boden versunken.

Einen Moment später piepste sein Kommunikator, und ein paar Sekunden darauf vibrierte meine Brieftasche. Punktlandung! 286.000 Krypto, das entsprach zwei Millionen Geckho-Kristallen. Mein Gesamtguthaben betrug nun 429.111 Krypto.

ACHTUNG! Captain Rikki Pan-Miis' Gefahrenstufe ist auf 0 gesunken.

Captain Rikki Pan-Miis ist kein gesuchter Pirat mehr!

„Bist du jetzt glücklich, Nat?" fragte der Miyelonier mich, erschöpft und resigniert.

„Ja, das Universum ist wieder im Lot, Rikki. Gib ihm den Kapitänsschlüssel zurück", befahl ich Dimitri, und er legte den blauen Kristall in eine der Taschen des Piraten. „Wir haben bekommen, was wir wollten. Hauen wir ab!"

Wir lösten Rikki nicht von der Wand. Zuerst einmal hatte er mich mit seinem aufgeblasenen, großmäuligen Geschwätz wütend gemacht. Er hatte keine Nachsicht verdient. Zweitens sollte das Raumschiff in wenigen Minuten abheben. Seine Crew würde ohnehin bald eintreffen. Ich wollte, dass sie selbst ihren Kapitän aus dieser misslichen Lage befreien mussten.

Da trafen wir zwei von ihnen auf dem Weg zum Aufzug. Es waren die Freundin des Kapitäns und der Ladungsoffizier, der damals über jedes Stück Übergepäck, das ich angeschleppt hatte, hatte diskutieren wollen. Sie starrten meine Gruppe feindselig an. Sie hatten Tini, Ayni und mich erkannt, aber sie sagten nichts. Wir wollten auch nicht mit ihnen reden, also gingen wir einfach direkt zu den Aufzügen. Der langhaarige Kater im blau-orangenen Overall folgte uns. Unser neuer Ingenieur schien über die plötzliche Wendung seines Schicksals zutiefst erleichtert zu sein.

Wir standen neben einem Panoramafenster, das von der Decke bis zum Boden reichte, und warteten auf den Aufzug, als eine Systemmeldung vor meinen Augen aufpoppte.

ACHTUNG! Das Buschigschattenrudel hat dich zu einem persönlichen Feind erklärt und eine Belohnung von 3.000 Krypto für die Zerstörung deines Raumschiffes ausgesetzt.

ACHTUNG! Captain Gerd Nat ist jetzt ein gesuchter Weltraumpirat. Gefahrenstufe: 1

Ruhm auf 63 erhöht.

Kapitel 26

Fortschrittsvektor

MEINE CREWMITGLIEDER ZUCKTEN kollektiv zusammen an und sahen mich überrascht an. Also hatten auch sie die Systemmeldung über meine Statusänderung erhalten. Nach einer längeren Pause meldete sich Prinzessin Minn-O La-Fin zu Wort.

„Mein lieber Mann, wir sind jetzt also Piraten? Ist es so schlecht gelaufen?"

Autorität auf 50 reduziert!

Autorität auf 49 reduziert!

Autorität auf 48 reduziert!

Ich konnte die Enttäuschung in der Stimme meiner Wandergeliebten gar nicht überhören. Und das war noch milde ausgedrückt! Für sie, eine Prinzessin aus einem alten Herrscherhaus, war ein Mann mit dem Ruf eines auf einem Piratenschiff reisenden Verbrechers ganz und gar nicht erstrebenswert. Dem Absturz meines Rufs als Kapitän nach zu urteilen waren auch die anderen Besatzungsmitglieder über diese neue Entwicklung der Dinge verärgert. Jeder Einwand schien zwecklos. Ich wusste nicht einmal, was das für die nahe und besonders für die ferne Zukunft bedeutete. Würden Händler außerhalb der Piratenstationen überhaupt mit mir reden? Was war mit prominenten Spielern wie Kung Waid Shishish oder Leng Amiru U-Mayaoo? War ich nun ein Ausgestoßener und ein Verbrecher?

Uline war hier sachkundiger. „Nicht gut", sagte sie, ohne ihren Verdruss zu verbergen. „Jetzt wird jeder den Status unseres Kapitäns und seines Raumschiffs sehen können. Möglicherweise wird unserer Fregatte jetzt vielleicht auf einigen Stationen und Planeten die Einreise untersagt. Aber das ist nicht unser Hauptproblem. Wir müssen herausfinden, wohin wir nun fliegen, denn es ist zu gefährlich geworden, auf Medu-Ro IV zu bleiben. Ich habe bereits gesehen, was mit solchen persönlichen Feinden eines Rudels gemacht wird. Uraz Tukhsh hat sich einmal in einer ähnlichen Situation befunden, und glaubt mir, dabei kam nichts Gutes heraus!"

„Moment, Moment, Moment. Bitte nicht gleich in Panik ausbrechen!" Ich legte eine Hand auf die Schulter meiner Geschäftspartnerin, die eindeutig einen Hang zum Dramatischen hatte. Gleichzeitig versuchte ich, die Stimmung meiner jetzt bedrückten Crew zu heben. „Schaut euch doch mal an, wie mickrig die Belohnung ist. Das war doch allein Captain Rikkis

Werk. Soweit ich mich erinnere, hätte er nach Bezahlung seiner Andockgebühren etwa 3.000 Krypto übrig. Anscheinend hat er all das Geld ausgegeben, um uns Probleme zu bereiten. Soweit ich das beurteilen kann, sind die Haupttruppen des Buschigschattenrudels jetzt auf einer großen Jagd, sehr weit von dieser Basis entfernt."

„Wie weit?", wollte Uline Tar sofort wissen, und ich musste zugeben, dass ich keine Ahnung hatte.

„Ich konnte in Rikkis Gedanken keine genauen Details zur Rückkehr lesen, aber er erwartet sie nicht in nächster Zeit zurück. Ich denke, wir haben nach der örtlichen Zeitrechnung mindestens zwei Tage. Ich schlage vor, dass wir diese Zeit vernünftig nutzen, das Geld besorgen, weswegen wir schließlich hier sind, alles kaufen, was wir brauchen, eine schnelle Reparatur erledigen lassen und von Medu-Ro IV verschwinden, bevor das Buschigschattenrudel nach Hause kommt."

„Eineinhalb Tage und keine halbe Stunde länger! Danach fliegen wir so weit wie möglich weg", schlug meine Geschäftspartnerin vor.

Ich hatte keine Lust, mich über solche kleinen Details zu zanken und willigte ein. Sofort stellte ich einen Timer, damit ich immer sehen konnte, wie lange ich noch Zeit hatte. Nun musste ich überlegen, was ich angesichts des Zeitdrucks als Nächstes tun sollte. Schließlich waren anderthalb Tage nicht gerade lang. Wir mussten Geld beschaffen, Einkäufe erledigen, dann eine komplette Instandsetzung und vielleicht sogar die Modernisierung unserer Fregatte durchführen lassen. Für all das war schlicht und ergreifend nicht genug Zeit. Irgendetwas würden wir opfern und auf später verschieben müssen. Jetzt hatten wir nur noch Zeit für das absolute Minimum.

Der Aufzug war gekommen, aber ich trat nicht ein. Ich bat Imran, die Tür aufzuhalten.

Vielleicht war ich nicht der redlichste Mensch, aber es lag nicht in meiner Natur, irgendjemandem auch die linke Wange hinzuhalten, nachdem er mich rechts geohrfeigt hatte. Um ehrlich zu sein lag es auch nicht in meiner Natur, überhaupt einen Schlag einzustecken. Ich hatte noch immer versucht, den Gegner zu überrumpeln, zuerst zuzuschlagen und so viel Schaden wie möglich anzurichten. Selbst vor Angriffen aus dem Hinterhalt schreckte ich nicht zurück, nur, um sicherzustellen, dass sich mein Gegner so schnell nicht mehr mit mir anlegen wollte. Genau dieses Gefühl brodelte nun wieder in mir. Ich war nicht in der Stimmung, dem Buschigschattenrudel ihre Angriffslust zu vergeben, oder so zu tun, als wäre nichts passiert.

„Minn-O, deine Klasse ist Kartografin. Deine Minikarte deckt den größten Radius ab. Kannst du sehen, wie viele Piraten sich im Hangar befinden? Da ihr Rudel uns jetzt feindlich gesinnt ist, sollten wir ihnen vielleicht einen weiteren Höflichkeitsbesuch abstatten, um ihnen ihren Fehler zu erklären. Wenn wir ihren Abfangjäger stehlen können, nehmen wir ihn. Wenn nicht, jagen wir ihn eben hoch!"

Der Vorschlag wurde vom Team mit großer Begeisterung angenommen. Vasha und Basha zeigten voller Vorfreude ihre Zähne, während Imran und Tini einander vielsagende Blicke zuwarfen und ihre Klingen zückten. Minn-O verharrte für ein paar Sekunden und starrte ins Nichts. Anscheinend bewegte sie ihre Minikarte und passte die Skala an, um den richtigen Radius zu finden. Dann teilte sie uns mit, dass wir zu spät waren.

„Sie sind bereits weg. Der Piratenabfangjäger hat gerade die Dockbucht verlassen."

Alle seufzten enttäuscht. Zu schade. Obwohl es vielleicht besser so war. Hier einzubrechen und sich ein Feuergefecht mit einer schwer bewaffneten Piratenbesatzung zu liefern, wäre jene Art von Schlagabtausch, den ich vermeiden wollte. Es würde auf beiden Seiten Verluste geben, und ich konnte auch nicht garantieren, dass meine Mannschaft siegreich aus so einem Scharmützel hervorginge. Ich musste etwas anderes versuchen, etwas weniger Brutales, etwas Unkomplizierteres. Einen Moment lang überlegte ich. Meine Soldaten hatten in der Zwischenzeit ihr Selbstvertrauen wieder gefunden und warteten nun geduldig auf die Entscheidung ihres Kommandanten.

„In Ordnung, wir werden uns aufteilen!" Ich erklärte ihnen meinen neuen Plan und legte dabei eine klare, zuversichtliche Stimmung an den Tag. „Ayni und

Uline, ihr geht zum Registrierungsschalter und stellt die Dokumente für unsere Crew zusammen. Imran geht als Wache mit euch. Ayni, ich möchte, dass du noch zwei weitere Dinge tust. Erstens: Finde heraus, ob es noch andere Raumschiffe auf der Basis gibt, die dem Buschigschattenrudel gehören. Zweitens: Ändere unsere Dockbucht in der Datenbank. Anstelle des Hangars 16-4 gib einfach irgendeinen anderen Platz an, vielleicht einen leeren. Warte! Mir ist gerade eine Idee gekommen. Es gibt wahrscheinlich Raumschiffe von reichen Weltraumhändlern auf der Basis oder sogar gut geschützte Armeeschiffe. Wähle irgendeines in der Datenbank, benennen seinen Besitzer in Nat um und ändere das Schiff in eine Fregatte der Klasse Tolili-Ukh X. Das gibt eine schöne Überraschung für das Buschigschattenrudel, falls sie versuchen, in unseren Hangar einzubrechen!"

Erst sah es so aus, als wollte die flauschige, orangefarbene Katze Einspruch erheben, aber am Ende sagte Ayni, sie würde tun, was ich befohlen hatte. Jetzt war Uline an der Reihe. Mir war wieder eingefallen, dass die Händlerin einmal gesagt hatte, ich könnte Geld an meinen Heimatplaneten schicken. Die Zeit war gekommen, das Wunder zu vollbringen, um das meine Fraktion gebeten hatte. Wenn plötzlich eine Million Kristalle aus dem Weltraum fiel, ganz unerwartet und ohne jede Vorwarnung, so konnte man das doch als ein Wunder bezeichnen. Gut, abzüglich der Transfergebühren vielleicht keine volle Million, aber auf jeden Fall eine riesige und sehr zeitnahe Finanzspritze!

Mir war zwar klar, dass wir auf Medu-Ro IV viel mehr kaufen konnten als meine Verbündeten im Raumhafen am unzivilisierten Rand der bekannten Galaxie, wo alle Importpreise mindestens dreimal höher waren. Aber in der Not fraß der Teufel bekanntlich Fliegen, wie das Sprichwort so schön sagte. Was nutzte mir ein tödliches Arsenal an Bord, wenn meine Fregatte zu spät zum Krieg mit dem Dunklen Bruch kam? Darauf lief schließlich alles hinaus. Wir würden es nie bis zum Beginn des Konflikts nach Hause schaffen. Wenn ich die Kristalle nicht jetzt schickte, riskierten wir, dass bei unserer Heimkehr bereits alles in Schutt und Asche gelegt war, falls wir im Kampf unterlagen. Zweitens brauchten sie das Geld nicht nur, um Waffen zu kaufen. Sie mussten Hunderte von NPC-Zentauren und Minotaurier bezahlen, und sie konnten die Kristalle außerdem mit der H6-Fraktion gegen Waren und Dienstleistungen tauschen oder einfach die Geckho-Fähre mieten. All diese Dinge kosteten Geld, und zwar nicht wenig. Und drittens wollte ich ihnen ja nur eine der zwei Millionen schicken. Ich würde die zweite benutzen, um hier einzukaufen, wo die Preise viel niedriger waren und ich viel mehr Auswahl hatte.

Ich erklärte Uline die Mission und bat sie, alle Details des Transfers auszuarbeiten, den spezifischen Zeitrahmen, Transfergebühren und alles andere. Der

Händlerin wurde sofort ernst und fragte mich, wohin ich all dieses Geld senden wollte. Das Handelsterminal im Raumhafen der Geckho? Möglich, dass das Terminal nicht genügend Kristalle zur Verfügung hatte, aber es war die einfachste und vertraulichste Option. Oder sollten sie an eine bestimmte Person weitergegeben werden? In diesem Fall würde es natürlich mehr kosten.

Ich überlegte lange und gründlich. Soweit ich wusste, hatten wir noch nicht herausgefunden, wie unsere geheimen Informationen zum Dunklen Bruch durchsickerten. Was, wenn sich die ärgerlichen Vorkommnisse vom letzten Mal wiederholten und uns die Kristalle aus dem Raumhafenautomaten direkt vor der Nase gestohlen wurden? Natürlich war es bitter, noch mehr bezahlen zu müssen, aber im Moment zählten Zuverlässigkeit und eine schnelle Lieferung am meisten. Die Human-3-Fraktion musste die Summe, die immer noch hoch genug sein würde, unbedingt erhalten, und zwar so schnell wie möglich. Und vor allem musste sie vor dem Ende des Waffenstillstands mit dem Dunklen Bruch ankommen, damit genug Zeit blieb, um damit Waffen und Verteidigungsgüter kaufen zu können.

Also entschied ich mich für die Option eines Transfers durch einen Mittelsmann. Ich schlug Uline vor, den Transfer über den offiziellen Geckho-Diplomaten Kosta Dykhsh durchzuführen. Natürlich würde auch das Fellknäuel nichts gegen eine kleine

Provision haben. Wahrscheinlich würde ein weiterer Teil der Million in seine Taschen fließen, aber es war die zuverlässigste Methode, die mir einfiel. Uline versprach, diese Informationen für mich einzuholen und mir zu sagen, wann ich die Überweisung vornehmen konnte.

„Großartig! Ihr drei wartet dann direkt neben dem Registrierungsschalter auf mich. Ich zeige dem Ingenieur schnell das Raumschiff. Mich würde seine professionelle Meinung über die Modernisierung des Schiffes interessieren. Dann erstellen wir eine Einkaufsliste und kommen zu euch.“

EDUARD BOYKO WAR zutiefst beleidigt. „Wie konntest du ohne mich gegen Piraten kämpfen? Ich bin praktisch der einzige Kampfcharakter in der ganzen Crew, und du verbannst mich auf die Ersatzbank! Nicht einmal schießen durfte ich! Das ist ungerecht!“

Ich verstand Eduards Enttäuschung voll und ganz. Er hatte eine ziemlich interessante Auseinandersetzung verpasst. Aber mich einem Untergebenen zu erklären, war nicht mein Stil. Schon gar nicht wollte ich mich rechtfertigen. Ich hatte mich so verhalten, wie ich es angesichts unseres Zeitlimits für angemessen hielt. Und die Belustigung meiner Crew war ganz sicher nicht meine allerhöchste

Priorität. Außerdem hatte ich jetzt Wichtigeres zu tun, als einen frustrierten Soldaten zu bespaßen. Ich musste so schnell wie möglich entscheiden, was ich mit meiner modularen Fregatte machen wollte, damit der Ingenieur ihre Abmessungen und Masse berechnen konnte. Dann konnte er bestimmen, wie groß ein Triebwerk sein musste, und die Parameter für alle Steuerraketen errechnen. Erst danach konnte er eine vollständige Einkaufsliste vorlegen.

„Wir brauchen auch einen geräumigen Frachtraum, der groß genug ist, um eine automatisierte Mineralgewinnungsanlage und mindestens einen automatischen Lader zu transportieren, besser zwei. Darüber hinaus sollte das Raumschiff nicht nur auf Asteroiden mit praktisch keiner Schwerkraft, sondern auch auf relativ massiven Planeten mit dichter Atmosphäre landen können. Und natürlich muss es von solchen Planeten aus auch wieder starten können …"

Orun Va-Mart sah von seinem Palmtop auf und wollte wissen, was denn die genaue Masse und die Dichte der Atmosphäre dieser Planeten wäre, die anzufliegen ich im Sinn hatte.

„1 G Gravitation und ein Oberflächenluftdruck von etwa 100.000 Pascal, eine Luftdichte von 29 auf der Wasserstoffskala", sagte ich und gab damit die Parameter meiner Heimat Erde an, in der Hoffnung, dass das Spiel alle Einheiten so übersetzen würde, dass der Miyelonier mich verstand.

Der Ingenieur wusste tatsächlich sofort Bescheid. Als Nächstes fragte er, was ich mir in Bezug auf Konfiguration und Zweck vorstellte.

„Die Fregatte muss eine Waffe haben, die gegebenenfalls Piratenabfangjäger abschreckt. Darüber hinaus wäre es wünschenswert, aus der Umlaufbahn auf terrestrische Ziele auf genau der Art von Planeten feuern zu können, die ich gerade beschrieben habe."

Der Ingenieur notierte alles, runzelte dann skeptisch die Stirn, machte einige Berechnungen und fragte, ob ich in der Lage sein wollte, Elektronik und Triebwerke auf anderen Raumschiffen zu blockieren.

„Wozu?" Ich verstand seine Frage nicht ganz.

Orun Va-Mart erklärte geduldig, dass ich einen typischen Piraten-Fregattenangreifer beschrieb, der für den Angriff auf Mineralienkolonien auf Asteroiden und schlecht verteidigte Siedlungen von Außerirdischen auf bewohnbaren Planeten konzipiert war. Alles, was fehlte, war ein erweiterter Laderaum für ein Boarding-Landeteam, ein Geschützturm-Zielsystem und eine Einheit zum Stören von Elektronik und Triebwerken.

„Es gibt gängige Piratenkonfigurationen der modularen Fregatte Tolili-Ukh X, etwa diese hier", sagte der Ingenieur weiter zu mir und zeigte mir seinen Tabletbildschirm. „Hier ist die Konfiguration ‚Pack Hunter' für die Arbeit im Team. Hier ist die Konfiguration ‚Lone Raider', diese verfügt über eine bessere Rüstung und mehr Waffen. Hier die ‚Cloaked

Pirate'. Sie hat einen unsichtbaren Schild, um sich dahinter zu verstecken."

Während er die verschiedenen Optionen aufzählte, hatte Orun Va-Mart offenbar keine Zweifel daran, wofür sein Kapitän die Fregatte benutzen wollte. Ich war sogar etwas verlegen, denn ich hatte ja gar nichts Kriminelles im Sinn. Ohne ernsthafte Gedankenkontrolle würde ich allerdings nicht in der Lage sein, mein neues Crewmitglied vom Gegenteil zu überzeugen. Ich versuchte gar nicht erst, irgendetwas zu beweisen, sondern sah mir schweigend die verschiedenen Optionen genauer an. Nach eingehender Prüfung der Konfigurationen entschied ich mich, „Lone Raider" als Basis zu nehmen, aber ein paar Änderungen vorzunehmen.

„Ich brauche dringend eine gute Scan-Ausrüstung, denn mein Plan ist es, nach wertvollen Mineralien zu suchen. Was das elektronische Störsystem und die Waffen betrifft, so bin ich mir nicht ganz sicher. Aber behalten wir sie doch sicherheitshalber. Ich habe nicht vor, Handelsschiffe zu jagen, aber bei einer gefährlichen Begegnung mit Feinden im All sind sie sicher nützlich. In diesem Fall müssen wir in der Lage sein, uns zu behaupten. Und idealerweise auch zu verhindern, dass angeschossene Feindesschiffe sich davonmachen. Aber was das erweiterte Modul für ein Enter-Kommando betrifft, da sehe ich keinen Bedarf. Vergrößern wir besser das Volumen des Frachtraums und legen uns weitere

Waffen zu."

„Verstanden, Gerd Captain", antwortete der Ingenieur in einem professionellen Ton. Er hatte eindeutig viel Erfahrung mit solchen Angelegenheiten. Er nahm die Anpassungen am Design vor und startete ein Programm, um zu berechnen, ob alles kompatibel war. „Mhm. Also, Gerd Captain, wir können ein solches Schiff zusammenbauen, aber es wird alles von einem guten Triebwerk abhängen. 2.100 Leistungseinheiten, besser noch 2.500, müssen wir auf jeden Fall schaffen. Im Moment haben wir", sagte der Miyelonier nachdenklich, „nur 711 Leistungseinheiten." Das Entsetzen über den minderwertigen Krempel auf meiner Fregatte stand dem Ingenieur ins Gesicht geschrieben. „Ich weiß nicht mal, auf welchem Schrottplatz du diese Antiquität gefunden hast."

„Zuerst brauchen wir ein gutes Triebwerk", wiederholte ich, mehr zu mir selbst, doch der Ingenieur bestätigte das eifrig.

„Ganz genau! Das ist der allererste Schritt. Ohne den können wir die Steuerraketen nicht wechseln oder Kampftürme installieren, die ohnehin jede Menge Energie verschlingen. Von einer Stabilisatorverschalung für den Atmosphärenflug einmal ganz zu schweigen. Gerd Captain, 2.100 Leistungseinheiten sind das absolute Minimum. Ohne wird sich die Fregatte nicht starten lassen. Ein wenig mehr wäre schön, damit wir im Zweifel auch mehr Gewicht zulegen können. Ich würde mir 2.500 oder sogar 3.000 Leistungseinheiten wünschen, aber das treibt den Preis natürlich exponentiell in die Höhe. Gerd Captain, schau dir die Eckdaten zum finanziellen Teil selbst an."

Ich nickte. Dann fragte ich den miyelonischen Ingenieur, was wir sofort bestellen und relativ schnell installieren könnten, da wir die Basis in anderthalb Tagen verlassen mussten.

„Mhm. Wir können jetzt alles auf meiner Liste bestellen. Wir können die Bestellung auch auf eine friedlichere Basis liefern lassen. Kampftürme lassen sich rasch einbauen. Aber vorher brauchen wir Stabilisatoren ... vielleicht den Hyper?"

Ich schlug dem Ingenieur sofort vor, einen neuen Hyperantrieb zu suchen. Der, den wir jetzt hatten, war völliger Müll. Die Mechaniker auf der Geckhobasis waren nicht müde geworden, mich auf diese Tatsache hinzuweisen.

„Das ist wahr", bestätigte der pelzige Ingenieur und rümpfte die Nase. „Es war mir einfach zu peinlich, es dir zu sagen, Gerd Captain. Aber eine Hypersprung-Distanz von 0,83 ist im Grunde gar nichts. Niemand kommt mit unter 0,5 weiter als 100 Tong. Die Stationen sind entsprechend diesem minimalen Hypersprungdistanzwert angeordnet. Wenn du einen neuen Hyperantrieb bestellst, suche am besten nach einem meleyephatianischen, damit wir keine Zeit mit Konvertieren und Transformatoren verschwenden müssen. Aber das ist kein großes Ding. Bestelle also ein neues Triebwerk und einen Hyper, ich baue die alten Teile aus und bereite alles für die neuen vor. Wenn die neuen Teile ankommen, brauche ich eine halbe Ummi, um sie zu installieren, dann können wir endlich von dieser Basis verschwinden. Ich habe es hier verdammt noch mal satt!"

Kapitel 27

Des Feindes Feind

„ALS NÄCHSTES KOMMEN wir in einen riesigen Saal mit Statuen, Springbrunnen mit rosa Wasser und anderen fantastischen Kunstwerken. Das ist der Lieblingsplatz der Taschendiebe. Hier lauern sie nichtsahnenden Touristen auf", sagte ich und zeigte auf Tini. Mein Schützling bestätigte das mit einem frechen Grinsen. „Also vollste Konzentration hier, bitte. Achtet auf eure Taschen und trödelt nicht rum! Wir gehen geradeaus, ohne anzuhalten, biegen rechts in einen Flur ein und dann schnurstracks ins Casino."

„Das Casino?", fragte Eduard verwundert. „Aber Nat, ich dachte, wir wären geschäftlich hier!"

Ich biss die Zähne zusammen und sagte nichts. Zum zehnten Mal auf diesem kurzen Ausflug bedauerte ich, dass ich nicht den wortkargen Imran anstelle von Eduard Boyko mitgenommen hatte. Leider hatte unser

Weltraumkommandant viel Mühe, sein ständiges Erstaunen und seine Freude über die Wunder der Raumbasis zu verbergen. Er kommentierte alles, was er sah, und klang dabei wie eine schlechte Talkshow im Vorabendprogramm. Noch schlimmer als sein laufender Kommentar waren seine Ratschläge.

„Nun, wir gehen geschäftlich ins Casino", antwortete ich schließlich trotzdem. „Ich treffe mich mit seinem Besitzer, der Anführerin des Flinkpfotenrudels. Sie ist der Grund, warum wir überhaupt hier sind."

Dann schwieg ich, denn die Türen glitten zur Seite und offenbarten das Wunder, das ich gerade beschrieben hatte. Die hinteren Wände der riesigen, hellen Halle verloren sich im feinen Nebel und Rauch des Raumes. Es gab helle, bunte Lampen, unzählige Statuen und Brunnen, aus denen nicht nur Wasser, sondern auch Melodien sprudelten. Und zwischen diesen prachtvollen Statuen und Brunnen lief so ziemlich jedes galaktische Wesen herum, das man sich vorstellen konnte, eine schiere Flut an Kreaturen mit den unglaublichsten Körperformen und Farben. Beinahe jeder, der den Raum zum ersten Mal betrat, konnte nicht anders als zu gaffen und unachtsam zu werden.

Adlerauge-Skill auf Level 70 erhöht!

Tini, der zwei scheinbar in ein friedliches Gespräch vertiefte Miyelonier beobachtet hatte, die sich jetzt in unsere Richtung bewegten, fauchte plötzlich wie eine Katze, und seine Haare standen zu Berge, was ihn doppelt so groß aussehen ließ. Es war tatsächlich ein seltsames Paar, das da auf uns zu spazierte. Weder Namen noch Berufe schienen über ihnen auf. Sie sahen nicht gerade nach Weltraumreisenden oder Touristen aus. Da drehten die Miyelonier ohne ein Wort zu sagen ab, entfernten sich wieder von uns und hielten auf einen trillianischen Kaufmann zu, der in aller Ruhe umherkroch und Fotos machte.

„Das waren alte Rudelbekannte", erklärte das Kätzchen. „Ich war mal mit ihnen in der gleichen Taschendiebsbande. Gerd Nat, wäre es nicht besser, deine Beschützer zu rufen? Ich bin sicher, dass ein Wort von Leng Amiru U-Mayaoo ausreichen würde, damit sich das Buschigschattenrudel bei dir entschuldigt und das Kopfgeld zurückzieht!"

Ich tätschelte meinem Kätzchen liebevoll den weichen Kopf und antwortete, dass ich für seinen Rat dankbar wäre und ihm definitiv irgendwann Folge leisten würde, aber ich noch keinen guten Grund sähe, eine so einflussreiche Miyelonierin zu belästigen. Tatsächlich aber wollte ich weder in der Schuld der Großen Priesterin noch eines anderen einflussreichen Miyeloniers stehen. Wenn ich um Hilfe bat, bedeutete das schließlich, dass sie mich eines Tages bitten könnten, ihnen im Gegenzug einen Gefallen zu erweisen.

Wir schafften es ohne Zwischenfälle durch die

große Halle und standen bald vor dem Casino. Wie üblich befand sich eine Gruppe zwielichtiger Gestalten in der Nähe des Eingangs. Ich zeigte sie meinen Freunden.

„Ich werde euch nicht verbieten, ein wenig zu spielen. Ihr seid keine kleinen Jungen, und ich bin nicht euer Kindermädchen. Aber lasst mich euch warnen. Gegen diese Typen da verliert ihr garantiert, wenn ihr an einem Spieltisch sitzt."

Psionik-Skill auf Level 72 erhöht!
Mentale Stärke auf Level 52 erhöht!

„Wollte ich sowieso nicht unbedingt", murmelte Eduard und beäugte die lokalen Betrüger skeptisch.

Die anderen Besatzungsmitglieder stimmten ihm zu. Sie waren nur zum Casino gekommen, um ihren Kapitän zu begleiten, und sie wollten ihr Geld nicht aufs Spiel setzen. Großartig! Genau wie erhofft. Ich hatte schon genug Sorgen, da wollte ich nicht auch noch ein verarmtes Crewmitglied aus dem Casino zerren.

„Gehen wir rein!" Eng beisammen pressten wir uns durch die Türen, die einladend zur Seite rutschten.

Wie bei all meinen vergangenen Besuchen stieg mir sofort ein hartnäckiger, duftender Rauch in die Nase. Meine Augen gewöhnten sich nur langsam an die flackernden, bunten Glühbirnen, und der tosende Lärm war beinahe zu viel für meine Ohren. Wahrscheinlich hatten sich die größten Architekten,

Psychologen und Glücksspiel-Spezialisten der Galaxis zusammen ans Reißbrett gesetzt, um die Atmosphäre in diesem kosmischen Casino zu schaffen. Es löste bei Besuchern aller Rassen leichte Orientierungslosigkeit, Rücksichtslosigkeit, Entspannung und ein Gefühl von leichtfertiger Zufriedenheit aus. Die Geckho meines Teams bleckten die Zähne und brummten glücklich. Aynis Pupillen verengten sich, und ein glückseliges Lächeln kroch auf die Gesichter von Minn-O und Eduard.

Mentale Stärke auf Level 53 erhöht!

Konnte das sein? War hier eine Art Hypnose oder Gedankenkontrolle im Gange? Oder war es nur meine psionische Verteidigung, die auf die Atmosphäre im Casino reagierte? Ich schüttelte alle Gefühle ab und konzentrierte mich. Doch kaum war ich zur Besinnung gekommen, schleppte mich eine Gruppe bis an die Zähne bewaffneter Sicherheitskräfte an einen freien Na-Tikh-U-Tisch.

„Gerd Nat, bitte komm mit uns. Unsere Chefin erwartet dich schon seit einiger Zeit."

Sieh einer an! Ganz so überraschend kam das dann aber doch nicht. Die Besitzerin des örtlichen Casinos war wahrscheinlich von der Großen Priesterin vorgewarnt worden und erwartete mich. Es gab wohl keine bessere Deckung für die Übergabe einer wertvollen Trophäe gegen Bargeld als eine undurchsichtige Glücksspielkuppel. Also gut, warum nicht? Mehr mit Gesten als verbal verwies ich meine

Begleiter an einen freien Tisch im zweiten Stock der Tribüne, dann zeigte ich auf die Bar und den Schwarm miyelonischer Barkeeper.

„Ihr seid erwachsen, ihr könnt selbst entscheiden. Ayni, bitte übersetze, wenn jemand Fragen hat. Und, Tini, ich warne dich. Letztes Mal hast du dich benommen wie ein Schwein und dich bewusstlos gesoffen. Vielleicht hast du dich diesmal etwas besser unter Kontrolle!"

Nun, da meine Crew wusste, was ich von ihnen erwartete, folgte ich den Wachen und setzte mich auf den Boden neben einem kleinen, runden Tisch. Mir gegenüber türmten sich bereits jede Menge Jetons für meinen Gegner. Ich versuchte, zu schätzen, wie viel diese Türmchen wert waren. Diese vier schwarzen waren 1.000, diese 300, diese 500 wert ... 60.000 Krypto? Das war ganz schön viel. 420.000 Geckho-Kristalle! Und ich hatte keine Zweifel daran, dass diese Jetons nicht nur Deko für ein Geschäftstreffen waren. Das war ein Wetteinsatz, und von mir wurde erwartet, genauso viel zu setzen. Scheinbar irritiert von ihrer Niederlage beim letzten Mal, hatte die Casinobesitzerin beschlossen, eine Revanche um den gleichen Betrag zu spielen, den sie verloren hatte.

Da war sie auch schon, die Anführerin des Flinkpfotenrudels. Begleitet von einer Gruppe aufmerksamer Leibwächter kam die kleine, miyelonische Dame, von Kopf bis Fuß in ein wallendes, weißes Gewand gekleidet, in die Spielhalle. Diesmal waren die smaragdgrünen Augen der Rudelsführerin hinter einer verspiegelten Maske versteckt. Sie hatte ihre Lektion beim letzten Mal gelernt. Sie fürchtete sich vor mir!

Die Dame winkte gebieterisch mit der Pfote, und die hochleveligen Soldaten, die sie begleiteten, machten sich aus dem Staub. Eine Sekunde später erschien das milchige Kraftfeld über uns. Es brach die Lichtstrahlen und schluckte jeden Ton.

„Nun, Gerd Nat, machen wir da weiter, wo wir aufgehört haben. Diesmal fängst du an", sagte meine Gegnerin, nahm mir gegenüber auf dem Boden Platz und startete den Zufallsgenerator, als wäre unsere letzte Runde vor anderthalb Wochen gerade erst zu Ende gegangen.

Ich nutzte die Gelegenheit und aktivierte die Scan-Funktion, um mehr über meine Spielpartnerin zu erfahren.

Miyelonierin. Level-178-Schwindler.

178! Sofort hatte ich noch mehr Respekt vor der Miyelonierin. Mir wurde auch schlagartig klar, warum die schwangere Katze ihre Klasse geheim hielt. Jeder, der gegen sie spielte, wäre aufgrund ihrer Berufsbezeichnung sofort auf der Hut. Der Bauch meiner Gegnerin war in den letzten anderthalb Wochen deutlich gewachsen. Wenn ich wollte, könnte ich ihr wahrscheinlich das Geschlecht ihrer beiden zukünftigen Kinder sagen. Natürlich tat ich das nicht, denn ich erinnerte mich an den Aberglauben der

Miyelonier, dass dieses Wissen eine Tragödie auslösen würde.

„Ich weiß ganz genau, warum du hier bist", brach die Rudelsführerin das Schweigen und platzierte gleichzeitig ihre Figuren auf dem dreidimensionalen holographischen Feld.

Ich atmete erleichtert auf. Umso besser! Ich hatte bereits befürchtet, dass meine Gegnerin nur eine Revanche wollte. Ich fackelte nicht lange. Die Miyelonierin wusste bereits, dass ich nicht gern um den heißen Brei herumredete, also legte ich den reinweißen, flauschigen Schwanz vor mir auf den Tisch. Da zuckte mein Gegenüber scharf zusammen und fauchte vor Angst. Also hatte die Casino-Besitzerin vielleicht doch nicht von der gefährlichen, seltenen Trophäe gewusst, die ich durch sie ihrer rechtmäßigen Besitzerin zurückgeben wollte.

„Woher hast du denn DAS?"

Gefahrensinn auf Level 45 erhöht!

Eine schreckliche Vorahnung durchdrang jede Faser meines Körpers. Ich bemerkte, wie ihre rechte Hand langsam, aber stetig unter ihre Robe glitt und dort höchstwahrscheinlich nach einer Waffe griff. Ich musste mich beeilen und ihr eine Erklärung abgeben, bevor all das in einem großen, tragischen Missverständnis endete.

„Ich habe es geschafft, den Schwanz der Großen Priesterin in die Finger zu bekommen, den die Killer-Morphähe abgeschnitten hat. Daraufhin habe ich mich mit Leng Amiru U-Mayaoo in Verbindung gesetzt, und sie hat mir vorgeschlagen, ihn ihr gegen eine Belohnung von einer Million Krypto zurückzugeben. Aber sie bat mich, dies im Geheimen und durch einen vertrauenswürdigen Mittelsmann zu erledigen. Sie nannte dich, Anführerin des Flinkpfotenrudels. Das war der Hauptgrund, warum ich zur Medu-Ro-IV-Basis gekommen bin."

Mein Gefahrensinn verflüchtigte sich sofort. Sie nahm ihre Hand von der Brust und starrte den weißen Schwanz, der im Licht des Kraftfeldes schimmerte, lange Zeit an. Schließlich fand die Anführerin des Flinkpfotenrudels ihre Sprache wieder.

„Ja, ich kenne die Inkarnation des Großen Ersten Weibchens natürlich. Leng Amiru U-Mayaoo hat meine zukünftigen Kinder gesegnet, als sie Medu-Ro IV besucht hat. Doch was für eine Überraschung, dass sie mich, die Anführerin eines Rudels von Betrügern und Dieben, als einen ‚vertrauenswürdige Mittelsmann' betrachtet. Ich muss zugeben, ich bin sehr geschmeichelt und werde das Vertrauen, das sie in mich gesetzt hat, nicht brechen. Natürlich werde ich die Bitte der Großen Priesterin erfüllen und dich für deine Arbeit kompensieren, Gerd Nat."

Autorität auf 49 erhöht!

Der blütenweiße Schwanz verschwand so schnell vom Tisch, dass ich trotz meiner hohen Wahrnehmung nur eine flüchtige Bewegung der Pfote der Miyelonierin gesehen hatte, die mit bloßem Auge kaum zu erkennen war. Meine Brieftasche vibrierte, und ich sah mir die eingehende Nachricht an. Die Überweisung einer Million Krypto. Endlich! Wie lange hatte ich auf diesen Moment gewartet! Ich hätte vor Freude Luftsprünge gemacht, aber die kühle, rationale Stimme meines Gegners holte mich wieder in die Realität zurück.

„Gerd Nat, du bist dran. Ich gebe zu, mir war nicht bewusst, warum du gekommen bist. Ich dachte, du wärst gekommen, um meinen Schutz zu erbitten, und die Jetons, die ich auf dem Tisch hatte, waren mein Preis dafür. Nun weiß ich, dass ich falsch lag, aber sobald ein Spiel begonnen hat, muss es beendet werden. So sind die Regeln. Du wirst auf jeden Fall unseren Schutz haben, aber wenn du mich schlagen kannst, ist er kostenlos.“

Ich lachte laut und entschloss mich dann, ehrlich mit ihr zu sein. „Denkst du, ich kann eine professionelle Spielerin besiegen, die 106 Level weiter ist als ich und deren Finger mit Intelligenzringen beladen sind? Du versuchst entweder, mir zu schmeicheln, oder du lügst! Diesen Ring kenne ich übrigens. Intelligenz +3. Der trillianische Kaufmann Ussh-Veesh hat versprochen, ihn für mich aufzubewahren. Ich schätze, er hat sein Wort nicht gehalten.“

Die Miyelonierin ignorierte, was ich über ihr Level gesagt hatte, und legte ganz unglücklich die Stirn in Falten. „Gerd Nat, bitte keine falschen

Anschuldigungen gegen einen ehrbaren Händler! Ich hätte diesen seltenen Ring nie kaufen können, egal, wie ich auch versucht habe, Gerd Ussh-Veesh davon überzeugen. Ich musste ihn anflehen, ihn für ein einziges Spiel ausleihen zu dürfen."

Meine Gegnerin hatte sich also so ernsthaft auf unser Treffen vorbereitet? Die Niederlage gegen mich musste also wirklich geschmerzt haben. Ich erkannte schnell, wie sinnlos es war, weiter mit der Casinobesitzerin zu diskutieren, und begann das Spiel. Ich würfelte und bewegte meine Raumschiffe auf dem dreidimensionalen Brett. Jetzt, während ich spielte, fragte ich sie, vor wem sie mich ihrer Meinung nach beschützen sollte. Vor den Piraten des Buschigschattenrudels?

„Vor wem denn sonst?", schnaubte die Miyelonierin überrascht. „So ziemlich jeder hier auf Medu-Ro IV, der nicht blind und taub ist, weiß jetzt von eurer Auseinandersetzung."

„Ach, welche Auseinandersetzung denn?" Ich winkte ab, als wäre alles reiner Unsinn. „Es ist nur so, dass der junge Captain Rikki mir ein paar gefälschte Kristalle untergejubelt hat, anstatt fair zu bezahlen. Und ich bin hierhergeflogen, um dafür zu sorgen, dass er mich entschädigt. Das ist im Grunde genommen alles."

„Also wirklich, Gerd Nat. Mach dir doch nichts vor", brummte sie und schüttelte den Kopf, während sie geschickt meiner ersten Reihe von Schiffen den Weg abschnitt und sie damit einem schnellen Tod weihte. „Der Status eines ‚gefährlichen Piraten' wird einem nicht leichtfertig verliehen. Diese zweifelhafte Ehre wird nicht jedem so schnell zuteil. Soweit ich weiß, muss man mindestens zwei Raumschiffe kapern und ausrauben, dann können Spieler, denen der Pirat Unrecht getan hat, ein Kopfgeld auf ihn aussetzen. Gerd Nat, willst du damit sagen, dass du das nicht getan hast?"

Zwei Raumschiffe kapern? Wann sollte ich das bitte getan haben? Es sei denn, die Spielalgorithmen zählten auch die Raumschlacht, als ich mithilfe der Morphähe Rikkis Abfangjäger in meine Gewalt gebracht hatte. Wahrscheinlich kam dann noch die meleyephatianische Fregatte vom Planetoiden hinzu. Außerdem hatte das Spiel möglicherweise auch die Tatsache berücksichtigt, dass eben dieser Abfangjäger nach der Schlacht zunächst an Uraz Tukhsh gegangen war, ich ihn mir dann aber wieder zurückholen konnte. War es so zugegangen? Oder war an meinem Piratenstatus nur unser jüngstes Scharmützel im Hangar schuld, als ich dem Piratenkapitän die Schlüssel zu seinem Raumschiff abgenommen und sein Schiff dadurch rein theoretisch gekapert hatte, wenn auch sehr kurz? Es gab viele plausible Möglichkeiten. Also waren es nicht nur zwei, sondern drei oder vielleicht sogar vier Fälle von „Piraterie". Es war nicht fair, einen ehrlichen Menschen für solche unerheblichen Vorfälle zu einem gesuchten Straftäter zu machen!

Dennoch musste ich zugeben, dass ich mindestens zwei Raumschiffe und vielleicht sogar mehr gekapert hatte. Wenn auch nur zufällig. Dabei hatte ich nie Pirat werden wollen.

Die Miyelonierin war sichtlich amüsiert. „Also hast du aus Versehen ein- bis viermal ein Raumschiff gestohlen. So eine Geschichte kommt einem aber auch nicht alle Tage unter. Nun, so seltsam sie auch klingt, ich glaube dir, Mensch. Meinst du, ich hätte mein ganzes Leben lang davon geträumt, ein Schwindler und Profispieler zu werden? Ob du es glaubt oder nicht, ich war einmal ein gesetzestreuer Bürger. Ich habe davon geträumt, fantastische Wolkenkratzer und unvorstellbare Bögen und Brücken zu bauen, die über jeden Abgrund zu schweben scheinen. Aber eines Tages musste ich einem Typen ein wenig Vernunft einbläuen, dann dem nächsten Esel eine Lektion erteilen … Es fiel mir kaum auf, dass ich ein Schwindler wurde, es war ein Unfall, genau wie bei dir.“

Mir gelang ein taktisch großartiger Spielzug, indem ich ihre schwere Flotte in ein Minenfeld trieb und sie ernsthaft beschädigte. Die Besitzerin des Weltraumcasinos äußerte sich positiv über meine Fähigkeiten.

„Du machst das hervorragend, Gerd Nat! Deutlich besser als beim letzten Mal. 25 oder 30 Jahre harte Ausbildung, und dann kannst du mich vielleicht sogar ab und zu schlagen. Aber nicht heute!"

In nur zwei Zügen war meine Verteidigung gebrochen. Mein Erfolg mit dem Minenfeld war nur ein Täuschungsmanöver gewesen, das es meiner Gegnerin erlaubt hatte, meine Streitkräfte vom eigentlich kritischen Punkt abzuziehen und zu gewinnen. Hmm. Es würde viel Übung brauchen, um auch nur halb so gut spielen zu können.

„Du schuldest mir 60.000 Krypto", erinnerte die Rudelsführerin mich und streckte ihren schmerzenden Rücken und ihre Arme. „Doch da wir schon dabei sind, Gerd Nat, ich möchte dir die Chance geben, das zurückzuverdienen, vielleicht sogar noch mehr. Interessiert?"

Der Verlust von 60.000 Krypto ärgerte mich, obwohl ich versuchte, es zu verbergen. Ich war allerdings daran interessiert, mein Geld zurückzubekommen.

Die Miyelonierin überprüfte zuerst, ob ich ihr die gesamte Summe gegeben hatte, und fuhr dann fort. „Ein Casino auf einer Weltraumbasis zu besitzen, ist natürlich schön. Es ergibt ein stabiles Einkommen. Aber es ist nicht genug. Ich und mein Flinkpfotenrudel müssen uns weiterentwickeln. Gerd Nat, du weißt bestimmt bereits, dass ich ein gewisses Interesse an der Edelmetallbranche habe. Ich habe schnelle Schiffe und erfahrene Kapitäne. Aber leider wird dieser Bereich vom Buschigschattenrudel dominiert, und es wird sehr schwierig, sie zu verdrängen. Ich möchte keinen offenen Konflikt mit abgebrühten Piraten, aber ich sehe hier eine Chance, einen Konkurrenten zu schwächen. Bisher wusste ich nicht, wie ich an die Sache herangehen sollte. Und dann bist du aufgetaucht, ein Freier Kapitän mit dem gleichen Feind. Und der Feind eines Feindes ist im Grunde genommen ein Freund, nicht wahr?"

Auch ich hielt viel von dieser möglichen Allianz, bat die Rudelsführerin aber, mir ehrlich zu sagen, was sie wollte.

„Du weißt wahrscheinlich, Gerd Nat, dass sich die Hauptstreitkräfte des Buschigschattenrudels im Moment nicht auf Medu-Ro IV befinden. Sie sind nicht einmal in diesem Sonnensystem. Mir liegen nicht alle Details vor, aber meine Informanten sagen mir, dass sie auf einer ‚großen Jagd' nach einem Frachtschiff sind, das Erz aus einer Goldmine transportiert. Das Buschigschattenrudel hat nicht mehr als 15 Soldaten auf der Basis, und sie sind alle damit beschäftigt, ihre wertvollen Edelmetalllager zu bewachen. Mein Rudel hat die Streitkräfte, um sie zu erledigen, aber das Problem ist, dass die Wächter im Tresorraum eingesperrt sind und die Tür nicht öffnen werden. Und hier kommst du ins Spiel!"

„Du willst, dass ich die gepanzerte Tür öffne? Aber könnte das ein hochleveliger Dieb nicht viel besser als ich?" Ich verstand nicht ganz, was sie von mir wollte.

„Sie würden den Dieb bemerken und töten, aber

man könnte sie dazu bringen, die Tür zu öffnen", fuhr die hochlevelige Schwindlerin fort. „Du könntest einfach offen in den von ihnen bewachten Korridor gehen und behaupten, dass du mit jemand Wichtigem reden willst. Sag ihnen, dass du Frieden mit dem Buschigschattenrudel schließen willst und bereit bist, sie großzügig dafür zu entlohnen, wenn sie dich von ihrer Feindesliste streichen. Wahrscheinlich weiß jedes Mitglied des Buschigschattenrudels bereits von eurem Konflikt, also werden sie nicht überrascht sein."

Nun gut ... Das hörte sich alles plausibel an. An der Stelle der Wachen wäre ich auch nicht überrascht, Nat zu sehen. Schließlich wollte niemand der Feind eines Piratenrudels sein, sondern würden wohl lieber ihren Tribut zahlen und die Sache hinter sich bringen wollen.

Die Miyelonierin fuhr fort. „Die Wachen haben nicht wirklich die Autorität, jemanden von der Liste der Rudelsfeinde zu entfernen oder jemanden hinzuzufügen, aber sie werden wahrscheinlich denken, dass du ein naiver, reicher Kerl bist, den sie ausrauben können, also werden sie das versuchen. Sie werden vorschlagen, dass du ihnen verschiedene Mengen an Krypto ‚als Entschädigung' überweist. Aber du wirst dich weigern und darauf hinweisen, dass du nur Geckho-Kristalle hast. So bringen wir die Wachen dazu, die Tür zu öffnen. Sie werden überzeugt sein, dass du keine Bedrohung darstellst. Und die Gier siegt immer. Sobald sich die Türen öffnen, ist dein Job erledigt. Meine verhüllten Soldaten werden sich einschleichen und die gepanzerte Tür blockieren, dann können meine Angriffstruppen den Tresor stürmen und die Drecksarbeit erledigen."

Gefahrensinn auf Level 46 erhöht!

Nachdenklich ließ ich meinen Blick über die Systemnachricht gleiten. Auch ohne sie war mir durchaus bewusst, dass mir gerade die Rolle des Sündenbocks angeboten wurde und mich der geballte Zorn des Piratenrudels treffen würde. Darauf würde es wahrscheinlich hinauslaufen, schließlich würde jeder einzelne Angreifer des Flinkpfotenrudels versuchen, seine Identität zu wahren. Die einzige deutlich identifizierbare Person wäre ich, also würden sie hinter mir her sein, um ihr Geld zurückzubekommen. Nein, danke.

Allerdings war ich einem profitablen Unterfangen nie abgeneigt, nur weil es vielleicht ein wenig gefährlich war. Zuerst bat ich die Miyelonierin, mir zu sagen, was denn für mich dabei herausspränge, wenn ich mich selbst zum Rudelsfeind Nummer eins einer gefährlichen Piratenbande machte.

„100.000 Krypto sofort als Anzahlung und alles, was du tragen kannst, aus dem Tresor! Nun, und mein Rudel wird dich hier auf Medu-Ro IV vor dem Buschigschattenrudel beschützen. Und zwar, sagen wir, drei Tage lang. Meine Jungs werden wie einfache Söldner aussehen, die mit dem Geld angeheuert wurden, das du aus dem Tresorraum mitgenommen hast. Die Verstrickung des Flinkpfotenrudels in den Diebstahl wird also unbemerkt bleiben."

Wow, also hielt sie mich tatsächlich für einen so kapitalen Vollidioten. Wer sonst würde ein solches Angebot annehmen? Was waren 100.000 Krypto schon wert, verglichen mit der Million und dem ganzen Kleingeld, das ich bereits in meiner Brieftasche hatte? Das war praktisch gar nichts. Stattdessen würde die Geschichte noch viel mehr Probleme verursachen, als ich ohnehin schon hatte, und mir das Leben zur Hölle machen. Und wie viel könnte ich denn schon aus dem Tresorraum schleppen? Nats maximale Tragfähigkeit, bevor die Bewegungsgeschwindigkeit zu leiden begann, betrug 28 Kilogramm, von denen Rüstungen und Waffen bereits fast zehn Kilogramm einnahmen. Aber selbst, wenn ich splitterfasernackt aufkreuzte, 28 Kilogramm Platin, das waren … Ich nahm einen Taschenrechner heraus und errechnete, dass das umgerechnet genau 60.000 Krypto wären, also exakt der Betrag, den die Rudelsanführerin mir gerade für meinen „Schutz" abgenommen hatte. Das konnte nicht ihr Ernst sein!

Aber wie immer gab es zumindest einen Funken der Rationalität in diesem Plan. Rund um diesen Funken müssten wir allerdings einige gravierende Änderungen vornehmen, damit ich zufrieden war. Beispielsweise müsste die wertvolle Beute aus dem Tresorraum von einem der beiden Geckho-Brüder getragen werden können, Vasha oder Basha, vielleicht sogar von beiden. In der Exoskelett-Rüstung konnte jeder der Lader gut 300 Kilogramm tragen, und das ergab eine ganz andere Summe. Für diese Menge Geld wäre das Risiko gerechtfertigt. Und dann, in anderthalb Tagen, würde ich die Basis in meinem aufgemotzten Raumschiff verlassen. Jeder Versuch, mich zu verfolgen, wäre erfolglos.

Ein gewisses Risiko blieb natürlich immer. Captain Rikki Pan-Miis aus dem Buschigschattenrudel wusste, wo sich meine Fraktion befand. Allerdings bezweifelte ich, dass die Piraten es riskieren würden, sich in die exklusive Wirtschaftszone der Geckho zu schleichen, nur, um von meiner Fraktion die Rückgabe gestohlenen Metalls zu verlangen. Schwere Schiffe würden nicht unbemerkt eindringen können. Tarnkappenflieger oder flinke Abfangjäger? Ich malte mir die Reaktion von Ivan Lozovsky oder einem der Legionäre auf die Forderungen der Piraten aus und lächelte. Sollten sie es doch versuchen! Am Ende würde meine Fraktion vielleicht sogar ihren eigenen Tarnkappenflieger oder Abfangjäger besitzen.

„Ein Vorschuss von einer Million Krypto", unterbreitete ich mein Gegenangebot. „Keine Sorge, ich werde nicht einfach mit deinem Geld davonfliegen. Mein Raumschiff hat derzeit weder Triebwerke noch Steuerraketen, das kannst du gern selbst überprüfen. Darüber hinaus werde ich nicht allein in den Tresorraum gehen. Es würde zu verdächtig aussehen, wenn ein gesuchter Kapitän ohne ein paar Leibwächter auf dieser gefährlichen Basis auftaucht. Zumindest würde ich sofort Verdacht schöpfen. Also bringe ich drei Soldaten mit, und wir nehmen aus dem Tresor so viel, wie wir vier tragen können. Und zu guter Letzt will ich drei Tage lang Schutz, aber nicht nur vor dem Buschigschattenrudel. Du wirst mich vor allen Feinden auf Medu-Ro IV beschützen. Was hindert das Buschigschattenrudel daran, Söldner zu bezahlen, um mich auszuschalten?"

Diesmal war es die Anführerin des Flinkpfotenrudels, die scharf nachdenken musste. Sie war eindeutig erschöpft vom vielen Herumsitzen, gab ein geplagtes Maunzen von sich und legte sich dann rücklings auf den Boden. Offensichtlich schmerzte die Wirbelsäule der schwangeren Miyelonierin. Ich wartete geduldig und still, um die Gedanken der Casino-Besitzerin nicht zu unterbrechen. Und meine Geduld wurde belohnt. Die Dame stützte sich mit ihren Pfoten ab, richtete sich keuchend auf und nahm plötzlich ihre Maske ab. Gleichzeitig erschien ein Name über ihrem Kopf:

Gerd Myaur-Za Vka. Miyelonierin. Flinkpfotenrudel. Level-178-Schwindler.

„In Ordnung, Gerd Nat, ich nehme deine Bedingungen an. Dein Gegenangebot beeindruckt mich. Es zeigt, dass du dir der Gefahr bewusst bist, alle Risiken abgewogen hast und die Sache mit einem kühlen Kopf angehen wirst. Ich bin froh, dass ich einen qualifizierten Mann für diese Aufgabe gefunden habe und hoffe auf eine lange, erfolgreiche Zusammenarbeit. Ich verrate meinen Namen nur wenigen, aber du hast dir die Ehre verdient!"

Autorität auf 50 erhöht!

Du hast Level 73 erreicht!

Du hast 3 Fähigkeitspunkte erhalten! (Gesamtpunktzahl: 9)

„Nun warte. Meine Soldaten müssen sich vorbereiten. Die Operation beginnt in einer halben Ummi. Und wenn du so freundlich wärst, diesen alten Ring zurück zum Händler Ussh-Veesh im dritten Stock der Tribüne zu bringen. Es ist beschwerlich für mich, mit diesem großen Bauch die steile Treppe hochzusteigen."

Kapitel 28

Ein gutes Geschäft

OHNE EINEN PROFESSIONELLEN Ingenieur konnte ich mich durch die unzähligen Modelle von Triebwerken und Steuerraketen im Katalog graben, soviel ich wollte, ich würde niemals die passenden Teile finden. Also schickte ich Tini aus, um unser neues Crewmitglied zu holen und ihn ins Casino zu bringen. Ich verbrachte über eine Stunde in einer isolierten VIP-Box allein mit Orun Va-Mart, und sah mir eine schier unendliche Liste mit Ersatzteilen an.

Uline Tar bestand zunächst darauf, angesichts der hohen Kaufsummen jede Neuanschaffung persönlich abzusegnen. Sie musste allerdings bald einsehen, dass das keinen Sinn ergab. Sie sprach kein Wort Miyelonisch und konnte die Eignung der einzelnen Teile nur anhand der Bilder abschätzen. Zuerst versuchte ich, für sie zu übersetzen, aber dann musste ich mir eingestehen, dass mein Fachvokabular in Geckho oder Miyelonisch nicht ausreichte. Und Uline weigerte sich, unsere Übersetzerin zu Rate zu ziehen, denn sie wollte vor Ayni keine Finanzgeheimnisse preisgeben. Also verließ meine Geckho-Freundin alsbald die VIP-Loge und schloss sich den anderen Crewmitgliedern an, die sich im Casino entspannten.

„Dieses Triebwerk da ist keine schlechte Option", sagte Orun Va-Mart und klopfte mit einer Kralle auf den Bildschirm. „Der Hersteller ist ein kleopisches Unternehmen, das billige, aber hochwertige Schiffsteile herstellt. Es hat meleyephatianische Eingänge, und es gibt 2.700 Leistungseinheiten Energie. Neu ist es allerdings nicht, und es gibt keine Garantie darauf. Die Seriennummer wurde ebenfalls gelöscht. Wahrscheinlich haben es Piraten von einem kaputten Schiff mitgehen lassen. Aber für nur 245.000 Krypto ist das ein echtes Schnäppchen. Verdächtig billig sogar ..."

„Wenn es dich misstrauisch macht, riskieren wir es besser nicht", sagte ich. Die Katze im Sack wollte ich nicht kaufen. „Ich bin mit einem etwas teureren Triebwerk einverstanden, wenn wir auch wirklich darauf zählen können. Wie viel würde dasselbe neu und mit Garantie kosten?"

Der Ingenieur blätterte weiter und zeigte auf den Bildschirm. „Hier ist ein neuer, frisch von einem meleyephatianischen Fließband. Kommt mit einer Fünf-Tong-Garantie. Und er ist hier auf Medu-Ro IV lagernd. Aber der Preis ist bitter, 880.000 Krypto."

Ich fluchte ungehalten. Fast 900.000 Krypto! Sechseinhalb Millionen Geckho-Kristalle. Das waren ja gesalzene Preise. Das würde mir zusammen mit dem guten Hyperantrieb für eine Million Krypto fast das letzte Hemd ausziehen. Immerhin hatte Uline es geschafft, 7 % Rabatt zu bekommen. Trotzdem hatte diese Anschaffung immer noch einen guten Teil unseres Gesamtbudgets verschlungen.

Das Raumschiff meiner Träume hätte einfach viel zu viel gekostet, und ich war nicht gewillt, so viel auszugeben. Wir hatten bereits fast unser gesamtes Budget und die eine Million Krypto Vorschuss verbraten. Und da waren aerodynamische Stabilisatorflügel, Manövertriebwerke oder ein größerer Laderaum noch nicht einberechnet, von Waffen ganz zu schweigen!

„Aber das sind 200 Leistungseinheiten mehr Output als die Modelle, die wir vorhin angesehen haben. Und 200 Leistungseinheiten bedeuten zwei weitere Lasertürme und einen guten Kampfverfolgungscomputer sowie hochwertige Nahraumscanner, also alles, was du wolltest. Klar wird es teuer. Aber stell dir vor, wie deine Autorität unter den örtlichen Piraten wachsen wird, wenn die Freien Kapitäne herausfinden, dass Gerd Nats Schiff das beste weit und breit ist!"

Das war ein gut gemeintes, aber vollkommen haltloses Argument. Ich hätte es vorgezogen, wenn die örtlichen Piraten solch intime Details über meine Fregatte nicht erfahren hätten. Im Idealfall würde niemand mein Schiff überhaupt bemerken. Ich sah auf die Uhr. Verdammt! Die geheime Operation im Tresor des feindlichen Rudels begann demnächst, und der Ingenieur und ich hatten uns immer noch nicht für ein Triebwerk entschieden. Dazu kam die Lieferzeit, dann würden wir das Ding noch installieren und kalibrieren müssen. All das nahm einen Haufen Zeit in Anspruch. Mit einem schweren Seufzer traf ich eine Entscheidung.

„In Ordnung, nehmen wir das hier. Ich schicke Uline zu dir. Lass sie mit dem Verkäufer sprechen, vielleicht kann sie ihn runterhandeln. Immerhin ist das ihr Beruf."

Ich erhob mich von der Bank und warf geschickt das leere Einwegglas, das meinen leichten, alkoholischen Cocktail enthalten hatte, in das kleine Feuer, das im Raum züngelte. Dann deaktivierte ich das Kraftfeld, das diesen kleinen Raum von der Tribüne trennte. Ich machte mich auf die Suche nach meiner Geschäftspartnerin, aber ich musste nicht weit gehen. Uline Tar stand nur ein paar Schritte entfernt, und sie war nicht allein. Sie sprach doch tatsächlich mit zwei Menschen, die ich schon einmal getroffen hatte und sofort erkannte.

Denni Marko. Mensch. Gilvar-Syndikat-Fraktion. Level-90-Bodyguard.

Valeri-Urla. Mensch. Tailax-Fraktion. Level-97-

Biestzähmer.

Da war es wieder, das mysteriöse außerirdische Mädchen mit diesen für einen normalen Menschen viel zu großen Augen. Solch unverhältnismäßig große Glubschaugen kannte ich nur aus dem japanischen Anime. Ihre Augen waren wirklich ungewöhnlich, was aber nicht heißen sollte, dass ich sie nicht attraktiv fand. Und neben ihr stand ihr kräftiger, muskulöser Gefährte, mit dem ich beim letzten Mal schon eine kleine Auseinandersetzung gehabt hatte.

Bei meinem vorherigen Besuch auf Medu-Ro IV war es mir nicht gelungen, ein normales Gespräch mit diesen mysteriösen Menschen zu führen. Sie faszinierten mich, weil sie eindeutig nicht von meiner Erde stammten, aber auch keine Mitglieder des Dunklen Bruchs waren. Ich hatte kaum ein paar missglückte Sätze mit ihnen gewechselt, da waren die Soldaten des Ersten Rudels aufgetaucht, um mich zum Verhör durch die Wahrheitssucher zu schleppen. Damals war mir vorgeworfen worden, die Große Priesterin der Miyelonier ermordet zu haben, und ein vernünftiges Gespräch war in dieser Situation nicht möglich gewesen.

„Gerd Nat, sieh mal", sagte Uline und zeigte mit einer pelzigen Pfote auf die beiden Menschen. „Sie haben unsere Stellenangebote gesehen und möchten sich unserer Crew anschließen! Ich kenne sie sogar bereits ein wenig. Sie haben ein paar Trips auf dem Shiamiru unter Captain Uraz Tukhsh gemacht. Denni

Marko ist ein sehr guter Schütze mit Schiffskanonen und will unser Gunner sein. Und er bittet um einen Job für seine Begleiterin. Er sagt, er will nicht ohne sie gehen. Sie sagen, dass sie bereits bei den Docks waren, aber die Adresse in der Anzeige führte zu einem leeren Hangar ... du weißt schon, Captain Nat. Du hast mich gebeten, das zu tun ..."

Autorität auf 49 reduziert!

„Nein. Wollen jetzt nicht mehr. Nicht wissen, dass Pirat ist Kapitän. Wir nicht Piraten", unterbrach der Bodyguard meine Freundin in holprigem, aber verständlichem Geckho, drehte sich dann abrupt um und wollte gehen.

„Warte, Denni!" Das dunkelhaarige, großäugige Mädchen hielt ihren Begleiter auf. „Ich will genauso wenig einer Piratencrew angehören wie du. Aber wir können nicht ewig hier auf der Basis rumhängen. Wie lange sollen wir noch warten? Mit meinem Beruf als Biestzähmer ist es sehr schwierig, einen Vertrag zu bekommen. Aber wenigstens wirst du anständige Arbeit haben."

Denni Marko blieb stehen, überlegte ein wenig, schüttelte dann aber entschlossen den Kopf.

„Nein! Ich kein Pirat!" Mit diesen Worten schob der muskulöse Bodyguard Eduard Boyko, der gerade mit zwei Gläsern in der Hand auf uns zukam, ruppig beiseite. Die Drinks des Weltraumkommandant schwappten ein wenig über den Rand der Gläser. Denni murmelte etwas Unverständliches in einem ruppigen Ton und lief dann die Tribünentreppen hinab. Ob Valeri-Urla bei ihm war, schien ihm egal zu sein.

Valeri drehte sich dann zu mir um, und unsere Blicke kreuzten sich flüchtig. Danach senkte sie den Blick zu Boden und trommelte nervös mit den Fingern auf einen geschnitzten, grünen Anhänger, den sie um den Hals trug. Sie warf mir ein leicht verlegenes Lächeln zu, als ob sie sich für die missmutige Laune ihres Begleiters entschuldigen wollte.

„Denni ist ein sturer Bock. Und sehr eifersüchtig. Ich muss mit ihm reden. Gerd Nat, wir werden dich später aufsuchen! Ich hoffe, ich kann ihn überzeugen."

Intelligenzüberprüfung erfolgreich!
Wahrnehmungsüberprüfung erfolgreich!
Gefahrensinn auf Level 47 erhöht!
Mentale Stärke auf Level 54 erhöht!

Heilige Scheiße! Jemand hatte gerade einen psionischen Angriff gegen mich gerichtet, da gab es gar keine Zweifel! Anscheinend hatte Valeri versucht, meine Gedanken zu lesen oder mir sogar einen mentalen Befehl zu erteilen. Ob sie erfolgreich gewesen war, wusste ich nicht. Das nannte ich mal einen Biestzähmer! Und da wir gerade von Tieren sprachen, wo war das unsichtbare Raubtier von Valeri-Urla? Ich führte schnell einen Scan durch und fand auf der Mini-Karte einen Marker in ihrer Nähe.

Kleine Schwester. Schattenpanther (Kreatur).

Haustier von Valeri-Urla. Level 82.

Da war es. Das tödliche, unsichtbare Tier wich nie von der Seite seiner Herrin. Ein gefährliches, kleines Ding! Und das galt sowohl für das Raubtier als auch für Valeri-Urla selbst. In der Gegenwart solcher Leute hieß es wachsam sein.

Sobald sie außer Hörweite waren, konnte sich der vollkommen perplexe Eduard nicht mehr halten. „Woah, Nat. Hast du die gesehen? Das waren Menschen, aber ganz andere! Der unhöfliche Typ und die heiße Braut da. Wo kommen die her?"

Ich zuckte mit den Schultern, denn das wusste ich beim besten Willen nicht. Tailax, das Gilvar-Syndikat ... Die Namen sagten mir gar nichts. Ich fragte Uline, aber auch die Händlerin wusste nichts über ihre Fraktionen.

„Das ist die Kehrseite des Piratenstatus", fügte die Geckho-Frau mürrisch hinzu. „Sie waren begierig darauf, unserem Team beizutreten, aber sie haben es sich sofort anders überlegt, als sie das herausgefunden haben. Obwohl sie schon seit geraumer Zeit auf Medu-Ro IV festsitzen. Sie suchen Arbeit, aber sie wollen nicht für einen Piraten arbeiten."

„Sie werden zurückkommen, glaub mir", versicherte ich Uline. „Nur damit du es weißt, ich bin nicht weniger am Biestzähmer-Mädchen interessiert als an dem Schützen. Ich glaube, ich hätte dann nämlich eine Möglichkeit, meiner Fraktion zu helfen, die Seeungeheuer zu besiegen."

„Wen zu besiegen?" Die Geckho-Dame blinzelte mich verständnislos an, aber Eduard wusste sofort Bescheid.

„Captain, die Deutschen und unsere beiden Legionen beißen sich an dem Naiaden-Problem die Zähne aus. Wenn du das lösen kannst, liegt dir unsere gesamte Fraktion zu Füßen. Vielleicht wirst du sogar zum Leng ernannt und übernimmst Lozovskys Job. Big Boss höchstpersönlich!"

Ich ignorierte den provokanten Kommentar. Ich grinste nur in mich hinein und nahm dem Weltraumkommandanten eines der beiden Gläser ab, die er immer noch in seinen riesigen, gepanzerten Handschuhen hielt. Es war ein Wunder, dass er das zerbrechliche Glas nicht bereits zermalmt hatte. Ich trank einen Schluck, schnüffelte dann an dem Getränk und hob überrascht den Blick.

„Da ist ja gar kein Alkohol drin!"

Der rothaarige Riese, der um drei Köpfe größer war als ich, grinste von einem Ohr zum anderen. „Dachtest du, nur weil ich ein Weltraumkommandant bin, kippe ich mir das stärkste Zeug in die Rübe, das ich in die Finger kriege, Captain? Nur damit du es weißt, im wirklichen Leben trinke ich nur am Tag der Luftlandetruppen mit meinen alten Militärkameraden, und auch dann nur ganz wenig. Selbst an meinem eigenen Geburtstag rühre ich keinen Tropfen an. Außerdem hast du mir und den Geckho-Brüdern befohlen, stets einsatzbereit zu sein und unser ganzes

Inventar mit Ausnahme einiger Backup-Clips zu räumen.“

Wo er recht hatte, hatte er recht. Nur Uline Tar wusste über die wahren Hintergründe der bevorstehenden Operation Bescheid. Die anderen Besatzungsmitglieder blieben in seliger Unwissenheit. Minn-O La-Fin hatte sogar darum gebeten, in die reale Welt gehen zu dürfen, um an der Beerdigungszeremonie von Mitregent Thumor-Anhu La-Fin teilzunehmen. Und Ayni und Tini wollten sich irgendwo auf der riesigen Raumbasis einen Gladiatorenkampf ansehen. Ich hatte nur die drei anderen Leute, die an dieser Operation teilnehmen würden, gebeten, zu bleiben und nach Überprüfung ihrer Exoskelett-Rüstung alles abzulegen, was sie nicht brauchten.

„Uline, es gibt mehr Arbeit für dich“, sagte ich und wies meine Partnerin zum Handelsterminal in der VIP-Box und zum Ingenieur, der dort wartete. „Orun Va-Mart hat ein Triebwerk gefunden, das für unsere Zwecke geeignet ist, aber der Preis ist exorbitant. Versuche bitte, mit dem Verkäufer zu verhandeln und einen Rabatt zu kriegen, sonst werden wir hier mit einem halb montierten Raumschiff festsitzen, das nicht starten kann. Jeder Tausender, den wir retten können, ist wichtig!“

„Wenn das so ist, Gerd Nat, kann ich den ganzen alten Müll verkaufen, den wir aus Fregatte gebaut haben. Dafür könnten wir 700.000 Kristalle bekommen", schlug meine Partnerin vor, aber ich lehnte das kategorisch ab.

„Ich würde lieber 700.000 meiner Eigenmittel investieren. Ich habe Verwendung für das alte Zeug. Ich meine, wahrscheinlich ist die alte Geckho-Technologie für dich nur billiger Müll. Aber für meine Fraktion sind es einzigartige Weltraumartefakte und funktionierende außerirdische Technologien. Sowohl der Hyperraumantrieb als auch der Quark-Gravitationsantrieb. Die Wissenschaftler meiner Heimatwelt sind nicht einmal annähernd in der Lage, die Physik dahinter zu verstehen. Wenn unsere Wissenschaftler hören, dass sie diesen ‚Müll' studieren dürfen, rennen die vor Freude schreiend im Kreis. Wie ist übrigens der Transfer der Kristalle zu meiner Fraktion gelaufen?"

„Das Geld ist auf dem Weg", versicherte Uline mir. „Deine Fraktion erhält es in einer Viertelummi in kleinen Stückbeträgen. Die Gesamtprovision aller Zwischenhändler betrug 16 %, von denen sieben an diesen unerhört gierigen Kosta Dykhsh gegangen sind."

Wow, der Diplomat war wirklich egoistisch! Obwohl 16 % für einen dringenden Transfer aus dem Weltraum mit Lieferung in bar und persönlich meiner Meinung nach immer noch akzeptabel war. Ich war davon überzeugt gewesen, dass ich einen viel drakonischeren Preis würde zahlen müssen. Also gut, in einer guten Stunde würde meine H3-Fraktion

840.000 Kristalle erhalten. Für die war das eine unvorstellbar große Menge an Raumwährung. Das Geld würde es ihnen ermöglichen, viele Dinge zu tun, von denen sie vorher nur träumen konnten. Das bedeutete, interessante Technologien zu erwerben, neue Waffen für unsere unmittelbaren Ziele zu studieren und Rohstoffe zu kaufen. Dazu die Waffen und Ausrüstungsgegenständen im Wert von einer Millionen Kristallen, die ich damals ebenfalls hier bestellt hatte. Kurzum, es lief recht gut für meine Fraktion!

Der Countdown-Timer, den ich mir gestellt hatte, piepste und zeigte an, dass die Anführerin des Flinkpfotenrudels mich erwartete. Zeit zu gehen!

Ich sagte Eduard, er sollte seinen alkoholfreien Cocktail austrinken, den Helm aufsetzen und Waffen und Rüstung anlegen und sich darauf vorbereiten, das Casino zu verlassen. Dann zitierte ich auch Vasha und Basha aus den weichen Lehnstühlen, und sie schlossen sich uns an. Ich überreichte jedem von ihnen einen +1-Stärke-Ring, die ich heute beim „magischen" Schmuckhändler Gerd Ussh-Veesh gekauft hatte.

Schließlich war ich ein praktisch veranlagter Mensch. Der Stärkeparameter regelte die maximale Tragfähigkeit, die wiederum die Menge der Beute definierte, die meine Begleiter aus dem Tresorraum schleppen konnten. Dann öffnete ich das Ausstattungsfenster und besah mir zärtlich meine neueste Anschaffung:

Ruthenium-Siegelring des Hauptingenieurs.
Intelligenz +3 (altes Prekursoren-Artefakt).

Als einem Freund und Stammkunden hatte Gerd Ussh-Veesh mir einen Sonderpreis für den alten Ring gegeben und ihn mir für 57.000 Krypto überlassen. Das war zwar immer noch verdammt teuer, aber ich hatte schon eine Weile geplant, den Ring zu kaufen, also tat die Summe nicht mehr so sehr weh. Und obwohl sich der Name des Gegenstandes auf einen Hauptingenieur bezog, dachte ich natürlich nicht daran, dieses Artefakt Orun Va-Mart zu geben. Die Zuhörer-Klasse erforderte nicht weniger Intelligenz als die Ingenieursklasse, eher sogar mehr. Mit diesem Siegelring und den beiden anderen neuen Ringen lag meine Intelligenz nun bei 28 und brachte meine Magiepunkte von 823 auf 887. Meine Magie war um 8 % gestiegen, und für einen „Manaschlinger" wie mich war das ein sehr, sehr wichtiger Fortschritt.

Ich zog den Annihilator in meinen Hauptwaffenschlitz und das Pulsgewehr des Dunklen Bruchs in den Nebenschlitz, setzte meinen Helm auf und war bereit zu gehen. Auch meine Begleiter waren ausgerüstet und bereit. Ich war im Begriff, den Marschbefehl zu geben, da erinnerte ich mich an etwas sehr Wichtiges und wandte mich noch mal an Uline.

„Ich hätte es fast vergessen! Kauf einen Eimer weiße Farbe und einen Farbsprüher für Kirsan. Ich habe es ihm versprochen. Die Artikel befinden sich in unserer Einkaufsliste, sieh einfach dort nach."

„Du hast einem Reparatur-Bot aus Metall etwas versprochen? Sonst noch was? Dem Staubsauger oder dem Kühlschrank möchtest du nichts schenken? Manchmal, Gerd Nat, machst du mir mit deiner Extravaganz Angst." Die Geckho-Dame schüttelte vorwurfsvoll den pelzigen Kopf, versprach aber dennoch, die Gegenstände zu kaufen.

Ich erinnerte mich auch an das zweite Versprechen, das ich dem Metalltausendfüßler gegeben hatte, nämlich, mich an der ersten Raumbasis, die wir erreichten, zu betrinken, bis ich nicht mehr wusste, wie ich hieß. Und dieses Versprechen würde ich nicht brechen, denn ich sprach derlei Ankündigungen nicht leichtfertig aus. Aber ich beschloss, das Besäufnis auf nach dem Raubzug durch die Tresorräume des Buschigschattenrudels zu verschieben und dann im Idealfall gleichzeitig ein wenig Geldwäsche zu betreiben.

Kapitel 29

Der Piratentresor

DIE REIBEISENSTIMME DES alten Miyeloniers, der das Kommando über die Operation hatte, ertönte in meinen Kopfhörern.

„Dort rechts, in diesem Korridor mit dem Warnsymbol. Sie haben Kameras, die alles überwachen, Sicherheitssysteme an jeder Ecke. Dort gehst du entlang, und zwar langsam. Keine plötzlichen Bewegungen. Lass deine Begleiter ein wenig zurückbleiben, damit die große Gruppe sie nicht stutzig macht. Wir brauchen dich ganz vorne, damit die Wachen dich erkennen."

Ich wusste nicht, wie der Mann hieß, wo er war oder wie er meine Bewegungen verfolgte, aber bisher waren alle seine Anweisungen korrekt gewesen. Ich hielt an und übersetzte ein Schild für Eduard, Vasha und Basha: „Privatbesitz. Kein Zutritt." Dann bat ich meine Begleiter, mich vorangehen zu lassen und fünf

Schritte zurückzubleiben.

„In Ordnung. Jetzt geh rein. Geh langsam und nenne mir alle Kameras oder Datenleser, die du entdeckst."

Also würde ich Wahrnehmung brauchen. Ich hielt an und tauschte meine Intelligenzringe gegen zwei +1-Wahrnehmungsringe. Der lange, dunkle Korridor wurde etwas kontrastreicher, und ich konnte eine Kette von blinkenden, dunkelroten Lichtern in der Ferne sehen. Datenlesegeräte oder Infrarotdetektoren? Ich führte sicherheitshalber einen Scan durch.

Scanning-Skill auf Level 33 erhöht!

Kartografie-Skill auf Level 57 erhöht!

Ich sah neue Markierungen auf der Minikarte und erstattete auf Miyelonisch darüber Bericht.

„Zwei Kameras. Die erste befindet sich neben dem Hinweisschild, die zweite zehn Schritte vom Eingang entfernt. In den Wänden sind auf Bodenhöhe Bewegungsmelder, etwa alle fünf bis sieben Schritte. Es gibt ein Netz von Lasern, die für das bloße Auge unsichtbar sind. Eigentlich zwei. Das erste ist 20 Schritte vom Flureingang entfernt, das zweite 50. Die Strahlen werden mit Wahrnehmungslevel 30 sichtbar. In Deckennischen direkt neben dem Tor befinden sich zwei Hochgeschwindigkeitsschussapparate. Und ... das verstehe ich jetzt nicht ganz. Ach so! Ein paar Fliesen im Boden können es erkennen, wenn sie betreten werden."

„Fliesen? Welche genau?", wollte der Leiter

sofort wissen. „Gerd Nat, ich werde dich schnell einer Gruppe hinzufügen. Markiere alle Fallen, damit sie jeder sehen kann."

Eine Sekunde später bekam ich einen Gruppenantrag und nahm ihn sofort an. Ich erhielt Boni auf Trefferpunkte, Tarnfähigkeit und Reaktionsgeschwindigkeit. Das war natürlich schön, aber nicht der Grund, warum ich in die Gruppe wollte. Heilige Scheiße! Die Gruppe hatte mehr als 160 Mitglieder. Ich hatte den Umfang dieser Operation vollkommen unterschätzt. Und ich konnte alle ihre Namen und Level sehen. Unter ihnen war auch die Anführerin des Flinkpfotenrudels, die die Operation überwachte. Es gab auch hochlevelige Söldner aus dem Sternenwürger- und Stillmörderrudel in der Kampfgruppe. Und da war der Leiter der Operation:

Leng Mai-Ti Ur-Miiyaoo. Miyelonier. Stillmörderrudel. Level-188-Stratege.

Ein Hardcore-Kater! Ich wusste nicht, wie viel die Anführerin des Flinkpfotenrudels für diese hochleveligen Söldner bezahlt hatte, aber wahrscheinlich mindestens siebenstellige Kryptosummen. Ich markierte alle Objekte, die ich entdeckt hatte, teilte sie mit der gesamten Gruppe, und meine Targeting-Fähigkeit levelte gleich zweimal.

Targeting-Skill auf Level 21 erhöht!
Targeting-Skill auf Level 22 erhöht!

„Großartig!", lobte der Leng. „Was sagst du dazu, Dickerchen?"

„Was gibt es dazu schon zu sagen, Griesgram?",
kam es von der Anführerin des Flinkpfotenrudels.
„Blockieren wir die Kameras und Bewegungsmelder.
Und stellen uns einfach auf die Fliesen."

Dickerchen? Das war eine sehr ungezwungene
Anrede für eine Rudelsführerin, die ihre Identität und
sogar ihre Schwangerschaft verbarg. Und sie nannte
ihn Griesgram? Offensichtlich kannten sich die beiden
gut, und es sah so aus, als beschränkte sich ihre
Beziehung nicht nur aufs Geschäftliche. Ich kam zu
dem Schluss, dass der strenge Leng
höchstwahrscheinlich der Vater der ungeborenen
Kätzchen war.

In der Zwischenzeit kam ein neuer Auftrag von
Leng Mai-Ti. „Gerd Nat, du gehst vor und lässt deine
Bodyguards so tun, als würden sie versehentlich auf
die Druckplatten treten, die den geschlossenen Türen
am nächsten liegen. Die erste Gruppe geht weiter auf
den Deckenplatten, bis sie die ersten Laser erreicht.
Die zweite Gruppe übernimmt die Kameras! Myaur-Za,
deine Spione dringen dann in die ..."

Dann wurde ich kurzerhand aus der Gruppe
und ihrem Kommunikationskanal geworfen und erfuhr
keine weiteren Details. Ich war tief beeindruckt.
Wahrscheinlich handelte es sich nicht nur um einfache
angeheuerte Söldner, wie ich vermutet hatte, sondern
es war eine gemeinsame Aktion verwandter Rudel.

Ich schritt langsam vorwärts und bemühte mich
darum, den Tresorwächtern, die mich wahrscheinlich

beobachteten, den Eindruck zu vermitteln, dass es mir an Selbstvertrauen mangelte. Ich befahl meinen Begleitern, anzuhalten, und markierte die Punkte, wo sie stehen sollten. Dann stand ich direkt unter den beiden gefährlichen Türmen und versuchte, die Aufmerksamkeit der Piraten auf mich zu ziehen.

„Lebt hier das Buschigschattenrudel?", fragte ich polternd. „Bin ich im richtigen Flur?"

„Was willst du, Gerd Nat?", antwortete eine Stimme praktisch sofort aus einem Lautsprecher über der gepanzerten Tür und bestätigte damit meine Vermutung, dass sie mich die ganze Zeit über im Auge gehabt hatten.

„Ich suche jemanden aus eurem Rudel, der meine Zeit wert ist! Vorzugsweise den Anführer. Ich würde gern besprechen, wie viel ich bezahlen muss, um das Kopfgeld auf mein Schiff loszuwerden."

Stille. Dann meldete sich eine andere Stimme. „Gerd Abi hält sich aus solchen kleinen Dingen raus, mit dem kannst du nicht sprechen. Du könntest jedoch hier und jetzt eine Strafe zahlen. 200.000 Krypto, und du bist aus dem Schneider."

„Äh, das ist aber ganz schön viel Geld." Ich tat so, als wäre ich verunsichert und dachte nach. „Das Kopfgeld beträgt nur 3.000. Wo kommen diese 200.000 plötzlich her?"

„Es sollte eigentlich hundertmal höher sein als das Kopfgeld. Wir wollen dir ein wenig entgegenkommen", log der unverfrorene Miyelonier schamlos, und dann ...

Zuhörer, ein Datenpaket für die Übertragung an die Pyramide wurde zusammengestellt. Daten senden? (Ja/Nein)

Ich zuckte überrascht zusammen, als ich plötzlich die beiden leuchtend roten Spalten mit den Reliktiker-Logogrammen sah. Ein faszinierendes, beinahe einmaliges Ereignis, und zwar zum schlechtesten Zeitpunkt! Ich musste das gut überdenken, genau wissen, was ich tat, und erst einmal sehen, um welche Art von „Datenpaket" es sich handelte. Aber die Umstände waren denkbar schlecht für eine detaillierte Betrachtung. Ich konnte den Piraten und den 160 Angreifern nicht sagen, sie mögen sich doch ein oder zwei Stündchen gedulden, während ich in den Einstellungen herumsuchte und die möglicherweise riesigen Dateien las.

Aber *Nein* konnte ich doch auch nicht sagen. Was, wenn ich eine einzigartige Chance verpasste und etwas vermasselte, das nie wieder passieren würde? Ich könnte eine ganze Reihe neuer Entdeckungen versäumen! Was, wenn es eine wichtige Voraussetzung für das Studium der alten Reliktikerrasse war? So entschied ich mich, zu senden. Und ich erhielt eine weitere Benachrichtigungsflut.

Zuhörer, kritischer Fehler: Pyramide antwortet nicht.

Versuch, den Backup-Kanal zu verwenden.

Zuhörer, kritischer Fehler: Pyramide antwortet

nicht auf Backup-Kanal.

Weitere Vorgehensweise undefiniert. Die Pyramide ist nicht verfügbar!

Die Übertragung wurde abgebrochen.

Nun gut, offenbar hatte ich meine Ziele zu hoch gesteckt, indem ich auf ein interessantes Ereignis im Zusammenhang mit der alten Rasse gehofft hatte. Scheinbar war es bloß mein mit Elektronik gespickter Panzeranzug, der nach tausend Jahren Untätigkeit aufgewacht war, nur, um zu entdecken, dass es keine Zuhörer oder andere Mitglieder der Reliktikerrasse mehr gab, mit denen man Daten austauschen konnte.

„Nat, hat es dir die Sprache verschlagen? Zahlst du, oder nicht?" Die Stimme des Piraten wurde immer ärgerlicher.

Ich antwortete, dass ich noch darüber nachdenken musste, wie ich aus der Situation herauskam, weil ich nicht das nötige Kleingeld hatte.

„Ich dachte, es wäre 3.000 Krypto. So viel habe ich noch übrig. Ich habe den ganzen Rest meines Geldes gegen Kristalle eingetauscht, weil ich bald in den von den Geckho kontrollierten Weltraum fliege."

Psionik-Skill auf Level 73 erhöht!

Ein kleiner mentaler Stups, um ihre Zweifel auszuräumen. Ich konnte deutlich spüren, dass es funktionieren würde. In der Vorstellung der Piraten auf der anderen Seite der verschlossenen Tür häuften sich bereits die Kryptoberge. Ihre Gier ließ sie alle Vorsichtsmaßnahmen vergessen.

Zuhörer, im Falle einer militärischen Auseinandersetzung wären alle öffentlichen Kommunikationskanäle blockiert. Laut Algorithmen ist der wahrscheinlichste Grund, warum die Pyramide nicht erreicht werden kann, KRIEG! Angesichts der außergewöhnlichen Situation empfehlen wir, die Pyramide über einen Notkanal zu kontaktieren. (Ja / Nein)

Was war denn das nun wieder? Musste ich wirklich ausgerechnet jetzt eine so wichtige Entscheidung treffen, die womöglich langfristige Folgen nach sich zog? Ich hatte keine Ahnung, was das Notfallkommunikationssystem war oder wie es funktionierte, aber trotzdem wählte ich „Ja".

Und sackte fast auf die Knie, weil die Leistung der Atombatterien meines Zuhörer-Anzuges sofort auf null fiel. Ich konnte kaum mein Gleichgewicht halten und taumelte, als die volle Last der Rüstung plötzlich auf meine Schultern fiel und mich nach hinten drückte. Der Bildschirm wurde dunkel. Ich musste meinen Helm abnehmen, um etwas zu sehen. Gab es eine Ersatzatombatterie? Ah, richtig. Ich hatte eine für meinen Rüstungsanzug und Annihilator gekauft. Da war sie! Ich öffnete mein Ausstattungsfenster und tauschte rasch die dringend benötigte neue Batterie gegen die alte.

Elektronik-Skill auf Level 58 erhöht!
Mittlere Rüstung auf Level 54 erhöht!

„Entschuldigung, mein Raumanzug ist kaputt",

erklärte ich den Beobachtern wahrheitsgemäß und kehrte sofort zu den Verhandlungen zurück. „Ich habe das Geld, aber nur in Kristallen. 1.400.000 Geckho-Kristalle. Wäre das in Ordnung?"

„Perfekt! Hol das Geld raus", ertönte die ungeduldige Stimme des ersten Piraten. „Befiehl deinen Leibwächtern, zehn Schritte zurückzutreten und ihre Waffen wegzulegen! Danach öffnen wir die Tür, und du kannst reinkommen. Und du kommst allein rein, ohne deine Soldaten."

Ich befahl meinen Begleitern, sieben Schritte zurückzutreten, dann setzte ich meinen Helm auf. Mein Rüstungsanzug hatte sich wieder aktiviert. In meinen Kopfhörern ertönte sofort die Stimme von Leng Mai-Ti Ur-Miiyaoo.

„Gerd Nat, bisher läuft alles gut! Aber es gibt ein paar schlechte Nachrichten. Wir haben ein Notfallkommunikationssystem aus dem Inneren des Tresors entdeckt, das wir nicht deaktivieren können. Die Tür zum Tresorraum kann nicht lange offen bleiben, sonst wird ein Signal an den Wachposten des Buschigschattenrudels gesendet und von dort an die verbündeten Rudel weitergegeben."

„Ich verstehe. Die Tür wird sich hinter mir schließen. Und wie lange muss ich da drinnen bleiben?", fragte ich, worauf der Einsatzleiter antwortete, dass ich überhaupt nicht hineingehen müsste.

„Wir können nicht zulassen, dass sich die

gepanzerte Tür schließt. Sonst werden die Piraten dich da drin einfach töten oder ausrauben, und alle unsere Vorbereitungen wären umsonst gewesen. Unsere Soldaten sind bereits in Position, und der Angriff erfolgt, sobald sich die Tür öffnet. Ich fürchte, wir werden nicht vermeiden können, dass der Alarm ausgelöst wird, und dann wimmelt es hier in kürzester Zeit nur so von Feinden! Wir dringen also ein, holen alles Wertvolle aus dem Tresorraum und verschwinden sofort wieder. Und es wäre besser, alles einzuladen und uns dann selbst zu töten, um an einem sicheren Ort mit der Beute zu respawnen."

DREI MIYELONIER AUS dem Buschigschattenrudel standen vor mir, fletschten die Zähne und spielten drohend mit ihren schimmernden, todbringenden Klingen, um ihre feindlichen Absichten zu unterstreichen.

„Also, wo ist die Kohle, Gerd Nat? Her damit!"

Etwas weiter entfernt in den Tiefen des großen, düsteren Hangars entdeckte ich sieben weitere Soldaten. Drei von ihnen hatten ihre Lasergewehre im Anschlag und zielten auf meinen Kopf. Laut meiner Minikarte waren weitere sechs Feinde irgendwo in der Dunkelheit hinter Containerstapeln versteckt. Miyelonier konnten selbst in der Dunkelheit gut sehen.

Zu dieser Erkenntnis war ich gelangt, als ich damals den Piratenabfänger im Weltraum gekapert hatte. Aber ich selbst konnte rein gar nichts sehen, denn ein Scheinwerfer strahlte mir mitten ins Gesicht.

Ich tat so, als würde ich in meinem Inventar kramen, und schlug dabei so viel Zeit raus wie möglich. Ich fragte, ob ich einen Nachweis über die erfolgte Zahlung erhalten und wie lange es dauern würde, bis ich das Kopfgeld wieder los wäre. Dann sagte ich ihnen, sie sollten sich damit beeilen, weil ich bald gehen müsste. Gleichzeitig fragte ich mich, warum die Angreifer so lange brauchten. Und noch seltsamer war, dass ich direkt in den weit geöffneten Tresortüren stand, aber aus irgendeinem Grund waren die Piraten nicht in Eile, sie zu schließen, als hätten sie keine Angst, den Alarm auszulösen.

Und dann wurde mir schlagartig alles klar. Warum sollte das Flinkpfotenrudel Trophäen mit meinen Soldaten teilen wollen? Die Feuergefechte würden bald beginnen, und bestimmt würde man meinen Wachen „versehentlich" in den Rücken schießen, wenn die Piraten sie nicht zuerst töteten. Wenn sie endlich respawnten, würde es keinen Grund mehr geben, zurückzukommen. Der Tresor wäre bis dahin längst leer. Vielleicht gab es eine Alarmanlage, die nicht abgeschaltet werden konnte, wie sie behaupteten, vielleicht auch nicht, aber sowohl Feinde als auch „Freunde" schienen ohnehin davon auszugehen, dass niemand in meiner Gruppe überleben würde.

Gefahrensinn auf Level 48 erhöht!

Die Piraten wurden immer wütender und wütender, und sie waren immer weniger daran interessiert, meine dummen Fragen zu beantworten. Schließlich konnte ich nicht länger Zeit schinden. Also wählte ich auf meinem Funkgerät den Kanal meines Teams und teilte ihnen mit, was der Einsatzleiter leider vergessen hatte, uns zu sagen.

„Leute, das Gemetzel beginnt jetzt. Versucht, zu überleben! Es wird nicht einfach sein, denn weder die Angreifer noch die Verteidiger wollen uns lebend davonkommen lassen. Nehmt meine Gruppeneinladung an und bereitet euch auf den Kampf vor!"

Was musste ich nun zuerst tun? Mit dem Annihilator den nächstbesten Piraten töten? Miyelonier waren wendig und schnell. Ein paar Feinde gegeneinander ausspielen? Ja, es war eine gute Idee, die Piraten mental anzugreifen. Aber es gab zu viele, und sie würden mich im Handumdrehen töten. Außerdem würde mein Tod die Gedankenkontrolle unterbrechen, und die sich balgenden Piraten würden wieder zu Sinnen kommen. So schnell und billig würde ich mein Leben ganz sicher nicht lassen! Ich sah mir die Mini-Karte an, und ein zufriedenes, diabolisches Grinsen kroch auf meine Lippen. Die Geschütztürme, wie hatte ich die vergessen können?

Automatischer   *Laserturm.*

Schnittstellenwahrscheinlichkeit: 24 %

Gesamtkontrollwahrscheinlichkeit: 3 %

Aus irgendeinem Grund waren meine Chancen also gering. Ah, was für ein Idiot ich doch war! Ich trug noch immer die +1-Wahrnehmungsringe. Ich zog sie schnell wieder ab und erhöhte meine Intelligenz um fünf Punkte. Das war schon besser. Und es würde noch besser werden, wenn ich alle meine freien Fähigkeitspunkte in die Maschinensteuerung investierte und sie auf 66 erhöhte. Gedacht, getan.

Automatischer Laserturm.

Schnittstellenwahrscheinlichkeit: 57 %

Gesamtkontrollwahrscheinlichkeit: 38 %

Bei mindestens einem von ihnen könnte ich Glück haben! Was nutzte es sonst, über die maximal mögliche Portion Glück zu verfügen? Geschafft! Der rechte Turm folgte nun meinen gedanklichen Befehlen. Also, hier nun ein kleines Geschenk für meine Feinde. Ich setzte Marker auf jeden einzelnen der Piraten, die sich in meiner Nähe befanden. In der Zwischenzeit befahl ich einem zerzausten Piraten, der von einem Bein aufs andere trat, einen schnellen Sprung zu vollführen und einen seinen Kameraden von hinten mit beiden Klingen anzugreifen. Dann griff ich nach meinem Annihilator und schoss, indem ich mich plötzlich von der Stelle bewegte, meine furchterregende Waffe ab, aber nicht etwa auf die auseinanderstiebenden Piraten, sondern auf den Verriegelungsmechanismus für die massiven Türen.

Und nun konnte der Spaß so richtig losgehen!

Gewehr-Skill auf Level 51 erhöht!

Scharfschützen-Skill auf Level 34 erhöht!

Targeting-Skill auf Level 23 erhöht!

Du hast Level 74 erreicht!

Du hast 3 Fähigkeitspunkte erhalten!

Ich sah, wie sich die Tür zu neigen begann. Eines der Scharniere war zusammen mit dem Verriegelungsmotor herausgerissen worden. In dem Moment riss mich ein heftiger Schlag auf die linke Schulter nieder. Einer der Piraten hatte meinen Energieschild mit seiner Klinge durchbrochen, und einem zweiten gelang es, meine Rüstung zu durchbohren. Er rammte mir seinen Säbel bis zum Schaft in die Brust. Autsch! Mein Lebensbalken fiel um ein Drittel, und das Spiel warnte mich, dass ich schwer blutete und einen Granatenschock erlitten hätte. Ein rötlicher Schleier legte sich wie ein Sargtuch über mich. Ich sah nichts mehr. Noch ein Schlag. Ein beinahe unerträglicher Schmerz durchzuckte mich. Mein Lebensbalken sackte noch ein wenig weiter ab.

Das war nun scheinbar das Ende. Und auf die ungünstigste Weise! Was für ein riskanter Zeitpunkt, um zu leveln. Mein Fortschrittsbalken war jetzt leer, sehr zu meinem Entsetzen. Und das war dramatisch!

Ich erlitt einen weiteren Stich, oder eher einen Schuss. Mein Lebensbalken war auf eine hauchdünne Linie reduziert worden. Ich musste schnell etwas tun, damit ich mit meinem jetzt unvermeidlichen Tod nicht ein Level oder Fähigkeiten verlor. Dieser Gedanke gab mir Kraft. Ich konnte nichts sehen, aber ich konnte mein Inventar öffnen. Ich zog schnell meinen Annihilator hinein, damit ich bei einem dummen Sturz nicht die unschätzbare Waffe verlor. Dann nahm ich einen geologischen Analysator heraus und baute das Metallstativ auf, wobei ich allmählich das Bewusstsein verlor.

Das Letzte, was ich vor meinem Tod hörte, war ein scharfes, metallisches Klicken, untermalt von Explosionen und Gewehrsalven. Danach sah ich zwei Systemmeldungen auf dem sich rasch verdunkelnden Bildschirm:

Scanning-Skill auf Level 34 erhöht!

Dein Charakter ist gestorben. Respawn in 15 Minuten möglich.

Möchtest du deine Statistiken für diese Spielsitzung einsehen?

Kapitel 30

Nach dem Angriff

MEINE SCAN-FÄHIGKEIT HATTE sich verbessert? Das kam überraschend. Ich hatte den geologischen Analysator eigentlich in der Absicht benutzt, die beiden Lasertürme zu deaktivieren. Das hätte als Aktivität gelten und so meinen Fortschrittsbalken minimal füllen sollen. Wenn ich schon selbst nicht am Leben blieb, wollte ich wenigstens verhindern, dass der Turm, den ich kontrollierte, nach meinem Tod das Feuer auf meine Kameraden eröffnete, also musste ich ihn ausschalten.

Doch offensichtlich hatte der Prospektorenscanner etwas entdeckt, ich hatte es nur nicht sehen können, weil der rote Schleier mir die Sicht vernebelt hatte. Vielleicht hatte die Minikarte etwas angezeigt, das ich noch nie zuvor gesehen hatte, und vielleicht hatte der starke EMP die angreifenden, unsichtbaren Soldaten enthüllt, indem er ihre hochmodernen, strahlteilenden Anzüge ausgeschaltet hatte. Auf die eine oder andere Weise hatte ich mein Ziel erreicht und jetzt, trotz meines Todes, fühlte ich mich nicht im Geringsten enttäuscht. Tatsächlich war ich gelassen und zufrieden.

Nachdem die Statistikabfrage abgelaufen war, öffnete sich der Virt Pod. Ich stand gar nicht erst aus dem weichen, federnden Bett auf, denn ich hatte vor, in 15 Minuten wieder ins Spiel zu gehen. Doch ich kam nicht dazu, mich zu entspannen, denn einige Minuten später hörte ich jemanden schnellen Schrittes die Wendeltreppe hochlaufen, und die Stimme einer unbekannten Frau rief meinen Namen.

„Kirill, brauchen Sie Hilfe?"

Ich setzte mich im Virt Pod auf und drehte mich um. Eine elegante Dame mittleren Alters mit kurzen, dunklen Haaren sah mich besorgt an. Sie trug die blaue Uniform, die für die Bewohner der Kuppel ausgestellt wurde, aber ich sah keine Nummer darauf. Das musste bedeuten, dass sie keine Spielerin war, sondern eine Angestellte. Vielleicht war sie sogar die Wachperson dieses Maiskolbens. Obwohl diese Frau nicht gerade wie eine Wache aussah. Sie hatte weder den Typ noch den Körperbau dafür.

„Nein, ich brauche keine Hilfe. Ich bin nur gerade gestorben und warte darauf, zu respawnen."

Für mich war das Gespräch damit erledigt, aber die Frau hatte es nicht eilig, zu gehen. Stattdessen kam sie näher.

„Ich habe den Hinweis erhalten, dass Gerd Nat das Spiel verlassen hat, aber seinen Virt Pod nicht. Ich wollte überprüfen, ob alles in Ordnung ist. Ich bin sicher, dass es nicht so war, aber manchmal sind Newbies nach ihrer ersten Sitzung so müde, dass sie nicht aus ihrer Kapsel kriechen können. Irina Chusovkina, Fraktionspsychologin", stellte sie sich schließlich vor und setzte sich kurzerhand an den Rand meines Virt Pods. Sie sah aus, als wäre sie drauf und dran, mit mir ein Gespräch zu beginnen.

Theoretisch hatte ich nichts dagegen. Irgendwie musste ich die Minuten bis zum Respawn ja überbrücken. Nachdem ich so lange nur Geckho oder Miyelonisch gesprochen hatte, freute ich mich, wieder einmal den Klang meiner Muttersprache zu hören. Außerdem hatte ich von meinen Freunden viel über diese Dame gehört. Sie sagten, sie wäre eine respektierte, qualifizierte Psychologin, die sich auf Spielsucht spezialisiert hätte. Natürlich war ich nicht der Meinung, dass ich damit Hilfe bräuchte, aber ich war immer noch etwas beunruhigt darüber, dass ich bei Gerd Tamaras Geburtstag einen Moment lang die reale und virtuelle Welt verwechselt hatte.

„Ich habe viel von Ihnen gehört, Kirill, und ich beobachte Ihre Erfolge mit besonderem Interesse. Auf die Gelegenheit, ein Gespräch mit Ihnen zu führen, warte ich schon lange, aber man kriegt Sie ja gar nicht so leicht zu fassen. Sie unter der Kuppel zu finden, ist beinahe unmöglich. Sie verbringen viel Zeit in der virtuellen Welt, manchmal sogar auf Kosten Ihres tatsächlichen Lebens. Ist das Spiel wirklich so interessant, dass die reale Welt nicht mithalten kann?"

Das war eine Fangfrage. Wenn ich ihr erklärte, dass ich das Spiel faszinierend fände, würde das bestätigen, dass mein virtuelles Leben für mich wichtiger wäre. Ich kicherte und wartete auf die Nachricht, dass sich meine Mentale Stärke verbessert hätte. Danach verschwand das Lächeln von meinem Gesicht. Die Psychologin hatte tatsächlich recht. Selbst das wirkliche Leben betrachtete ich nur als ein Konstrukt von Fähigkeiten, Levels und andere Spielelemente.

„Irina, das Problem ist nicht mein Interesse an dem Spiel, auch wenn die ungewöhnlichen Welten und ihre Bewohner natürlich verlockend sind. Das gebe ich offen zu. Ich würde sicher einen Haufen Zeit im *Spiel, das die Wirklichkeit unterwirft*, verbringen, auch wenn es keine realistischen Grafiken, Soundeffekte oder eine unvorhersehbare Handlung gäbe. Die Sache ist die, dass ich ständig daran denken muss, warum ich hier unter der Kuppel bin. Es geht nicht darum, sich mit den anderen Bewohnern anzufreunden, Sport zu treiben, kostenlos zu essen oder in einer komfortablen Wohnung zu leben. Ich bin hier, um die Erde vor der Zerstörung durch den Dunklen Bruch und vor der Versklavung durch außerirdische Invasoren zu retten. Und ich werde alles in meiner Macht Stehende tun, um das zu erreichen!"

Die Psychologin lächelte gequält und fragte, ob ich dachte, dass dieses hochgesteckte Ziel mich zu stark vom wirklichen Leben entfremdete. Ich hatte einen ganzen Monat unter der Kuppel gelebt, aber keine echten Freunde gefunden, außer den wenigen Leuten in meinem Team. Ich sprach mit niemandem, und hatte mich mittlerweile sogar von den Menschen distanziert, mit denen ich meine ersten Tage hier verbracht hatte. Für die großen Veranstaltungen unter der Kuppel interessierte ich mich ebenfalls nicht. Nicht einmal für Mädchen. Hier senkte die Psychologin ihre Stimme zu einem Flüstern und sagte, dass sie wüsste, was mit Anya und Tamara passiert wäre. Beide waren wütend, weil ich ihnen kaum Aufmerksamkeit schenkte.

„Bitte mischen Sie sich nicht in mein Privatleben ein", bat ich die Psychologin, obwohl mir klar war, dass das genau der Sinn und Zweck ihrer Arbeit war. „Ich habe nicht mit Tamara gestritten. Ich weiß nicht, warum sie das behauptet. Und Anya? Kein Kommentar. Für weitere Fragen steht Ihnen bestimmt Ivan Lozovsky zur Verfügung. Außerdem habe ich eine rechtmäßige Frau, Minn-O La-Fin. Die reicht mir."

„Die Prinzessin des Dunklen Bruchs, Ihre Juniorfrau, Wandergeliebte und so weiter?" Irina Chusovkina bemühte sich kaum, ihren spöttischen Unterton in Zaum zu halten. „Kirill, ich rede von echten Mädchen, nicht von virtuellen Charakteren und Fantasien."

Ihre Worte erschütterten mich zutiefst. Wollte diese Frau mir gerade das Leben erklären?

„Was wissen Sie überhaupt über das *Spiel, das die Wirklichkeit unterwirft,* und wie es funktioniert?", protestierte ich heftig. „Mal sehen, wie Sie Ihre Moralpredigten rechtfertigen, wenn dieser ‚virtuelle Charakter' in unsere Welt unter der Kuppel kommt!"

„Komm schon, Nat. Ich weiß mehr über das Spiel, als du denkst", erwiderte Irina Chusovkina gelassen. Und ich bemerkte es kaum, aber sie sprach mich nun mit meinem Spielnamen an und duzte mich. „Wie steht es gerade um deine Ruhm-Statistik? 40?"

„40?" Ich grinste spöttisch. „Das versuchen wir gleich noch mal. Mein Ruhm ist auf 63! Oder vielleicht sogar noch höher, denn die Nachricht von dem Kampf im Piratentresor hat wahrscheinlich bereits die Runde durch jedes Rudel auf Medu-Ro IV gemacht!"

„In Ordnung, sagen wir 63", stimmte sie friedlich zu. „Und ich bin sicher, dass deine Autorität ebenfalls himmelhoch ist. Aber, Gerd Nat, hast du schon mal darüber nachgedacht, warum du immer noch kein Leng bist? Radugin wurde mit vielleicht 43 Ruhm und 30 Autorität ein Leng."

Oh. Ja, warum war ich dann kein Leng? Schließlich überragte ich Radugin sowohl in Sachen Ruhm als auch Autorität bereits um Welten. Das brachte mich aus dem Konzept, und ich gab auch ehrlich zu, dass ich es nicht verstand.

„Weil ein Leng ein Fraktionsvorsitzender ist",

erklärte die Psychologin eifrig. „Kein Direktor, der formell von oben ernannt oder in das Amt gewählt wurde. Ein Leng ist ein wahrer Führer, dem die Fraktion auch folgen will. Aber du bist nicht wirklich Teil deiner Fraktion! Du hast sie verlassen und tust so, als würden dich ihre Interessen nichts angehen. Du fliegst durch den Weltraum. Du ziehst gegen Piraten in den Krieg. Und das bestimmt erfolgreich. Aber du hast keine Ahnung von den Problemen, mit denen sich deine Verbündeten konfrontiert sehen. Ihre Pläne und Wünsche scheinen dich nichts anzugehen. Du sprichst nicht einmal mit ihnen. Und so ist es auch hier unter der Kuppel. Ich meine, beinahe jedes Fraktionsmitglied würde sich gern mit dir unterhalten, aber du gibst ihnen ja nicht einmal die Chance dazu.“

Ich schluckte meinen Stolz hinunter und bat die Psychologin um einen professionellen Rat. „Also gut, was kann ich dagegen tun?“

„Was du dagegen tun kannst? Es mag banal klingen, aber bemühe dich doch einfach um den persönlichen Kontakt mit den Menschen in deiner Fraktion. Sprich mit ihnen. Und natürlich gibt es noch eine andere Möglichkeit ...“ Sie senkte die Stimme wieder zu einem Flüstern: „Fraktion wechseln.“

Wie bitte? Schlug sie mir gerade vor, meine Fraktion zu verlassen? Ich traute meinen Ohren kaum.

Irina, die meine Empörung offenbar gut nachvollziehen konnte, fuhr fort. „Ich habe dein psychologisches Profil sehr genau studiert, und ich habe keinen Zweifel daran, dass du dein Heimatland unabhängig von der formellen Zugehörigkeit unterstützen würdest. So, wie die Dinge im Moment liegen, kann niemand sonst, weder Gerd Ivan Lozovsky, noch Gerd Tamara, noch Gerd Tarasov, noch einer der anderen zum Leng aufsteigen, weil es einen Spieler mit höherem Ruhm und höherer Autorität in der Fraktion gibt. Und wir brauchen einen vollwertigen Führer, aus so vielen Gründen! Überlege es dir und entscheide selbst."

Mit diesen Worten erhob sich Irina Chusovkina von der Kante meines Virt Pods und ging, indem sie mir ein schönes Spiel wünschte, zur Treppe. Nach dieser Konversation saß ich nachdenklich in meinem Virt Pod und starrte an die Wand, bis ein Signal ertönte, das mir sagte, dass die 15 Minuten abgelaufen waren und ich zurück ins Spiel gehen konnte.

VOR ALLEM WAR ich an Nats Statistiken interessiert. Was, wenn ich mich geirrt hatte und mein Tod mit einem leeren Fortschrittsbalken passiert wäre? Mit all den daraus resultierenden negativen Folgen? Aber nein, alles war so, wie ich es mir erhofft hatte. Ich war immer noch auf Level 74.

> *Gerd Nat. Mensch. Fraktion H3.*

Level-74-Zuhörer.	
Statistik:	
Stärke	14
Geschicklichkeit	18
Intelligenz	23 + 5
Wahrnehmung	27 + 2
Konstitution	16
Glücksmodifikator	+3
Parameter:	
Trefferpunkte	1.612 von 1.612
Ausdauerpunkte	1.209 von 1.209
Magiepunkte	899 von 899
Tragfähigkeit	28 kg
Ruhm	65
Skills:	
Elektronik	58
Scannen	34
Kartografie	57
Astrolinguistik	83
Gewehre	51
Mineralogie	50
Mittlere Rüstung	54
Adlerauge	70
Scharfschütze	34
Targeting	23
Gefahrensinn	48
Psionik	72
Mentale Stärke	54

Mystik	24
Maschinensteuerung	66
ACHTUNG! Du hast 3 ungenutzte Fähigkeitspunkte.	

Und, hey, mein Ruhm war, wie bereits vermutet, um zwei Punkte gestiegen. Ich wurde unwillkürlich daran erinnert, was die Psychologin über meine Beziehung zur Fraktion und die Notwendigkeit, diese eine wichtige Entscheidung zu treffen, gesagt hatte. Offenbar hing die Zukunft der Fraktion von dieser Entscheidung ab. Tat ich nichts, hinderte mich das daran, jemals etwas Höheres als ein Gerd zu werden, und außerdem blieb der Fraktion so ein anständiger Führer verwehrt. Darüber würde ich ernsthaft nachdenken müssen, aber nicht jetzt. Jetzt war ich nur an den Ergebnissen der Schlacht im Piratentresor interessiert.

Bevor ich die Statistiktabelle schloss, steckte ich meine drei freien Fähigkeitspunkte in Elektronik und erhöhte diese auf 61. Was ich damit bezwecken wollte, war offensichtlich. Ich wollte wissen, ob ich den Pyramiden-Signalverstärker, die seltsame, runenverzierte, ringförmige Scheibe, die ich Rikki Pan-Miis abgenommen hatte, verwenden konnte. Wenn Nat jetzt auf Level 74 war, würde das Artefakt der Kraftfeldkapazität meiner Zuhörer-Rüstung einen Boost von 220 % verleihen und sie von 3.500 auf 11.270 erhöhen. Damit war ich vielleicht noch nicht ganz so unverwüstlich wie Fox, die problemlos mehrere Schüsse aus Blastern einstecken konnte, aber dennoch ziemlich schwer zu töten. Hätte ich diese Scheibe aktivieren und in meine Rüstung einsetzen können, wäre vielleicht die letzte Schlacht nicht so vernichtend für mich ausgegangen. Leider erforderte sie Elektronik auf 70, und so weit war ich noch nicht. Dann war da noch die Rassenbeschränkung ...

Jedenfalls war ich im Flur des 16. Stockwerks der Medu-Ro-IV-Docks wieder aufgetaucht, drei Schritte von den Toren zu unserem Landeplatz entfernt. Leider entdeckte ich, dass das Laserpulsgewehr des Dunklen Bruchs aus meinem zweiten Waffenslot fehlte. Es musste gedroppt sein, als ich starb. Ich würde eine andere Waffe brauchen. Fürs Erste zog ich den Paralysator in den Schlitz.

Ich benutzte meinen elektronischen Kapitänsschlüssel und betrat das Dock. Rund um das Schiff herrschte quirliges Treiben. Der Ingenieur, die Händlerin, der Navigator, der Raumschiffpilot und der Ladungsoffizier waren in eine hitzige Debatte verwickelt und fuchtelten mit den Händen in Richtung der losgelösten Rüstungsplatten und der weit klaffenden Löcher im Rumpf. Wenige Meter vor meinen Kameraden hing ein riesiger Hyperantrieb von der Größe eines Lastwagens in der Luft. Und er war halb zerlegt. Einige Stücke lagen auf dem Hangarboden.

Am anderen Ende des Hangars entluden Imran, Vasha und Basha gerade Container von einem

Förderband, das aus der Tiefe der Weltraumbasis emporkroch. Laut Beschriftung befanden sich in diesen Containern die Waffen, die ich für meine Fraktion bestellt hatte, und die seltene Ausrüstung, die Kirsan auf seine Liste gesetzt hatte. Überwiegend waren es Teile, um meinen Annihilator zu modifizieren. Die Geckho-Brüder hörten auf zu arbeiten, als ihr Captain auftauchte, hielten das Förderband an und kamen mit gesenkten Häuptern auf mich zu.

„Gerd Nat, wir haben dich enttäuscht. Es war einfach unmöglich, dort drin zu überleben …"

Ich betrachtete die Beulen und Löcher in ihren Exoskelett-Rüstungen. Sie waren ziemlich zugerichtet worden. Bei Basha fehlte sogar ein Teil des Bruststücks. Offenbar war es in einer Explosion weggefegt oder mit einem starken Laser abtrennt worden.

„Ist doch kein Ding. Ich habe auch nicht überlebt", beruhigte ich meine Soldaten. „Gebt eure Rüstungen bei unseren Mechanikern ab, sie werden sie reparieren. Ich werde diese Arbeiten als Priorität vermerken, dann erledigen sie es sofort. Und wo ist Eduard Boyko? Ist er noch nicht im Spiel? Oder gar nicht gestorben?"

Ich entdeckte den Weltraumkommandanten nirgendwo, und ein Scan zeigte, dass er sich auch nicht im Inneren der Fregatte befand. Leider hatte ich nicht daran gedacht, nachzusehen, ob Eduard seinen Virt Pod verlassen hatte, als ich unter der Kuppel gewesen war. Und die Brüder wussten auch nicht, was geschehen war.

„Der Kampf ging los, und wir drei begannen, mit unseren Granatwerfer-Systemen auf die von dir markierten Zielen zu feuern. Dann gingen die Lichter aus, und Eduard schrie etwas, das ich nicht verstanden habe: ‚Urazavedeve!‘[4] Dann rannte er unter ständigem Feuer auf den Feind zu. Mehr wissen wir nicht, denn dann waren wir beide schon tot.“

„Gerd Nat, was bedeutet ‚Urazavedeve‘?“, fragte Basha Tushihh neugierig.

„Das bedeutet ...“, begann ich und brach dann ab, da ich nicht wusste, wie ich eine möglichst kurze, verständliche Erklärung formulieren sollte. „Er hat sich damit in eine Art Kampfwahn versetzt. Die bloße Wut macht ihn so immun gegen Schmerzen und Furcht. Es ist eine einzigartige Fähigkeit der Lufttruppen meiner Fraktion.“

Anscheinend war diese Erklärung mehr als ausreichend für die Fellknäuel, denn es folgten keine weiteren Fragen. Da kam eine sichtlich verärgerte Uline auf uns zu gestampft und zeigte auf den riesigen Hyper.

„Das Triebwerk wurde noch nicht geliefert,

---

[4] „Ура за ВДВ!“ (Ura za WDW!) Dieser Schlachtruf ist eine Anspielung auf Eduards beruflichen Hintergrund als Fallschirmjäger der russischen Luftlandetruppen (Wosduschno-dessantnyje woiska), im Deutschen bekannt unter der Abkürzung „WDW“. Ungefähr gleichbedeutend einem militärischen „Hurra“ oder „Horrido“.

weswegen Orun Va-Mart sich weigert, den Hyperantrieb zu installieren. Wir verschwenden hier nur noch Zeit. Und je länger das dauert, desto mehr Zeit brauchen wir vor dem Start. Ehrlich gesagt macht mir die Situation Sorgen. Die Piraten, die bei eurem Angriff ums Leben gekommen sind, werden respawnen und ihren Verbündeten erzählen, was passiert ist. Bald wird jeder von deinem Angriff auf den Tresorraum erfahren. Wir werden uns hier viele mächtige Feinde machen!"

Ruhm auf 66 erhöht.

ACHTUNG! Das Buschigschattenrudel hat die Belohnung für die Zerstörung deines Raumschiffs erhöht. Neue Belohnung: 173.000 Krypto.

ACHTUNG! Die Gefahrenstufe des Freien Kapitäns Gerd Nat ist auf 2 gestiegen.

„Na wunderbar, genau das meinte ich!" Anscheinend konnte meine Partnerin die Änderungen ebenfalls sehen. „Wir müssen so schnell wie möglich von Medu-Ro IV weg! Gerd Nat, sprich mit dem Ingenieur, mach Druck, benutze Magic, wenn nötig! Er muss den Hyperantrieb installieren, bevor andere Einheiten herkommen!"

Ich erinnerte Uline daran, dass das Flinkpfotenrudel uns hier auf der Basis Schutz für die nächsten drei Tage versprochen hatte. Aber das war ein schwacher Trost für meine wütende, verängstigte Geschäftspartnerin. Da öffneten sich plötzlich die Türen, und Eduard Boyko betrat unter Gejaule und

Geklappere seiner demolierten Exoskelettrüstung den Hangar. Er war ja ganz schön vermöbelt worden! An seinem Rüstungsanzug schien so gut wie gar nichts mehr zu funktionieren. Im Vergleich dazu sahen die Rüstungen der Geckho-Brüder funkelnagelneu aus. Der rechte mechanische Arm des Soldaten hob sich mit einem ohrenbetäubenden Quietschen, er salutierte und stattete dann Bericht ab.

„Captain, Mission erfüllt! Ich habe überlebt und etwas Beute mitgebracht!"

Mit diesen Worten kippte er einen Haufen identischer Goldbarren aus seinem Inventar direkt auf den Hangarboden. Und sie waren nicht nur goldfarben, sondern pures Gold.

„Das sind gut 235 Kilo", sagte der Weltraumkommandant mit stolzgeschwellter Brust. „Es gab alle Arten von Barren in den Regalen im Tresorraum, und auch einige Drahtrollen. Vielleicht war das alles viel mehr wert als Gold. Aber ich hatte keine Ahnung, wieviel genau, und ich konnte auch nicht annähernd alle dieser Barren identifizieren. Also hatte ich Angst, es zu vermasseln, und entschied mich für das gute alte Gold. Und das ist für dich, Captain. Ich weiß, dass du auf das Zeug stehst."

Diesmal warf Eduard die Trophäe nicht vor mich hin, sondern legte sie mir zu Füßen, so vorsichtig es sein ruinierter Roboterrüstungsanzug eben zuließ. Erst hatte ich keine Ahnung, worum es sich handelte. Alles, was ich sah, waren in eine Art

Polymerschutzverpackung gehüllte Trümmer, vielleicht gewundene Metallteile ... Als ich dann aber versuchte, nicht nur Einzelteile, sondern das große Ganze zu identifizieren, wurde mir sofort klar, was ich vor mir hatte.

Kleine Reliktiker-Wachdrohne, Wrack.

Was in aller ...? Meine erste Reaktion war Angst. War meiner Wachdrohne etwas zugestoßen? Ich öffnete eilig das Fenster für die Drohnensteuerung und atmete erleichtert auf. Nein, meine befand sich immer noch irgendwo, war funktionsfähig und wartete auf Befehle. Wo war sie eigentlich genau? Ich fragte die Drohne mental nach ihrer ungefähren Ankunftszeit.

Geschätzte Flugzeit: 287.506 Jahre, 14 Tage, 6 Stunden, 58 Minuten.

Ich verglich sie mit der in meinen Notizen abgespeicherten Zeit. Die Drohne würde 30.000 Jahre länger brauchen, um Medu-Ro IV zu erreichen als Un-Tesh. Das bedeutete, dass wir in die falsche Richtung unterwegs waren. Egal, vielleicht noch ein oder zwei Anfragen von verschiedenen Punkten in der Galaxie, und der Navigator und ich könnten uns eine Sternkarte vorknöpfen und herausfinden, wo sich das besondere Objekt befand.

„Sag schon, Captain, gefällt es dir? Oder war es dumm, das mitzubringen?" Eduard Boyko riss mich aus meinen Gedanken.

„Natürlich war es nicht dumm. Das ist ein interessantes und wertvolles Stück", beruhigte ich meinen besorgten Soldaten. „Nur, ob ich es benutzen kann, weiß ich leider noch nicht …"

Ich hockte mich neben das transparente Paket und betrachtete die sorgfältig zusammengestückelten Teile der alten Drohne genauer. Es sah ganz so aus, als hätte sich jemand die Mühe gemacht, jedes einzelne Stück in den versiegelten Beutel zu stecken. Würde ich die Drohne wieder zusammensetzen und zum Laufen bringen können? Ich holte Kirsan aus der Fregatte und zuckte überrascht zurück, als der nigelnagelneu weiß lackierte Wurm sofort direkt neben mir auftauchte.

„Sag mal, kann man das reparieren?", fragte ich, und der Bot erstarrte für eine Weile, während er die Verpackung mit seinen vielen mechanischen Augen untersuchte.

Uline Tar machte den Universalübersetzer einsatzbereit und wartete geduldig darauf, dass Kirsan unter tausendfachem Armgefuchtel nach dem Gerät verlangte.

Schwierig. Langwierig. Gefährlich. Möglich. Muss auf Fregatte besser sehen. Muss Reparaturliste erstellen.

Alles klar. Eine so seltene Entdeckung gehörte nicht auf den schmutzigen Boden einer Dockbucht, sondern sollte schnell ins Raumschiff gebracht werden. Ich wollte die Tasche schultern. Verdammt, war dieser Krempel vielleicht schwer! Ich konnte die Tasche nur einen Zentimeter vom Boden aufheben und musste sie sofort wieder absetzen.

„Das sind und bleiben 72 Kilo, egal, wie du sie hebst", kicherte der bullenstarke Weltraumkommandant und hob die Trophäe mühelos mit einer Hand auf. „Ich glaube nicht, dass die Miyelonier, die den Tresorraum gestürmt haben, sonderlich begeistert waren, als ich das Paket an mich genommen habe. Sie riefen mir irgendetwas zu und gestikulierten wild, aber ich habe kein Wort verstanden. Dann habe ich mich auf den beschwerlichen Rückweg durch die Basis gemacht und dachte bei jedem Schritt: Ich hoffe, ich schleppe diesen zentnerschweren Krempel nicht ohne Grund mit mir rum. Vielleicht hätte ich anstelle dieses alten Wracks weitere 72 Kilo Gold mitnehmen sollen. Übrigens, Nat. Ich habe dein Lasergewehr gesehen. Das Flinkpfotenrudel hat es an einem unübersehbaren Ort stehen lassen, genau neben der Sicherheitskonsole. Wahrscheinlich, damit selbst die dümmsten Verteidiger es nach dem Respawn nicht übersehen und genau wissen, wer als Sündenbock herhalten muss."

„Alles klar." Diese Nachricht kümmerte mich herzlich wenig. Das Buschigschattenrudel wusste ohnehin, wer ihnen den Besuch abgestattet hatte, mit oder ohne das Pulsgewehr des Dunklen Bruchs. „Eduard, warum bist du den ganzen Weg zurück zu Fuß gegangen? Du hättest dich einfach umbringen und hier respawnen können."

„Meinst du, daran habe ich nicht gedacht, Captain? Spätestens in dem Moment, als ich wie der letzte Idiot neben den Aufzügen stand und keine Ahnung hatte, wie ich dem Sensorpanel verklickern kann, dass es mich zu Deck 16 bringen soll. Aber überleg doch mal, wie hätte ich das aus technischer Sicht hinkriegen sollen, mich in einem undurchdringlichen Exoskelettanzug umzubringen? Munition hatte ich auch keine mehr. Also musste ich mich irgendwie durchkämpfen. Und dann hat mir so ein trillianisches Weltraumkrokodil bei den Aufzügen geholfen. Es war der Typ, mit dem du im Casino gesprochen hast. Er erkannte mich wieder und fragte mich in Geckho, in welchen Stock ich wollte, dann tippte er das entsprechende Zeichen in die Tafel."

Ich bat meine Crewmitglieder, ein wenig Abstand zu den Trophäen zu halten und Eduard zur Fregatte durchzulassen. Ich befahl dem Weltraumkommandanten, seine ramponierte Rüstung auszuziehen und sie unseren mechanischen Bots zu geben, genau wie es die Geckho-Zwillinge mit ihren Rüstungen getan hatten. Meine Zuhörer-Rüstung hatte ebenfalls an zwei Stellen Durchschüsse erlitten, aber der Schild funktionierte trotzdem noch, das konnte also warten. Die Metall-Bots hatten ohnehin alle tausend Füße voll zu tun.

„Avan Toi, nimm das Gold mit und schließ es im Safe ein", bat ich den Ladungsoffizier mit einem Nicken zu den Goldbarren. „Uline, ich brauche eine Beurteilung des Wertes der Beute. Nur die Barren, die Drohnenteile sind egal", fügte ich hinzu, als ich den verwirrten Gesichtsausdruck der pelzigen Geckho-Dame sah.

„Wieso soll ich hier sitzen und rechnen?", fragte die Händlerin überrascht und zückte ihren Palmtop. „Gold ist begehrt. Alle Barren sind zertifiziert. 256.300 Krypto bekommst du dafür auf Medu-Ro IV. Das sind 1.709.000 Geckho-Kristalle. Und übrigens, hier steht, dass das Flinkpfotenrudel am Goldankauf interessiert ist."

Es sah ganz so aus, als hätte das Flinkpfotenrudel vor, die vorübergehende Schwäche des Konkurrenten möglichst effektiv zu nutzen und gleich diverse Ansprüche anzumelden. Oder vielleicht brauchte das Rudel eine plausible Erklärung dafür, woher sie plötzlich diese großen Mengen an Edelmetallen hatten. So konnten sie einfach sagen: „Seht selbst, wir haben es auf dem freien Markt gekauft." Mir sollte es gleich sein, diese Situation kam uns nur zugute.

„Uline, lass uns der Casinobesitzerin einen Besuch abstatten und herausfinden, ob sie unser Gold kaufen wollen. Dann können wir sie gleich daran erinnern, dass sie unserem Raumschiff Schutz versprochen hat. Und ja, Freunde, die Hälfte dessen, was wir für das Gold bekommen, wird an die Crew ausgezahlt! In Krypto, Kristallen oder Gold, ganz wie ihr wollt!"

Autorität auf 50 erhöht!

Meine letzten Worte wurden von

überschwänglichem Jubelgeschrei übertönt. Team Nat war außer sich vor Freude. Sie feierten mich in drei verschiedenen Sprachen. All ihr Unmut über meinen plötzlichen Piratenstatus und das satte Kopfgeld auf unser Schiff waren sofort vergessen.

Kapitel 31

Das große Treffen

TROTZ DER SPÄTEN Stunde brannte Licht im Verwaltungsgebäude unter der Kuppel, und das ganze Haus war zum Bersten voll. Alle hochkarätigen Spieler mussten an einem großen Meeting teilnehmen, das von Fraktionschef Ivan Lozovsky einberufen worden war. Glücklicherweise war Dimitri Scheltow in die wirkliche Welt gegangen, nachdem das Treffen angekündigt worden war, und hatte mich informiert. Somit kam ich nicht einmal zu spät. Ich begrüßte meine Kollegen und wollte den Stuhl suchen, der sich der Tür am nächsten befand, aber genau neben diesem saß bereits Tamara. Sie stand demonstrativ auf und ging auf die andere Seite des Büros. Natürlich bemerkten alle Anwesenden ihr kleines Manöver. Aber sie schwiegen taktvoll und unterhielten sich weiter, als wäre nichts passiert. Ihr Platz wurde von Gerd Ustinov eingenommen. Unser leitender Wissenschaftler wollte offensichtlich nicht zu spät zu kommen und platzte keuchend durch die Tür.

Als Letzter kam Lozovsky herein, begleitet von Alexander Antipow, dem Geheimdiensttypen, und jenem beleibten Major, der mir zur Zerstörung des Friedhofsknotens gratuliert hatte.

„Liebe Kolleginnen und Kollegen, zunächst möchte ich Ihnen Wassili Filippow vorstellen, einen neuen Spieler in unserer Fraktion und meinen neuen Stellvertreter." Mit diesen Worten wies Ivan Lozovsky auf den Soldaten, der seine Armeeuniform gegen einen dunkelblauen Trainingsanzug mit der Nummer 2018 getauscht hatte. „Die meisten von euch kennen ihn noch nicht, aber Wassily wirkt seit der ersten Stunde am Kuppelprojekt mit und ist seit sechs Monaten einer der externen Kuratoren unserer Fraktion. Aber ich lasse unseren neuen Kollegen gleich zu Wort kommen und etwas über die Aufgaben erzählen, die nun vor uns liegen."

Paradoxerweise war ich weniger daran interessiert, was der Mann zu sagen hatte, als an seiner Spielernummer. 2.018! Nicht schlecht. Die Fraktion war jetzt über 2.000 Mann stark! Das waren gute Nachrichten.

Der neue Spieler stellte sich ein wenig beschämt aus irgendeinem Grund ein zweites Mal vor und sagte, er wäre unter die Kuppel und ins Spiel geschickt worden, mit der Mission, sich gegen den neuen Strategen unserer Feinde, General Ui-Taka, zu behaupten.

„Wir können aus der wirklichen Welt heraus nicht schnell genug auf Ereignisse im Spiel reagieren. Also hat die Geschäftsleitung mich für einen zweijährigen Einsatz unter die Kuppel geschickt. Ich habe eure Kopien des Labyrinths bereits studiert, und sobald dieses Treffen vorbei ist, beabsichtige ich, in das Spiel einzusteigen und der Fraktion beizutreten. Ich bin zuversichtlich, dass ich mit meiner bisherigen Tätigkeit in der Lage sein werde, die Strategenklasse oder etwas anderes im Zusammenhang mit militärischer Organisation zu wählen. Ich habe bereits einen Plan, wie ich meinen Charakter schnell leveln kann. Jedenfalls aber bin ich hochmotiviert und freue mich auf die Zusammenarbeit mit euch allen!"

Applaus ertönte, und ich klatschte mit meinen Kollegen mit und begrüßte unser neues Fraktionsmitglied. Aber tief in meinem Inneren sträubte sich etwas. Wieder einmal ging die Fraktion kein Risiko ein und opferte bewusst drei mögliche Stat Points. Ein klassischer Fall von Spatz in der Hand, Taube auf dem Dach. Doch diese Taube auf dem Dach wäre drei kostbare Statistikpunkte wert, die vor allem für jemanden in einer so wichtigen Rolle von Bedeutung wären. Ich konnte mir kaum vorstellen, dass der legendäre feindliche General Ui-Taka die gleiche Entscheidung getroffen hätte. Zwei garantierte Punkte statt fünf potenzieller Punkte. Nein, er hätte sich eindeutig dafür entschieden, seine Fähigkeiten auf die ultimative Probe zu stellen.

„Kommen wir zu den weiteren Neuigkeiten“, meldete sich nun wieder Ivan Lozovsky zu Wort. „Zuerst darf ich euch mitteilen, dass ab sofort nicht nur der Dunkle Bruch groß angelegte Spionageoperationen durchführen kann. Mehrere unabhängige Quellen bestätigen, dass die Gruppe *Befreiung von der Magiertyrannei* sich bereiterklärt hat, mit uns zusammenzuarbeiten. Zum Beweis, dass sie es ernst meinen, haben sie eine große Versammlung von Magiern in der Heimatwelt des Dunklen Bruchs bombardiert.“

Aufgeregtes Murmeln erfüllte den Raum. Ich hörte viele missbilligende Kommentare darüber, dass wir Terrorismus als Instrument der Kriegsführung einsetzten. Ustinov nannte es sogar eine „abscheuliche Unmenschlichkeit“ und „den Geist aus der Flasche lassen“, womit er meinte, dass Terrorismus dann in Zukunft genauso gut auch in russischen Städten eingesetzt werden könnte.

Lozovsky rief die Anwesenden zur Ruhe. „Lasst mich eines gleich vorwegsagen, damit hier keine üblen Gerüchte aufkommen. Wir haben keinen Terrorakt angeordnet. Diese tapferen Krieger folgen einer Ideologie, die sich gegen die Magierherrschaft richtet, und sie haben im Alleingang beschlossen, ein Flugzeug mit Sprengstoff zu füllen und es in die Luft zu jagen. Der Schlag gelang während der Beerdigung des verstorbenen Mitregenten Thumor-Anhu La-Fin, bei der alle prominenten Magier der Parallelwelt anwesend waren. Tatsächlich spielen viele von ihnen auch sehr starke Charaktere im *Spiel, das die Wirklichkeit unterwirft.* Uns liegen noch keine konkreten Opferzahlen vor, aber es ist die Rede von vielen Toten. Unser Feind hat erhebliche Verluste erlitten und ist nun viel schwächer."

Was? Mein Herz schien auszusetzen, als ich begriff, was Lozovsky soeben gesagt hatte. Minn-O La-Fin war bei der Beerdigung gewesen! War das der Grund, warum die Prinzessin immer noch nicht wieder auf Medu-Ro IV war, obwohl meine *Wayedda* schon lange hätte zurückkehren sollen?

Als hätte er meine Gedanken erraten, wandte sich Ivan Lozovsky direkt an mich. „Nat, ich kann mit Sicherheit sagen, dass Minn-O La-Fin überlebt hat. Das wurde in den Nachrichten in ihrer Welt berichtet. Und ich möchte wiederholen, dass wir uns immer noch freuen würden, die Prinzessin in unseren Reihen zu sehen. Sie auf unserer Seite zu haben, wäre wirkungsvolle Propaganda und würde dem Dunklen Bruch zeigen, dass sie uns niemals besiegen könnten. Was die Agenten der Gruppe *Befreiung von der Magiertyrannei* betrifft, ja, ihre Methoden mögen radikal erscheinen, aber wir haben keine anderen Verbündeten in der magischen Welt, also bleibt uns kaum eine andere Wahl. Nun gut, beenden wir das Thema Terrorismus in der magischen Welt. Ich möchte euch bitten, das, was hier besprochen wurde, nicht mit anderen Spielern zu teilen. Nun bitte ich die Führer beider Legionen, darüber Bericht zu erstatten, ob sie für das Ende des Waffenstillstands bereit sind."

Gerd Tarasov sprach zuerst. Er hatte sich entschieden, die Größe der Ersten Legion von 200 auf 300 Soldaten zu erhöhen. Es gab auch intensive Trainingseinheiten, und jeder zusätzlich eingestellte Spieler musste sich gegen fünf andere Kandidaten für seinen Job durchsetzen. Neue Waffen wurden eingeführt und damit trainiert. Soldaten und Ausrüstung wurden auf der Straße von Neubayern zur Gestade transportiert, obwohl die Zentauren, die die Straße bauten, sie noch gar nicht fertiggestellt hatten und sie eigentlich beinahe nur auf Papier existierte.

Ich hörte nur mit halbem Ohr zu. Mir machte immer noch Sogen, dass Minn-O mitten in einen Terroranschlag geraten war. Die beruhigenden Worte des Fraktionsvorsitzenden waren kaum ein Trost. Dass sie überlebt hatte, hieß nicht automatisch, dass sie auch unverletzt geblieben war. Außerdem war ich verärgert, dass Lozovsky so offen über den Plan gesprochen hatte, meine *Wayedda* in unsere Welt zu bringen. Soweit ich wusste, war der rätselhafte, überraschend gut informierte Spion des Dunklen Bruchs in unseren Reihen noch nicht enttarnt worden. Das bedeutete, dass jeder im Raum ein Feind sein könnte. Daraus wiederum konnte ich nur schließen, dass unsere Pläne für Minn-Os Fraktion kein Geheimnis mehr waren, was bedeutete, dass sie möglicherweise in Gefahr war. Hatte sich der erfahrene Diplomat nur versprochen? Oder war seine Aussage berechnend und sollten etwas bezwecken, das ich nicht verstand?

Irgendwann sah ich hoch und bemerkte Tamara, die mir gegenübersaß und mich mit Blicken förmlich durchbohrte. Wir sahen einander in die Augen, und zu meiner Überraschung wandte sich das dunkelhaarige Mädchen nicht ab. Die Anführerin der Zweiten Legion wollte mir etwas sagen.

„Nat, du bist natürlich ein Dreckskerl, und ich werde dir, wenn überhaupt, in nächster Zeit sicher nicht verzeihen. Aber es gibt etwas, das du wissen solltest. Im Spiel hat jemand vom Dunklen Bruch Kontakt mit der Zweiten Legion aufgenommen. Ich werde seinen Namen nicht nennen, aber er hat uns seine Dienste angeboten. Er sagte, dass er der Sprecher einer großen Gruppe von Rebellen in der wirklichen Welt wäre. Und die sind nicht nur „ideologisch motiviert", wie Lozovsky allen einreden will. Gut, im Grunde schon, aber nicht nur. Und ihre Dienste sind nicht billig. Sie haben eine halbe Million Kristalle verlangt, um eine große Gruppe von Magiern auf Thumor-Anhu La-Fins Beerdigung zu töten. Unser Diplomat hat seine Zustimmung gegeben, und ich habe den mentalen Schutz gewährleistet, damit unser Agent nicht von psionischen Magiern enthüllt wurde. Dann, nach dem Angriff, hat Lozovsky mit den Mitteln bezahlt, die er vom Geckho-Diplomaten Kosta Dykhsh erhalten hatte. Ich war mit einer Gruppe zuverlässiger Soldaten

auch bei der Kristallübergabe dabei und habe für mentale Deckung gesorgt, also weiß ich, wovon ich rede."

Tamara unterbrach die gedankliche Verbindung, da sie nun an der Reihe war, ihren Bericht über die Vorbereitungen der Zweiten Legion für die Wiederaufnahme der Kampfmaßnahmen gegen den Dunklen Bruch zu erstatten. Sie sprach über die Verstärkung der Verteidigungsstrukturen im Knotenpunkt Karelia, die Straße, die sie mit der Hilfe der Zentauren von der Hauptstadt bis zum Sturmdämonenfelsen gebaut hatte, die intensiven Trainingseinheiten und ihr Erreichen von Level 100.

Ich hingegen saß da, und meine Gedanken rasten. Tamara hatte zweifellos die Wahrheit gesagt. Mein Kopf füllte sich mit wirren, wütenden Gedanken, von denen der zivilisierteste noch das dringende Verlangen war, unserem Fraktionsleiter an Ort und Stelle einen Faustschlag ins Gesicht zu verpassen, für seine schamlosen Lügen und seinen Versuch, meine Frau wissentlich in Gefahr zu bringen. Aber ich behielt mich unter Kontrolle. Die Zeit, meinem Fraktionsleiter an die Gurgel zu gehen, war noch nicht gekommen. Außerdem würde das auch nichts ändern, sondern nur ein negatives Licht auf mich werfen - und das vor den wichtigsten Mitgliedern der Human-3-Fraktion. Alles, was ich davon hätte, wäre ein Knacks in meiner Autorität, sowohl hier als auch im Spiel.

Als Gerd Radugin seine Rede begann, war ich

schon wieder zur Vernunft gekommen. Der ehemalige Fraktionschef war nun für die Versorgung der Knoten und Spieler zuständig, und er erzählte uns davon, wie der Knoten Sumpf des Ostens auf 2 gelevelt hatte. Deswegen also hatte sich die Anzahl der Spieler in unserer Fraktion erhöht. Radugin sprach unterdessen von der Schaffung unterirdischer Reservelager fernab der Front, in denen im Falle eines länger andauernden Krieges Erdöl und Erdölprodukte gelagert werden sollten. Er gab sogar einen konkreten Zeitrahmen vor. Mit den vorhandenen Reserven würde die Fraktion acht Tage überdauern können, selbst wenn der gesamte Ölförderkomplex im Sumpf des Ostens wieder zerstört werden sollte. Was Radugin erzählte, war insgesamt sehr interessant und informativ.

Bei Gerd Ustinovs Vortrag allerdings wurde mir langweilig. Laborkapazität, Reduzierung der Entwicklungszeit, neue Auflagen von mindestens zwei Testern pro Chemiespezialist, Bedarf an einigen spezifischen Kondensatoren und Induktionsspulen aus der wirklichen Welt, Erweiterung des Prometheus-Komplexes. Ich war nicht der Einzige, der gähnte, aber alle versuchten wir zumindest, so zu tun, als würden wir zuhören und alles verstehen, was der Wissenschaftler sagte.

Schließlich war ich an der Reihe. Vor diesem Treffen hatte ich mich blendend gefühlt, war motiviert und guter Dinge gewesen. Ich hatte vorgehabt, meinen Kollegen alles zu erzählen und nichts zu verbergen.

Nun hatte ich meine Meinung geändert. Ich verriet keine Geheimnisse, sondern erzählte nur, was sie bereits wussten oder leicht herausfinden konnten. Ja, ich besaß nun ein meleyephatianisches Raumschiff vom Typ Tolili-Ukh X. Ich war dessen Kapitän und Miteigentümer und teilte das Schiff mit einer Geckho-Händlerin namens Uline Tar aus dem wohlhabenden und einflussreichen Klan von Weltraumhändlern Tar-Layneh.

Wie das Schiff so war? Nun, wie sollte ich sagen ... Es war natürlich nicht mehr nur Schrott, wie damals, als wir es vom „großzügigen" Kung Waid Shishish erhalten hatten, aber von einer topmodernen, sicheren Fregatte waren wir noch weit entfernt. Die grundlegenden Reparaturarbeiten waren abgeschlossen, und das Schiff konnte fliegen. Wir hatten kürzlich unser altes Triebwerk gegen eines mit mehr Leistung ausgetauscht und einen neuen Hyperantrieb eingebaut. Die alten Teile hatten wir absichtlich nicht verkauft. Bei der ersten Gelegenheit würden wir sie für die Wissenschaftler auf die Erde bringen.

Als ich das sagte, sprang der wissenschaftliche Leiter Gerd Ustinov wie von der Tarantel gestochen auf. Seine Stimme überschlug sich vor Aufregung.

„Habe ich dich richtig verstanden? Gerd Nat, du besitzt ein funktionierendes Schwerkraft-Quark-Triebwerk? Mit einem Hyperraumantrieb, auch in funktionstüchtigem Zustand? Kollegen, habt ihr eine

Ahnung, was das für die terrestrische Wissenschaft bedeutet? Ein unvorstellbarer Segen! Zu verstehen, wie sie funktionieren, wird der Menschheit gigantische Fortschritte auf dem Gebiet der Quantenphysik und der multivariaten Analyse bescheren! Diese Artefakte allein sind mehr als genug, um alle unsere Ausgaben für das Kuppelprojekt zu rechtfertigen. Sie müssen so schnell wie möglich in unser Gebiet gebracht werden!"

Ein Summen und Brummen ging durch den Raum, als alle lautstark über meine Neuigkeiten diskutierten. Man gratulierte mir, lobte mich und versprach mir diverse Belohnungen. Alexander Antipow deutet sogar vorsichtig an, dass mir für diese Leistung wohl eine offizielle Medaille gebührte. Offensichtlich war diese Entscheidung aber nicht Sache des Agenten. Ich genoss all den Rummel und war zufrieden. Als die begeisterten Ausrufe endlich verstummten, setzte ich meinen Bericht fort, wobei ich mich bemühte, nicht zu viel Aufhebens um die Probleme zu machen, die wir trotz allem hatten.

Ich erklärte, dass wir neue Elektronik und einen guten Nahraumscanner in der Fregatte eingebaut hatten, die nicht billig gewesen waren. Die Reparatur des Innenraums hatte ebenfalls viel Aufwand und Ressourcen gekostet, insbesondere die Installation eines Lastenaufzugs. Derzeit waren wir gerade dabei, die Modernisierung abzuschließen, und würden Medu-Ro IV mit unserer kleinen Fregatte hoffentlich in einem Tag verlassen können. Aber wohin dann?

„Was meinst du damit?", fragte Alexander Antipow überrascht. „Zur Erde natürlich! Wir stehen kurz vor einem Krieg und brauchen dringend eine Kampffregatte!"

Ich schüttelte skeptisch den Kopf. „Unser Schiff wäre in seinem jetzigen Zustand gegen die Dunkle Fraktion nicht viel wert. Es kann nicht auf einem Planeten landen oder aus dem Orbit feuern. Es fehlen die notwendigen Stabilisatoren, um in eine dichte Atmosphäre einzudringen, und Waffen haben wir auch noch keine. Außerdem braucht man Schwerkraftkompensatoren, um auf einem so großen Himmelskörper wie der Erde zu landen. Irgendwann werden wir diese Dinge bestimmt haben, aber unser Hauptproblem ist im Moment ein ernsthafter Mangel an Personal und Geld. Mein Team sollte 30 Mann stark sein. Ich habe elf. Und um das Raumschiff modifizieren und aktivieren zu können, brauchen wir mindestens weitere vier Millionen Geckho-Kristalle, vorzugsweise neun."

Wieder ging ein Summen durch den Raum. Alle waren ob der kolossalen Summe erschüttert. Ich sah, wie einem nach dem anderen das Lächeln verging. Sie alle wussten, dass die mittellose H3-Fraktion keine Möglichkeit hatte, mir Geld zur Verfügung zu stellen, was bedeutete, dass sie keine Hilfe aus dem Orbit erhalten würden. Ich legte noch ein kleines Schippchen nach.

„Uline Tar hat nicht viel Geld. Und ich, wie ihr

euch vorstellen könnt, auch nicht. Wir arbeiten daran, dieses Problem zu lösen, indem wir verschiedene Missionen für die miyelonischen Rudel durchführen. Meine Crew kann euch bei Gelegenheit von einer erfolgreichen Operation auf der Medu-Ro-IV-Basis berichten, die uns geholfen hat, das Geld für das absolute Minimum an Reparaturen zusammenzukratzen. Darüber hinaus haben wir ein paar Ideen für profitable Handelsrouten. Wir können auch auf Asteroiden nach wertvollen Mineralien suchen. Sollten wir es wirklich brauchen, kann Uline Tar ein Darlehen von ihren Verwandten bekommen, aber wir würden es vorziehen, das Geld selbst zu verdienen. Aber koste es, was es wolle, wir werden das Schiff bewaffnen und weitere Crewmitglieder einstellen. Das wird jedoch einige Zeit in Anspruch nehmen. Aber im Moment können wir es uns nicht leisten, weiß der Geier wie viele Milliarden Kilometer zurückzulegen, nur, um bei gutem Wetter Ziele für Haubitzen aus den Gelben Bergen zu markieren. Da könnten wir das Geld für den Treibstoff genauso gut verbrennen und uns die Hände dran wärmen." Ich hob die Schultern und schüttelte den Kopf. „Es hat einfach keinen Sinn. Und die andere Besitzerin des Schiffes würde nie zustimmen. Außerdem könnte diese Aufgabe genauso gut jeder x-beliebige Quadrocopter mit einer Kamera aus der wirklichen Welt übernehmen."

„Nein, das funktioniert nicht", widersprach der zukünftige Stratege mir. „Wir haben das schon einige

Male versucht. Der Dunkle Bruch hat elektronische Drohnenstörsysteme, und die vernichten sofort alles, was wir rüberschicken. Übrigens sind wir ihnen in dieser Hinsicht nicht unterlegen. Wir tun dasselbe mit ihren Drohnen. Aber ich muss Nat recht geben. Es wäre besser, zu warten und das Schiff in optimale Kampfform zu bringen, als unsere Trumpfkarte zu enthüllen, nur, um dann einzusehen, dass sie im Kampf nutzlos ist."

„Ich bin zuversichtlich, dass wir unsere finanziellen Probleme in fünf bis sieben Tagen lösen können. Das sollte reichen", sagte ich. Als ich diesen vorläufigen Zeitrahmen nannte, beobachtete ich meine Kollegen aufmerksam.

Wie erwartet konnte sich niemand mehr im Raum zu einem auch noch so gequälten Lächeln durchringen, als ihnen klar wurde, dass die Human-3-Fraktion weiterhin auf die dringend benötigte Verstärkung durch eine Raumfregatte warten musste. „Hinzu kommen noch ein, zwei weitere Tage, um die gekauften Module zu installieren, dann anderthalb Tage Flugzeit. Kurzum, in etwa acht bis zehn Tagen können wir unsere wissenschaftlich wertvolle Fracht abliefern. Dann wird ein Kampfraumschiff die Erde umkreisen, bereit, unsere Feinde zu bekämpfen! Aber bis dahin muss die Fraktion dem Dunklen Bruch ohne uns standhalten. Aber ich habe ja eine Million Kristalle geschickt, damit ihr alles kaufen könnt, was ihr braucht, um unsere Verteidigungen vor dem unvermeidlichen Krieg mit der Parallelwelt zu verstärken."

„Eine Million Kristalle? Ich habe gehört, dass wir viel weniger als das erhalten haben. Ungefähr dreimal weniger", sagte Alexander Antipow und wandte sich mit einem fragenden Blick an den Fraktionschef. Auch Wassili Filippow runzelte verständnislos die Stirn, als hörte er zum ersten Mal von dieser Million.

Nur eine Sekunde lang war ein Anflug von Schrecken und Ärger auf Lozovskys Gesicht zu sehen, doch sofort hatte er wieder sein gewohntes selbstsicheres Lächeln aufgesetzt. Aber ich hatte die beinahe unmerkliche Entgleisung seiner Gesichtszüge mitbekommen und zog meine eigenen Schlüsse daraus. Anscheinend war die Investition einer halben Million Kristalle in die Rebellen in der magischen Welt das persönliche Projekt des Fraktionschefs, über das weder die anderen Direktoren noch die externen Kuratoren Bescheid wussten.

„Nun, wir haben nicht wirklich so viel bekommen", gab der Fraktionschef zu. „Wir haben 840.000 Kristalle bekommen, um genau zu sein. Ich habe ein Dokument von Kosta Dykhsh, auf dem genau diese Summe vermerkt ist. Aber Freunde, ihr vergesst die dreißigprozentige Steuer, die unsere Oberherren auf das Einkommen ihrer Vasallen aufschlagen. Außerdem wurde ein Teil dieses Geldes verwendet, um die fast 1.000 NPC-Zentauren zu bezahlen, die wir eingestellt haben. Denn die bauen unsere Straßen,

Verteidigungsanlagen und andere Strukturen auch nicht umsonst. Und sie werden auch an unserer Seite kämpfen. Zudem haben wir der Human-6-Fraktion etwas Geld geschuldet. Eine Division deutscher Verbündeter, 300 Mann stark, wird morgen im Hafen an der Gestade eintreffen, um uns im Kampf gegen den Dunklen Bruch zu unterstützen. Und um sie auszurüsten wurde genau dieses Geld aufgewendet. Eine detaillierte Kostenabrechnung wird den Kuratoren direkt nach diesem Treffen vorgelegt. "

Der Direktor sprach selbstbewusst und eloquent, und offensichtlich überzeugte er damit alle Anwesenden. Außerdem hatte ich keinen Zweifel daran, dass ein so erfahrener Politiker wie Lozovsky die nötigen Beweise bei Bedarf erbringen konnte, einschließlich Zeugen und sogar Hufabdrücken von der Zentaurenstute Phylira. Dennoch log Ivan Lozovsky wie gedruckt. Eine Vasallensteuer von 30 % war reinster Quatsch. Genau diesen Aspekt hatte ich mit Uline besprochen, und der Transfer war eben bewusst zwischen Privatpersonen erfolgt, um die Steuern zu vermeiden.

Aber was würde ich schon erreichen, wenn ich die Worte des Fraktionsvorsitzenden infrage stellte? Noch dazu ohne jeden Beweis! Der Diplomat würde höchstens behaupten, dass er nicht befugt war, die Finanzierung der Anti-Magier-Rebellen offenzulegen, da das Projekt streng geheim war und nicht jeder Teilnehmer des Meetings über die nötige

Sicherheitsfreigabe verfügte. Vielleicht würden sie ihm wegen Verschleierung oder sogar wegen Amtsmissbrauchs auf die Finger klopfen, aber mehr auch nicht.

Das Treffen ging weiter, aber interessante Neuigkeiten kamen keine mehr. Stattdessen wurden in erster Linie praktische Probleme besprochen. Da war etwa der Bau von Maiskolben Nummer 23 und 24. Dann das benötigte zweite Fußballfeld und zwei weitere Tennisplätze. Wir würden auch ein separates Gebäude für Fraktionsmitglieder mit Familien bekommen. Als Nächstes besprachen sie den Zeitplan für die Nachtbeleuchtung. Einige fanden es zu dunkel, andere konnten nicht schlafen, weil die Scheinwerfer zu hell waren ... Es waren alles Nebensächlichkeiten und kleinere technische Problemchen. Ich hatte keine Ahnung, warum wir alle hier sitzen und diese Dinge durchkauen mussten.

Mich interessierte nichts davon, abgesehen von der Frage des neuen Strategen danach, warum mein Team aus weder bekannten, noch überprüften Miyeloniern und Geckho bestand. Warum wartete ich nicht ein paar Tage und stellte mir hier eine Crew mit Leuten aus meiner eigenen Fraktion zusammen? Wassily Andrejewitsch Filippow versicherte mir, dass die Human-3-Fraktion alle meine Voraussetzungen erfüllen und eine ausreichende Anzahl von Personen mit den entsprechenden Berufen finden oder entsprechend trainieren würde. Unsere Mission war schließlich entscheidend für die gesamte Menschheit.

Ich antwortete, dass ich für den Moment nur die wichtigsten Crewmitglieder einstellte. Das absolute Minimum, um die Reparatur des Raumschiffs abzuschließen und es abflugbereit zu machen. Ich versprach, mir den Vorschlag des Strategen zu Herzen zu nehmen und der Fraktion bald eine Liste der freien Stellen mit entsprechenden Level- und Qualifikationsanforderungen zukommen zu lassen. Und damit war das Treffen vorüber. Ich eilte zum Ausgang und verbarg nur mit Mühe mein breites, freudiges Grinsen. Alles lief genau so, wie ich es mir erhofft hatte!

Kapitel 32

Vermittler zwischen Fraktionen

ICH BEEILTE MICH, das Verwaltungsgebäude zu verlassen, wurde aber bei der Ausgangstür von Gerd Tamara aufgehalten.

„Kirill, warte auf mich!"

Ob ich nun wollte oder nicht, ich musste ihrem Befehl Folge leisten, vor allem, da Roman Pavlovich zusammen mit einem weiteren starken Soldaten der Zweiten Legion mit verschränkten Armen vor dem Ausgang stand und ihn blockierte. War ich in Schwierigkeiten? Anscheinend nicht. Keiner von Gerd Tamaras Untergebenen machte Anstalten, aggressiv zu werden, und außerdem achteten die Leibwächter, die mich unter der Kuppel begleiteten, darauf, dass etwaige Konflikte nicht eskalierten. Tamara schloss zu mir auf und bat mich höflich, sie auf ihr Zimmer zu bringen. Also gingen wir in die schwach beleuchtete Kuppel hinaus und schlenderten langsam zu unserem Wohnhaus, das etwas abseits stand. Unsere Leibwächter ließen höflich ein wenig Abstand, um unser Gespräch nicht zu stören.

„Du bist heute irgendwie nicht du selbst, Kirill", sagte sie und wickelte sich fester in die Trainingsjacke, die sie sich über die Schultern geworfen hatte. „Du bist normalerweise so aktiv, voller Ideen und Energie. Aber heute wirkst du apathisch und abgestumpft. Ich konnte auch spüren, dass du vorhin nur die halbe Geschichte erzählt hast, Ab und zu hast du sogar ganz offensichtlich gelogen. Ist etwas Schlimmes passiert? Machst du dir Sorgen um Minn-O La-Fin?"

„Erinnerst du dich an die Nachricht, die du mir damals im Funkgerät versteckt hast?", antwortete ich mit einer Gegenfrage. Tamara nickte eifrig. „Nun, auch wenn der Verräter Tyulenev kein Fraktionsvorsitzender mehr ist, werde ich das Gefühl nicht los, dass deine Warnung immer noch genauso relevant ist wie damals. Der Dunkle Bruch weiß verdächtig viel über uns. Und unsere Führer tun manchmal merkwürdige Dinge, die mir unerklärlich sind. Und deshalb befolge ich immer noch deinen Rat und habe meine wahren Pläne nicht einmal unseren Führern offenbart."

Eine Weile ging Tamara stumm neben mir her und verdaute diese Informationen.

„Wenn du Ivan Lozovsky meinst", sagte sie dann, „du weißt ja, dass ich die Einzige war, die gegen ihn als Fraktionsvorsitzenden gestimmt hat, oder? Und ich bin immer noch der Meinung, dass du dort stehen solltest, wo er jetzt steht. Aber Lozovsky ist kein Feind. Er ist nur ein skrupelloser Karrierist, der kein Problem damit hat, auf die Köpfe seiner Untergebenen zu steigen, um selbst an die Macht zu gelangen. Er hat eindeutig nicht viel übrig für dich, aber er bleibt geduldig, solange du ihm nützlich bist. Aber wenn du dir nur einen ernsten Fehltritt leistest, Kirill, wird dich unser Boss mit der Schuhspitze wie ein Insekt zertreten!"

„Mag sein. Ich wäre mir da nicht so sicher. Aber Lozovsky hat eine halbe Million Kristalle in die Hände von Terroristen gelegt und es allen verschwiegen …", begann ich.

Tamara unterbrach mich unwirsch. „Unser Diplomat ist sauber. Ich habe ihm das Angebot des Spielers des Dunklen Bruchs überbracht und ihn davon überzeugt, dem Plan zuzustimmen. Lozovsky hat das Geld übergeben, nachdem die Geckho bestätigt hatten, dass es bei der Beerdigung eine Explosion gab."

„Aber … warum in aller Welt hast du das getan?", keuchte ich überrascht, und das zarte Mädchen blieb ruckartig stehen und sah mich an.

„Weil wir es tun mussten, Kirill!", antwortete sie todernst. „Manchmal muss man eben eine schwierige Entscheidung treffen. Ein Chirurg wird sich auch keine Gedanken um den Arm machen, den er amputieren muss, wenn er so das Leben des Patienten retten kann. Und wir müssen den Krieg mit dem Dunklen Bruch um jeden Preis gewinnen. Sogar Terrorismus und die Ermordung der mächtigsten Magier sind gerechtfertigt, wenn das nötig ist, um unseren tödlichen Feind zu schwächen. Ich bereue nichts. Ich würde es ohne zu zögern wieder tun!"

Tamara und ich funkelten einander einige Sekunden lang an, und ich musste erstaunt feststellen, dass ich ihre Gedanken nicht lesen konnte, so sehr ich mich auch bemühte. Wenn der Paladin wollte, konnte sie also undurchdringliche Gedankenblockaden hochziehen. Schließlich gab ich nach und wandte meinen Blick als Erster ab. Danach hatten wir uns schnell wieder gefasst und folgten weiter dem düsteren Weg durch den Park. Wenig später stellte ich eine Frage, die mich schon lange beschäftigte.

„Tamara, hast du jemals darüber nachgedacht, warum dieser Spieler des Dunklen Bruchs einen so großen Betrag an virtueller Währung haben wollte? Ich meine, könnte er diese Summe jemals ausgeben, ohne damit Verdacht zu erregen?"

„Darüber habe ich nachgedacht", sagte sie mit einem Kopfnicken. „Und nein, natürlich könnte er das nicht. Es sei denn, er ist niemandem gegenüber Rechenschaft schuldig. Oder sehr reich, sowohl im

Spiel, das die Wirklichkeit unterwirft, als auch in seiner eigenen magischen Welt. Und noch etwas gibt mir zu denken. Höchstwahrscheinlich war diese ganze Sache nicht die Idee eines einfachen Spielers. Viel eher stammt der Plan aus der Feder eines sehr hochleveligen Spielers, möglicherweise sogar eines der höchsten Führer einer magischen Welt. Wer auch immer es war, er hat wohl einfach eine Chance gesehen, die Konkurrenz loszuwerden, und hat sie wahrgenommen. Aber du weißt schon, Kirill ... Es ist mir egal, wer dahinter steckt. Diese Monster sollen sich ruhig gegenseitig verschlingen."

In dieses ernste, offene Gespräch vertieft erreichten wir den Eingang zum Wohnhaus. Hier trennten sich unsere Wege. Ich ging nicht hinein, sondern wollte zu den Maiskolben zurückzukehren und wieder ins Spiel einsteigen. Es gab viel zu tun. Tamara schien verärgert über meine Entscheidung, aber sie versuchte nicht, sie mir auszureden oder mich zu bitten, mit ihr mitzukommen. Sie stellte sich auf die Zehenspitzen und gab mir verschämt einen flüchtigen Kuss auf die Wange.

„Kirill, letztens an meinem Geburtstag, du weißt schon, was ich meine. Hast du darüber nachgedacht? Oder bist du einfach sofort gegangen?"

Ich grinste und versuchte es mit ein paar dummen Witzen, versagte damit aber kläglich. Wie eine kleine Zecke hatte sie sich buchstäblich in mich verbissen, hielt meine Jacke mit beiden Händen umklammert und ließ nicht los. Aus irgendeinem Grund brauchte das Mädchen ganz dringend eine Antwort auf diese Frage.

„Ja, ich gebe zu, dass ich darüber nachgedacht habe", log ich, weil ich dachte, dass sie das hören wollte. „Wer könnte so einem hübschen Mädchen widerstehen?"

Tamara errötete noch mehr, ließ mich dann endlich los und sagte, dass alles vergeben und vergessen wäre. Sie wünschte mir viel Vergnügen im Spiel, verabschiedete sich und betrat das Gebäude. Nach dieser amüsanten, kurzen Unterhaltung hob sich meine Stimmung deutlich. Wieso sollte ich es abstreiten? Tamara war reifer als alle Mädchen in ihrem Alter, die ich jemals kennengelernt hatte. Ich mochte sie, und ich war froh, dass wir unsere Missverständnisse und die gegenseitige Abneigung nun hinter uns gelassen hatten.

WAS FÜR EIN Anblick! Langsam und genießerisch schritt ich um mein Schiff herum, das nun endlich startbereit war. Ich war begeistert. Keine Spur mehr von den Beulen und Löchern im Rumpf und von der ungeschickt zusammengestückelten Panzerung. Das silberne Schiff war auf Hochglanz poliert worden und strahlte nur so. Die Triebwerke wärmten sich gerade für den Start auf. Das war Musik in meinen Ohren. Ich betrachtete liebevoll die kurzen, pfeilartigen Flügel für den Atmosphären-Ultraschallflug und die fünf Vorrichtungen für Raketen- und Bombensysteme, die man bei Bedarf ausklappen konnte. Die Waffen waren alle geliefert und installiert worden.

Wir hatten zwei Lasertürme vorne. Obwohl es sich dabei nicht um die neuesten oder stärksten Modelle handelte, konnten sie die Atmosphäre durchstoßen und Panzer oder Antigravs mühelos pulverisieren. Wir hatten auch einen Kampfcomputer, mit dem die Geschütztürme auf bewegliche Ziele ausgerichtet werden und feuern konnten, sogar auf solche, die aktiv auswichen. Außerdem gab es an Bord fortschrittliche Scansysteme, die in der Lage waren, auch tief unter der Erde liegende Ziele zu erkennen. Zwar hatte ich jeden Krypto zweimal umdrehen und überall knausern müssen, weshalb die Ausrüstung nicht die beste auf dem Markt war, aber das Schiff war ausgestattet und kampfbereit.

Wenn der Spion des Dunklen Bruchs beim letzten Treffen unter der Kuppel dabei gewesen war, wusste seine Führung wahrscheinlich bereits, dass mein Raumschiff noch mindestens zehn Tage lang unbrauchbar sein würde. Für den Fall, dass ich mich irrte und es gar keinen Spion in unseren Top-Rängen gab, plante ich, diese Fehlinformation vor Minn-O zu wiederholen, sobald ich meine *Wayedda* hier auf der Basis wiedersah. Ja, die Feinde hatten Wahrsager, aber selbst die waren nicht allwissend. Wenn sie mit falschen Ausgangsdaten arbeiteten, würden sie ihren Strategen ungenaue Prognosen geben. Ihre Generäle würden unweigerlich Fehler machen. Und das war genau das, worauf ich hoffte.

Der alte Ayukh hatte bereits berechnet, wie lange es dauern würde, um zur Erde zu gelangen: sieben Ummi. Leider war das langsamer als beim letzten Mal mit dem starken Abfangjäger, trotz aller Boni unseres erfahrenen Navigators. Sieben Ummi waren 39 Stunden in der Erdzeit. Auf der einen Seite war das ewig lang. Aber auf der anderen Seite würde meine H3-Fraktion schon 40 Stunden durchhalten können, selbst wenn die bevorstehende Schlacht vernichtend für uns verlaufen sollte. Sobald ich hörte, dass der Krieg begonnen hatte, wollte ich sofort abheben und in den Konflikt eingreifen. Das Auftauchen einer tödlichen Fregatte, an die der Feind nicht herankam, würde das Kräfteverhältnis deutlich verändern. Davon war ich überzeugt.

Der Navigator hatte vorgeschlagen, unser Raumschiff auf einer anderen Basis, dem miyelonischen Handelszentrum Kasti-Utsh III, zu parken. Von dort aus würden wir die Erde dreimal schneller erreichen. Ich hatte schon einmal von dieser Basis gehört. Während meiner allerersten Reise auf dem Shiamiru hatte die Geckho-Crew sie als günstig gelegen und ruhig beschrieben. Deshalb hatte ich nichts dagegen, dieses Handelszentrum als unsere

Basis zu verwenden. Es gab noch einen weiteren Grund, Kasti-Utsh III anzufliegen. Ich hatte herausgefunden, dass ein örtlicher Händler namens Mava alle Reliktikerartefakte, die er vom Freien Kapitän Rikki und anderen Piraten erworben hatte, an einen Geschäftspartner weiterverkauft hatte, der auf dieser Basis lebte. Ich war neugierig, was ich dort finden würde. Nur sehr wenige kannten den wahren Wert dieser Artefakte, und so gut wie niemand konnte sie tatsächlich benutzen.

Jetzt war also fast alles startklar für den Abflug von Medu-Ro IV. Wir warteten nur noch darauf, dass Minn-O La-Fin wieder ins Spiel kam. Ich wollte natürlich nicht ohne meine Frau fliegen, doch die Prinzessin war einfach auf und davon.

Die Triebwerke gaben ein unerwartetes, durchdringendes Gejaule von sich, dann beruhigten sie sich wieder.

Dimitri Scheltows Stimme drang aus meinen Kopfhörern. „Großartiges Schiff!", frohlockte er. „Ich habe alle Systeme getestet, alles ist in Ordnung. Es hat eine tolle Reaktionsfähigkeit, und ich kann seine Kraft förmlich spüren! Kein Vergleich zu dem Schrotthaufen von früher! Und hey, Captain, Denni Marko ist hier an den Kanonen und lässt ausrichten, dass er sie bereits überprüft und kalibriert hat. Jetzt kann er es kaum erwarten, sie an irgendetwas oder irgendjemandem zu testen."

Ich war auch stolz auf diese erfolgreiche

Rekrutierung. Die beiden Menschen aus den Untiefen des Weltraums hatten sich am Ende doch noch meiner Crew angeschlossen. Wie Valeri-Urla versprochen hatte, waren sie und Denni Marko zurückgekehrt. Ich hoffte, viele neue, interessante Fakten über ihre mysteriösen menschlichen Zivilisationen herauszufinden. Nach zwei Verhandlungsrunden hatten sie ohne weiteres Aufheben einen Vertrag über fünf Flüge unterzeichnet.

Ich hatte jetzt einen erfahrenen Schützen und ein Mädchen mit starken psionischen Fähigkeiten und der einzigartigen Fähigkeit, mit Tieren sprechen zu können. Natürlich war auch Valeris Haustier mit an Bord gekommen. Ich sah Kleine Schwester nun mit eigenen Augen. Der riesige, reinweiße Panther konnte im Handumdrehen unsichtbar werden und völlig geräuschlos durch meine Fregatte schleichen. Die Biestzähmerin versicherte mir, dass Kleine Schwester sehr intelligent wäre und niemals einen Freund angreifen würde. Sie sollte uns also keine Probleme bereiten.

Ich sah eine Bewegung aus dem Augenwinkel. Endlich! Fünf Schritte von mir entfernt war Minn-O La-Fin aufgetaucht. Sie war endlich wieder im Spiel. Ich wollte meine Wandergeliebte schon für ihre lange Abwesenheit tadeln, aber überlegte es mir anders, als ich sie näher betrachtete. Die Prinzessin war kreidebleich und vermochte sich kaum auf den wackeligen Beinen zu halten. Anscheinend war sie kurz davor, zusammenzubrechen. Ich sprintete zu ihr und fing sie im wörtlichen und übertragenen Sinne auf.

Minn-O warf panische, blinde Blicke in die Runde, dann endlich beruhigte sie sich ein wenig und schaffte es, sich nur auf mich zu konzentrieren.

„Nat, mein Mann! Wenn du nur wüsstest, was passiert ist", schluchzte meine *Wayedda* und klammerte sich an meine Schultern. Ihre Augen waren vor Angst und Schmerz weit aufgerissen, die Pupillen riesig. „Es gab eine große Explosion bei Thumor-Anhus Beerdigung! Ich habe beide Beine verloren. Viele Menschen sind gestorben, überall sah ich Leichen und Blut."

Minn-O erzählte unter Tränen von den schrecklichen Ereignissen. Mir kamen wieder Lozovskys Worte über die Gruppe *Befreiung von der Magiertyrannei* in den Sinn, die den Bombenanschlag als Beweis ihrer Loyalität inszeniert hatte, und ich dachte an die halbe Million Kristalle, die wir dafür bezahlt hatten. Na, dann hatten wir jetzt ja unseren Beweis … Ich bat meine *Wayedda*, sich zu konzentrieren und mir genau zu erzählen, was als Nächstes geschehen war und wie es ihr gelungen war, wieder ins Spiel zu kommen. Die Prinzessin trocknete ihre Tränen und versuchte, zu antworten, wurde aber ständig von Schluchzern geschüttelt und musste immer wieder von vorn beginnen.

„Ich kam in einem Krankenhaus wieder zu mir. Anstelle von meinen Beinen sah ich ... bandagierte Stümpfe. Es tat überhaupt nicht weh. Wahrscheinlich hatten sie mir starke Schmerzmittel gegeben oder ich wurde mit heilender Magie behandelt ... Neben den Heilern war ein riesiger Soldat in meinem Zelt, der Herrscher der Zweiten Präfektur, Ui-Taka, und ... und ich erkannte ihn. Er sagte, er habe den Befehl, mich aufzuwecken ... Ui-Taka schwört, dass er nicht an dem Anschlag beteiligt war, aber viele Magier werfen ihm genau das vor. Vier Präfekturen haben seiner Zweiten Präfektur den Krieg erklärt. Aber andere Magier sind wieder anderer Meinung. Sie geben anderen Magiern die Schuld. Die Achte und Vierte Präfektur haben Raketenangriffe auf die größten Städte der jeweils anderen durchgeführt. Die Fünfte und Sechste Präfektur haben der Dritten den Krieg erklärt. Ein großer Krieg wird kommen. Es gab sogar Pogrome und Anti-Magier-Aufstände. Aber dann sagte Ui-Taka, dass ich in meinen Virt Pod gehen müsste, damit das Spiel mich heilen kann und mir neue Beine wachsen. Aber ganz zum Schluss, als ich auf einer Trage aus dem Krankenhaus gebracht wurde, hielt der General an und bat mich, meinem Mann Gerd Nat zu sagen, dass er sich auf neutralem Terrain treffen wollte ... zum Beispiel im Raumhafen der Geckho ... so schnell wie möglich. Ich bin mir nicht ganz sicher, Gerd Nat, aber ... aber, ich meine, man hat mir all diese Schmerzmittel gegeben und ich habe nicht wirklich alles verstanden ... aber ich glaube, er sagte, er wollte dir die Führung des Dunklen Bruchs anbieten."

ENDE VON BUCH DREI

Neue Vorbestellungen!

Unterwerfung der Wirklichkeit LitRPG-Serie

Von Michael Atamanov:

Countdown

Bedrohung aus dem All

Spielwende

Kräutersammler der Finsternis LitRPG-Serie

von Michael Atamanov:

Der Videospieltester

Hart am Wind

Falle für den Herrscher

Streben nach Verkörperung

Der Weg eines NPCs LitRPG-Serie

von Pavel Kornev:

Toter Schurke

Königreich der Toten

Nächstes Level LitRPG-Serie

von Dan Sugralinov:

Neustart

Held

Die letzte Prüfung

Knockout (mit Max Lagno)

Disgardium LitRPG-Serie
von Dan Sugralinov:
Gefahrenklasse A (Disgardium Buch #1)

Spiegelwelt LitRPG-Serie
von Alexey Osadchuk:
Der tägliche Grind - Im virtuellen Hamsterrad
Die Zitadelle

Vielen Dank, dass *Spielwende* gelesen hast!

Weitere deutsche Übersetzungen unserer LitRPG-Bücher werden schon bald folgen!

Um weitere Bücher dieser Reihe schneller übersetzen zu können, brauchen wir Deine Unterstützung! Bitte schreibe eine Rezension oder empfehle *Spielwende* Deinen Freunden, indem Du den Link in sozialen Netzwerken teilst. Je mehr Leute das Buch kaufen, desto schneller sind wir in der Lage, weitere Übersetzungen in Auftrag geben und veröffentlichen zu können.

Bitte vergessen Sie nicht, unseren Newsletter zu abonnieren:
http://eepurl.com/dOTLd1

Sei der Erste, der von neuen LitRPG-Veröffentlichungen erfährt!
Besuche unsere englischsprachen Twitter- und Facebook LitRPG-Seiten und triff dort neue sowie bekannte LitRPG-Autoren:
https://twitter.com/MagicDomeBooks

Deutsche LitRPG Books News auf FB liken:
facebook.com/groups/DeutscheLitRPG

Erzähle uns mehr über Dich und Deine Lieblingsbücher, schau Dir die neuesten Bücher an und vernetze Dich mit anderen LitRPG-Fans.

Bis bald!

www.ingramcontent.com/pod-product-compliance
Lightning Source LLC
Chambersburg PA
CBHW052346020726
47503CB00001B/133